ÉDITION DU CLUB QUÉBEC LOISIRS INC.
© Avec l'autorisation des Éditions Québec/Amérique

ISBN-2-89037-411-4

Claude Fournier

Les
TISSERANDS
du POUVOIR

Du même auteur

Les Armes à faim, poèmes, Éditions de l'Autorité, 1955.

Le Ciel fermé, poèmes, Les Éditions de l'Hexagone, 1956.

L'intérêt constant et la collaboration
de deux personnes qui me sont très chères,
Marie-José Raymond et Michel Cournot,
ont été mon plus précieux outil,
tout au long de mon travail.

Claude Fournier

Ont collaboré à cet ouvrage:

révision: Heather Mills et
Liliane Michaud
montage: Andréa Joseph
supervision: Diane Martin

Table des matières

CHAPITRE PREMIER

Baptiste

1

— J'espère que ça va me faire, dit la femme du notaire du village en détachant le fermoir de sa robe de laine.

Près d'elle, la marchande, dont le regard expert avait déjà parcouru le corps de sa cliente, tenait un corset: un *Triomphe* érotique en dentelle noire, doublé de rose avec une fleur sur la hanche.

— Savez-vous, Alexandrine, vous n'avez pas engraissé d'une once depuis l'année dernière!

— Aidez-moi donc, répliqua sèchement la femme qui se débattait depuis un moment avec l'agrafe de son soutien-gorge.

La marchande mit abruptement fin à ses observations et se précipita pour dégrafer le sous-vêtement; les seins fermes d'Alexandrine remplirent l'écran de télévision, mais seulement l'espace d'une seconde.

En effet, Baptiste s'était levé d'un bond pour fermer l'appareil. En voyant ainsi les seins d'Alexandrine disparaître comme une étoile filante dans la nuit, Cléophas avala presque le Muriel qu'il venait d'allumer, dans l'attente de sa scène préférée de *Mon Oncle Antoine*, un film qu'il était venu regarder, pour la dixième fois au moins, avec son vieil ami.

— Verrat, veux-tu bien me dire...

Il n'eut pas le temps de protester davantage, Baptiste le fit taire d'un geste impératif et courut, sur la pointe des pieds, vers la porte principale du misérable logis où il vivait avec tant de chats que l'odeur nauséeuse des mauvais cigares de Cléophas donnait presque l'illusion d'assainir l'atmosphère.

— I know you're in there. Open up, in the name of the law!

C'était un huissier qui s'époumonait ainsi et qui frappait à grands coups de poing dans la porte aux rideaux tirés.

Certain qu'il avait entendu des voix à l'intérieur, en arrivant, l'homme fit le tour de la maison de bois, s'arrêta épier à une fenêtre: rien pourtant, pas un bruit! Il monta les trois marches qui menaient à la porte d'en arrière, verrouillée aussi comme celle d'en avant. Glissée entre le carreau crasseux et le rideau plus crasseux encore, une pancarte prévenait les visiteurs de prendre garde au chien méchant. Pourtant même un molosse n'aurait pas survécu dans cette maison infestée par les chats, mais de cela l'huissier ne se doutait pas; il glissa prudemment l'ordre de cour sous la porte.

— Next time, you'll have to deal with the police, cria-t-il à tue-tête avant de remonter dans sa voiture.

Convaincu que Jean-Baptiste Lambert était chez lui, comme la semaine précédente d'ailleurs, quand il s'était ensanglanté les jointures à frapper dans la porte, l'huissier furieux démarra comme un fou, laissant dix mètres d'empreintes de pneus sur l'asphalte de la rue Maple, en plein cœur de ce quartier de Woonsocket qui portait depuis des générations le nom de Petit Canada. Pourtant, ce Petit Canada se trouvait aux États-Unis, dans l'État du Rhode Island, cinquante kilomètres à l'ouest de Plymouth où débarquèrent les Pèlerins, en 1620.

Baptiste put enfin rallumer le poste. Hélas, Alexandrine avait depuis longtemps terminé son essayage. Pendant qu'à l'écran, le personnage du petit Benoît et son oncle Antoine se rendaient en traîneau chercher le cadavre de l'enfant emporté par la fièvre, la pensée de Cléophas revint à cette poitrine nue qu'il n'avait, cette fois, qu'entrevue.

— De toute manière, lança-t-il en guise de consolation, c'est clair que ces seins-là ont été rebâtis!

— Qu'est-ce qui te fait dire ça?

— Bien voyons, Baptiste, as-tu vu l'actrice qui joue ce rôle-là? Elle a au moins quarante ans, et les tétons au ras du menton. Je peux te dire qu'il n'y a aucun de ces attributs-là qui remontent d'eux-mêmes avec l'âge!

— J'ai rien remarqué, dit Baptiste, presque soucieux.

— Tu regarderas comme il faut la prochaine fois qu'ils vont repasser le film. Tu verras que le mamelon de droite a pas été refait de niveau avec celui de gauche. Il se tient au moins un demi-pouce plus bas! C'est pas le bon Dieu qui fait ces erreurs-là!

Baptiste était confondu! Comment se faisait-il qu'il ne remarquait jamais ces détails-là?

Était-ce parce qu'il ne s'était jamais marié? Quand on lui amputa le bras gauche, à la suite d'un accident, à dix-huit ans, la gêne qu'il avait toujours éprouvée pour les filles s'en trouva décuplée. Même aujourd'hui, à quatre-vingt-cinq ans, on pouvait imaginer qu'il avait été assez joli garçon. Il était petit, certes, mais il avait les yeux bleus et vifs, le sourire moqueur. Son crâne n'était pas déplumé comme celui de son ami Cléophas, et surtout, en toute humilité, il se savait beaucoup plus intelligent que lui.

Sans Baptiste, Cléophas, qui habitait à deux maisons plus loin sur la rue Maple, aurait passé ses grandes journées écrasé devant les émissions de télévision insignifiantes que regardait sans cesse sa femme: des soaps en américain.

En fait, pensa Baptiste, Cléophas ne parlerait peut-être même plus français. Il serait américanisé de part en part, comme la majorité des autres Canadiens français qui sont venus chercher fortune en Nouvelle-Angleterre, au début du siècle. C'est lui, au début, qui avait insisté et maintenant son voisin venait chaque jour regarder les deux heures de programmes français que diffusait encore la télévision.

Un peu ennuyé par la randonnée en traîneau de *Mon Oncle Antoine*, qui n'en finissait plus à l'écran, et surtout parce qu'il avait bien envie de voir Baptiste se hérisser, Cléophas décocha une nouvelle flèche:

– C'est sûr que c'est plus difficile pour toi de juger un poitrail de femme. Vieux garçon, t'as pas de points de comparaison.

Le bruit d'une clé dans la serrure de la porte de la cuisine surprit Cléophas et lui fit rater un effet sûr.

– Bon yeu, souffla-t-il, v'là le huissier par en arrière!

Cléophas se leva brusquement pour s'enfuir par en avant, mais Baptiste lui barra la route avec la jambe.

— Essaie de te nettoyer les pensées, Clophas, c'est sœur Bernadette qui arrive!

Tous les mercredis, la vieille et ronde religieuse venait en voiture de Providence. À chaque visite, elle apportait des pâtés, des tartes; elle ramassait les assiettes que Baptiste avait semées pour les chats, partout sur le prélart bariolé du plancher, et donnait un bon coup de balai.

Cléophas reprit sa place, se contentant de saluer la religieuse d'un geste de l'index sur le rebord du chapeau de paille qui ne le quittait jamais; Baptiste esquissa un sourire et les deux vieux aiguillèrent de nouveau leur regard vers la télévision.

La visiteuse dut repousser plusieurs assauts des chats avant de pouvoir, en toute sécurité, déposer sur la table de cuisine son panier de victuailles, dont elle tira une tourtière qu'elle mit tout de suite à réchauffer. Puis elle alla chatouiller le nez de Baptiste avec le papier de la cour qu'elle avait trouvé en entrant.

— C'est sérieux, monsieur Lambert. C'est un ordre de cour. Vous feriez bien mieux de venir à l'hospice de votre plein gré avant qu'ils viennent vous sortir d'ici de force.

Baptiste haussa les épaules. Autant le service de santé de la ville avait décidé de le sortir de cette maison pour des «motifs d'hygiène», autant il avait résolu de s'incruster.

— Moi, à partir de la semaine prochaine, je ne pourrai plus venir vous visiter, annonça la sœur, en rangeant le balai. Je n'aurai plus de permis de conduire. On me l'enlève à cause de mes yeux. Et je ne conduirai plus. J'obéirai à la loi.

La religieuse n'avait pas manqué de bien appuyer sur les mots en précisant qu'elle se soumettrait à la loi. Heureusement d'ailleurs pour les autres automobilistes que le sort appelait à partager la route avec elle! Sur les chemins tortueux de campagne, sœur Bernadette filait à toute allure, sous prétexte qu'ils étaient peu encombrés, tandis que sur les autoroutes elle allait à pas de tortue, étirant derrière elle des bouchons qui ameutaient chaque fois la State Police.

En général et malgré son âge, Baptiste avait plutôt l'oreille fine, mais pas pour ce genre de sermons! Quand les lois faisaient sens pour lui, il s'y conformait, mais quand elles signifiaient qu'il devrait s'exiler dans un hospice, il devenait subitement sourd comme un pot.

À l'écran, l'image de Benoît, le héros de *Mon Oncle Antoine* se figea pour le générique de fin. Baptiste se leva pour éteindre l'appareil, mais la voix d'un annonceur s'interposa subitement à la musique pour annoncer que cette émission était la dernière que le réseau Home Entertainment diffuserait en français.

– Devant la diminution constante des revenus publicitaires et de l'auditoire intéressé, expliqua l'annonceur, c'est à regret que la direction se voit forcée de mettre fin aujourd'hui à ses deux heures quotidiennes de diffusion en français, dans les États de Nouvelle-Angleterre. À ce trop petit nombre de téléspectateurs, nous voulons quand même dire: merci et... adieu!

Et comme pour souligner cette disparition aussi subite qu'inattendue, l'écran s'endeuilla de noir pendant quelques secondes. Baptiste resta figé, debout devant sa boîte à images. Puis apparut un animateur qui décrivait en se dandinant comme une fille devant un faux panorama de New York les shows qui composeraient la nouvelle programmation du réseau: interviews de gens célèbres, chronique médicale...

Baptiste ferma la télé et se laissa tomber sur une chaise.

— Nos programmes français! Ils ne peuvent pas faire ça!

— Baptiste, conclut philosophiquement Cléophas, ils peuvent faire ce qu'ils veulent, c'est à eux autres le poste.

— Je vous sers un peu de tourtière, monsieur Larouche? demanda sœur Bernadette, en retirant du four sa tarte à la viande dont le bon parfum de thym arrivait presque à étouffer les âcres exhalaisons des chats.

— Merci bien, ma sœur, je fais mieux de rentrer si je ne veux pas que ma vieille commence à chiquer la guenille.

Et avant de passer la porte, il se tourna vers Baptiste, encore paralysé.

— Baptiste, reviens-en, c'est pas la fin du monde!

— Tu seras toujours aussi bouché, toi, Clophas!

C'est vrai qu'il était un peu bouché ce bonhomme, toujours tenu en laisse par sa femme, une petite rousse nerveuse que la teinture avait blondie pour toujours. Baptiste le connaissait depuis la plus tendre enfance, mais il avait commencé à l'inviter chez lui depuis quelques années seulement. Ils parlaient peu, ni du présent, ni du passé. Le laisser fumer à sa guise ses Muriel puants, c'était déjà pour Cléophas la plus grande marque d'amitié qu'on puisse lui témoigner. Chez lui, pour satisfaire sa passion, il devait se réfugier dans le garage, ce qui lui permettait d'astiquer sans fin une Mustang 1965, le modèle original, celui d'Iaccoca. Encore aujourd'hui, sur la route droite qui longe la rivière Blackstone, il lui arrivait de réveiller le moteur de 289 pouces cubes, endormi sous le capot, de grimper jusqu'à cent milles à l'heure en semant jusqu'au souvenir de sa femme!

– Je vous laisse avec le poison, ma sœur!

Ignorant la belle pointe de tourtière que sœur Bernadette avait placée sur la table à son intention, Baptiste demanda tristement:

– Si on n'a plus notre télévision en français, où est-ce qu'on va entendre parler français? Y a presque plus personne autour qui parle français.

– Monsieur Baptiste, si vous vouliez seulement être raisonnable et déménager au manoir Sainte-Anne; là, il y a des vieux comme vous qui ne demandent pas mieux que de parler français... Je pourrais vous amener avec moi, maintenant!

Il se leva vivement et hurla presque:

– C'est une idée fixe que vous avez!

– Vous ne pouvez pas continuer à vous terrer ici comme un lièvre. C'est un ordre d'expulsion qu'ils ont accroché dans la porte, vous le savez!

– Je ne bougerai pas!

– Ils ont la loi pour vous sortir d'ici, protesta la sœur.

– La loi!

Le petit homme, que l'âge avait encore rabougri, se planta au milieu de la cuisine, ses yeux s'accrochant aux objets familiers: une cuisinière électrique qu'il avait offerte à sa mère quelques années avant sa mort; la porcelaine avait jauni, le cadran du four indiquait maintenant «high», même quand il ne chauffait pas; une grande image encadrée du précurseur Jean-Baptiste, son saint patron, sous laquelle

brûlait en permanence un lampion; les deux fauteuils déla-
brés, couverts d'anciens châles de laine, postés comme des
sentinelles devant la télévision; le Frigidaire dont l'émail
s'écaillait de partout, à droite de la porte de la cuisine, à la
même place depuis que le premier refrigérateur électrique
était entré dans la maison, délogeant de là une vieille laveuse
de bois avec essoreuse à rouleaux; au-dessus, une croix noire
entourée d'une tresse de rameaux bénis; et juste en entrant,
près du chambranle de la porte, un crochet de fonte
strictement réservé à la casquette de travail de son père.
Personne n'avait jamais osé s'en servir depuis la mort du
père, même pas Baptiste, le dernier habitant de la maison.

— Vous ne pensez pas que je vais les laisser me déraciner
de toute ma vie comme ça! Sœur Bernadette, le bon Dieu ne
nous a pas mis sur la terre pour nous laisser tondre comme
des moutons, sans rien dire, sans rien faire.

Quand il s'enflammait ainsi, Baptiste ponctuait chaque
syllabe avec des gestes abondants, des arabesques qu'il
traçait à toute vitesse, comme s'il essayait avec son seul bras
de gesticuler aussi pour celui qu'il avait perdu.

2

Le lendemain matin, Jean-Baptiste se leva encore plus tôt
qu'à l'accoutumée.

Tous les chats s'étonnèrent d'être forcés d'aller dehors
faire des besoins qu'ils n'avaient même pas encore ressentis.
Sans pitié, le vieux poussait du pied les récalcitrants encore
tout pelotonnés dans leur sommeil, les envoyant rouler
doucement en bas des marches du perron, dans la rosée
fraîche de cette aube de juillet.

Baptiste retourna ensuite à l'étage des chambres et, du fond d'un placard, sortit un costume de serge noire, celui des grandes occasions. Il y avait longtemps qu'il ne l'avait pas porté car, depuis un bon nombre d'années, il avait cessé d'aller aux funérailles des gens qu'il connaissait ou même à la grand-messe du dimanche. Il n'assistait plus qu'aux basses messes et ne voyait pas pour cela la nécessité de s'endimancher.

Dès dix heures du matin, sa barbe de fils raides fraîchement taillée aux ciseaux, à un ou deux centimètres du visage, Baptiste sonna à la porte du presbytère de sa paroisse.

La ménagère, qui parlait une langue à laquelle le vieux ne comprit absolument rien, l'introduisit dans le bureau où il fallut une bonne demi-heure avant que le curé fasse son apparition. Baptiste ne le connaissait pas vraiment, ne lui avait jamais parlé, sauf au confessionnal, mais il avait appris d'instinct que la première personne à consulter dans les situations d'urgence, c'est le curé de sa paroisse.

L'entretien fut bref et parfaitement inutile.

Le père Mendes Oliveira écouta le plus distraitement du monde. D'abord, il se fit apporter un café par la ménagère, il y noya une dizaine de cubes de sucre, l'arrosa d'une espèce de liqueur alcoolisée dont le flacon était rangé avec des documents dans un classeur de métal; à chaque gorgée, il suçait le liquide si bruyamment avec sa bouche que Baptiste devait interrompre son plaidoyer.

Le manchot voulait qu'au prône de ce prochain dimanche, le père Oliveira demande aux fidèles de signer une pétition enjoignant le réseau Home Entertainment de revenir sur sa décision et de recommencer à diffuser ses programmes français. Il avait même pris soin d'apporter une belle feuille de papier blanc, comptant que le curé serait son premier signataire.

Oliveira tourna et retourna plusieurs fois le papier dans ses mains.

— C'est admirable ce que vous essayez d'accomplir. Chaque minorité devrait avoir un canal de télévision.

Baptiste, qui avait été déconcerté par l'attitude qu'il jugeait plutôt impolie de son curé, recommença à sourire, la confiance lui revint. Son antipathie naturelle pour ce prêtre étranger, qui ne portait ni soutane, ni col romain, s'estompait déjà.

— Prenez le cas de mes compatriotes portugais, enchaîna le curé, ils sont comme moi, ils perdent leur langue, leur culture; m'opposer à ce que vous faites me donnerait le sentiment d'être contre la vertu...

Baptiste aurait bien aimé ajouter quelque chose, mais le bruit de pompe aspirante que fit Oliveira, en vidangeant le reste de sa tasse, lui coupa l'inspiration.

— Mon cher ami, poursuivit le curé, est-ce que vous savez combien il y a de minorités ethniques différentes qui vivent dans notre grand pays?

Baptiste haussa les épaules. Il n'avait jamais envisagé cette question d'un point de vue mathématique!

— Des centaines, dit le curé, mais il n'existe pas des centaines de canaux de télévision, c'est peut-être injuste, mais c'est comme ça!

Baptiste bondit:

— J'en veux pas des centaines, j'en veux un, en français!

— Vous, c'est du français, conclut le curé, en lui remettant sa feuille de papier, d'autres vont réclamer de l'allemand, de l'italien, de l'ukrainien, du portugais, du... pakistanais, pourquoi pas, tant qu'à y être!

Baptiste marcha tout l'après-midi dans Woonsocket.

Comme presque tous les établissements commerciaux portaient encore des noms français, vingt fois au moins il s'arma de courage et entra résolument demander qu'on signe sa pétition, mais n'entendant parler français nulle part, il retraita chaque fois.

C'est ainsi qu'il se retrouva, tout étonné, aux moulins Lorraine, un fantôme d'usine, une immense carcasse de briques, ceinturée d'une imposante grille de fer dont les pans s'affaissaient. Il n'avait jamais pensé venir ici aujourd'hui, mais ses pas l'y avaient conduit automatiquement, force d'une habitude de cinquante-deux ans!

Une guérite, en brique elle aussi, gardait l'entrée. C'est là que Baptiste avait été sentinelle, jusqu'à la fermeture des moulins, il y a plus de vingt ans. Personne ne travaillant pas ici ne pouvait être admis, sans une autorisation particulière des patrons ou sans connaître Baptiste, le petit manchot. C'est lui aussi qui faisait pointer les ouvriers, triait le courrier, enregistrait les allées et venues des camions de livraison.

Il ne put s'empêcher d'entrer dans le poste de garde. Tout était sens dessus dessous, mais curieusement les vandales avaient épargné l'horloge-pointeuse, le plus cher joyau de son ancien royaume. Cette horloge, il l'ajustait chaque jour, à midi sonnant au carillon de l'hôtel de ville, et lui donnait à boire tous les mois une goutte d'huile réservée aux instruments de précision. Les dernières années, l'usine se languissait, le nombre des ouvriers diminuait, mais Baptiste veilla jusqu'à la fin alors que le tic-tac de l'horloge se tut, comme un cœur qui arrête de battre.

C'est justement de ces usines Lorraine dont il était question quand Baptiste pénétra dans la salle de l'hôtel de ville où avait lieu l'assemblée régulière du conseil municipal de Woonsocket. Il interpréta aussitôt cette coïncidence comme un présage heureux.

Le conseil discutait une résolution qui autoriserait la ville à céder les moulins abandonnés à des intérêts japonais, pour une somme symbolique. Les nouveaux propriétaires construiraient à leur place une usine moderne d'assemblage de motocyclettes. Le maire Rochon et tous les conseillers étaient favorables à la motion, sauf un: Emma Leclair qui s'obstinait à faire valoir son point en français, malgré les murmures de désapprobation de la trentaine de citoyens réunis dans la salle.

— Speak American!

— I'll speak French if I want to, riposta l'agressive institutrice.

Le maire Rochon roula les yeux au ciel: Dan O'Leary, Nick Konstas, Luigi Donato, Clem Tardiff, enfin tous les autres conseillers parlaient américain dans les délibérations, qu'ils soient d'origine irlandaise, grecque, italienne ou canadienne-française; non seulement Emma était-elle le seul membre féminin du conseil de Woonsocket, mais il fallait encore qu'elle se singularise ainsi.

— Vous le savez, dit Emma, je suis contre la démolition des usines Lorraine. C'est le textile qui a fait la prospérité de notre ville et de toute la Nouvelle-Angleterre. Le textile, c'est notre histoire! Les moulins nous le rappellent bien mieux que n'importe quel monument. À Lowell, à Manchester, ils ont compris ça et ils convertissent les vieilles usines en habitations.

Le maire n'en revenait pas! Qui pouvait bien avoir envie de vivre dans des moulins où leurs parents avaient trimé comme des esclaves, pour des salaires de famine? Il est clair que tout le monde, sauf Emma, s'accordait avec lui; la motion fut adoptée, six voix contre une.

Pendant le vote à main levée, Baptiste se fraya un chemin jusqu'au micro, sur la première rangée de l'espace réservé au public:

– Monsieur le Maire!

Sa voix amplifiée fit sursauter l'assistance, d'autant que la période consacrée aux questions des citoyens était passée depuis longtemps. C'est ce que fit aussitôt remarquer Clem Tardiff, en rappelant le vieillard à l'ordre avec son marteau de président d'assemblée.

– Que ce soit le moment ou pas, poursuivit Baptiste, vous allez m'écouter! Le canal WXYN a coupé les programmes de télévision en français. C'est une injustice!

La salle s'esclaffa.

Le maire indiqua au vieillard de revenir, durant les heures régulières de bureau, et de s'adresser au greffier qui jugerait si l'on devait inscrire la question à l'ordre du jour d'une prochaine réunion.

– Il va être trop tard. Je veux ravoir mon canal français tout de suite, insistait Baptiste, dont le ton de voix faisait désagréablement claquer les membranes des haut-parleurs, autour de la salle.

Clem Tardiff fit un signe discret au garde de faction.

— Laissez-le parler au moins, s'écria Emma.

— Your name? demanda le maire Rochon, sur un ton conciliant.

— Jean-Baptiste Lambert!

Le maire se pencha, murmura quelque chose à l'oreille de la jolie femme, assise à ses côtés, une petite plaque de cuivre annonçait qu'elle était le greffier de la ville, puis il expliqua au vieillard qu'on avait pris bonne note de sa requête.

— Vous me prenez pour un imbécile, Monsieur le Maire, hurla Baptiste dans le micro, j'vois bien que vous n'avez pas l'intention de lever le petit doigt; eh bien! je ne sortirai pas d'ici tant que je n'aurai pas une résolution du conseil en bonne et due forme.

Et bravement, Jean-Baptiste s'avança vers le maire, l'empoigna par la cravate et lui répéta sa demande, en anglais, pour qu'il comprenne bien.

Le garde se précipita aussitôt pour protéger le premier magistrat contre ce citoyen pugnace. Il tira de toutes ses forces sur Baptiste qui se cramponnait avec l'acharnement d'un terrier enragé et continuait de crier:

— I want the city to intervene right now... I officially protest and I'm not leaving until I get this resolution.

Le journaliste de la télévision, au milieu de la salle avec sa caméra, fut pris au dépourvu. Si ce n'étaient les occasionnels gros bouillons entre Emma et le maire, les débats avaient l'habitude de mijoter tout doucement, à l'hôtel de ville de Woonsocket. Personne n'avait jamais agrippé le maire par la cravate comme ce Baptiste qui lui brassait grotesquement la tête en lui postillonnant son message:

— Monsieur le Maire, Clem Tardiff, madame Leclair, vous autres des Francos, vous n'avez pas honte... s'il y en a qui devraient comprendre. Bande de peureux, de vendus!

Avec l'aide de deux autres citoyens, le garde réussit enfin à libérer le maire de son agresseur. Il empoigna solidement le vieillard par le fond de culotte et le traîna jusqu'à la sortie.

Dans le viseur de la caméra du journaliste, l'image de cette expulsion manu militari disparut brusquement, le maire ayant occulté l'objectif avec la main.

— Rick, you have permission to shoot, but not just anything. Give me that cassette!

Rick Laverdière, qui avait tourné pendant deux ans des vidéos de mariages et de premières communions avant d'intéresser un vrai poste de télévision à son talent de cueilleur d'images, n'eut pas envie de discuter avec le maire et encore moins de rendre cette cassette. Il quitta rapidement la salle avant que le premier magistrat se fasse trop insistant.

Assis sur un banc, dans un parc voisin de l'hôtel de ville, Baptiste essayait de reprendre son souffle. Il releva la tête, le jeune homme qu'il avait aperçu tout à l'heure dans la salle avec une caméra était là.

— Tu travailles pour la télévision?

— Yes, I have all that on tape. Tomorrow on TV, I'm going to teach them a little lesson.

— What's your name?

— Richard Laverdière, Rick!

Baptiste s'illumina tout d'un coup:

— Laverdière, bien t'es Franco toi aussi, jeune homme!

— Yeah, but that's ancient history!

— T'es d'origine française puis tu ne parles plus français… You don't speak French?

— Pas beaucoup, ma mère me parle encore frança.

— Tu ne peux pas demander qu'ils nous redonnent nos programmes à la télévision.

Richard éclata de rire; cela dépassait nettement sa juridiction d'employé de canal communautaire:

— I'm sure you're the only one who watched those programs, that's why they were cut!

— Pardon, y a mon ami Clophas qui venait presque tous les jours les regarder chez moi.

— Okay, so there were two of you, admit le journaliste en souriant.

3

Toutes les fenêtres du rez-de-chaussée de la misérable maison du Petit Canada s'embrasèrent de lumière et les chats effrayés descendirent à toute vitesse chercher refuge dans la cave.

Jean-Baptiste, debout devant l'image de son saint patron, les yeux terrorisés, s'adressait à la caméra de télévision braquée sur lui:

— Vous autres qui me regardez, si vous avez encore un peu de cœur au ventre et si vous n'avez pas honte de vos origines, écrivez au poste que vous regardez en ce moment. Tous ensemble, nous allons les forcer à nous redonner nos programmes français.

La tirade sortit d'un jet, mais Baptiste eut l'impression qu'il fallut une éternité, que les mots se regroupaient en grosses mottes et le serraient douleureusement à la gorge avant de culbuter dehors. Raide comme un piquet, paralysé presque, il crut qu'il gesticulait de façon désordonnée, même de son bras gauche qu'il n'avait plus.

Des heures après le départ du jeune Laverdière, il ne dormait toujours pas; il descendit plusieurs fois, croyant voir encore les lumières qui l'avaient aveuglé pendant son discours. Puis, terrifié à l'idée qu'il pourrait s'endormir et manquer le bulletin de nouvelles où Richard lui avait promis de passer son message, il alluma le poste de télévision, dont l'écran était désert à cette heure de la nuit, et s'assit devant pour atttendre.

La parfaite inutilité de sa vie frappa soudain le vieillard que la mort, immanquablement, ne laisserait pas patienter encore longtemps.

Sa vie lui parut comme cet écran vide, bizarre falot qui, même allumé, ne projetait ni ombre ni lumière tandis que, juste à côté, la minuscule flamme du lampion, brûlant sous l'image de saint Jean-Baptiste, faisait danser de grandes taches lumineuses dans la pièce où rien d'autre ne bougeait.

Il fut troublé aussi par ses actions de la veille, toute cette eau dormante subitement soulevée en trombe!

Il leva les yeux vers l'image de son saint patron qui souriait. Il eut un choc. Cette image qui était là depuis son enfance, devant laquelle il s'agenouillait chaque matin pour la prière, n'avait jamais souri. Au contraire, l'expression sérieuse, presque sévère de saint Jean-Baptiste l'avait toujours frappé. Il avait souvent pensé que le précurseur qui annonce au monde la venue du messie devrait avoir l'air plus jovial.

Les nouvelles du matin tirèrent vite Baptiste de son euphorie religieuse. Non seulement le message qu'il avait filmé pour Rick Laverdière ne passa jamais, mais le lecteur du bulletin, un Américain lourdaud à la voix ronflante, décrivit dans les termes les plus désobligeants son irruption intempestive à l'hôtel de ville.

– Last night's council meeting was marred by an unusual incident when an older and apparently deranged citizen...

Le plus grave pour Baptiste, c'est qu'on avait pris des informations sur lui, on avait découvert que l'agresseur du maire était le même vieux de la rue Maple contre qui pesait un ordre d'expulsion, «un malade, affirmait le bulletin, que les autorités enfermeraient bientôt dans un asile».

Il était pris au piège!

Il se rua sur l'appareil et le renversa par terre. Le long sifflement qu'émit le tube-écran, en éclatant, surprit Baptiste qui se figea un moment, étonné par sa propre violence.

Puis la tempête qu'il sentait en lui se mit à souffler de plus belle. Inquiet, il se tourna encore vers l'image pieuse: saint Jean-Baptiste souriait toujours. Le vieux demanda alors à son patron de lui indiquer la voie à suivre, de lui donner des ordres.

4

Dans la pile de courrier que venait d'aller chercher Jenny, à la porte de la station de télévision, se trouvait un colis bizarre: un morceau de carton plié en quatre et enveloppé dans du papier brun. Il n'y avait pas de timbre, donc on était venu le déposer directement dans la boîte.

Évidemment, c'est la première chose qu'elle ouvrit. Elle déplia le carton, une grande image un peu jaunie d'un saint qu'elle ne connaissait pas.

— What's this? demanda-t-elle à Frank Généreux, son patron, qui lisait son journal, les bottes de cowboy confortablement posées dans le désordre de son pupitre.

— Jenny, that's John the Baptist!

Ce n'est pas tant l'identité du saint qui intriguait Jenny que le message qui avait été tracé malhabilement à l'endos du carton: *Je demande justice ou ça ira mal, rencontrez-moi à la porte des moulins Lorraine*. C'était signé, *deranged*.

Frank pensa d'abord à une blague d'Emma Leclair, mais à vrai dire ce n'était pas son genre. Emma avait la vocation, pas le sens de l'humour! Et, règle générale, c'est en personne qu'elle venait lui casser les oreilles avec les nombreuses causes dont elle souhaitait qu'il informe les téléspectateurs au cours de ses bulletins de nouvelles quotidiens.

Frank était propriétaire de cette petite entreprise de câblo-distribution située à Lincoln, en banlieue de Woonsocket, mais surtout il était la vedette d'à peu près toutes les émissions qui en émanaient. Ainsi qu'une bonne partie des habitants de la région, Frank Généreux était Canadien français d'origine, mais il y avait de cela deux ou trois générations. Il comprenait encore un peu la langue de ses grands-parents, mais on ne l'aurait jamais surpris vivant à la parler! Comme il se faisait appeler: «Gennyrow», il devait épeler chaque fois son nom à ceux qui voulaient l'écrire.

Pour en avoir le cœur net de l'étrange message, Frank décida de passer en voiture par les moulins Lorraine, en allant chercher une pizza qu'il reviendrait manger au bureau.

Chaque midi, qu'il déjeune en ville ou au bureau, Frank mangeait de la pizza. Les seules variantes qu'il se permettait, c'étaient les garnitures, et toujours il faisait son choix sur les lieux, au dernier moment. Il regardait du coin de l'œil le cuisinier étendre la sauce tomate sur la pâte et à ce moment seulement il annonçait ses couleurs: salami ou pepperoni avec anchois, crevettes ou palourdes sans anchois, mais toujours double portion de mozarella. Cette technique n'était pas un caprice de Frank, qui prétendait qu'en gardant ainsi le cuisinier en alerte, il le forçait à exécuter sa commande avec plus de précautions que celles des autres clients.

Il avait raison.

À la Pizzeria Dino où il venait d'entrer, les cuisiniers lançaient tout à la poignée sur les grandes abaisses flasques, l'usine! Frank attendit à la dernière minute; le cuisinier avait étendu la sauce tomate et ne pouvait continuer son travail sans de nouvelles instructions de sa part. Cette incertitude l'avait déjà ralenti. Jugeant le moment opportun, Frank commanda.

Le résultat fut saisissant.

Aux petits soins, le cuisinier fit une confortable litière de piments et d'oignons émincés pour les crevettes qu'il coucha en belles rangées concentriques, à partir d'une grosse reine-olive qui occupait la place d'honneur; il ajouta même quelques lichettes supplémentaires à l'épaisse couverture de fromage quand il se rendit compte que Frank l'observait intensément; deuxième règle de son adroite stratégie, ne jamais quitter l'exécutant des yeux.

Frank connaissait bien les usines Lorraine. Il y avait travaillé durant plusieurs étés pour payer ses cours à l'Université Brown de Providence.

Il fit lentement le tour du terrain et arrêta sa voiture à une centaine de mètres de la guérite, près de l'entrée principale. Il n'avait vu personne, mais le fumet de cette pizza, sur la banquette, était devenu irrésistible.

Il sortit, posa la boîte de carton sur le capot encore chaud de la Pontiac et attaqua son repas.

Il crut tout à coup entendre du bruit.

— Who's there? cria-t-il, en s'avançant vers la guérite.

Il n'avait fait que quelques pas lorsque la voix de Baptiste retentit, ferme, autoritaire:

— Qu'est-ce que tu viens faire ici?

— Cripes, I was just about to ask you that same question, rétorqua Frank qui essayait de discerner celui qui l'interpellait.

— Approche pas plus!

En l'apercevant, Frank reconnut tout de suite le petit bonhomme au carreau de la guérite. Ce matin même, en entrant au poste, il avait vu ce visage sur un moniteur, dans la salle de montage de Rick Laverdière. Le jeune journaliste avait élaboré un éloquent réquisitoire; il fustigeait les autorités municipales pour leur brutalité, illustrait les conditions misérables dans lesquelles vivait le vieil infirme, et couronnait son reportage par un vibrant appel de Baptiste en faveur du rétablissement des programmes français.

Malheureusement pour le lyrisme de Rick, un coup de téléphone matinal du maire Rochon à son ami Frank avait replacé l'incident dans une perspective plus favorable à l'administration municipale.

— C'est Richard Laverdière que je veux voir, dit Baptiste.

— I'm Rick's boss, you can talk to me, répondit Frank en approchant de plus en plus de la guérite.

— Je t'ai demandé de rester là!

Frank continuait.

Un coup de fusil lui siffla près des oreilles.

Frank plongea au sol, tête première. La décharge de plombs, qui l'avait effleuré, pulvérisa la pizza sur le capot de l'auto et creva le pneu d'en avant.

— Amène-moi ton Laverdière, c'est à lui que je veux parler.

Pauvre Frank, lui qui avait réussi à terminer ses deux ans de service au Viêtnam sans jamais s'approcher de la ligne de feu, le voilà qui rampait à reculons dans le gravier, le canon d'un fusil de gros calibre pointé sur lui par un fou dangereux.

— Dépêche, hurla Baptiste.

Frank sauta dans la Pontiac et décampa de là aussi vite qu'il put, malgré la crevaison et la bouillie de fromage et de tomate qui dégoulinait du pare-brise.

Le bonhomme enfila une nouvelle cartouche dans son fusil et s'assit pour attendre. Il était content de lui.

5

Les forces de l'ordre qui répondirent à l'alerte de Frank, trois autos de police, une ambulance et un camion de pompiers, étaient sous le commandement du chef Gilbert, un bonhomme rose et joufflu comme un cochon de lait.

En traversant la ville à toute vitesse dans l'auto que conduisait le lieutenant Beauchamp, son bras droit, le chef, les yeux fermés, le front plissé par l'effort, repassait dans sa tête la procédure qu'on lui avait enseignée de suivre en pareilles circonstances, au dernier congrès national de l'Association des chefs de police, à Miami. S'il avait seulement imaginé qu'une chose pareille puisse se produire dans son tranquille patelin, il aurait suivi le cours avec plus d'attention et surtout il n'aurait pas passé le plus gros du temps à faire l'école buissonnière à Disney World.

Ne voulant prendre aucun risque, le chef déploya ses hommes à une distance respectueuse de la guérite et ordonna aux pompiers de brancher un boyau à une borne-fontaine, juste au cas!

Il évaluait la prochaine mesure à prendre quand Richard s'amena sur les lieux, alerté lui aussi par Frank.

Le jeune journaliste insista tout de suite auprès de Gilbert pour aller parlementer avec le vieux.

– You don't have to take this risk, son!

Quel risque? C'est Baptiste lui-même qui demandait à le voir! Le chef accepta son intervention, moyennant certaines précautions...

Quand Richard prit enfin le chemin de la guérite, suivi par six policiers, carabine à la main, et portant comme eux un encombrant gilet pare-balles, il n'était plus aussi sûr de ne courir aucun danger. Il fit une pause pour reprendre son souffle puis, par crainte d'énerver inutilement le vieux, fit signe aux constables de ne pas l'accompagner plus loin.

Il avançait à petits pas, les bras en l'air, pour bien indiquer ses intentions pacifiques.

— Mr. LambUrt, it's me, Rick, annonça-t-il d'une voix tremblotante, you wanted to talk to me!

Il n'eut pas de réponse.

Le vieux n'était peut-être plus là, pensa Richard. Il s'était peut-être sauvé après avoir tiré sur Frank, comprenant l'énormité de son geste.

— You have nothing to be afraid of... Mr. LambUrt, are you there?

— Approche!

La voix de Baptiste fit bondir Richard, ce qui l'humilia beaucoup.

— Approche que je ne m'égosille pas!

Il avança de quelques pas.

— Assez, stop!

Il s'arrêta net. Son cœur battait trop fort, sa pomme d'Adam sautillait dans sa gorge. Il fit un suprême effort pour se calmer et demanda à Baptiste ce qu'il voulait, pourquoi il l'avait fait venir.

— Tu ne t'en doutes pas?

Richard ne sut quoi répondre.

— Es-tu content de ton bulletin de nouvelles à mon sujet?

— No... not really!

— Moi non plus!

— Et le message que tu devais passer comme promis, continua le vieux d'un ton cassant.

— I'm sorry but I couldn't...

— Écoute-moi bien, Laverdière, à compter de maintenant tu vas faire mes messages et tu vas rapporter ce que je dis, pas toutes sortes de bêtises. Compris?

Richard comprenait d'autant mieux qu'il voyait fixé sur lui le canon double du fusil de Baptiste.

— As-tu ta machine?

Quand il comprit que le vieux parlait de sa caméra vidéo, il s'empressa de courir la chercher comme il le lui demandait.

C'est le moment que choisit Gilbert pour agir. À l'abri de la colonne de pierres qui soutenait jadis la grosse grille d'entrée, le chef Gilbert s'adressa à Baptiste, en criant dans un porte-voix. Pendant qu'il détournait ainsi son attention, trois policiers avaient reçu l'ordre de prendre la guérite d'assaut et de désarmer son occupant.

– Hey you, in the gatehouse, this is Gilbert, the Chief of Police. Listen to me, you're on private property. If you don't come out of there immediately, d'you hear me, immediately, you'll be under arrest... Lambert, d'you hear me?

Le vacarme d'un petit hélicoptère, qui descendait du ciel vers la guérite, enterra la fin de la sommation de Gilbert.

Baptiste pointa son arme en direction de l'hélicoptère pendant que Gilbert se mit à courir, comme un forcené, en faisant de grands gestes pour éloigner le pilote. Le vieux tira deux cartouches, coup sur coup, arrachant une partie de la queue de l'appareil qui dut se poser en catastrophe sur un remblai, derrière la guérite, évitant de justesse des fils électriques de haute tension. Au lieu de profiter de cette diversion inattendue, les trois policiers qui devaient attaquer la guérite battirent aussitôt en retraite.

On eut tout le mal du monde à contenir le pilote en colère qui voulait sauter à la gorge du chef de police. Son passager, reporter de circulation, lui avait simplement demandé de descendre vérifier ce que signifiait ce rassemblement de policiers et de pompiers.

Malgré toutes les explications, le chef ne trouva pas grâce auprès des occupants de l'appareil abattu: «c'est inimaginable, répétaient-ils sans cesse, se faire tirer dessus en pleine ville» et pire encore, «à la barbe de la force constabulaire, impuissante devant un vieil octogénaire».

Caméra et trépied à l'épaule, Richard revint vers la guérite, ayant obtenu du chef la promesse qu'on ne tenterait plus rien d'héroïque pendant qu'il se trouvait là, cible parfaite dans le champ de tir de l'homme traqué.

— Maintenant, lui dit froidement Baptiste, tu vas prononcer mon nom correctement et tu vas me parler français.

— Yes, Mr. LambUrt!

— J'ai dit français! Tu vas commencer à prononcer mon nom correctement. Répète après moi: Jean-Baptiste Lambert.

— Jean-Bappetiste, bégaya Richard.

Le vieux le reprit aussitôt:

— Ba-tis-te. Le «p» est muet!

— Baa-tiste LambUrt.

— LambErt, pas LambUrt, corrigea-t-il en gesticulant de façon menaçante avec son fusil.

Richard respira profondément, attendit que les syllabes s'alignent bien, les unes derrière les autres, avec leur juste répartition de voyelles et de consonnes, et prononça tout haut:

— Jean Ba-tis-te Lam-bErt!

Enfin le bonhomme souriait. Il baissa son fusil.

— M'entends-tu avec ta caméra?

Richard fit signe que oui.

— Laverdière, commença à lui expliquer Baptiste, ta mère te parle «frança» comme tu dis, et moi je te parle français parce que, pour des millions de Francos comme nous autres, les États-Unis c'est pas notre vrai chez-nous, non! C'est plutôt un pays que la misère a choisi pour nous.

CHAPITRE 2

La famille

1

C'était le deuxième arpent de terre cultivable que Valmore Lambert arrachait à la forêt des Cantons de l'Est, dans les collines près de Béthanie. Fraîchement labouré, ce lopin s'ajoutait à un autre où du sarrasin venait d'être récolté, formant une petite clairière où toute la famille travaillait, en cette belle et chaude journée de septembre.

La mère, enceinte, ramassait les pierres que la charrue avait fait jaillir de partout. Une enfant de sept ans, Cécile, l'aidait comme elle pouvait, se faisant des brassées des plus petits cailloux qu'elle allait déverser sur le «stoneboat», une sorte de grande traîne de bois que tirait Samson, un gros cheval roux et musclé, qui paraissait avoir été justement baptisé.

Baptiste avait eu cinq ans à l'été.

Debout pieds nus sur une pierre énorme, il tournait d'un quart de tour, à chaque coup de masse, la mèche sur laquelle frappait Valmore de toutes ses forces pour percer un trou dans ce rocher qui trônait avec arrogance au beau milieu du champ.

Madeleine, le bébé, dormait dans une wagonnette.

Un griffon de petit chien, drôle et nerveux, courait en zigzag sur les labours, inspectant du bout du nez chaque endroit où une pierre avait été ramassée.

Valmore sortit un bâton de dynamite de sa poche, le perça avec un bout de branche aiguisé et y introduisit un détonateur. Il expliquait en détail chaque opération à Baptiste, suspendu à ses lèvres comme un écolier studieux.

— Tiens ça comme il faut, demanda Valmore, en remettant précautionneusement la dynamite dans les mains de l'enfant.

— Valmore, s'écria sa femme, veux-tu me dire dans le saint monde ce que tu lui fais faire là?

— Sais-tu quel âge j'avais quand mon père m'a laissé détoner seul ma première charge de dynamite?

— Dix ans, répondit Évelyne qui connaissait sur le bout de ses doigts la chronologie des exploits de son mari.

— Neuf, rectifia-t-il.

Pendant qu'Évelyne amenait les deux filles et le cheval plus loin, Valmore termina les préparatifs de l'explosion avec Baptiste qui donnait l'impression de commencer à comprendre l'importance d'être le fils aîné dans une famille.

— Après le bon Dieu, expliqua le père, en bourrant avec de la terre humide l'orifice où il venait de glisser l'explosif, la dynamite c'est ce qu'il y a de plus fort. Avec de la dynamite, on peut déplacer des montagnes.

Il allongea encore le cordeau pour bien donner le temps à l'enfant de courir avec lui et de se mettre à l'abri avec le reste de la famille qui attendait près du cheval.

— Bouchez-vous les oreilles.

Évelyne pressa Baptiste contre elle comme s'il venait d'échapper à un grave danger.

— Maman, tu m'étouffes!

Valmore sourit en voyant le petit qui se débattait pour se dégager de l'étreinte de sa mère.

C'est comme ça qu'elle l'étouffait presque, lui aussi, chaque printemps quand il rentrait de la drave, les poumons encore gonflés par l'air vif des forêts. Valmore était le spécialiste des embâcles. On se l'arrachait d'un camp à l'autre, quand le bois s'empilait brusquement et formait sur les rivières un nœud inextricable qui bloquait la descente des billots vers les moulins à scie.

Enivré par les rythmes sourds des billots qui s'entrechoquaient dans l'eau tourbillonnante, fouetté par les embruns glacés, Valmore courait sur l'embâcle, cherchant la faille où insérer la clé magique de sa charge d'explosifs; puis il allumait une mèche toujours si courte qu'il sentait dans son dos, en se sauvant, le souffle chaud de la déflagration. Ces soirs-là, dans le camp, aucun des draveurs affamés n'entamait son assiette avant que Valmore se soit assis pour manger, fraîchement rasé, et l'air plus triomphant qu'un général victorieux.

Cette fois, Valmore avait peut-être été généreux avec la dynamite, la pierre s'ouvrit comme un volcan, projetant dans le ciel un gros nuage de débris. Samson bondit en avant, brisant un trait de son attelage; Évelyne apeurée repoussa plus loin les fillettes en larmes; Baptiste, lui, surexcité, sautait sur place, les mains grandes ouvertes pour recueillir la fine poussière qui pleuvait sur le champ.

— Tout le monde à la maison, ordonna Valmore, en examinant les dégâts à l'attelage. Il lui faudrait descendre au village persuader le sellier d'effectuer la réparation, même s'il lui devait encore le compte de ses dernières visites.

2

Un attroupement l'attira devant l'église.

Une poignée de villageois écoutaient le discours d'un homme qui se disait prêt à signer des contrats en bonne et due forme avec les familles intéressées à déménager aux États-Unis.

— Du travail aux États, disait le recruteur avec enthousiasme, il y en a pour tout le monde.

— Dans le textile, on prend jusqu'aux enfants. Une piastre, une piastre et demie juste à regarder une machine qui marche toute seule.

— Par semaine? s'enquit un jeune, déjà séduit.

— Par jour, rectifia l'agent, c'est le paradis là-bas!

Valmore lui rapporta le cas d'un Bolduc qui était revenu du paradis, écœuré après deux mois.

— Bolduc, c'est pas un exemple, c'est un ivrogne, riposta quelqu'un.

— Je ne connais pas votre Bolduc, enchaîna l'agent, mais je peux vous dire que pour un gars qui revient, il y en a mille qui restent. C'est simple, quand je viens par ici, j'ai le train à moi tout seul; pour retourner, je suis souvent obligé de faire le voyage dans l'allée, assis sur mon barda.

— Faut parler anglais là-bas, s'inquiéta un autre.

— Français, anglais, comme vous voulez! Les États-Unis, s'enflammait l'agent, c'est reconnu, c'est la terre de la liberté. Et puis moi, pour bien vous montrer, je recrute pour des patrons qui ne sont même pas des Américains, mais des Français de France qui auront le respect de votre langue et de votre religion.

En disant «des Français de France», l'agent avait fait le cul de poule et pris son accent le plus précieux, ce qui avait beaucoup amusé son auditoire.

Valmore tourna le dos au groupe. Piqué par cette défection, le recruteur reprit de plus belle:

— La seule différence qu'il y a entre les deux pays, c'est qu'ici vous crevez de faim tandis que là-bas les travailleurs honnêtes se garnissent vite un bas de laine.

La main sur le cœur, les yeux sur la croix du clocher, il termina son discours avec un élan de sincérité déchirante:

— Je ne viendrais pas vous mentir en plein sur la place de l'église, devant le bon Dieu!

Il ne restait qu'une mince lisière de lumière rouge au sommet des arbres quand Valmore revint de Béthanie, endormi sur le dos de Samson qui pressa le pas en flairant l'écurie.

La voiture du curé était dans la cour.

Inquiet à la vue de cette voiture, Valmore se précipita dans la cuisine, où une voisine rinçait à l'eau de la pompe des linges tachés de sang.

— C'est Évelyne? demanda-t-il avec angoisse.

— Inquiète-toi pas pour elle, dit le curé qui sortait de la chambre à coucher, elle va bien.

Il avait l'air d'un corbeau chétif ce curé, avec sa barrette élimée sur la tête et, au cou, une mince étole violette comme un signal de mort.

— C'est l'enfant, elle a perdu un garçon, dit la voisine dans un geignement monocorde.

— Valmore, enchaîna le curé sur un ton croassant, c'est pour la dîme que je passais, mais le bon Dieu a permis que je sois là à temps. Il a été ondoyé.

Comme Évelyne garde la maison propre, pensa Valmore, en regardant tristement autour de lui. Les murs blanchis à la chaux l'enveloppaient aussi doux que des linceuls, l'érable luisant du plancher lui renvoyait son image, la table, recouverte de sa nappe cirée, lui semblait un paisible étang gelé où marchait un enfant qu'il ne reconnaissait pas. Il le voyait faire maladroitement ses premiers pas quand tout à coup la glace fine céda sous son poids. L'enfant disparut rapidement dans l'étang noir, sans crier, et sans que Valmore ait pu lui tendre les bras.

Ses yeux se remplirent de larmes qui gonflèrent là sans couler, deux globes transparents à travers lesquels il apercevait le petit curé qui replaçait ses fioles religieuses dans un sac de velours, satisfait d'avoir pu saisir à temps cette âme d'occasion.

– La dîme, murmura Valmore, on a à peine de quoi manger.

3

Quelques jours plus tard, au repas du soir, Évelyne déposa sur la table un plat où fumaient des pommes de terre:

– T'es servi.

Debout à la fenêtre, Valmore regardait dehors. Partout autour de la colline sur laquelle il avait bâti la maison, il ne voyait que des arbres et il essayait de se figurer combien d'années il lui faudrait encore pour défricher une terre de grandeur convenable. Un garçon de plus aurait bien aidé…

– Les voisins s'en vont à Biddeford, annonça sa femme… dans le Maine!

Durant le court trajet qui le séparait de la table, Valmore avait déjà annexé la ferme des voisins.

– Qu'est-ce qu'ils font de leur terre? Je pourrais peut-être la louer, la cultiver.

– C'est encore plus pierreux que chez nous, dit-elle.

Puis, après une longue hésitation, elle se résolut à lui parler de ce qui la tracassait depuis qu'elle avait perdu son enfant.

– Les idées m'ont trotté dans la tête, depuis l'autre jour, mon mari. Nous autres aussi on devrait prendre le bord des États-Unis.

– Tu veux finir esclave dans un moulin? Tu n'y penses pas, sa mère!

– Si, j'y pense! Je pense aux enfants surtout, dit-elle. Tisser tranquillement à un métier plutôt que de m'éreinter dans le champ, je ne l'aurais peut-être pas perdu cet enfant-là.

Valmore repoussa de la main l'assiette qu'il avait à peine entamée. Cela paraissait tout à coup si simple à sa femme de laisser leur vie derrière. Il vacilla à l'idée qu'elle eût déjà irrémédiablement pris la résolution de partir.

CHAPITRE 3

Les grands lainiers

1

Une DeMester toute neuve, modèle 1907, s'engagea sous le portail, à l'entrée du chemin de gravier blanc qui menait au château des Roussel.

Cet élégant château du dix-huitième, Auguste Roussel l'avait acheté sur les instances de sa femme qui détestait les résidences, en général un peu vulgaires, des lainiers du nord. Riche héritière d'une grande famille de Reims, Betty préférait, comme elle se plaisait à l'appeler, cette «bagatelle», entourée par de grands jardins et par une douve où ils allaient souvent se promener en barque.

Encore malhabile, le conducteur, tailleur de son métier, appliqua les freins trop brusquement et son auto heurta la marche de pierre du perron. Le choc projeta dehors le mannequin d'osier qui occupait presque toute la banquette arrière.

Le cher homme n'avait pas besoin de ce fâcheux incident, il était déjà assez nerveux. Ce tailleur Degor, qui habillait pourtant le maire et la plupart des hommes influents de Roubaix, n'arrivait jamais à dormir la veille des essayages avec Auguste Roussel. Ce dernier lui inspirait une passion secrète, inavouable bien sûr! et Degor vivait dans l'angoisse de ne pouvoir retenir un geste qui l'eût trahi.

Aujourd'hui, il ne se contenait plus, surtout qu'il faisait l'essayage d'un costume d'académicien qu'il avait pourtant conseillé lui-même à M. Roussel de se procurer à Paris. Mais Auguste avait beaucoup insisté, il n'avait pas envie de perdre son temps en voyages à Paris pour un accoutrement, ma foi! à la mesure du talent de Degor. Le tailleur fut assez flatté de cette marque de confiance.

Il le faisait d'ailleurs remarquer à Mme Roussel et à Jacques, le fils cadet, en attendant l'arrivée du futur membre de l'Académie des Sciences.

— Vous me voyez confuse, dit Betty, mon mari n'est jamais en retard. Il quitte tous les jours l'usine à midi juste, il a dû passer quelque part, je ne comprends pas.

Degor haussa les épaules, il n'était pas à un quart d'heure près. Il n'arrêtait pas de tripoter la jaquette, décorée de feuilles de laurier, sur le mannequin posé dans un coin du salon.

Auguste fut étonné de voir le tailleur, il avait oublié le rendez-vous et il était pressé qu'on serve le déjeuner. Il avait rendez-vous à la Chambre de Commerce, dans une heure.

Degor insista pour que son client passât une chemise blanche à col cassé afin de bien se rendre compte de l'effet de la jaquette brodée, puis il lui posa un bicorne sur la tête.

— J'ai l'air d'un clown.

— Oh non, monsieur, sûrement pas, commenta Degor, en

démontant brusquement une manche. Avec votre allure, vous pouvez tout porter!

Le tailleur avait dit cela sur un tel ton, en se dandinant autour d'Auguste, que Jacques et sa mère pouffèrent de rire.

— Ce garçon rentre au lycée l'année prochaine? demanda le tailleur, espérant distraire un peu leur attention.

— Non, il part étudier au Canada, répondit Auguste.

N'eût été l'intronisation de son père à l'Institut, Jacques aurait d'ailleurs déjà été en route pour l'Amérique. Cependant, grâce à l'intervention de Mgr DcCoster, évêque de Lille, la famille avait obtenu que les jésuites du collège Sainte-Marie, à Montréal, fassent une encoche à la règle en retardant son entrée de trois semaines.

Mais cette décision d'envoyer Jacques si loin, si jeune, Betty ne l'avait pas encore acceptée. Chaque fois qu'il en était question, elle fondait en larmes.

Elle se leva brusquement et sortit du salon.

— Ah non, Betty, je t'en prie. Tu ne vas pas me refaire une crise, implora Auguste en la rejoignant dans la bibliothèque où elle s'était réfugiée.

Cette femme, le président Félix Faure n'avait-il pas loué sa force et son courage en lui remettant la légion d'honneur? Première Française à recevoir cette décoration à titre de mère de famille nombreuse, Betty faisait souvent montre d'un attachement presque déraisonnable pour chacun de ses dix enfants et surtout pour Jacques, le plus jeune.

— Nous en avons parlé cent fois, la décision est prise.

— Là-bas, il sera malheureux comme les pierres, dit-elle en pleurant, il ne pourra pas se passer de nous. Et, Auguste, tu le sais, je ne pourrai pas me passer de lui.

— Tu iras le voir!

— Quand? Tu sais bien que c'est impossible. Dès que je m'absente, si Auguste Roussel que tu sois! tu ne sais plus ce que tu fais.

— Betty, nous avons décidé qu'un Roussel prendrait un jour les usines américaines en main. Nous avons choisi Jacques...

— Tu as choisi Jacques!

— Oui, c'est celui qui promet le plus, le plus éveillé, le plus volontaire.

— Il a onze ans, tu pouvais attendre pour l'envoyer là-bas.

— Non, dit Auguste avec fermeté, je veux qu'il s'habitue au pays, à l'esprit des gens.

Tous les autres lainiers qui avaient ouvert des usines aux États-Unis se contentaient d'y envoyer des contremaîtres que la direction visitait irrégulièrement. Auguste, lui, avait résolu qu'un de ses propres enfants serait formé spécialement pour prendre la direction des affaires américaines.

— C'est inhumain, Auguste, je ne le supporterai pas.

Il s'approcha du fauteuil, s'agenouilla aux pieds de Betty.

— Tu as toujours tout supporté, même le pire, même moi! dit-il.

Elle savait bien que c'était inutile, qu'elle ne l'ébranlerait pas:

— Tu me laisseras au moins l'accompagner au paquebot, demanda-t-elle timidement, en sortant un mouchoir de dentelle brodée pour se sécher les yeux.

— Ah ça non, répliqua-t-il en se redressant, les adieux déchirants sur les embarcadères, avec toi ce serait la tragédie grecque, au moins. Il faudrait te ramener à Roubaix en ambulance, non merci!

Et sur le ton tranchant, un peu dictatorial, qu'il prenait souvent à l'usine pour faire part de ses décisions irrévocables, Auguste conclut:

— Jacques, c'est un homme! J'ai vu le directeur de la Transatlantique, le commandant lui-même l'attend sur le *Hudson*. Il vivra sur la passerelle avec les officiers, il visitera les machines, un voyage magnifique.

2

Le message du directeur de la Compagnie générale transatlantique au capitaine avait dû être très clair et il fut suivi à la lettre. Jacques, seul enfant en classe première, n'eut même pas le temps de consigner ses observations quotidiennes dans le journal que lui avait recommandé de tenir Betty.

Il suivit les officiers dans leur travail, apprit à lire les cartes; on lui enseigna à faire le point et il eut aussi le privilège, pendant un bon moment, de prendre lui-même la barre du paquebot.

Chaque fois que le capitaine, dont il partageait la table, le présentait à ses autres invités, Jacques pensait à son père qui lui avait dit gravement en lui serrant la main, à son départ du château: «Fais-nous honneur là-bas, n'oublie pas que tu représentes ta famille et la France!».

Un couple surtout l'amusait beaucoup, deux Irlandais assez âgés, qui avaient émigré aux États-Unis pendant la famine de la pomme de terre, et qui étaient retournés en Irlande, après une absence de plus de trente ans. L'homme passait ses journées sur le pont, avec sa caméra, et demandait aux passagers de poser avec sa femme, une grosse dame joviale, trop maquillée, qui parlait fort et riait encore plus fort. C'était la première fois que Jacques voyait des gens aborder ainsi les autres et entreprendre des conversations, sans avoir d'abord été présentés.

La veille de l'arrivée, il retourna à sa cabine tout de suite après le dîner. Il avait prévu monter sur le pont très tôt le lendemain matin, pour voir New York. En rangeant ses choses, il trouva dans sa valise, sous les chandails, une pile d'enveloppes que sa mère, qui lui avait demandé d'écrire chaque dimanche, s'était elle-même adressées d'avance.

Betty avait pris la peine d'y apposer des timbres du Canada, tout neufs. C'est donc pour ça qu'elle l'avait traîné à la Bourse aux Timbres, au jardin des Champs-Élysées, juste après la cérémonie à l'Académie des Sciences. Quand ils étaient revenus avec le chauffeur, tous les invités étaient repartis; son père, dans son costume neuf d'académicien, bicorne à la main, arpentait furieusement le quai de Conti, essayant d'échapper aux regards amusés des passants qui le prenaient pour un rigolo.

Dès la première lueur du jour, Jacques monta sur le pont. Durant toute la traversée, ils n'avaient croisé qu'un seul autre bateau, le *Californie*, qui naviguait vers l'Angleterre.

Maintenant, il y en avait partout dans cette rade que bordait le panorama de New York, tel qu'il l'avait vu sur une carte postale que lui avait jadis envoyée Auguste. Son cœur se serra. Même si le *Hudson* faisait demi-tour tout de suite, il faudrait huit jours pour revenir jusqu'au Havre, et encore deux heures de voiture pour Roubaix.

La voix du vieil Irlandais le fit bondir:

— The Statue of Liberty, breathtaking, isn't it son?

— Oui, je sais, dit Jacques poliment, c'est une œuvre du sculpteur Auguste Bartholdi. C'est la France qui en a fait cadeau à l'Amérique.

Il eût préféré admirer la statue géante qui célébrait l'Indépendance américaine, mais il dut lui tourner le dos pour faire plaisir à l'Irlandais qui voulait une photo de lui avec sa femme et le monument à l'arrière-plan.

Le couple offrit, quand ils accosteraient, d'aller le reconduire au train, mais Jacques sortit l'itinéraire que lui avait préparé son père et expliqua qu'il se débrouillerait très bien.

— Un coche jusqu'à la Grand Central Station, le train jusqu'à Montréal et de nouveau un coche jusqu'au collège!

Il les remercia, leur fit ses adieux et retourna au bastingage observer les manœuvres délicates de l'accostage. Le quai grouillant de monde, la rumeur qui montait de la ville lui donnèrent une impression de vertige. Il était stupéfait par ces premières images d'un continent qu'il avait, pour ainsi dire, la mission de conquérir pour la famille Roussel.

Le lendemain soir, très tard, il sonna à la porte du collège Sainte-Marie.

Le supérieur lui-même vint l'accueillir:

– C'est nous qui sommes Jacques Roussel? demanda l'onctueux, mais strict jésuite.

– Oui, mon père.

Et il lui remit la lettre d'introduction qu'avait écrite à son intention un ami de la famille, nul autre que le Supérieur général de la Société de Jésus...

– Allons rejoindre vos camarades.

Tout le long des corridors obscurs qui menaient au dortoir, Jacques fut guidé par la voix monotone du supérieur qui lui récitait le règlement du collège:

– Six heures, lever; six heures trente, méditation et messe à la chapelle. Sept heures quinze, déjeuner en silence...

Derrière eux, un portier roulait le gros chariot avec les bagages.

– Vous verrez, la discipline du collège vous sera très salutaire, lui fit remarquer le supérieur, en le confiant au surveillant de dortoir.

Il mit des heures à s'endormir, troublé par les respirations et les ronflements, par toutes les odeurs exhalées autour de lui. Il se dressa un peu, émergeant à peine dans cette mer de lits blancs, tous pareils, essayant de distinguer précisément quelqu'un ou quelque chose. Il n'y avait que la houle blanche des couvertures, dans l'obscurité un peu brumeuse. Tout était confondu, maussade et nébuleux, comme l'idée qu'il se faisait des sept prochaines années qu'il devrait passer dans cette institution étrangère.

CHAPITRE 4

La fièvre des USA

1

Évelyne n'avait jamais plus parlé de partir, elle s'était même préparée pour l'hiver, comme elle le faisait toujours. Elle avait cuit en confiture toutes les baies sauvages qui mûrissent à l'automne, mais au lieu de ranger dans une armoire les pots hermétiquement scellés d'un papier brun, elle les avait empaquetés dans une caisse de bois avec ceux de l'été: les fraises, les framboises, les mûres.

Elle avait soigneusement reprisé tous les vêtements d'été et les avait rangés dans un coffre avec des draps, des couvertures et les quelques objets qu'elle avait décrochés des murs. Petit à petit, toute la maison s'en allait dans des caisses qu'elle empilait près de la porte.

De son côté, Valmore avait fait boucherie avec les deux cochons dont il avait placé les meilleurs morceaux de poitrine dans un petit baril de saumure. Le reste de la viande, il l'avait vendu à Béthanie. D'habitude il fumait les fesses en jambon, fondait la panne en saindoux.

Puis un matin, la décision de ce départ, dont le couple n'avait pourtant pas rediscuté autrement qu'en posant l'un et l'autre certains gestes inhabituels, devint irrévocable. Valmore sortit leur vache de l'étable et marcha avec elle jusque chez Arès, un fermier prospère qui avait consenti à la lui acheter pour quelques dollars. C'est certainement la pitié qui avait conduit Arès à stigmatiser son beau troupeau Jersey avec cette métisse maigrichonne.

À son retour, Valmore placarda avec des planches les fenêtres de la maison et commença à charger la charrette de leurs maigres possessions. Il réussit à tout y entasser, sauf le poêle, les lits et le bahut de la cuisine. Il attacha aux ridelles une cage avec les poules qu'ils mangeraient durant le voyage d'une dizaine de jours, si tout allait bien.

Évelyne, la petite Madeleine dans les bras, prit place sur le siège de bois, à l'avant de la charrette, et Valmore installa Cécile tant bien que mal entre les caisses.

— Baptiste, arrive! cria-t-il, impatient de se mettre en route.

Le garçon ne broncha pas. Il était à genoux par terre et caressait son chien. On lui avait expliqué que la famille partait en voyage, mais que le chien resterait derrière pour garder la maison.

— Baptiste!

Empêtré dans ses vêtements trop grands et trop chauds pour cette belle journée d'octobre, il eut du mal à grimper dans la charrette qui s'ébranlait déjà.

Le chien les regarda aller quelques secondes puis il partit à leur suite. Valmore arrêta le cheval et descendit de voiture allonger un coup de pied à la bête qui rebroussa chemin aussitôt. La charrette avait à peine commencé à s'éloigner que le chien se remit à la suivre.

— Laisse-le faire, dit Évelyne, il va se fatiguer.

Valmore la dévisagea; elle savait très bien que le maudit chien les suivrait tout le long de la route et qu'ils l'auraient sur les bras, une fois à Woonsocket. À la ville, un chien qui n'avait jamais vécu ailleurs qu'à la campagne!

Valmore sauta de la charrette, sortit son fusil et mit la bête en joue.

— Non, cria Évelyne, qui instinctivement couvrit les yeux de Madeleine avec son châle.

Baptiste s'était précipité en bas de la charrette et lançait des pierres au chien pour essayer de lui faire rebrousser chemin.

— Va-t-en, chien, sauve-toi.

L'animal retraita enfin jusqu'à la maison où il se blottit piteusement contre le perron.

Valmore rangea le fusil et la famille reprit la route.

Derrière la charrette, le menton appuyé sur la cage où piaillaient les poules, Baptiste pleurait. Il ne comprenait pas pourquoi tout à coup il avait si mal, pourquoi ses mains étaient froides comme en hiver, ni pourquoi il se sentait dans le ventre des déchirements comme lorsqu'il avait trop faim.

Cette maison, la seule qu'il eût jamais connue, et dont la dernière image s'embrouillait dans ses larmes, il sentit qu'il ne la reverrait plus jamais, comme toute une portée de chats qui avait disparu subitement de la grange, il y a longtemps.

– Ils sont morts, lui avait dit sa mère! Et il ne les avait jamais revus.

Ma maison est morte, réfléchit l'enfant.

2

Pendant les deux jours du voyage jusqu'à la frontière, Évelyne et Valmore parlèrent peu. Ils restaient en boule avec leurs pensées, comme des arbres que l'on déplante et dont on enveloppe les racines avec leur motte de terre avant de les transplanter.

Valmore pensait qu'il aurait peut-être dû devenir foreman dans les chantiers. Il se serait bien vu avec des groupes d'hommes à mener, les aiguillonnant chaque jour au travail, les forçant à se surpasser, tout en les protégeant contre la rapacité des bourgeois qui en veulent toujours plus, mais qui rechignent sans cesse sur les salaires et sur la nourriture. Il serait resté dans le bois, même l'été! Il aurait préparé le travail de l'hiver suivant, réparé les bâtiments, il était habile en menuiserie, et en aurait profité pour aller à la pêche.

Les plus belles sensations de son existence étaient toutes associées aux moments passés en forêt, dans les chantiers: l'intense fraternité entre les bûcherons, le sentiment de puissance à coucher, en quelques coups de hache, des arbres centenaires, la frénésie de dénouer les embâcles.

– Les enfants vont peut-être pouvoir s'instruire là-bas.

La voix de sa femme le tira d'une rêverie si profonde qu'il ne répondit même pas. De toute manière, qu'aurait-il dit, lui qui ne savait ni lire, ni écrire et qui n'en voyait pas la nécessité? Il se débrouillait pour compter, c'était l'essentiel!

Évelyne pensait aux enfants: ceux qu'elle avait, ceux qui viendraient. Elle pensait rarement à autre chose.

Elle était rieuse, elle aimait la vie. Ce qui lui avait beaucoup plu quand elle avait rencontré Valmore, c'était sa façon de blaguer tout le temps et de rire. Hélas, les motifs de s'amuser étaient disparus rapidement et il était devenu grave, presque taciturne, comme si quelque chose le rongeait, quelque chose dont elle s'attribuait la responsabilité. Elle avait eu trois enfants coup sur coup, mais le troisième, celui qui suivit Baptiste, mourut subitement, moins d'un mois après sa naissance, c'était un garçon lui aussi. Il y eut trois ans de répit et ce fut Madeleine, suivie de celui-là qu'elle venait juste de perdre.

Elle mettait les filles au monde avec l'aisance d'une chatte, mais pas les garçons. Elle avait accouché péniblement de Baptiste, qui était souvent malade depuis sa naissance. C'était un enfant vif et éveillé, mais il était malingre et ne profitait pas vite.

Au moins en grandissant dans une ville, pensait-elle, il pourra rester à l'école plus longtemps et trouver un travail moins éreintant qu'à la ferme. Elle imaginait la ville comme un endroit où les gens ne font que des travaux légers et agréables: servir le public dans des commerces, lire et ranger des papiers dans des bureaux, surveiller des machines dans des fabriques.

3

La première nuit, comme il faisait très doux, la famille coucha dehors, dans une sorte d'abri que fit Valmore sous la charrette. Il fut soulagé de ne pas avoir eu à quêter le gîte chez des étrangers.

Le lendemain matin, ils furent réveillés très tôt par les hennissements de Samson et d'autres chevaux. En apercevant leur petit campement, une autre famille, en route vers les États-Unis, comme eux, s'était arrêtée pour les saluer.

Les Verrier arrivaient de Saint-Ours, sur le bord du Richelieu.

En discutant avec Adelbert, un petit bonhomme rond aux cheveux frisés qui riait tout le temps, Valmore se rendit compte que les Verrier allaient à Woonsocket eux aussi. C'était le curé d'une paroisse de Woonsocket, revenu en vacances à Saint-Ours, son village natal, qui les avait convaincus, en même temps qu'une dizaine d'autres familles, de s'exiler aux États-Unis.

Au prône, ce curé avait même fait un rapprochement avec les États-Unis et la terre promise de l'Évangile, expliquait Adelbert, les yeux pétillants. Il avait tout de suite eu la piqûre et avait liquidé en deux jours sa terre et son troupeau de huit laitières.

Adelbert Verrier avait aussi sur lui un papier signé, qui était une promesse d'emploi pour lui et sa femme, aux Lorraine Textile Mills. Et sur un autre bout de papier, l'adresse de la maison où ils habiteraient. Valmore l'écoutait avec émerveillement. Tout à coup, il lui parut que cet exil le déchirait moins.

Un bavard qui n'avait parlé à personne d'autre qu'à sa femme depuis deux jours, Adelbert fut si heureux de cette rencontre qu'il suggéra que les deux familles fassent route ensemble, au moins jusqu'à la frontière.

Toute la journée, il dut retenir ses deux superbes chevaux qui cherchaient toujours à distancer le pauvre Samson et sa charrette bringuebalante. Verrier aurait pu prendre le train du Grand Trunk comme les autres de Saint-Ours, il en avait les moyens, mais il avait décidé de conserver cet attelage, qu'il avait dressé lui-même. La moindre impulsion d'Adelbert sur les rênes était captée aussitôt par ses deux chevaux, qui réagissaient dans le plus parfait unisson. Il en était si fier qu'il s'amusait à leur faire constamment changer d'allure, jetant chaque fois un œil à Valmore pour s'assurer qu'il remarquait la docilité de son attelage. Cela n'avait pas échappé à Valmore, mais son Samson, lui, n'avait que deux allures, le pas lent, et un peu moins lent.

En approchant de la frontière, les deux familles rencontrèrent plusieurs autres voitures. Il y avait même des hommes à pied qui transportaient leurs bagages sur leur dos.

Les États-Unis apparurent enfin, de l'autre côté d'une rivière rapide qu'enjambaient un pont de bois couvert et un autre en fer, pour les trains. La terre promise ressemblait étrangement à celle qu'ils allaient quitter.

S'ils n'avaient pas été accueillis de l'autre côté du pont par un grand panneau, surmonté d'un aigle et proclamant: *Welcome To The United States of America,* les voyageurs n'auraient jamais su qu'ils quittaient le Canada. D'où ils venaient, pas de poste frontière, pas de douanier. La porte était pour ainsi dire grande ouverte comme si l'on avait souhaité qu'ils s'en aillent.

Aux USA, c'était bien différent.

Des gardes en uniforme les accueillaient. Ils montaient ensuite dans chaque voiture examiner les bagages, tandis que les chefs de famille étaient invités à se rendre dans un grand bâtiment de clapboard, où on prenait note de leurs noms et de ceux de leurs dépendants.

Un homme en sarrau blanc, qui semblait être un médecin, voyait ensuite tout le monde. Il passait rapidement, tapotant un peu les joues des enfants, et posant ici et là des questions dans un français si incompréhensible qu'on y répondait en général par des signes de tête ambigus qui ne voulaient dire ni oui ni non. Heureusement, il paraissait chaque fois satisfait de la réponse et allait vers un autre immigrant.

Adelbert fut très impressionné par toute cette organisation frontalière. Elle était, selon lui, le signe d'un pays qui porte un intérêt véritable à ses habitants. Ils n'étaient pas sitôt entrés qu'on s'intéressait de savoir d'où ils venaient et où ils allaient, de connaître les raisons qui les attiraient ici. Invariablement, tous répondaient: «work! work!», le sourire aux lèvres, l'espoir dans les yeux.

Les Verrier et les Lambert convinrent de se séparer pour la continuation du voyage: les chevaux d'Adelbert avaient déjà la bouche tendre d'être retenus et Samson, les pieds meurtris d'essayer de les suivre. Les nouveaux amis se donnèrent rendez-vous à Woonsocket, où les Verrier invitèrent les Lambert à partager leur maison, tant qu'ils ne se seraient pas trouvé un endroit pour habiter.

4

Il faisait presque nuit quand Valmore s'arrêta à une ferme demander l'hospitalité. Évelyne pourrait aller dormir dans la maison avec les enfants, lui coucherait dans la grange. Baptiste insista pour faire comme son père.

Ils s'allongèrent dans le fenil, sur le foin.

— Est-ce qu'on arrive bientôt? demanda l'enfant.

— Il nous reste encore un bon bout de chemin.

— Où est-ce qu'on va?

— Baptiste, ça fait dix fois que je le répète: Woonsocket.

Valmore prit la main du petit et la garda un long moment roulée dans la sienne.

Baptiste s'endormit en essayant de former avec ses lèvres les syllabes de ce mot incompréhensible: Woon-sock-et.

Au milieu de la nuit, un son retenu, presque un murmure de brise, tira l'enfant de son sommeil. Il se dressa sans faire de bruit, tendit l'oreille: tout était calme. Il pouvait même percevoir le souffle des chevaux qui dormaient en bas. Puis, près de lui, dans le foin, un criquet répondit à l'appel nocturne d'un autre qui chantait au loin.

Après un long silence, la même plainte, qui l'avait éveillé, se fit entendre de nouveau. Il se leva et marcha jusqu'au bout du grenier, qui surplombait un appentis, où était entassé tout un fourbi de machines agricoles. C'est de là qu'était venu le gémissement, il en était sûr.

Il revint sur ses pas, descendit l'escalier, longea les stalles des chevaux et sortit. Le grincement de la porte alerta le chien de la ferme, qui aboya deux ou trois fois, puis se calma. Baptiste, qui avait attendu écrasé contre la porte, reprit à pas feutrés sa marche vers l'appentis, s'immobilisant chaque fois qu'il entendait le gros chien remuer sa chaîne.

Il se glissa silencieusement sous la grande porte de la remise et prêta l'oreille. Quelque part dans ce capharnaüm, il percevait le halètement d'une bête.

D'une voix imperceptible presque, il murmura:

– Chien... chien!

Un geignement lui répondit, ce qui dilata son cœur et lui fit venir les larmes. C'était son chien. Il voyait scintiller ses yeux luisants. Il se faufila jusqu'à lui, à travers les dents menaçantes d'un râteau mécanique, et l'embrassa si fort que la bête étouffée grogna légèrement. Il relâcha son étreinte et se mit à lui souffler tout bas dans son oreille, qui se dressait, les choses les plus tendres.

À l'aube, Valmore, surpris de ne pas trouver l'enfant, alla jusqu'où le fenil surplombait l'appentis: en bas, Baptiste s'était endormi, allongé sur la terre battue, le chien ramassé en boule contre lui.

En les voyant ainsi réunis, Valmore raisonna que cette déchirure, la sienne, n'était peut-être pas aussi définitive qu'il l'avait d'abord envisagée, qu'il reviendrait dans son pays que, pour le moment, son cœur gardait en jachère.

5

C'est presque dans un cortège que la famille entreprit la dure traversée des White Mountains, dans le New Hampshire. On aurait dit qu'aux environs de Dixville Notch, les voyageurs s'étaient inconsciemment attendus les uns les autres pour effectuer ensemble cette partie pénible du voyage, alors que la route étroite, de plus en plus raide, se fraie un passage dans les forêts montagneuses du nord-est.

Une sorte d'espoir fiévreux, une frénésie s'était emparée de Valmore, qui avait pris la tête du peloton. La misérable charrette des Lambert, branlant et grinçant de partout, ouvrait la marche, tirée vaillamment par Samson, qui ruisselait sous son attelage.

Le chien trottinait tout à côté. L'histoire de son odyssée fit vite le tour de la caravane et donna à l'humble bête une grande notoriété. Tout le monde avait une anecdote à raconter sur la loyauté des chiens, mais il est évident que cet incroyable voyage du chien de Baptiste pour retrouver les siens lui conférait un statut particulier. Tout le monde voulait le caresser, lui offrir des restes à manger, et grâce à lui, la famille n'eut bientôt que des amis parmi cette bande de déshérités, qui avaient tous été frappés par la même maladie: la fièvre des États-Unis.

6

À l'automne de 1907, cette maladie des États-Unis, qui durait depuis plusieurs années, eut même indirectement un certain écho dans les journaux de Montréal.

Un obscur député libéral, Athanase Fontaine, qui avait été jusque là un disciple servile de son chef, sir Wilfrid Laurier, s'était levé au Parlement d'Ottawa pour fustiger son propre gouvernement qui, selon lui, ne se préoccupait pas de l'exode massif des Canadiens français vers les États-Unis.

Pendant le discours enflammé de cet humble back-bencher, on vit le premier ministre du Canada rougir de colère et quitter la Chambre des Communes avec fracas.

Le député Fontaine ne mâchait pas ses mots:

— C'est le Québec qui saigne, s'était-il écrié devant la Chambre, d'abord amusée par le discours d'un collègue qui était toujours demeuré silencieux, et si nous n'arrêtons pas tout de suite l'hémorragie, c'est toute la civilisation française, en Amérique, qui mourra.

— Messieurs, depuis la diaspora, c'est la plus tragique dispersion d'un peuple: un demi-million de Canadiens français se sont exilés aux États-Unis, depuis vingt ans, le cinquième de la population du Québec. Et cette légion d'exilés, ils parlaient tous français.

Fontaine avait poursuivi sa harangue en rappelant que le gouvernement du Canada ne se gênait pas, pendant ce temps, pour importer des Allemands et des Ukrainiens afin qu'ils colonisent les provinces de l'ouest. Il payait leur voyage et leur donnait même de l'argent comptant pour s'établir.

— Nous payons pour faire venir des étrangers et pourtant nous laissons s'exiler les Canadiens français.

Le député avait conclu en lançant l'accusation qui fit bondir Laurier.

— Je vous le demande, Monsieur le Premier Ministre, je le demande à toute la Chambre: comment, dans ces circonstances, ne pas croire à une conspiration pure et simple, une conspiration du Canada pour se débarrasser enfin des Canadiens français, pour étouffer une race qui a survécu ici, depuis plus de trois siècles, une race que même la conquête n'avait pas réussi à anéantir?

L'influence de sir Wilfrid Laurier était si forte au Québec, où la population nageait toujours dans l'euphorie d'avoir un Canadien français à la tête du gouvernement, que la violente sortie de Fontaine n'aurait sans doute jamais été rapportée dans les journaux, n'eût été une coïncidence extraordinaire: ce même soir, le député Fontaine mourut, terrassé par une crise cardiaque.

Et surtout, un journaliste de l'influent quotidien *The Gazette* apprit qu'Athanase Fontaine avait été convoqué précipitamment au bureau du Premier ministre, tout de suite après son discours. Là, en présence de MM. Brodeur, Lemieux et Bureau, trois Canadiens français du cabinet de Laurier, Fontaine non seulement fut réprimandé sévèrement, mais on le somma de s'excuser publiquement en Chambre de cette attaque «injustifiée», sous peine d'être expulsé du parti.

Fontaine fut si bouleversé par le blâme de ceux-là mêmes qu'il avait cru pouvoir gagner à sa cause qu'il fit une première attaque, dans le bureau du Premier ministre. Afin d'éviter de déclencher le moulin à rumeurs, il fut traîné agonisant jusqu'à son modeste bureau de député où il succomba, avant que n'arrive le médecin appelé d'urgence.

Le journaliste de la *Gazette* avait obtenu cette information d'une secrétaire, qui avait été attirée par la discussion plutôt énergique provenant du bureau du Premier ministre. Sir Wilfrid, qui n'avait jamais apprécié, malgré toutes ses traîtrises, qu'on mît en doute sa fidélité pour ses compatriotes canadiens-français, fulminait, abreuvant son propre député des pires injures.

La secrétaire avait ensuite entendu le bruit d'un corps qui s'affaisse par terre, puis elle avait vu les ministres nerveux traîner le député dans les couloirs du parlement pour le ramener à son bureau.

La nouvelle de la *Gazette* fut aussitôt reprise et montée en épingle par *La Presse* où, dans une chronique, un journaliste, dont l'aversion qu'il nourrissait pour les libéraux était de notoriété publique, alla jusqu'à insinuer que Fontaine aurait peut-être reçu des coups, durant l'orageuse réprimande. Le chroniqueur ne réclamait pas moins qu'une enquête royale sur ce «meurtre» qu'on essayait de dissimuler.

Athanase Fontaine laissait dans le deuil son épouse Henriette, deux enfants, Émile, dix-huit ans, et sa sœur Simone, beaucoup plus jeune. Sa disparition, qui n'aurait ordinairement fait l'objet que d'un entrefilet, eut ce certain retentissement de presse et ses obsèques furent l'occasion d'un bel hommage de tous ceux qui s'intéressaient à la survivance des Canadiens français.

Aux funérailles, une cérémonie diacre sous-diacre célébrée par un parent du député, le président général de la Société Saint-Jean-Baptiste du Québec, dont tout indiquait qu'il n'avait même pas connu le défunt, lui rendit un éloge funèbre vibrant et très personnel.

Dans sa pompeuse oraison, l'orateur fit allusion au beau sacrifice de la veuve qui «avait interrompu une brillante carrière d'institutrice pour mieux épauler son mari» (elle avait en fait donné des leçons de piano), et surtout il loua les exemplaires liens fraternels qui unissaient le défunt à celui qui avait voyagé de si loin pour officier au service... (non seulement le célébrant, qui était curé dans une paroisse de Nouvelle-Angleterre, n'était pas le frère du disparu, mais il ne portait pas le même nom, c'était un abbé Pelland!).

La question, qu'avait soulevée avec tant de passion Athanase Fontaine dans son envolée parlementaire, fut pour ainsi dire enterrée avec lui. La fièvre américaine, elle, continua de sévir et le gouvernement ne crut jamais bon d'intervenir.

La province de Québec, au tournant du siècle, avait vu, en une vingtaine d'années, un demi-million de ses habitants s'exiler, des déshérités surtout, qui venaient des quartiers populaires de Montréal, des paysans qui n'arrivaient pas à nourrir leur famille sur leurs terres misérables des Cantons de l'Est, du Bas Saint-Laurent ou de la Gaspésie. Le sixième de la population! Mais qui au gouvernement fédéral d'Ottawa se serait inquiété de l'exode de ces cinq cent mille peigne-culs, tous par surcroît Canadiens français ?

Jusqu'à ce que l'industrie déménage dans les États du sud, où la main-d'œuvre noire était encore moins exigeante, ces vagues d'immigrants canadiens-français alimentèrent les moulins textiles de la Nouvelle-Angleterre. Des générations entières de weavers de laine ou de coton, qui se levaient à la barre du jour, dans les maisons de bois des petits Canada de Lowell, de Manchester, de Biddeford, Lewiston ou Woonsocket, pour aller dans des étuves faire tourner les machines qui habillaient l'Amérique.

CHAPITRE 5

Après le bon Dieu!

1

— J'ai faim! annonça subitement le vieux.

Son fusil de gros calibre pointant par le carreau ouvert de la guérite, Jean-Baptiste Lambert parlait depuis des heures à Richard Laverdière qui enregistrait tout avec sa caméra vidéo.

À part cette curieuse circonstance, la vie de Woonsocket suivait son cours normal. Seule une poignée de curieux, alertés par les sirènes des véhicules de police et de pompiers, s'étaient rendus sur le terrain des Lorraine Textile Mills et la nouvelle de ce qui s'y déroulait n'avait pas encore fait le tour de la ville.

Frank Généreux attendait que Richard lui remette des images de son entretien avec Lambert pour passer un bulletin à son téléjournal du soir. Il avait aussi appelé sur les lieux un autre caméraman, un surnuméraire, afin qu'il lui enregistre du visuel d'accompagnement.

Quant au chef Gilbert, il n'était pas trop inquiet. Assis confortablement sur le capot de sa voiture, il se délectait à même une grosse chaudière de poulet Kentucky, sachant qu'il mettrait fin à cette histoire, aussitôt que le vieillard tomberait de sommeil.

Son acolyte, le lieutenant Beauchamp, était du même avis, il l'était toujours.

— Once the old fart's asleep, we'll sneak in and grab his gun.

En effet, le bonhomme ne durerait pas indéfiniment, la fatigue le forcerait bientôt à relâcher sa garde, et ensuite ce ne serait qu'un jeu d'enfant de se faufiler dans son château fort et de le désarmer. Tant mieux, car cette paire de policiers: le chef rondouillet corseté dans son gilet pare-balles, et le lieutenant avec ses éternelles lunettes Polaroïd, fusil à pompe à la main, ne paraissaient pas taillés pour des besognes policières trop complexes.

Richard offrit tout de suite à Baptiste d'aller lui chercher quelque chose à manger.

— Attention, précisa le vieux, je ne veux pas des cochon-neries de hamburgers ou de hot dogs. Tu vas me rapporter du ragoût de patte.

— Du quoi?

— Du ragoût de patte, comme nos parents faisaient.

Heureusement, pensait Richard, que sa mère, qui l'obligeait parfois à parler français, ne le forçait pas aussi à manger ces spécialités de leurs ancêtres.

— Où est-ce que je trouve ça?

– Y a encore le restaurant *L'Habitant* dans le Petit Canada où on sait le faire.

Richard ne demandait pas mieux que de se dégourdir les jambes et il avait faim lui aussi. En outre, cette halte lui donnerait l'occasion de rassurer le chef Gilbert sur ce bonhomme qui, en fin de compte, ne lui paraissait pas très dangereux.

– Pas si vite, reprit Baptiste, tu vas aussi dire au chef de police que je veux voir le maire ici tout de suite, «d'urgence».

2

– Mr. Mayor, straighten the bike, please Mr. Mayor!

Le jeune photographe du *Woonsocket Call* n'arrivait pas à prendre sa photo. En selle sur une grosse cylindrée, le maire Rochon tanguait d'un bord, puis de l'autre, menaçant à tout moment de sombrer avec l'énorme motocyclette. Chacun d'un côté de la Kawasaki, deux hommes d'affaires, costumes sombres et souliers Gucci, deux Japonais à peine plus haut que l'engin, essayaient tant bien que mal de contribuer à l'équilibre général, au risque d'être aplatis à tout jamais par une dégringolade du maire.

Kelly, la secrétaire de la municipalité, sortit en courant de l'hôtel de ville pour annoncer au maire que le chef Gilbert réclamait sa présence, de toute urgence, aux moulins de la Lorraine Textile.

Rochon l'entraîna à l'écart. Il ne voulait pas que les représentants de la firme japonaise, qui venaient de faire l'acquisition du terrain et des moulins, apprennent ce qui s'y passait. Mais ce qui le courrouça plus que tout, c'était que Gilbert n'eût pas encore trouvé de solution à cette sale histoire; «Gilbert, une nouille! disait-il, un poltron qui endosserait son gilet pare-balles pour diriger la circulation, à la sortie de la grand-messe du dimanche».

3

Lancée comme un bolide, la Cadillac du maire, après avoir évité de justesse le peloton de curieux et le gros camion des pompiers, s'arrêta contre l'auto-patrouille où Gilbert digérait paisiblement son Kentucky Fried.

L'humeur cinglante du premier magistrat secoua rudement la béatitude du chef.

— Bravo, Gilbert, bravo! What the hell's going on here?

— We're waiting!

— Waiting, hurla le maire avec mépris, I can't believe how stupid you are!

Chaque fois que le maire le traitait ainsi, c'est-à-dire presque chaque fois qu'il lui adressait la parole, le brave Gilbert sentait ses yeux d'épagneul se gonfler d'eau et il implorait le ciel de lui donner l'audace de remettre sur-le-champ sa démission. Jusqu'ici, sa prière n'avait jamais été exaucée.

Rochon n'eût rien demandé de mieux que de congédier cette andouille, mais peu de temps après son élection, il avait été surpris par le chef, en très compromettante position avec la jolie Kelly. Il était resté tard à l'hôtel de ville, ce soir-là, se faisant instruire sur les dossiers par celle qui cumulait les fonctions de greffier et de secrétaire de la municipalité. Ayant ensuite offert de la raccompagner chez elle, ils avaient continué de discuter dans sa voiture, dans le parking, derrière l'immeuble. Et de fil en aiguille, cette conversation professionnelle avait dégénéré...

Le chef de police, en faisant sa ronde, avait aperçu la Cadillac du maire et remarqué qu'un des pneus était à plat, à l'arrière. Il sonda la porte du coffre, elle n'était pas verrouillée, il entreprit donc de changer la roue.

Ce geste délicat dura une éternité pour le couple à moitié nu, écrasé en sandwich sur la banquette arrière. Il n'osait plus bouger de crainte d'être découvert ou, pis encore, de faire s'écrouler la grosse voiture, en bas du cric.

C'est lorsque Gilbert, une fois la réparation terminée, voulut laisser une petite note sur le tableau de bord que l'incident tourna au fâcheux. Intrigué par les vêtements éparpillés partout, il inonda l'auto avec la lumière de sa lampe de poche. Il fut si stupéfait par l'apparition qu'il resta un long moment immobile, la lampe braquée sur le tandem pétrifié.

Ce n'est qu'en entendant le maire Rochon vociférer: «...sonofabitch, Gilbert, what do you want?» que le chef reprit ses sens et éteignit enfin sa lampe. Et encore il ne laissa le maire à sa besogne qu'après lui avoir recommandé de ne pas rouler trop longtemps sur un pneu de secours.

Le fossé que cette mésaventure avait creusé entre les deux hommes n'arrêtait plus depuis de s'élargir.

Rochon dévisagea son chef de police avec mépris. Qu'attendait-il pour agir? Que Lambert meure de vieillesse et que l'affaire se règle d'elle-même!

– I'm going to talk to him, face-to-face, annonça le maire, en se dirigeant vers la guérite.

Le lieutenant Beauchamp lui barra presque la route avec le plat chaud que venait de livrer la camionnette de *L'Habitant*.

– Lambert ordered some stew, expliqua Beauchamp.

Le maire lui arracha des mains l'assiette en papier aluminium, soigneusement scellée d'un couvercle de carton, et continua sa marche d'un pas ferme. Le chef courait derrière lui, gilet pare-balles à la main.

– Mr. Mayor, suggéra-t-il, en exhibant le bouclier.

Rochon s'arrêta net et lui jeta un regard si foudroyant que le chef se sentit transpercé, malgré les pare-balles, celui qu'il avait à la main et l'autre qu'il portait sans arrêt depuis le début de cette histoire.

Le maire n'était plus qu'à une dizaine de mètres de la guérite quand Baptiste lui ordonna d'arrêter. Il hésita, oh! une seconde, et poursuivit bravement, mais le vieux épaula son fusil.

Le lieutenant Beauchamp et deux autres policiers braquèrent immédiatement leurs armes sur la guérite, en se donnant des airs de tireurs d'élite, ce qui ne rassura pas du tout Rochon qui était devant eux et connaissait leurs capacités.

Par précaution, il retraita de quelques pas.

– Qu'est-ce que vous avez là-dedans? s'enquit Baptiste en pointant l'assiette avec le canon du fusil.

– Your supper.

Le vieux demanda à Richard de vérifier le contenu du plat. Oui, ce devait être le ragoût de patte: des filaments de porc surnageaient dans une sauce brunâtre, en compagnie de pommes de terre et de boulettes de viande, fortement épicées au clou de girofle.

– Goûtez-le avant moi, monsieur Rochon, commanda Baptiste.

– What?

– Faites pas comme si vous ne compreniez pas, j'ai dit, en français, goûtez d'abord!

La même suspicion avait traversé en même temps l'esprit de Baptiste et celui du maire. Celui-ci retourna avec l'assiette jusqu'à Gilbert qui se débattait contre ses fantasmes: le chef imaginait avec plaisir le maire, étendu par terre, foudroyé par un coup de fusil accidentel, baignant dans une mare de sang et de ragoût.

– Tell me Gilbert, you weren't stupid enough to doctor his stew, were you?

Maintenant que Rochon était dans l'obligation d'entamer le plat, comme Gilbert s'en voulait de ne pas y avoir introduit un poison violent qui l'en eût débarrassé à tout jamais.

– No, répondit-il avec regret, for once I wasn't stupid enough.

Le maire se posta bien en vue de Baptiste, prit du bout des doigts la plus petite des boulettes et l'avala tout rond, comme une huître.

– Delicious, conclut-il, en s'essuyant les doigts sur sa pochette de soie.

Rochon était à la tête d'une ville de cinquante mille habitants, qui essayait de se relever de la désertion de l'industrie textile, et il consacrait beaucoup d'énergie à en refaire l'image. Comme premier magistrat, il se faisait un point d'honneur d'être toujours impeccablement mis, en général un gilet noir ou marine avec un pantalon gris foncé. Hélas, les arcs-en-ciel qu'il se nouait autour du cou, en guise de cravate, trahissaient brutalement son goût assez fruste.

Dave Rochon était le cadet choyé d'une famille de sept enfants, le seul que son père, petit employé de l'American Rubber Company, pût envoyer aux études. Plus coureur que studieux, Dave avait arraché de justesse un baccalauréat en commerce, à l'Université du Rhode Island, et il avait ouvert un bureau d'assurances générales à Woonsocket. La mairie était le premier échelon d'une ascension politique dont il ne voyait pas le bout. Ceux qui le connaissaient croyaient plutôt que Rochon avait déjà, en se faisant élire maire, atteint le sommet.

– C'est bon, apporte-moi mon ragoût, demanda Baptiste à Richard.

Le maire ne fut que trop heureux de se débarrasser d'un plat aux relents de son enfance.

En s'approchant de la guérite pour aller déposer le repas sur l'allège de la fenêtre, Richard aperçut sur un comptoir, derrière le vieux, un engin qui le laissa complètement stupéfait. Une douzaine de bâtons de dynamite étaient ficelés en paquet et reliés à une pile par un fil électrique dont un des conducteurs était déjà branché à une borne. Il suffisait de faire contact sur l'autre borne pour provoquer une formidable explosion.

Instinctivement, il recula de plusieurs pas, ne quittant pas la bombe des yeux.

— What is that? murmura-t-il.

— C'est comme tu vois, mon garçon.

La voix de Richard tremblait:

— Qu'est-ce que vous voulez faire avec ça?

— Je veux être certain de me faire entendre!

Blanc comme un drap, Richard alla faire part au maire de sa découverte.

Rochon hésita un peu, puis, bouillant de colère et menaçant le bonhomme du doigt, il cria:

— You're really crazy Lambert, completely wacko!

— Qu'est-ce que tu dis, Rochon, je ne comprends pas, répliqua le vieux sur son ton le plus narquois.

— Je dis que t'es dérangé!

— Non, dérangeant, corrigea-t-il, en prenant une bouchée de son ragoût qu'il savourait d'autant plus que lui, petit vieux de rien du tout, les tenait tous à sa merci avec son paquet de dynamite.

— Je veux, poursuivit-il, une résolution du conseil de ville pour ravoir les programmes français.

— That's all?

— Non, monsieur le Maire, vous allez aussi faire casser l'ordre d'éviction qui pèse sur moi. Je vais mourir dans ma maison de la rue Maple ou bien ici même. À votre choix!

— Baptiste Lambert, (même si le maire lui parlait maintenant français, il continuait de prononcer son nom à l'américaine) tu ne nous feras pas marcher à la dynamite, on va trouver une façon de te sortir de là.

Rochon était si exaspéré qu'il eut envie de se jeter lui-même sur le vieux et de le débusquer, mais il se trouvait à trois mètres de la guérite; Baptiste avait tout le temps de poser le petit geste qui ferait tout sauter.

Le vieillard, qui comprit ce qui trottait dans la tête du maire, arrêta de manger et se tourna vers sa bombe. Il prit le fil et l'approcha à quelques centimètres seulement de la pile, jusqu'à ce que son adversaire capitule.

Sa main tremblait, non tant de peur que d'émotion. Il lui semblait entendre son père lui chuchoter à l'oreille: «Après le bon Dieu, Baptiste, la dynamite c'est ce qu'il y a de plus fort.»

À son âge, il ne craignait pas de mourir, qu'est-ce qu'une année de plus ou de moins pouvait changer? Il avait toujours été raisonnable, trop pensait-il, se contentant de ce que Dieu et la vie lui donnaient, ne réclamant jamais rien. Donc, cette fois qu'il demandait quelque chose de précis, à quoi il tenait plus que tout, car sa vie n'aurait plus eu de sens autrement, Baptiste avait résolu de mettre tous les atouts de son côté: d'abord, le bon Dieu qu'il n'arrêtait pas de prier et puis la dynamite, ce qu'il y a de plus fort juste après...

L'avenir tenait à ce simple fil, dans sa main: il

réintégrerait la maison familiale de la rue Maple, il aurait de nouveau ses programmes français à la télévision, ou il mourrait ici même dans un geste grandiloquent et un peu fou.

Rochon tourna les talons; il recommanda au chef de police de ne rien faire pour le moment, de gagner du temps. Lui, le maire, essaierait de trouver une solution. Il ne se laisserait pas longtemps narguer par ce vieux désaxé, ce manchot!

La fête nationale de 1914

1

Quelle année mémorable 1914 demeura toujours pour Baptiste!

C'est en effet au printemps de cette année qu'il commença au moulin. Il venait d'avoir douze ans. La plupart des autres garçons étaient embauchés beaucoup plus tôt, mais lui était petit pour son âge, et malingre. Cette petite taille, d'un certain côté, l'avait servi, lui permettant de compléter cinq années d'études primaires.

Il dut accepter d'abord un métier de filles: enfileur d'aiguilles; ses doigts étaient fins et il fut vite aussi adroit que les jeunes ouvrières, mais tous les autres garçons se moquaient de lui: ceux qui poussaient les chariots de laine, qui chargeaient les machines à carder, ou qui faisaient partie des régiments de balayeurs qui livraient à la poussière une guerre vigoureuse, mais sans espoir. Après tout, même sa sœur Cécile, de deux ans son aînée, avait déjà un métier d'adultes.

Dès leur arrivée à Woonsocket, les Lambert avaient été assez fortunés; ils s'étaient tout de suite trouvé du travail dans la laine où les salaires étaient supérieurs à ceux que l'on payait à la Clinton, dans le coton, ou à la U.S. Rubber Company, une immense fabrique de bottes de caoutchouc.

Et surtout chez les lainiers, que ce soit dans les usines des Roussel, des Prouvost, des Desurmont, des Guérin ou des Lepoutre, la direction était française et catholique. Jamais elle n'aurait affiché l'arrogance des Boston Associates, qui provoquèrent les grèves sanglantes de 1912, à Lawrence, une centaine de kilomètres plus au nord. Jamais non plus, la main-d'œuvre canadienne-française docile de Woonsocket ne se serait laissée monter comme celle de Lawrence par un Ettor ou un Giovannitti, les deux communistes des Industrial Workers of the World.

D'ailleurs, avec leurs paies et celles des enfants, les Lambert se débrouillaient. Ils économisaient même un peu, chaque semaine, pour acheter la maison de bois à deux étages qu'ils habitaient, depuis le début, rue Maple. Évelyne avait cessé de travailler quelques mois, à chacune de ses trois grossesses, mais sinon elle entrait aux tissages des moulins Lorraine, chaque matin, laissant les plus jeunes entre les mains de Madeleine qui avait près de neuf ans.

Entre les enfants et les autres nombreuses tâches de la maison, Madeleine trouvait chaque jour un peu de temps pour courir chez les Lavallée, des voisins. Mme Lavallée, qui ne travaillait pas à l'usine et qui avait été institutrice, l'avait prise en affection et lui faisait la classe.

À trois ou quatre reprises, au printemps, Valmore n'avait pu résister à la fièvre qui le rongeait; il avait quitté le moulin pour draver dans le nord du Maine, sur des rivières dont il croyait qu'elles avaient toutes leur source au Canada, charriant un parfum de pays dans leurs eaux tumultueuses.

Ce mois de liberté pouvait lui rapporter le triple de son salaire de mécanicien d'entretien à l'usine, surtout quand on avait eu recours à ses talents de dynamiteur pour briser les embâcles.

Si ce n'est ses crises annuelles de mal du pays, Valmore paraissait s'être bien adapté à sa nouvelle vie. Il négligeait même parfois les siens, se mêlant à toutes les activités du quartier ou de la paroisse Sainte-Anne. Mais l'acharnement, voire le débordement d'énergie, que constataient chez lui les autres, n'étaient pour cet homme, dévoré par la mélancolie, qu'une façon de bousculer le temps. Chaque jour envolé le rapprochait du moment où il serait libéré de cette prison dans laquelle les circonstances l'avaient jeté; il reviendrait alors chez lui, dans son pays.

2

En ce début de soirée de la mi-juin, le curé Pelland attendait, en compagnie de quelques paroissiens, dont Valmore Lambert, l'arrivée du maire Abraham Gauthier à son bureau.

Heureusement, le curé les accompagnait car ils n'auraient jamais osé se présenter ainsi à l'hôtel de ville, même si le maire nouvellement élu était un Canadien français d'origine, comme eux. Ils avaient aussi convenu que le curé serait l'unique porte-parole, comme s'il y avait la moindre chance que l'un d'eux croisât le fer avec l'imposant personnage qui occupait maintenant le trône municipal.

Si quelqu'un avait réussi à apprivoiser le système, en mettant le pied aux États-Unis, c'était bien ce Gauthier, petit Canadien français venu de nulle part, qui s'était taillé un poste de conseiller auprès du gouverneur de l'État. Dès lors, Abraham n'avait plus jamais porté d'autre costume que l'habit et le haut-de-forme, si bien qu'on le confondait souvent avec le gouverneur Taft lui-même, quand il arrivait au Capitole de Providence.

Tous, sauf lui, furent étonnés quand on le choisit pour représenter le Rhode Island à l'Exposition universelle de Paris, en 1889.

Le champagne n'avait pas encore fini de couler à la somptueuse réception d'ouverture de l'exposition que cet élégant «Américain», de Sainte-Philomène, Québec, charmeur et bel homme, avait déjà fait la conquête d'une demoiselle Lucie de Chaumont, fille d'une illustre famille française. Il l'épousa deux ans plus tard.

L'une des leurs accrochée à son bras, Abraham Gauthier se fit admettre dans les cercles exclusifs des grands lainiers du nord de la France, les convainquant, les uns après les autres, de se protéger contre les ravages du socialisme, en essaimant vers Woonsocket, où l'ouvrier avait encore le respect du patron.

Quand Gauthier entra dans son bureau en coup de vent, précédé par son organisateur, un homme aux moustaches redoutables, et qu'il s'assit à son fauteuil, sous un grand portrait de Lincoln, ceux qui l'attendaient depuis une bonne demi-heure ne purent s'empêcher de faire le rapprochement avec l'autre célèbre Abraham!

— Assoyez-vous, vous êtes ici chez vous, leur dit-il, sur ce ton de gentillesse familière qui en faisait aussitôt l'ami de tous.

Mais il n'y avait que deux chaises! Le bureau en désordre était encombré de dossiers, de banderoles et d'affiches, reliques de la campagne qui avait amené le changement de régime à l'hôtel de ville. Une des pancartes rappelait le slogan qui avait scellé la victoire du premier maire franco de Woonsocket: *Avec Abraham Gauthier, la St-Jean, c'est jour férié!*

— Monsieur le Maire, amorça le curé, ça fait six semaines que les hommes passent leurs nuits à construire les chars du défilé de la Saint-Jean...

— C'est merveilleux!

— Peut-être, mais on ne sait pas si nous pourrons cette année encore célébrer dignement la fête nationale des Canadiens français. Vous n'avez toujours pas proclamé officiellement la Saint-Jean, jour férié et chômé, comme vous nous l'aviez promis pendant toute la campagne.

Toujours lancé au galop, l'enthousiasme de Gauthier pouvait trébucher au moindre accident de parcours et ce reproche cinglant du curé de Sainte-Anne, une paroisse de Francos, vint se mettre en travers de sa route. Le visage du maire s'assombrit tout de suite et son organisateur se précipita à sa rescousse.

— Il reste cinq jours d'ici le 24 juin, monsieur le Curé, lui fit remarquer le moustachu.

Mais le maire était déjà remonté en selle:

— Je me proposais justement de voir les directeurs d'entreprises, ce sont tous mes amis...

Le curé l'arrêta là.

— Monsieur le maire, dit-il, il y a dix ans les entreprises fermaient, mais maintenant, plus ça va, plus elles ignorent notre fête.

– C'est une fête de Canadiens français. Ici nous sommes aux États-Unis, ce n'est pas tout à fait la même chose!

Cette remarque du maire fit bondir Valmore qui, indiquant l'affiche électorale avec sa casquette, lui rappela:

– C'est votre promesse et c'est pour ça qu'on a voté pour vous!

– Monsieur?

– Valmore Lambert!

– Valmore, mon ami, même si je suis Franco comme vous autres... comme maire je représente tout le monde: les Irlandais, les Anglais, les Polonais!

Valmore, qui n'avait pas voté lui-même, ayant toujours négligé de s'inscrire sur les listes, fixa Gauthier droit dans les yeux et lui dit:

– Ce n'est pas une majorité d'Irlandais ou de Polacks qui vous a mis là!

Une autorité curieuse, surprenante, émanait parfois de Valmore, comme la force subite d'un torrent en crue, et lui conférait une prestance qui en imposait.

Le maire baissa le regard.

3

C'est d'un tout autre Valmore que fusa un juron, long comme le bras, qui fit le tour de la cuisine, en faisant dresser les oreilles de Madeleine et de sa mère, occupées à la vaisselle.

— Quels gros mots pour une petite couturière, s'exclama Évelyne en riant.

Valmore, affairé à coudre ensemble deux peaux de mouton vaguement taillées en forme de tunique, venait de se piquer au doigt.

— Tu travailles pour rien, poursuivit sa femme, il n'y aura pas de défilé, tu le sais. Les bourgeois ne veulent pas donner congé.

— Ils vont bien être obligés parce qu'il n'y aura personne à la manufacture.

— On verra, fit-elle!

Il n'en crut pas ses oreilles.

— Tu travaillerais le jour de la Saint-Jean?

— Ce n'est pas péché!

— Les chars sont prêts, le défilé va avoir lieu! Et quant à moi, ajouta-t-il, c'est notre petit Baptiste qui va incarner le saint patron.

Cette année, sans qu'on sache pourquoi, Valmore s'était mis cela dans la tête et, pour compenser le fait que Baptiste n'avait pas du tout l'air de son saint patron, il avait travaillé bénévolement, depuis des semaines, à la préparation de la fête.

— T'es têtu, mon mari! saint Jean-Baptiste, c'était un blond frisé.

– Qu'est-ce que t'en sais? Tu y étais, je suppose! C'est comme le Christ! Sur les images, il a presque l'air d'une fille avec ses grands cheveux blonds... en vérité, c'était un petit Juif, peut-être même un Normand!

Les cris subits des enfants qui jouaient dehors, les hurlements du chien mirent fin à la discussion.

– Va donc voir, demanda Évelyne, inquiète de ce tapage inusité.

Le massacre!

Il y avait du sang partout; les enfants étaient en larmes et l'ennemi avait déjà pris la fuite.

Baptiste jouait au baseball, dans la rue, avec des voisins, quand un peloton de quatre ou cinq Irlandais, plus costauds qu'eux et armés de bâtons, avait fondu sur eux, les rouant de coups.

Le chien de Baptiste avait réussi à s'agripper à l'un des assaillants, mais les autres s'étaient jetés sur lui et lui avaient asséné des coups meurtriers sur la tête. Ensanglanté, le chien avait fini par lâcher prise et s'était réfugié sous la galerie, se faufilant dans un interstice entre les planches. C'était pitié de l'entendre haleter.

Il fallut que Ludger, le plus petit du groupe, se glissât à plat ventre jusqu'à la bête pour réussir à la tirer de sa cachette. Le sang lui pissait encore de la gueule.

– Les enfants, rentrez-le dans l'appentis, dit Valmore, maman va s'en occuper. Toi, Baptiste, va te débarbouiller, on va pas se mettre en retard; un chien, c'est endurant, inquiète-toi pas!

4

Une pluie fine s'était mise à tomber et les zouaves pontificaux, avec leurs costumes de grosse flanelle grise, avaient dû rentrer dans la salle paroissiale, pour poursuivre leurs exercices préparatoires au défilé de la Saint-Jean.

Tambour battant, le bataillon marchait, s'arrêtait, faisait des volte-face en claquant les talons ferrés sur le plancher de bois, contournant des groupes de femmes qui cousaient des banderoles, repassaient des drapeaux de toutes les enseignes: les États-Unis, Woonsocket, le Pape, le Sacré-Cœur!

Et dans ce tumulte, une dizaine d'enfants, aidés par leur père ou leur mère, se préparaient à affronter le jury qui choisirait le saint Jean-Baptiste de 1914. Comme Valmore, la plupart des parents avaient préparé un costume, certains avaient même bouclé joliment les cheveux de leur candidat, laissant le moins possible à l'interprétation des jurés.

— Je ne sais pas si le sang s'est arrêté, s'inquiéta Baptiste, tandis que son père essayait de nouer une ceinture sur son costume.

— Arrête de penser à ton maudit chien. Cesse de bouger, une vraie queue de veau.

— Ça me gratte!

— Les saint Jean-Baptiste, tous les saint Jean-Baptiste sur l'estrade, s'il vous plaît!

L'appel fut lancé par le frère Philémon, un gros Mariste rond, un donjon noir d'où sortait une voix de crécelle.

Dans cette moisson de candidats, dont le religieux

appelait tour à tour les noms, Baptiste Lambert, plus âgé que les autres, les cheveux raides, la mine d'un condamné à mort, ressortait comme la pire des ivraies, tandis qu'à ses côtés rayonnait un enfant rose et bouclé, un amour de précurseur que les parents, sans doute par présomption, n'avaient même pas pris le soin de costumer!

5

— On l'a pas eu, dit Valmore en rentrant à la maison, c'est Cléophas Larouche qui va faire saint Jean-Baptiste... un petit frisé blond qui a l'air d'une fille!

Il lança avec tant de dépit la défroque de mouton contre le dossier d'une chaise qu'elle faillit se renverser.

Évelyne serra le garçon contre elle et lui frotta douce- ment la tête avec sa main, comme pour en effacer toute déception.

— T'es un grand garçon, mon Baptiste, t'as passé l'âge des mascarades.

— Où est-ce qu'il est le chien?

— Je l'ai couché dans le hangar.

Baptiste voulut se dégager, courir au hangar, mais elle l'écrasait contre elle; il sentait les battements de son cœur s'entremêler avec les siens; comme il était mort de fatigue, la chaleur du corsage de sa mère l'engourdissait délicieu- sement.

— Réveille-le pas, va dormir toi aussi. Tu ne pourras pas

te lever demain pour travailler au moulin.

Il monta comme un somnambule l'escalier qui menait aux chambres.

Valmore, qui s'était versé une tasse du thé qui languissait depuis le souper sur le poêle tiède, continua sa jérémiade:

— Ils ont choisi le seul qui n'avait même pas de costume... Tout le temps que j'ai mis à aider à construire les chars, il me semble qu'ils auraient pu donner une chance à notre Baptiste.

N'entendant plus bouger en haut, Évelyne déposa son raccommodage et murmura:

— Son père, avant de te coucher, il faudrait que tu nous débarrasses du chien.

Il releva les yeux de sa tasse, il la tenait tout près de son menton, les coudes appuyés sur les bras de la berceuse où il s'était enfoncé. Évelyne baissa encore la voix.

— Je ne sais pas ce qu'il a mangé comme coup, mais il est mort. Je n'ai pas eu le courage de lui dire ce soir.

Les vagues sourdes de l'amertume qui étreignit Valmore noyèrent l'une après l'autre les images qui émergeaient dans sa tête: à la ferme quand il avait braqué son fusil sur ce courageux petit chien qui s'obstinait à les suivre, la béatitude du sourire de Baptiste, endormi dans le fatras des machines agricoles, avec son ami retrouvé...

— Si ça continue, marmonna-t-il, nous autres aussi on va crever aux États, comme des étrangers.

Elle laissa les couches de silence s'accumuler, puis elle

lui dit aussi doucement qu'elle put:

— Des étrangers... Valmore, ça fait sept ans!

Puis une pensée, qui la remplit d'épouvante, traversa l'esprit d'Évelyne: si cette blessure profonde qu'elle sentait chez son mari, cette déchirure, n'allait jamais se cicatriser, s'il se mettait maintenant à lui en vouloir de les avoir entraînés aux États-Unis...

CHAPITRE 7

Roussel, père et fils

1

«Seigneur tout puissant, vous qui faites voler les petits oiseaux, laissez venir à moi les petits avions.»

Cette prière inusitée, pourtant prononcée à mi-voix par le jeune homme, assis jambes pendantes sur la balustrade de la chaire, s'amplifia d'elle-même et se répercuta dans la nef vide de l'immense chapelle du collège Sainte-Marie.

Elle fit sursauter John Elliot, qui s'était juché sur la dernière galerie, près de l'orgue, et qui remontait, en tournant l'hélice, le ressort d'un petit aéroplane.

— Jacques Roussel, chuchota John avec un fort accent anglais, va prendre ta place, c'est pas le temps de faire le clown!

En pleine nuit, les deux collégiens avaient trompé la vigilance du gardien d'étage et s'étaient glissés hors de leurs chambres pour venir à la chapelle essayer leur biplan, dans ce vaste espace sans courant d'air.

Malgré son mécanisme ingénieux, une invention de John, l'appareil de balsa et de papier de soie ne pouvait pas décoller du sol; il fallait le lancer d'une certaine hauteur et surtout profiter de conditions atmosphériques impeccables. Depuis une semaine, ils étaient montés sur le jeu de paume, dans le gros orme de la cour, et même sur le toit du collège, n'osant jamais lâcher le biplan, de crainte d'un coup de vent malencontreux.

Mais la veille, à la messe d'action de grâces marquant la clôture des examens de fin d'année, Jacques avait lorgné du côté du jubé et eu cette illumination!

Le caractère divin du lieu dut y être pour quelque chose, car l'aéroplane s'envola avec grâce et légèreté, planant dans la nef comme un grand oiseau blanc. Et contrairement à tout ce qu'ils avaient prévu, il traversa le transept sans perdre la moindre altitude.

Comme entendu, Jacques, les bras au ciel, attendait dans le chœur, le moment d'attraper l'appareil en perte de vitesse, mais ce moment ne vint jamais! Mue par son révolutionnaire dispositif de ressorts et d'élastiques, l'hélice happait si furieusement l'air que l'avion traversa l'église à vive allure, effleura la lampe du sanctuaire, passa loin au-dessus de la tête de Jacques et fonça directement sur le maître-autel.

Autant les deux collégiens avaient prié pour que ce miracle de l'aéronautique se produise, autant ils invoquaient maintenant le ciel d'arrêter le kamikaze.

Prière perdue!

L'aéronef s'abîma avec fracas contre le retable de marbre sculpté, entraînant la chute d'un lourd chandelier d'argent qui fit basculer un vase de cristal qui lui... enfin le plus infernal des dominos!

Debout, les pieds sur la nappe brodée de l'autel, les deux

aéronautes recueillaient les débris quand ils furent surpris par le frère sacristain que le bruit de la catastrophe avait tiré du sommeil.

Ce geste sacrilège, en plein milieu de la nuit, on ne pouvait en toute conscience le passer sous silence, aussi le frère conduisit-il les deux coupables droit au bureau du supérieur.

— Jacques Roussel, qu'est-ce qui a pu vous passer par la tête de vous acoquiner avec celui-là?

Le supérieur, la soutane nouée à la hâte par-dessus sa chemise de nuit, pointait John Elliot avec l'aile de l'aéroplane.

Même réveillé, le supérieur continuait un cauchemar qui avait débuté quand Jacques et John devinrent inséparables, durant leur année de Belles-Lettres.

— Qu'est-ce que vous pouvez bien avoir en commun? John Elliot, l'élève le plus indiscipliné du collège, un bon à rien, un cancre!

Rien de commun en effet, si ce n'est que chacun était le fils d'un père que le collège courtisait: l'industriel Auguste Roussel, à cause de sa générosité; l'avocat Randolph Elliot, à cause de ses liens privilégiés avec le parti au pouvoir, à Ottawa.

— C'est vrai, avoua Jacques avec un air de repentir sincère, c'est un geste irréfléchi. Mais mon père, cet aéroplane miniature, c'était la passion de John, il y a mis beaucoup de soins. C'était le seul grand espace où nous pouvions le lancer à l'abri du vent. Nous n'avions pas prévu qu'il allait tomber là.

— Nous avons perdu la tête, renchérit John.

Le jésuite, qui écoutait pourtant Jacques avec une certaine bienveillance, se cabrait aussitôt que John ouvrait la bouche.

— Vous, j'ai vu vos notes de finissant... lui lança-t-il, sans ajouter quoi que ce soit d'autre, et sachant quelle angoisse mortelle il provoquait.

Les jésuites du collège Sainte-Marie se targuaient d'y former les élites de demain et il leur arrivait de manquer de charité pour les élèves qui ne se développaient pas selon cet exigeant gabarit.

— John Elliot, ce n'est pas la philosophie qui vous étouffera!

— Non... moi, je serai aviateur!

— Quel gâchis, murmura le Supérieur affligé.

Les deux finissants crurent que le père compatissait enfin à l'échec de leur expérience aéronautique (il n'avait pas cessé, depuis le début, de tripoter les débris de l'aéroplane), mais c'est au gaspillage de pédagogie jésuitique qu'il pensait! Dans le cas de John, évidemment!

2

Il aurait été injuste de considérer Jacques Roussel comme un cancre, n'avait-il pas été premier de classe tout au long de ses études? et difficile de ne pas passer l'éponge sur ses frasques quand son père avait toujours comblé le collège de ses largesses; aujourd'hui encore, ne dévoilait-on pas le magnifique vitrail qui ornerait désormais la rosace de l'abside de la chapelle?

On avait fait coïncider l'inauguration du vitrail avec la fin de l'année afin de rendre au généreux Auguste Roussel l'hommage qu'il méritait.

— Dans sa modestie, dit le supérieur à la foule de parents et amis, monsieur Roussel eût sans doute souhaité que ce don princier passât sous silence, mais je crois qu'il est opportun, surtout en cette journée de graduation, que la générosité de ce grand chrétien serve d'exemple à tous nos finissants qui s'engagent sur la route de la vie.

À voir ces jeunes alignés, debout et droit comme des soldats, tous en costume noir avec cravate et faux col empesé, les Jésuites pouvaient être fiers, la classe de 1914 était une réussite; aucun doute, ces finissants seraient la fine fleur de notre société de demain! Et la beauté de croître ainsi dans une jésuitière, c'est qu'on finissait par inculquer la conviction qu'ils étaient l'élite, même aux sujets qui n'en possédaient pas les qualités.

Quant à Jacques Roussel, personne parmi ses confrères n'en doutait, c'était la crème! Carrure athlétique, visage volontaire, charme irrésistible, ce garçon, qui avait pour ainsi dire grandi au collège, devant passer à Montréal les vacances de Noël et de Pâques, était le meilleur en tout.

C'est donc à lui que monseigneur l'archevêque de Montréal remit le prix d'excellence avec «très grande distinction», la première fois qu'on décernait cette mention depuis 1862, alors que la reçut le jeune Honoré Mercier, qui devint plus tard premier ministre du Québec.

— Quelle carrière a choisi d'embrasser votre fils? s'enquit

l'archevêque, à Auguste qu'on venait de lui présenter.

Il n'eut pas le temps de répondre, l'obséquieux supérieur s'était déjà interposé:

— Industriel, comme son père! Quant aux autres, Excellence, la moitié d'entre eux entreront dans les ordres.

— Dans la Compagnie de Jésus?

— Bien sûr, pour la plupart! Sauf pour Jacques et un futur ingénieur en aéronautique, tous les autres s'orientent vers les professions libérales.

Auguste réussit enfin à jouer une carte.

— Le commerce, l'industrie, la science, fit-il remarquer, ne semblent pas passionner votre jeunesse.

— Nous ne l'y poussons pas, monsieur, répliqua le jésuite aussitôt, c'est par la pensée que les Canadiens français s'imposeront ici.

— Ce n'est pas si sûr, reprit Auguste, le monde se durcit. Produire, inventer, c'est l'avenir, sinon vous vous condamnez à une mort lente.

Seule la considération du nouveau vitrail tempéra l'indignation qui montait chez le supérieur. Il lança quand même avec une certaine superbe:

— Mais c'est la pensée qui domine le monde, pas l'économie!

L'archevêque, que les ressources de la Compagnie de Jésus impressionnaient autant que celles d'Auguste, aurait bien aimé conjuguer ces points de vue.

— Ah! s'exclama-t-il, si les savants, les chefs d'industrie avaient tous votre foi, Monsieur, le spirituel et le temporel tout ensemble, voilà qui pourrait être notre véritable salut!

Jacques et son père, qui dînaient au Ritz-Carlton avant de prendre le train pour Woonsocket, invitèrent John à se joindre à eux.

Auguste eut droit à la description de la catastrophe aérienne et à certains des bons mots du supérieur à l'endroit de l'aspirant aviateur... «vous volerez, soit, mais cela ne fera pas un épervier d'une buse». En fin de compte, ce jeune homme, qui avait l'audace d'embrasser une carrière aussi nouvelle, lui fit assez bonne impression, malgré son français exécrable. Il se demanda même comment il avait pu obtenir son bachot, mystère qu'aurait pu éclaircir Jacques...

Les deux amis se séparèrent avec peine. Quand se reverraient-ils? Jacques entreprendrait de longues études polytechniques en France et John espérait être admis au Massachusetts Institute of Technology, à Boston.

Ils s'embrassèrent longuement.

Plus d'un sourcil se fronça, dans le hall du Ritz, un hôtel ouvert deux ans plus tôt et qui était devenu le lieu de rendez-vous de la haute société anglo-saxonne de Montréal; celle-ci ne voyait pas d'un bon œil ce genre d'effusions publiques entre hommes.

3

Le train avait traversé le fleuve depuis un bon moment et

filait maintenant à toute vapeur vers la frontière américaine. Dans le wagon-salon, Auguste avait commandé du champagne pour célébrer la première visite de Jacques à Woonsocket.

Face à face, enfoncés dans leurs fauteuils de peluche, ils sirotaient en silence leur brut d'Épernay. Leurs yeux se rencontraient parfois, quelques secondes, puis ils se détournaient aussi vite, Auguste regardant les arbres noirs défiler par la fenêtre, Jacques répliquant par un sourire discret aux œillades que lui lançait une jolie dame, à l'insu du type maussade qui l'accompagnait.

Quand Auguste ouvrit la bouche, on eût dit qu'il était surpris par le son de sa voix qui resta un moment en suspens:

— C'est une des choses qui m'a le plus frappé dans ma vie, cet empêchement d'un père et d'un fils à se parler simplement, avança-t-il enfin. Tu vois, même nous deux! C'est un mystère si profond... peut-être beau d'ailleurs, mais c'est triste...

Leur silence, qu'il avait espéré rompre, devint une immensité glacée que les mots trop lourds de sentiments ne parvenaient pas à traverser; seuls les propos plus légers y arrivaient.

— Tu vas être surpris par l'usine de Woonsocket, c'est immense!

Ou encore:

— Quand tu en prendras la direction, à la sortie de Polytechnique, nous aurons encore doublé le nombre des machines.

— Les calculs d'avenir me font un devoir d'opérer le

transfert de la plus grande part de ma production, dans les dix ans à venir, sur le continent américain.

Jacques fut très étonné par cette volubilité subite. Même maintenant, restait frais à sa mémoire ce jour où il courut trouver son père à la bibliothèque, avec son premier bulletin de huitième. Il avait si bien dit *La mort du loup*, d'Alfred de Vigny, qu'il avait obtenu dix-neuf en récitation. Sans lever les yeux de ses dossiers, Auguste avait demandé sèchement:

— Pourquoi pas vingt?

— Regarde au moins son bulletin, avait dit sa mère, Jacques est premier en récitation.

En silence, son père considéra le bulletin quelques instants et le lui remit avec l'appréciation laconique d'un sourire.

— Et vous aviez pensé à moi pour diriger Woonsocket, dès la première heure? demanda Jacques, presque timidement.

— Bien sûr!

Le jeune homme masqua du mieux qu'il put son air triomphant, en avalant une gorgée de champagne.

— J'ai même dû, pour ainsi dire, forcer ta mère à se résigner au chagrin de te laisser partir si longtemps et si loin...

— Elle m'a manqué pendant ces sept ans.

Et peut-être parce que Jacques s'en étonnait lui-même, il ajouta avec un certain embarras:

— Vous aussi d'ailleurs.

Auguste n'eut pas même un battement de paupières, dans le long intervalle qui suivit. Seul ce ton allègre, avec lequel il reprit la conversation, fit penser à Jacques que son père avait été touché par cet aveu.

— Tous les autres lainiers laissent leurs affaires américaines entre les mains de directeurs qui ne sont pas de la famille. Nous ne ferons pas cela. Je tiens à ce que ce soit un de mes fils qui relève le défi de l'Amérique. C'est pourquoi nous t'avons envoyé ici pour t'armer, pour t'acclimater. Nous n'avons pas eu raison?

— Si, répondit Jacques avec le sourire.

Auguste leva son verre pour trinquer.

4

Lorsque le train entra en gare, avec plusieurs heures de retard, (un tronçon de la voie avait été abîmé par la crue subite de la rivière Merrimack, au sud du New Hampshire), tout Woonsocket était en ébullition: le défilé de la Saint-Jean allait commencer, mais surtout le drame de la nuit dernière courait sur toutes les lèvres.

Des malfaiteurs avaient mis le feu aux chars de la Saint-Jean, remisés dans la cour de l'église Sainte-Anne.

Heureusement, on veillait encore à cette heure-là, au presbytère. Il y avait le curé Pelland, la cousine Henriette Fontaine, venue de Montréal, et son fils Émile qui venait d'être reçu médecin, l'après-midi même, à la collation des diplômes de la Faculté de médecine de Harvard, à Boston.

Ce n'était pas tous les jours que la société canadienne-française s'enrichissait d'un nouveau médecin et l'on arrosait un peu cette joyeuse occasion quand Henriette aperçut, par la fenêtre du salon, des flammes qui montaient dans la cour de l'église.

Elle crut d'abord que l'église était en feu.

Ils se précipitèrent dehors pour constater que c'étaient les chars qui flambaient. Pendant qu'Henriette s'occupait de faire sonner le tocsin et de prévenir les pompiers, Émile et le curé réussirent à rouler à l'abri le char d'honneur, celui de saint Jean-Baptiste, que les flammes léchaient déjà.

Grâce aux paroissiens, qui accoururent de partout sur les lieux, trois autres chars allégoriques furent ainsi sauvés du désastre. Pour les autres, il était déjà trop tard! Les pompiers durent se contenter d'empêcher les flammes de se propager.

Les spectateurs impuissants se perdaient déjà en conjectures sur l'origine du funeste incendie quand d'autres flammes montèrent subitement dans le cimetière du Précieux-Sang, à deux rues de là.

Imbibée d'essence, une grande croix de bois flambait, au milieu des pierres tombales dont plusieurs avaient été renversées. Nul doute possible, ce vandalisme sacrilège était l'œuvre du Ku Klux Klan, qui avait aussi incendié les chars, comptant empêcher la célébration de la fête nationale des Canadiens français. Avec $10 pour les frais d'initiation, plus $6.50 pour la cagoule blanche, tout Blanc né aux États-Unis, pourvu qu'il ne soit pas juif ou catholique, pouvait entrer dans les rangs de la secte fanatique, qui s'était jurée d'écarter tous les étrangers de la grande et glorieuse république américaine. La secte s'inquiétait de tous ces Irlandais et de tous ces Canadiens français qui adoptaient la Nouvelle-Angleterre. Elle sentait que ces migrations menaçaient l'intégrité de la Maison-Blanche et les quatre millions de membres du Klan avaient fait le pacte que l'enfer gèlerait avant qu'il n'y rentre un président catholique.

Sur le quai de la gare, le crieur de *La Tribune* claironnait la manchette du jour: «Un autre crime du Ku Klux Klan, lisez notre article en première page...»

Le chauffeur de l'usine attendait Roussel, père et fils, à leur descente du train. Auguste demanda à Jacques de lui prendre un journal et il alla se dégourdir les jambes, tandis que le chauffeur attendait les bagages. Il avait trouvé le voyage long et fatigant; d'habitude, il descendait de bateau à New York et quelques heures plus tard le train le déposait ici.

Quand même! ces voyages commençaient à lui peser. C'est deux ou trois fois par année qu'il partait de Roubaix pour venir à Woonsocket, sans compter les fois où il devait pousser une pointe jusqu'en Argentine, où la maison avait une estancia de trois mille hectares. Encore à son âge, Auguste continuait, de manière tyrannique, à surveiller toutes les opérations de l'entreprise, de l'élevage des moutons jusqu'à la confection des fines étoffes.

Le troupeau de mérinos, qu'il avait constitué sur le ranch de Tapalque, et qu'il couvait comme une mère poule, fournissait une laine abondante et de si grande qualité qu'elle faisait l'envie de tous leurs concurrents.

Si son père Félix, qu'il avait accompagné très jeune en Uruguay et en Australie, lui avait transmis son «génie» de la laine, Auguste l'avait enrichi, de son côté, d'une redoutable habileté en affaires. C'est lui, par exemple, qui avait eu l'idée de ce contrat singulier qui unissait la maison Roussel au Vatican.

Auguste, qui se rendait souvent à Bruxelles, y avait rencontré des gens qui s'étaient jadis liés d'amitié avec le pape Léon XIII, alors qu'il était nonce apostolique, en Belgique. Par leur entremise, il se fit introduire auprès du Saint-Père, qui le prit en affection et accepta son marché: les entreprises Roussel remettraient chaque année au Vatican la moitié de leurs bénéfices nets et obtiendraient en retour l'exclusivité mondiale de la serge ecclésiastique.

Le secret de ce pacte avait bien entendu fini par filtrer jusqu'à Roubaix, suscitant admiration et ressentiment. Tandis que les lainiers du nord se débattaient contre la nouvelle activité syndicale, déchaînée par l'encyclique *Rerum novarum* de son ami Léon, Auguste avait au moins la consolation d'habiller avec profit le clergé du monde entier!

La finesse d'Auguste, ses prises de position opportunes durant le débat sur la séparation de l'Église et de l'État lui permirent de s'accrocher à son exclusivité durant le règne de Pie X, successeur de Léon, et même de l'ancrer comme un fait accompli, une tradition. Mieux encore, les amis, qu'il entretenait maintenant aux plus hauts niveaux de la hiérarchie religieuse, constituaient pour l'entreprise une filière unique et privilégiée à travers le monde.

Toute information utile finissait toujours par rejoindre ce patron chrétien, qui assistait à la messe, chaque matin, avant d'aller saluer ses ouvriers à l'entrée de l'usine. Il filait ensuite au château prendre le petit déjeuner avec Betty. Avant huit heures trente, il était de retour au bureau.

5

Quand les citoyens de Woonsocket sortaient leurs drapeaux, ils les sortaient tous: une famille de pavillons hétéroclites, du stars and stripes américain au fleurdelisé du

Sacré-Cœur. Deux jours, chaque année, donnaient lieu à cet extraordinaire déploiement de couleurs: la Fête-Dieu et la Saint-Jean-Baptiste. Pour les habitants, presque tous des Canadiens français, l'une était la célébration de leur religion et l'autre, de leurs origines.

Heureusement pour les patrons français ou américains, la fête de la religion tombait toujours un dimanche! La fête «nationale», c'était autre chose, depuis longtemps une épine dans les relations de travail et une enfarge à la bonne marche des affaires. Comment en effet avoir ici et là des îlots de congés civiques, alors que tout le reste du pays vaquait diligemment à ses occupations?

Même le maire Gauthier, que sa promesse formelle de congé avait fait élire, avait reculé devant l'incongruité d'une telle situation. Pour la forme, il avait téléphoné à quelques entreprises pour constater que les patrons s'étaient donné le mot de tenir bon, cette année.

Mais les citoyens aussi avaient résolu de tenir bon! Tirés à quatre épingles, endimanchés, ils étaient tous dans la rue, pour regarder passer le défilé et écouter le discours du maire qui les haranguait du haut de l'estrade d'honneur, érigée devant l'hôtel de ville.

– Qu'est-ce que c'est que cette kermesse? demanda Auguste au chauffeur qui dut immobiliser la limousine, à cause de la foule qui bloquait la rue.

– La Saint-Jean-Baptiste, Monsieur!

Auguste ne douta pas un instant que le chauffeur avait emprunté cet itinéraire exprès pour se retrouver au beau milieu du défilé.

– J'aimerais bien faire une photo avec mon nouvel

appareil, dit Jacques.

Il était à peine descendu de la grosse voiture que le chauffeur implora Auguste du regard; lui aussi se mourait d'envie d'aller voir la fête de plus près.

Agacé par le contretemps, Auguste acquiesça de la tête et commença à parcourir l'article de *La Tribune* sur la calamité de la nuit passée.

Qu'importe qu'il ait tenu ses promesses ou non, Gauthier était l'un des leurs, le premier maire de Woonsocket d'origine canadienne-française, et la foule buvait ses paroles. «Mes chers Francos-Américains», commençait-il presque chaque phrase, la main sur le cœur, le trémolo dans la voix, et avec de tels accents de sincérité que la vacuité de son discours s'en trouvait pour ainsi dire comblée.

— Mes chers Francos-Américains, c'est en allant de l'avant que nous irons loin!

— Mes chers Francos-Américains, c'est ici, aux États-Unis, que la voie large de l'avenir s'ouvre pour nous...

Chacune de ces solennelles affirmations était saluée par des acclamations de la foule et par les bêê bêê de l'agneau, qui se morfondait sur le char fleuri, au pied du trône de saint Jean-Baptiste, un «petit frisé blond qui avait l'air d'une fille» et qui soufflait des baisers sans arrêt.

Jacques Roussel, qui s'était faufilé jusqu'au pied de l'estrade, fit plusieurs clichés de la fête et de celui qui en était la vedette. Il était fasciné qu'un peuple choisisse, comme symboles de sa résistance, ce blondinet et son mouton.

Haletant, le visage cramoisi, le maire Gauthier atteignait le dernier pic de son éloquence:

– Mes chers Francos-Américains, en quelques années, nous sommes devenus la cheville ouvrière de la révolution industrielle de notre beau pays d'adoption. Et maintenant que l'un des vôtres, moi-même, a été élu premier maire franco d'une grande ville, je vous l'assure, il n'y a plus de frontière, l'avenir nous appartient. Les Francos sont là pour faire honneur aux États. Vive saint Jean-Baptiste.

– Vive saint Jean-Baptiste, répondit la foule survoltée.

– Vivent les États! s'écria Gauthier en saluant.

– Vivent les États! reprit encore la foule.

Et tout à coup, un «Vive le Canada» percutant, crié à s'époumoner, s'éleva à travers les applaudissements et les acclamations. C'était Valmore Lambert!

– Vive le Canada, lui répondit-on de partout avec enthousiasme.

Avant de se rasseoir, le maire Gauthier jeta un regard courroucé vers Valmore qui souriait avec arrogance, fier de son effet.

Le défilé se remit en branle.

– Je ne voudrais pas vous priver de votre fête nationale, mais vous ne croyez pas qu'on pourrait passer maintenant, demanda Auguste au chauffeur qui restait planté immobile, devant l'auto, tandis que le défilé s'éloignait.

– J'attendais votre fils, Monsieur.

– Nous le ramasserons au passage, conclut sèchement Auguste.

Une allusion insidieuse aux usines Lorraine, dans l'article de *La Tribune,* l'avait mis de très mauvais poil.

Le journaliste avait écrit:

Certains se demandent si cet incendie funeste n'aurait pas été allumé à l'instigation de ceux qui ne prisent pas notre belle célébration d'aujourd'hui. Est-il besoin de rappeler que, contrairement aux autres années, les usines Lorraine ont refusé de donner le moindre congé à leurs ouvriers. Tous ceux qui ont vu la croix s'embraser...

En insérant sournoisement cette observation, entre deux phrases traitant des actes de vandalisme, le journal laissait planer un doute sur une possible collusion de l'entreprise avec les véritables auteurs de ces méfaits.

Le principal bailleur de fonds de *La Tribune* était un avocat catholique de New York qu'Auguste connaissait bien, il l'appellerait aujourd'hui même pour demander que le journal fasse amende honorable. Il détestait ce genre d'interventions, sauf évidemment quand elles lui paraissaient indispensables...

6

L'empressement de Dubrisay pour le grand patron, ses prévenances pour Jacques, qu'on venait de lui présenter, eurent peu d'effet sur l'humeur d'Auguste, qui laissa tomber gravement, en entrant dans le bureau de direction:

– La journée est perdue.

Dubrisay s'empressa de rectifier:

– C'est seulement une demi-journée, Monsieur le président, les ouvriers n'ont débrayé qu'à midi.

– Ce qui est plus grave, poursuivit Auguste, c'est qu'ils ont fait ce qu'ils ont voulu. C'est vous qui dirigez, que comptez-vous faire?

– Normalement, je devrais les congédier, mais c'est leur fête nationale.

– La fête nationale américaine, c'est le 4 juillet, Dubrisay, et nous fermons.

– Justement! et nous chômons aussi le 14 juillet pour notre fête à nous, s'empressa d'ajouter Dubrisay.

– Pourquoi fermer pour la Bastille si on ne ferme pas pour la Saint-Jean? demanda Jacques.

Étonné par cette intrusion du jeune Roussel dans leur conversation, Dubrisay chercha une directive du côté d'Auguste. Devait-il lui répondre, l'ignorer poliment? Auguste ne broncha pas. Il choisit donc de répondre:

– Songez aux cadres, ici toute la direction est française.

– Mais tous les ouvriers sont d'origine canadienne-française, monsieur Dubrisay, la Bastille, qu'est-ce que ça veut dire pour eux?

– Les ordres me viennent de Roubaix, monsieur, je m'y conforme.

Dès qu'il l'avait vu sortir de la limousine, en bas tout à l'heure, Julien Dubrisay avait senti que ce jeune Roussel lui retrousserait le tempérament, d'autant plus que ce blanc-bec était le dauphin choisi par la famille pour le royaume d'Amérique.

D'ici là heureusement, pensa-t-il, il y aura les longues années de Polytechnique et, sait-on jamais, le fortuit des événements.

Directeur d'expérience, bras droit d'Auguste, Dubrisay n'était pas homme à se laisser assombrir par le zèle intempestif d'un novice, fût-il l'élu de Dieu le Père!

Il s'empressa plutôt de sortir les livres des inventaires et des bilans.

Son habileté consommée à comprimer les salaires, tout en augmentant sans cesse la productivité, générait des chiffres qui avaient toujours l'heur d'attendrir Auguste.

CHAPITRE 8

L'imprévu de la guerre

1

Jacques et son père ne passèrent que deux jours à Woonsocket, le temps de visiter l'usine, rencontrer quelques contremaîtres et indisposer Dubrisay encore un peu plus.

C'est que le jeune homme avait suggéré à son père de faire recouvrir de bois les planchers de l'usine. Sauf la brique des murs extérieurs, tout l'édifice avait en effet été construit en béton armé pour mieux résister au feu et à l'infernale vibration des métiers à tisser. Cependant, en plus du supplice qu'ils infligaient aux ouvriers, les sols de béton rendaient désespérée même une lutte héroïque contre la poussière. Jacques démontra adroitement, devant Dubrisay et le président-directeur général, comment la diminution des équipes d'entretien compenserait cette dépense, d'ici cinq ou six ans.

Les ouvriers ne surent jamais qu'ils devaient cette amélioration de leur condition au grand brun qui avait parcouru les ateliers à la course, et dont le costume, un veston de chasse et des knickers, avait provoqué quelques railleries.

En descendant du Carmania, au Havre, avec son père, Jacques regretta presque d'être en juillet, à la veille de la

Bastille plutôt que de la rentrée universitaire. Ce bref séjour à Woonsocket lui avait mis l'eau à la bouche; il lui tardait déjà de graduer de Polytechnique.

À Roubaix, Betty eut enfin son fils pour elle seule!

Les autres étaient au Touquet où la famille passait une bonne partie de l'été et Auguste, comme à son habitude après un voyage, rentra très tard du bureau. Qu'importent les circonstances, il retenait les chefs d'atelier aussi longtemps que toutes les opérations de la manufacture, durant son absence, n'avaient pas été passées au peigne fin.

La malédiction que ces retours de voyage!

Seul l'adjoint immédiat d'Auguste en connaissait la date et, même sous la torture, il n'en aurait jamais dévoilé le secret. Ainsi, tout le personnel restait sur le qui-vive. Auguste avait fait de la surprise le dogme le plus important de la direction d'entreprise. Il ne s'annonçait jamais, faisant irruption à l'improviste dans l'un ou l'autre des ateliers, remarquant tout. Un tisserand sur mille qui lanternait, l'anicroche insignifiante qui passait sous le nez des contremaîtres, lui tiraient tout de suite l'œil.

Cette passion d'Auguste pour l'entreprise, Betty la nourrissait pour ses enfants, le cadet en particulier.

Seule une mère pouvait concevoir les ruses qu'elle prit pour obtenir le cadeau qu'elle destinait à Jacques, pour la fin de ses études en Amérique: une Bayard rouge feu, un prototype d'automobile, qu'il trouva dans la cour du château, à son réveil, le lendemain de son arrivée.

Morte de peur, mais heureuse comme Bérénice avec Titus, Betty se laissa conduire à la mer par Jacques qui poussait l'auto à toute allure, insouciant de l'émoi semé sur les routes de campagne par le magnifique engin.

Même au dîner de famille, la Bayard «sans peur et sans reproche» comme l'appelait Marc-Antoine, fut la pièce de résistance du repas. Tant et si bien que Betty, agacée par les salves ironiques, répliqua avec son arme favorite, une exhortation d'apparence parfaitement anodine, mais dont tous reconnaissaient l'autorité:

– Mes enfants, mes enfants... vous ne voulez pas finir les fraises et parler un peu d'autre chose!

C'est surtout à cause de Marguerite, l'épouse de Pierre, l'aîné, que les échanges tournèrent à l'aigre. Sans grand humour, l'envieuse pimbêche avait accusé belle-maman d'avoir, pour ainsi dire, persécuté Clément Bayard, un vieil ami, pour qu'il fabrique à Jacques son bijou d'automobile.

Et Pierre avait enchaîné aussitôt:

– D'autant plus qu'il devait avoir autre chose à faire, je sais que depuis des mois ses usines n'arrivent pas à remplir les commandes de mitrailleuses et de blindés.

L'accalmie des fraises ne dura guère.

Venu de Saïgon pour parler à son père, ne sachant pas qu'il était en Amérique, il y avait une semaine que Pierre se morfondait. Pour dire vrai, il n'avait pas trop envie de s'entretenir avec le chef de famille, dont il craignait les humeurs, mais sa femme lui piochait les tibias depuis le début du dîner.

– Justement, père, se résigna-t-il enfin, j'aimerais bien, si vous le permettez, vous parler de notre filiale de Saïgon.

– C'est soir de fête, je ne veux pas m'occuper de cette question. Nous verrons demain à l'usine.

Avec son aîné, Auguste avait presque toujours ce ton sec et peu engageant que Betty lui avait mille fois reproché.

Le moins charmant des fils Roussel, c'était bien Pierre! Auguste l'avait expédié à sa filiale d'Indochine où, avait-il remarqué un mois à peine après son départ, «il y fait déjà des bêtises». Malgré ses belles manières, son port décidé, Pierre dégageait une espèce de médiocrité dont le père, sans doute inconsciemment, se refusait à accepter l'existence, et surtout la filiation.

Tandis que la famille déménageait sur la terrasse surplombant la mer, pour y prendre le café et les digestifs, Marguerite n'arrêta pas de houspiller son pauvre mari qui dut revenir à la charge:

– Ce dont j'aimerais vous entretenir concerne l'ensemble de la famille...

– Qu'est-ce qui se passe donc à Saïgon? demanda Auguste ennuyé.

Pierre, qui avait puisé au fond de ses réserves le courage de revenir sur le sujet, n'eut pas la consolation de répondre, sa femme y était déjà:

– Il se passe, beau-papa, que je vous y ai préparé un nouveau petit enfant.

– Mon petit doigt me le disait, s'exclama Betty, venez que je vous embrasse.

Voulant profiter de cet instant d'allégresse, Pierre poursuivit aussitôt:

– Voilà, c'est surtout pour les enfants! Je crois qu'il est temps pour moi de quitter l'Indochine, si cela vous était possible évidemment.

La réponse d'Auguste ne se fit attendre que le temps d'allumer un havane:

– Je préfère vous savoir là-bas. Avec le tour que prennent les choses... Le coup des Allemands à Agadir, la Serbie et l'Autriche qui ne peuvent pas s'entendre, et puis cette course aux armements, aux gros cuirassés entre l'Angleterre et l'empereur Guillaume... la guerre est à deux pas. Mes enfants, vous êtes mieux là-bas, en Asie.

Auguste avait cette redoutable faculté d'étayer ses réponses impromptues comme s'il les avait longuement mûries.

– Et qui te remplacerait?

– Lucien!

Lucien faillit s'étouffer avec une gorgée de framboise:

– Mais tu ne m'en as pas parlé, je n'y tiens pas.

– Lucien n'est pas encore prêt, trancha Auguste.

– Et pourquoi pas Dubrisay? suggéra Pierre.

Auguste s'insurgea immédiatement; Julien Dubrisay lui était indispensable, pour le moment, à la tête des usines américaines.

– Je suis capable de prendre cela en main, assura Pierre.

Jacques bondit comme un tigre:

— Mais dis-moi, Pierre, lequel a gâché ses mois d'août, ses mois de septembre, quand il était gosse, à aller apprendre l'anglais à Liverpool? Lequel s'est retrouvé tout seul, pendant sept ans, pour s'habituer à l'Amérique? Et maintenant, tu irais prendre ma place là-bas parce que ce serait plus douillet pour la progéniture de cette chère Marguerite!

Cela n'avait jamais été dit, mais il semblait inconcevable qu'en ouvrant les usines américaines, les plus importantes après celles de Roubaix, Auguste n'eût pas songé d'abord à l'aîné pour les diriger. C'est sans doute après avoir pu mieux évaluer les aptitudes de celui-ci qu'il avait reporté son choix sur le cadet.

Entre eux deux, il y avait Lucien qui manifestait peu d'inclination pour le textile ou même le travail en général; Marc-Antoine, qui avait exprimé tôt son désir d'aller en médecine, et trois filles dont deux étaient déjà mariées: une «dans la soie», à Lyon, l'autre «dans le lin», à Lille. Trois autres Roussel avaient embrassé la religion, un fils aux missions étrangères et deux filles chez les religieuses. Une inscription exemplaire dans le registre des grandes familles.

Quant aux Desurmont de Tourcoing, avec leurs milliers de métiers à tisser, ils n'avaient pas donné la main de leur fille Marguerite à Pierre Roussel pour qu'elle moisisse en Cochinchine. C'est donc son dû qu'avait l'impression de réclamer le jeune couple qui attendait ce deuxième enfant en trois ans.

— Tu veux rattraper maman, s'était exclamée tout à l'heure en riant Marie-Laure, l'autre désespoir d'Auguste. Celle-ci voulait se lancer dans la décoration et n'avait pas encore, à vingt-quatre ans, de prétendant sérieux.

Cette tempête familiale, qui commençait à gronder, fut détournée subitement par l'arrivée de deux invités.

– Mademoiselle Motte est là, avec son frère, annonça le serviteur, avec sa voix de castrato.

La jeune fille avait à peine posé le pied sur la terrasse qu'elle fut happée par Betty qui l'entraîna vers Jacques:

– Mon petit Jacques, tu ne connais pas encore Caroline, je l'aime beaucoup.

S'il n'avait pas été tout de suite captivé par le charme magnétique de Caroline, Jacques eût sans doute flairé la stratégie souterraine qui filtrait dans l'empressement de sa mère. Sans doute n'eût-il pas pris cette visite pour une heureuse coïncidence, mais bien pour la machination qu'elle était.

Et si Jules Motte, le frère, n'avait pas demandé au bon moment: «On va danser où ce soir? À La Potinière ou au Casino?», on peut supposer que c'est Betty elle-même qui l'eût fait!

– Plutôt Place de l'Europe, s'écria Caroline, c'est en plein air, c'est plus gai!

– Vous devez être ici à onze heures moins le quart pour mon feu d'artifice, ne manqua pas de recommander Auguste.

– Jacques et Lucien, vous allez m'aider; Marc-Antoine, il faudrait que tu passes chez le curé emprunter une queue de rat. J'ai peur qu'avec le vent, il y ait des problèmes avec les allumettes.

2

Le feu d'artifice du 14 juillet, c'était la marotte d'Auguste. Il passait une journée entière sur la plage à le préparer avec l'aide de Louis, le chauffeur noir.

Ils se rôtissaient tous les deux au soleil à installer les caisses de fusées et autres pièces pyrotechniques, commandées chaque année chez Ruggieri; Auguste, dans son accoutrement strict d'homme d'affaires, coiffé d'un canotier, Louis, dans son étouffant costume de chauffeur, casquette de laine et jambières de cuir.

Le rituel commençait invariablement quand Auguste demandait à Louis s'il avait bien vérifié, auprès des pêcheurs, si le vent ne tournerait pas subitement en soirée.

— La météo est formelle, monsieur, c'est le vent d'est jusqu'à demain, avait répondu le chauffeur, pas plus tard que ce matin quand ils s'étaient mis au travail.

Peu importaient le baromètre ou tout autre pronostic, ces informations météorologiques, recueillies on ne sait trop où, ni de qui, Louis les transmettait toujours d'un ton si péremptoire qu'on eût paru de mauvaise foi en ne lui faisant pas entièrement confiance.

En vérité, même l'almanach du *Bon Messager boiteux* était plus infaillible.

Mais surtout, Auguste n'avait jamais voulu se soumettre aux humeurs changeantes du temps, au bord de la Manche; on établissait les conditions du temps une fois pour toutes, avant de commencer le matin, et ensuite on fonçait. Si, en cours de travail, le pauvre Louis avait le malheur de faire part d'un caprice possible de la météo, Auguste non seulement le prenait très mal, mais il choisissait systématiquement de l'ignorer.

Presque chaque année, cette opiniâtreté provoquait quelque sinistre, heureusement sans gravité jusqu'ici. Une fois, ce sont toutes les paillotes de la plage qui s'envolèrent en fumée; à une autre occasion, alors qu'un vent violent s'était mis à souffler du côté du quai, une fusée en déroute força toute une famille, qui fêtait sur une barque, à un sauve-qui-peut à la mer. Pour le Touquet, l'expectation de ces petits méfaits dépassait maintenant celle du feu d'artifice lui-même.

Bien mieux, Auguste Roussel était le seul, hormis les artificiers municipaux, à avoir la permission de la mairie d'illuminer ainsi la plage, le soir du 14 juillet. Ce privilège lui était sans cesse renouvelé, en dépit de ces nombreux incidents de parcours dont évidemment Auguste s'empressait toujours de régler la facture sans hésiter.

Selon des mauvais plaisants, des envieux ni plus ni moins, un paquebot, désorienté par les phares d'Auguste, finirait un jour par s'échouer sur les dunes du Touquet, et la catastrophe sonnerait le glas de l'empire financier des Roussel.

Son travail d'artificier exaltait bien trop Auguste pour qu'il songeât un seul instant aux risques de ses débordements pyrotechniques annuels!

Et pourtant, à Paris, malgré tous les soins qu'elle y mettait, la maison Ruggieri ne trouvait jamais grâce auprès de son plus gros client individuel. Immanquablement, avant la fin de juillet, on y recevait les plaintes épistolaires d'Auguste; quand ce n'étaient pas les rosaces léopoldines qu'on lui avait refilées au lieu des grands soleils, c'était une erreur dans la quantité des feux de Bengale.

— Ils se foutent de nous à Paris, chez Ruggieri, se plaignait-il au chauffeur martiniquais, bien placé pour apprécier cette discrimination que pouvaient entretenir pour les provinciaux les gens de la métropole...

3

Déconcertante Caroline!

Elle et Jacques n'avaient pas sitôt commencé à danser qu'elle l'entraîna, à l'écart, à la table d'un café presque désert, puisque tout le monde était dans la rue en ce doux soir de juillet.

Le jeune homme voulut absolument célébrer leur heureuse rencontre avec du champagne, mais elle insista pour boire un whisky de malt avec un glaçon et il se crut obligé de l'accompagner, bien qu'il détestât le goût de bois un peu âpre de cet alcool.

Caroline gardait sur lui ses yeux de braise et buvait lentement, en commençant par bien humecter ses lèvres sensuelles avec le whisky, qu'elle tournait ensuite dans sa bouche, souriante, muette.

Il dut lui extraire presque chaque bribe d'information. Pourtant, elle n'était pas timide. Peut-être se trompait-il, mais il eut tout de suite l'impression que c'était une contemplative, quelqu'un d'une grande réserve.

Bien évidemment, les parents de Caroline faisaient partie du cercle...

Son père avait une importante dentellerie, du côté de

Valenciennes, mais il avait commencé modestement comme acheteur à l'étranger pour un consortium de lainiers écossais; c'est pourquoi elle naquit à Brisbane, en Australie, où elle vécut jusqu'à l'âge de douze ans. Il restait dans son parler l'indéfinissable trace d'un accent qui ajoutait encore à son mystère.

Dans le cours de la conversation, elle emprisonna une petite mouche dans la cloche de son verre vide qu'elle retourna sur la table. Chaque fois que l'insecte restait immobile trop longtemps, elle bougeait un peu le verre pour l'activer. C'est un peu, pensa Jacques, ce qui se passait dans ce tête-à-tête; le silence s'étirait tant qu'il n'intervenait pas lui-même avec une nouvelle question.

Caroline espérait faire du cinéma et elle se rendait souvent à Paris flâner dans les milieux des passionnés du septième art qui gagnait de plus en plus la faveur populaire. Non, il n'était pas question qu'elle monte sur une scène! Elle détestait le théâtre, s'y ennuyait à mourir. Tout, selon elle, n'y était qu'artifice et fabrication.

— Et le cinéma, c'est tout du truquage, fit remarquer Jacques.

— On n'y parle pas, dit-elle gravement.

Elle avait, l'autre jour, entendu les acteurs piailler dans un Labiche; cette criaillerie lui avait déplu, autant que les voix ronflantes de la Comédie-Française, où l'avait entraînée sa mère, désespérée par son inculture.

Quelqu'un lui avait parlé d'un projet de film sur Gengis Khan, des chevauchées du tonnerre, des combats épiques, l'écran à feu et à sang! Elle ne marchait pas encore quand son père l'assit sur un cheval, pour la première fois, aussi s'était-elle juré de jouer dans ce film, dût-elle incarner un cavalier mongol. Dût-elle brandir le cimeterre...

Et joignant le geste à la parole, elle attrapa son verre comme la poignée d'un sabre et exécuta deux ou trois moulinets. C'est ainsi que la mouche dut indirectement sa libération au conquérant des Tartares.

En revenant à la maison par la plage, Jacques arrêta montrer à Caroline une grotte, creusée par la mer, dans le rocher crayeux qu'éclairaient les dernières lueurs du crépuscule. En disparaissant, le soleil avait laissé pendre à l'horizon une longue frise lumineuse, ornée de cumulus violets et roses.

— Ce trou-là, quand j'étais gosse, j'y trouvais toujours des gros crabes. Je les sortais avec le crochet de la cuisinière. Je l'appelais le trou du diable.

En entendant parler de crabes, celle qui rêvait de jouer les guerriers sanguinaires se pressa nerveusement contre Jacques:

— Les crabes, ça me fait une peur bleue!

Jacques lui prit la main. Elle était glacée, maigre et joliment osseuse, avec des doigts plus effilés que des rameaux, les ongles formant à leur extrémité un renflement luisant, comme des bourgeons.

— J'aime beaucoup votre maman!

— En effet, dit-il, c'est un personnage!

C'est à la kermesse de la mairie du Touquet, il y a quatre ans, que Caroline, qui occupait un kiosque de chiromancienne, avait fait la rencontre de Betty.

— Vous lisez dans la main?

— Pas du tout, fit-elle, seulement quand on me le demande pour les bonnes œuvres.

Il lui montra sa main.

— Il commence à faire trop sombre, mais je vois quand même que votre ligne de chance tranche sur toutes les autres.

— Alors, j'ai beaucoup de chance?

— Bien sûr, vous ne trouvez pas?

Elle noua les bras autour de son cou, inclina la tête par derrière, ferma les yeux.

Il fut en même temps étonné et troublé par cette hardiesse.

Elle rouvrit les yeux et lui murmura avec le plus exquis des sourires:

— Vous savez que moins d'un quart d'heure après m'avoir rencontrée, votre mère avait jeté son dévolu sur moi comme belle-fille. Faisons-lui plaisir!

Jacques pressa la bouche de Caroline contre la sienne. Il en avait très envie depuis un bon moment, mais cette façon d'avoir l'air de plaisanter avec tout, même les sujets les plus graves, le désorientait un peu.

— Ce que vous me dites sur ses inspirations subites, c'est tout à fait le style de ma mère. Mais elle n'est pas le bon Dieu, il lui arrive de rêver.

Elle se dégagea de lui et marcha vers la mer.

Jacques eut peur de l'avoir blessée en répondant ainsi, mais il avait essayé de prendre le même ton qu'elle, badin et ambigu.

– Est-ce qu'on regarde si elle est chaude?

– Attention, dit-il, la mer va remonter assez vite.

Près de l'eau, elle releva sa robe pour enlever ses bas et ses escarpins dont les talons creusaient dans le sable mouillé des trous que la marée montante remplissait aussitôt, les ornant d'une crête d'écume blanche.

Elle noua sa jupe autour de ses cuisses pour marcher dans les vagues qui venaient échouer mollement sur le sable.

Jacques décida d'enlever ses chaussures lui aussi et d'aller la rejoindre quand il l'entendit crier. Elle cherchait à revenir sur la terre ferme, sautant à cloche-pied, dans l'eau jusqu'aux genoux. Inquiet, il se précipita vers elle.

– Qu'est-ce qu'il y a?

– Une décharge électrique! J'ai mis le pied sur quelque chose.

Il la prit dans ses bras et l'amena sur des rochers encore tièdes que le soleil avait chauffés toute la journée. Il caressa son pied doucement. Elle avait dû le poser sur une astérie, un oursin ou sur rien du tout, il ne distinguait pas d'irritation, pas de marque de piqûre.

La lumière brillante de plusieurs feux de Bengale illumina soudain la plage, à une bonne distance d'où ils se trouvaient.

– Le feu d'artifice, dit Jacques, il est onze heures passées.

– C'est joli d'ici, murmura Caroline, en glissant vers lui de manière à ce qu'il puisse, s'il le souhaitait, remonter le long de ses jambes avec ses caresses. En s'approchant, elle avait habilement retroussé sa robe, découvrant ses cuisses et la dentelle de ses dessous.

Puis, elle envoya discrètement sa main explorer chez Jacques les conséquences de ses attitudes affriolantes.

Même si l'éducation stricte des jésuites l'avait assez mal préparé à ces circonstances particulières, Jacques eut une gamme de réactions plutôt appropriées, certaines purement physiques, échappant au libre arbitre, d'autres qui témoignaient d'une résolution dynamique...

Sous ses baisers et ses tendresses, le sexe de Caroline fondit, se répandant en parfums enfiévrants, irrésistibles; des ondes, lentes d'abord, et de plus en plus rapides, soulevèrent en tempête le ventre de la jeune fille et déferlèrent ensuite en rafales dans tout son corps, irradiant Jacques d'un impérieux désir, d'une puissance souveraine.

Comme si leurs corps avaient en même temps sonné l'alerte, ils s'enlacèrent avec ardeur, écoulant en secousses tumultueuses cette passion qu'ils ne savaient plus endiguer.

Ils revinrent, à pas lents, par le chemin de la plage, tandis que les derniers bouquets de feu d'artifice éclataient aux quatre coins du ciel, dans la plus grande anarchie.

– Ça, c'est bien papa, il va encore mettre le feu chez les voisins.

Elle se serra silencieusement contre lui qui lui entourait la taille; elle marchait pieds nus, la marée ayant emporté ses bas et ses souliers.

— Qu'allons-nous dire? murmura-t-il.

— La vérité.

Il eut un choc au cœur.

— Que la tentation était trop forte... ajouta-t-elle, et que nous nous sommes baignés.

4

Du lit de sa chambre, sous une des corniches au dernier étage de la villa, Jacques aperçut les premiers tâtons de l'aube; il n'avait pas encore fermé l'œil.

Aujourd'hui, il ferait une partie de tennis avec elle, puis il l'amènerait dîner dans une jolie auberge, près du Cap Gris Nez, où il connaissait les patrons et où il pourrait, sans trop d'embarras, louer une chambre pour quelques heures, si Caroline y consentait évidemment.

Seulement la pensée de ce projet rappela les parfums excitants de la jeune fille, les courants mystérieux qu'elle transmettait en charges fébriles et victorieuses. Étrange prise de possession, et si imprévue! Hier, il ne la connaissait pas, aujourd'hui il en était déjà amoureux, quelle métamorphose!

Un nuage vint soudain brouiller ses pensées agréables. Caroline agissait-elle ainsi avec tous les hommes?

Il avait beau se dire que sa mère, dans toute sa finesse, n'aurait certainement pas choisi de lui présenter une fille... («facile» surgit dans son esprit, mais il évacua tout de suite ce mot dont l'intrusion le choqua)... une fille dont elle n'eût pas souhaité qu'il s'éprenne, le doute l'envahissait.

Et surtout, il se jugeait mal préparé pour bien apprécier les circonstances. Il n'avait eu jusqu'ici qu'une autre expérience semblable.

Il y a deux ans, John et lui, après des confidences mutuelles, avaient résolu de mettre un terme à leur état virginal, mais le règlement du collège et la pudibonderie de la société montréalaise s'avérèrent des obstacles qu'ils faillirent ne pas pouvoir surmonter.

Comme cela arrive souvent, le vent avait tourné au moment précis où ils allaient s'avouer vaincus.

John avait déniché l'adresse d'une famille où, moyennant quelque gratification, les filles de la maison les obligeraient. C'est d'ailleurs la mère de ces dernières qui vint répondre, quand ils frappèrent à la porte d'une résidence assez délabrée de la rue Bonsecours, dans le vieux Montréal.

Ce fut une soirée singulière, amorcée par un dîner à table avec les deux filles, deux sœurs, qui, sous l'œil maternel, leur prodiguèrent toutes les mignardises, leur versèrent du vin sans arrêt, et qui, entre la poire et le fromage, dévoilèrent complètement des charmes que l'échancrure profonde de leur corsage avait plusieurs fois laissé poindre.

Elles n'arrêtaient pas de glousser, s'amusant beaucoup des gaucheries timides des deux collégiens. Entre la mère, qui voulait se faire complimenter sur sa table, et les filles qui étalaient hardiment leurs appas, il faut dire qu'il n'était pas facile de rester dans son assiette.

Le dénouement de cet épisode de son accession à la maturité s'estompait maintenant un peu, mais le souvenir qu'il conservait des ébats fougueux, dans une chambre avec une des sœurs, lui était presque aussi agréable que celui d'hier soir.

Il se trouva si ignoble de faire ce rapprochement qu'il décida de se lever, malgré l'heure matinale. Un café fort lui remettrait de l'ordre dans la tête.

5

Jacques vit Caroline presque tous les jours, sauf pendant une semaine, alors qu'elle quitta précipitamment le Touquet pour Paris.

Un opérateur de Pathé, qu'elle avait rencontré à la plage, lui avait promis de l'introduire auprès du célèbre Max Linder.

Quand Jacques arriva chez les Motte pour chercher Caroline, avec qui il avait conçu le projet de passer le week-end à Ostende, il ne trouva qu'une note laconique, expliquant qu'un rendez-vous de la plus grande importance pour sa carrière l'avait obligée à prendre le train pour Paris.

Il mourut d'envie d'aller l'y rejoindre, mais Mme Motte resta très évasive: Caroline habiterait chez une copine, dont elle ne se souvenait pas de l'adresse, ou peut-être à l'hôtel, elle n'était pas certaine. Il lui parut impoli d'insister davantage.

Une bonne semaine plus tard, le chauffeur des Motte passa chez les Roussel, tôt le matin, annoncer que Mlle Motte était de retour et remettre à Jacques une lettre de la jeune fille:

J'ai bien envie d'activité physique, je te lance donc, mon cher, un défi au tennis. Et après, si tu veux, nous pourrions aller manger à notre auberge Gri-Gri... tu me trouveras en fort bon appétit!

Jacques, qui n'avait pas encore tout à fait digéré l'interruption cavalière de leurs relations, eut bien envie de laisser patienter Caroline, mais moins d'une heure plus tard, il était chez elle.

Il la trouva si resplendissante, d'une humeur si agréable que le peu d'amertume qu'il entretenait encore s'évanouit aussitôt.

Mais malheureusement pour l'amour-propre de Jacques, elle était, elle aussi, dans une forme redoutable. Elle ne fit qu'une bouchée de lui, au tennis. Elle frappait les balles en forcenée, ouvrant agressivement le jeu, montant parfois jusqu'au filet où elle attendait les coups de son adversaire pour les lui renvoyer à la volée.

On eût dit que Caroline accompagnait chacun de ses coups d'une volonté coriace de se libérer de démons encombrants. Il demanda bientôt grâce, prétextant une vague et subite foulure à la cheville.

C'est pour ainsi dire avec soulagement que Jacques reprit son agréable office d'amant, dans la coquette chambre de l'auberge du Cap Gris Nez, presque en porte-à-faux sur la mer.

Depuis qu'ils se connaissaient, lui fit-il remarquer, ils ne s'étaient jamais aimés ailleurs qu'au bord de la mer, accompagnés par les mouvements de l'eau et la brise du large.

— C'est vrai, dit-elle avec une certaine tristesse, et il ne devrait jamais en être autrement.

Elle était étendue paisiblement sur le ventre et il la caressait en ondulant ses doigts, pianissimo, le long de ses cuisses nerveuses; puis il marquait des points d'orgue sur ses fesses et parcourait son dos avec des cascades d'arpèges. Il revenait ensuite au départ et reprenait son trajet en modulant la caresse.

– Tu l'as vu ton Max Linder?

Elle dut comprendre qu'il regrettait déjà amèrement d'avoir posé cette question idiote car, au lieu de répondre, elle se tourna vivement et l'entraîna sur elle dans une étreinte si forte et si interminable que, petit à petit, crût un nouveau désir qu'elle cueillit avec douceur et dont elle fit un autre bouquet de passion.

Elle avait laissé filer la question, jugeant qu'elle ne faisait pas partie de leur jeu et qu'elle tomberait hors du court, comme un lob trop long. Et Jacques se disait que Caroline était aussi redoutable en amour qu'au tennis!

6

La Delaunay-Belleville, conduite par Louis, roulait à vive allure sur le Chemin de la Vigne, un raccourci pour Roubaix, malgré la pluie violente qui empêchait de bien voir et qui pénétrait jusque dans la limousine, où Auguste essayait de lire des dossiers. Les vibrations de l'auto sur cette route pavée embrouillaient tout.

L'industriel n'était pas satisfait des efforts de la ville pour accélérer la construction d'habitations à loyer modique pour les ouvriers et il avait rendez-vous avec le maire Prévost, dans l'espoir de redresser la situation.

On ne manquait pas de main-d'œuvre, elle continuait d'affluer à Roubaix, mais elle ne s'y fixait plus. En travaillant en France et en habitant en Belgique, les ouvriers pouvaient profiter à la fois des hauts salaires français et des bas prix en Belgique. Il se formait donc, dans les usines, des clans distincts de travailleurs, des bastions toujours propices à l'agitation révolutionnaire, où l'on parlait même le flamand plutôt que le français. Ces frontaliers inassimilables, les tensions qu'ils créaient, risquaient de ramener les jours sombres de 1900, alors que Roubaix était devenue la «ville sainte des prolétaires».

Pour assurer la paix sociale, il fallait, selon Auguste, réduire ces migrations quotidiennes et favoriser l'intégration des ouvriers, en leur procurant d'abord des logements correspondant à leurs ressources financières et en les forçant ensuite à s'insérer dans la vie roubaisienne.

Ce n'était pas la première fois qu'il montait ainsi à l'assaut du maire, par le monumental escalier de la toute blanche mairie de Roubaix. Il avait souvent abordé, depuis deux ans, cette question du logement, mais à l'hôtel de ville, on continuait à piétiner, à s'empêtrer dans des détails insignifiants d'urbanisme ou de zonage. Auguste était à bout de patience et il venait offrir des investissements importants de sa société, à très bas intérêt, afin de débloquer des constructions dans le quartier nord-est, non loin, il va sans dire, des usines Roussel. Il avait même vaincu les résistances initiales du syndicat à son projet.

— Cher ami, ces questions, je le crains bien, sont devenues très secondaires.

Le maire Prévost, son lorgnon à cheval sur le bout du nez, l'air nerveux, brandissait le télégramme officiel qu'il venait de recevoir et qui lui causait tant d'inquiétude.

– C'est le décret de mobilisation.

– Générale? demanda Auguste.

– Hélas oui, cher ami.

Les deux hommes restèrent muets quelques instants, le temps de mesurer l'ampleur de la catastrophe qui s'abattrait de nouveau sur leur région, porte d'entrée des invasions allemandes.

Mais finalement cette affligeante nouvelle ne prenait pas Auguste à l'improviste. Il venait de recevoir une commande urgente pour des centaines de kilomètres de drap bleu et rouge.

– Envoyer nos troupes au combat en pantalons rouges et en vareuses bleues, fit-il remarquer, c'est vraiment vouloir le massacre. Les Allemands, eux, ont des uniformes vert foncé, brun, gris.

Le maire, qui n'avait jamais vu la guerre de ce point de vue de tisserand, admit que ce panache gaulois pouvait certes avoir ses inconvénients...

Le chef de cabinet entra précipitamment dans le bureau.

– Excusez-moi, monsieur Prévost, la Préfecture me demande de vous prévenir que ce matin même les Allemands ont violé le territoire du Luxembourg.

– Malgré la neutralité du Grand Duché?

– Oui.

Le maire, comme Auguste, savait que demain, à moins d'un miracle, l'ennemi serait déjà chez les Belges, et ensuite, chez eux!

7

Le tambour du garde champêtre, annonçant la mobilisation générale, mit prématurément fin aux vacances de la famille Roussel qui rentra en hâte du Touquet.

Jacques venait de recevoir la confirmation de son admission à l'École polytechnique, mais c'est le chemin des baraques qu'il prit avec Lucien et Marc-Antoine, ses deux autres frères mobilisables.

Le temps brumeux de ces premiers jours du mois d'août avait fait place à un soleil éclatant pour le départ des conscrits que le chauffeur et Caroline conduisirent à la gare. Le nonchalant Lucien, confortablement écrasé dans la limousine, conduite par le chauffeur noir; Jacques et Marc-Antoine, debout comme des conquérants sur les marchepieds de la flamboyante Bayard que conduisait Caroline, la tête enturbannée de soie multicolore.

Pour l'instant, c'était plus l'aventure qu'une guerre inquiétante. Après tout, la dernière n'avait duré qu'un an!

Quelques jours plus tard, deux véhicules allemands débouchèrent de la rue Neuve sur la Grand'Place de Roubaix et s'arrêtèrent devant l'hôtel de ville. Deux soldats armés montèrent l'escalier et prirent position, au garde-à-vous, de chaque côté de la porte d'entrée. Un officier et son adjudant entrèrent alors s'installer dans le bureau du maire.

La ville était occupée.

8

En moins d'un mois, la vie tourna sens dessus dessous.

Le gouvernement français avait quitté la capitale pour se réfugier à Bordeaux, confiant la défense de Paris au général Galliéni.

À Lille, à Roubaix, à Tourcoing, les Allemands étaient devenus les maîtres. Presque tous les hommes étaient sous les armes et les usines ne tournaient plus qu'au ralenti. Certaines avaient même arrêté complètement les machines plutôt que de les faire marcher au profit de l'envahisseur.

Ite missa est, chantonna le prêtre, de sa voix de crécelle. Auguste, qui venait de communier, resta à genoux pour se recueillir un peu plus longtemps qu'à l'accoutumée. Il ne lui tardait pas d'arriver à l'usine, plus sinistre encore que cette église froide et presque vide. Il lui parut soudain que la tristesse de novembre n'avait jamais été aussi corrosive. Elle transperçait partout: dans cet évangile morne du temps des morts, dans le grésil qui piquait les vitraux sombres, sur les visages exsangues des quelques vieilles qui, comme lui, assistaient encore aux offices.

En faisant son signe de croix au bénitier, avant de sortir, Auguste nota que les vieilles dames attendaient dans le portique, qu'elles n'osaient pas quitter l'église. Il les salua discrètement et poussa la lourde porte de chêne!

Une petite troupe d'Allemands entourait l'église.

Un officier s'approcha immédiatement et lui demanda s'il était bien Auguste Roussel. Il acquiesça et l'officier lui mit sous le nez un papier militaire.

— Je ne lis pas l'allemand.

— À notre connaissance, reprit l'officier dans son fort accent, vous aviez appris l'allemand au lycée.

Auguste répéta avec fermeté qu'il ne lisait pas l'allemand.

— C'est un ordre de la Kommandantur de remettre les usines en marche!

— Il n'en est pas question sans main-d'œuvre masculine. Tous nos hommes sont partis, mes propres fils sont aussi au front!

Rassurées par Auguste qui tenait tête aux Allemands, les femmes sortirent de l'église, suivies du curé encore revêtu de son aube.

— Faites travailler les femmes et les enfants, commanda l'officier.

— Demandez-leur vous-même, riposta Auguste, en déchirant l'ordre qu'on venait de lui remettre.

Les soldats l'empoignèrent et le poussèrent violemment dans la boîte d'un camion.

Dans les jours qui suivirent, enfermé dans une baraque infecte, à la frontière belge, il chercha par tous les moyens à donner signe de vie à Betty qui se mourait d'angoisse à Roubaix, mais il n'y parvint pas. Il faut dire que son attitude arrogante, son entêtement devant les officiers ennemis, qui essayaient de le convaincre de faire tourner les usines, ne les prédisposèrent à aucune gentillesse particulière. Se moquant même de leurs menaces de démanteler des usines que lui et son père avaient mis toute leur vie à monter, Auguste résista à toutes les pressions et fut bientôt expédié en Allemagne, au camp de concentration de Holzminden.

Dans le wagon de fret dans lequel on l'entassa, il retrouva plusieurs autres grands patrons qui avaient eux aussi tenu tête aux Allemands. Sublime ironie, ils profitèrent de l'inconfortable voyage pour tenir la dernière assemblée régulière de la Société Industrielle et Commerciale de Roubaix, qu'ils avaient fondée ensemble, en 1892, pour la défense des intérêts de l'industrie lainière.

CHAPITRE 9

Le docteur Fontaine

1

Aussitôt à bord de l'énorme paquebot, Émile Fontaine, encore empêtré dans son uniforme militaire tout neuf, descendit repérer la cabine qui lui avait été assignée. Il avait de la chance, son lit, dans cette ancienne cabine de première réaménagée, donnait sur un hublot, à quelques mètres au-dessus de la ligne de flottaison; à moins de gros temps, il pourrait sans doute le laisser ouvert et avoir l'air frais de la mer, tout au long de la traversée, ce qui ne serait pas superflu étant donné qu'on avait entassé dix couchettes dans un espace normalement réservé à deux personnes.

L'ex-*Vaterland*, un des plus gros navires de passagers du monde, venait d'être saisi aux Allemands et il commençait, battant pavillon américain, à transporter les contingents que le président Wilson lançait dans la lutte contre les Huns. Trois ans après le début de cette guerre meurtrière qui ne devait durer, avait-on pensé, que quelques semaines, les États-Unis accouraient enfin à la rescousse des alliés.

Émile remonta sur le pont où il réussit, en jouant des coudes, à se frayer un chemin jusqu'au bastingage. Malgré l'accablante vague de chaleur qui étouffait New York depuis l'Independance Day, des milliers de personnes étaient accourues en cet après-midi torride de la mi-juillet pour assister au départ historique des hommes de la division du général Pershing. Les discours enflammés du président Wilson, sa campagne pour recruter dix mille volontaires par jour, le voyage que venait d'effectuer aux États-Unis le grand vainqueur de la Marne, le maréchal Joffre, tout, ces derniers temps, avait contribué à allumer chez les Américains une exaltante ferveur patriotique.

Soit, il y avait, comme l'exprimait si bien Wilson, ce «combat à livrer pour la démocratie, pour les droits et les libertés des petites nations, pour le règne universel du droit», mais Émile voyait surtout dans cette grande aventure l'occasion pour lui d'apaiser une soif d'idéal que la pratique de la médecine n'avait pas du tout calmée, loin de là!

Ce n'est pas la foule sur le quai, agitant ses drapeaux et ses banderoles au rythme des marches de Sousa, qu'Émile voyait, c'était l'assistance à la cérémonie de graduation de la Faculté de médecine de Harvard, trois ans auparavant. Comme aujourd'hui, il avait alors senti qu'il répondait à un appel mystérieux et irrésistible de venir en aide à ses semblables, de donner aux autres plus qu'il n'avait jamais reçu lui-même.

C'est d'ailleurs au nom de cet exigeant idéal qu'il n'avait pas hésité à briser le cœur de sa mère en s'établissant à Woonsocket plutôt que de revenir pratiquer à Montréal.

Après la graduation à Harvard, Henriette Fontaine accepta l'invitation du curé Pelland, son cousin, de passer quelques jours au presbytère de la paroisse qu'il dirigeait à Woonsocket. Elle comptait bien tout de suite après rentrer à Montréal avec son fils, enfin reçu médecin.

Henriette n'avait pas encore abordé le sujet avec son fils, mais elle ne voyait pas pourquoi il ne pourrait pas simplement installer son cabinet là où son père, Athanase, avait eu son bureau de député, au rez-de-chaussée de leur grande maison du boulevard Saint-Joseph.

Et, bien sûr, le petit loyer qu'il pourrait lui payer bientôt l'aiderait un peu à joindre les deux bouts. Avec les leçons de musique qu'elle donnait, la misérable pension qu'elle recevait, Henriette avait toute la peine du monde à maintenir le standing qui lui semblait raisonnable pour la veuve d'un homme public. Qu'importe que son mari eût été le membre le plus obscur de la députation de sir Wilfrid Laurier!

Les circonstances particulières de sa mort et les petits cognacs qu'elle enfilait de plus en plus régulièrement avaient agrandi démesurément l'image du disparu dans l'esprit d'Henriette.

Une religieuse de l'Hôtel-Dieu avait relié pour elle dans une couverture de peau, décorée de motifs mièvres mais patriotiques, les quatre pages manuscrites du seul discours qu'avait prononcé en Chambre le député Fontaine. Ces paroles, qui avaient soulevé l'ire de Laurier, et qu'elle considérait comme l'héroïque testament de son mari, reposaient désormais sous des images de défricheurs en ceintures fléchées, qui construisaient leurs cabanes de bois rond sous le regard tutélaire de saint Jean-Baptiste, tandis qu'une mère castor, au bas de la reliure, relogeait symboliquement ses petits, déplacés par les bâtisseurs d'une race qui ne saurait mourir.

Le modeste loyer aiderait aussi la sœur cadette d'Émile, Simone, à poursuivre ses études de chant. Elle avait une voix magnifique, un instrument dont la qualité exigerait bientôt qu'il soit pris en charge par les meilleurs professeurs de Montréal.

C'est tout l'échafaudage de ces rêves qui s'écroula brutalement lorsque son fils déballa, dans le salon du presbytère, le cadeau du curé Pelland, une rutilante plaque de cuivre sur laquelle était inscrit: *Dr. Émile Fontaine, Médecin-Physician.*

— Tu n'as même pas encore de cabinet, fit-elle remarquer.

Il y avait dans son ton de voix une telle appréhension qu'Émile mit une éternité à répondre que si! il en avait un.

— Comment ça? Tu n'es pas venu à Montréal depuis Noël.

— Maman, je vais pratiquer à Woonsocket, admit-il finalement, cherchant du regard l'appui du curé qui débouchait une bouteille de champagne pour célébrer l'heureux événement.

L'explosion du bouchon surprit tellement la vieille ménagère qu'elle faillit échapper le plateau avec les coupes de cristal.

— À notre société qui s'enrichit d'un nouveau médecin, s'exclama Pelland, espérant remettre la célébration sur le droit chemin.

— Ce n'est pas ce qui avait été convenu entre nous, répliqua Henriette avec la plus grande amertume.

Un tel silence suivit que le bruit du champagne, qui pétillait dans les coupes, devint agaçant, presque intolérable. La ménagère retraita discrètement vers la cuisine.

Émile se leva et alla poser sa main sur l'épaule d'Henriette.

— Maman, c'est grâce aux sacrifices des gens d'ici que j'ai eu l'argent pour mes études. Le moins que je puisse faire, c'est rester ici et travailler parmi eux.

— Je trouverai l'argent, je rembourserai tout, dit-elle avec détermination au curé, qui évaluait mal l'ampleur de la catastrophe qui venait de s'abattre sur cette femme, dont les manières affectées l'avaient toujours rendue un peu pathétique, à ses yeux.

— Émile, poursuivit-elle, ton père est mort en luttant pour contenir l'exode de nos compatriotes vers les États-Unis, tu veux donc trahir sa mémoire?

Le souvenir qu'Émile conservait de son père était celui d'un homme médiocre, poltron même dans ses idées, quelqu'un à qui il reprochait presque de n'avoir pas survécu à la seule cause qu'il ait finalement épousé: l'exode massif des Canadiens français.

— Je veux être là où on a le plus besoin de moi.

— Tu as raison, répliqua-t-elle en larmoyant, nous avons pris l'habitude de nous passer de toi. Ta propre sœur te connaît à peine.

— Aussitôt que j'aurai commencé ma pratique, vous pourriez vous établir ici, Simone et toi.

Pour Henriette, cette suggestion, faite sur un ton plutôt affectueux, était l'ultime trahison; Émile venait de cracher sur la tombe de son père!

Elle bondit de la bergère, porta mélodramatiquement son mouchoir de dentelle à ses yeux et alla jusqu'à la porte, comme si elle allait partir ainsi, en pleine nuit. Une lueur rouge terrifiante, venant du côté de l'église, la cloua sur place.

– L'église est en feu, cria-t-elle.

C'étaient les chars allégoriques qui flambaient, incendiés par une poignée de fanatiques du Ku Klux Klan.

2

En arrivant en France, Émile fut confiné pendant quelques semaines à Pontanézen, près de Brest, où en quelques mois, les Américains avaient monté le plus grand camp du monde. Au grand émerveillement des Bretons, qui faisaient la découverte d'une autre civilisation, des régiments d'Américains avaient, presque du jour au lendemain, agrandi le port de Brest, construit des magasins et des lignes de chemin de fer, comblé un étang insalubre et nivelé des champs pour élever, de toutes pièces, ce village où 90 000 recrues, fraîchement débarquées, se familiarisaient petit à petit avec la guerre.

Parce qu'il était médecin, Émile connut tout de suite un traitement privilégié au camp de Pontanézen. Non seulement il habitait une baraque confortable avec douche et w.-c., mais il avait aussi à sa disposition une Ford T. Comme tous les officiers, il pouvait même laisser ses bottes à la porte, le soir, et des cireurs noirs passaient les astiquer durant la nuit. Depuis son arrivée aux États-Unis, Émile n'avait jamais vécu que parmi les blancs, aussi fut-il surpris de constater que le camp de Pontanézen était séparé en deux: les troupes de noirs et les troupes de blancs étaient réparties dans des quartiers à part, numérotés, surveillés par la police militaire, qui voyait à l'ordre de façon impitoyable, avec ses longues matraques de bois.

Durant la traversée sur le *Vaterland*, Émile avait même eu

l'occasion de s'entretenir quelques instants avec le général Pershing, tant l'atmosphère y était détendue et amicale. La plupart des hommes, même chez les hauts gradés, commençaient seulement leur apprentissage de la vie militaire et le luxe de ce paquebot allemand, même réaménagé, se prêtait mal à des rapports trop rigides et hiérarchisés. À Pontanézen, cette ambiance de croisière prit fin abruptement. Son cireur noir ne parlait pas davantage à Émile que ce dernier, au général Pershing, qui ne circulait jamais autrement que dans sa magnifique Cadillac.

Après quelques jours, Émile commença à douter des nobles motifs qui l'avaient arraché à sa pratique de Woonsocket; à l'hôpital du camp, il ne soignait plus que les ampoules et les cors que les soldats se faisaient aux pieds à cause de leurs bottes trop fines, les dérangements d'estomac provoqués par les excès d'alcool et de vin, et surtout, des cas de plus en plus fréquents de goutte militaire...

C'est en vain que Pershing fit une intervention directe auprès du chef d'état-major de l'armée, le maréchal Foch, pour que la vente d'alcool fût surveillée plus étroitement et que les docks et les quais fussent débarrassés des femmes de mauvaise vie. Pershing avait supplié qu'on élimine toutes les tentations afin de «préserver la santé de l'armée américaine».

Hélas, pour bien des Françaises, ils étaient irrésistibles ces jeunes militaires grassement payés... qui se rasaient la moustache et gardaient les cheveux courts, et qui se présentaient, armés de chewing-gum, de chocolat et de lait condensé.

De plus en plus inquiets du nombre grandissant de cas de blennorragie, les médecins se réunirent et résolurent d'envoyer à Pershing une pétition recommandant qu'un quartier réservé soit ouvert à proximité du camp; ainsi les autorités seraient en mesure de contrôler un commerce qu'elles n'arrivaient pas à empêcher. Émile, qui avait eu lui-même jusqu'ici une conduite irréprochable sur tout rapport, fut outré par l'attitude libérale de ses confrères, mais ses arguments religieux, pour contrer leur résolution, provoquèrent chez eux plus de commentaires ironiques que d'appuis.

Ces collègues lui donnèrent jusqu'au lendemain midi pour signer cette requête du corps médical, qu'ils souhaitaient unanime, vu l'attitude puritaine de l'état-major américain.

À cause de cet ultimatum, il ne put fermer l'œil de la nuit. Il n'arrivait pas à chasser une image obsédante, celle de Cathy, une infirmière qu'il avait rencontrée lors de son internat au Boston Children's Hospital.

La jeune femme l'avait raccompagné à sa cellule de résident, après avoir travaillé avec lui jusqu'aux petites heures pour arracher à la mort une fillette souffrant de méningite. Bien que physiquement épuisés tous les deux, ils étaient exaltés d'avoir réussi à sauver l'enfant; Émile, sans réfléchir, et se laissant aller à ce qui lui semblait un geste de simple reconnaissance, prit la nurse dans ses bras, l'embrassa sur la joue.

Il venait de libérer un geyser.

Avant même qu'il n'ait pu réagir, Cathy avait dégrafé son uniforme, découvrant sa poitrine généreuse et tiède, se serrant contre lui et implorant presque qu'il la prenne là, tout de suite. Émile eut un moment de stupéfaction, puis il se raidit et lui dit gravement qu'ils n'avaient pas le droit de se laisser aller ainsi à ce genre de… «sexual gratifications».

Estomaquée, mortifiée, Cathy l'avait d'abord dévisagé sans comprendre, puis avec le plus grand étonnement, elle avait murmuré:

– My God, you don't like women!

– I'm a religious man, avait répondu Émile, tandis que Cathy reculait vers la porte en se rhabillant, avec l'air effrayé de quelqu'un qui ne sait pas si elle a croisé un saint ou le diable.

Ses collègues l'avaient regardé de la même façon quand il avait refusé de signer leur pétition, aussi Émile commençait-il à s'inquiéter un peu, cette nuit, de l'intransigeance de ses attitudes. Cathy, qu'il s'était refusée, il avait pourtant eu pour elle, pendant des mois, des rêves qui l'obligèrent souvent à défaire son lit lui-même, et porter les draps à la buanderie, de crainte qu'on ne découvre son tourment.

Ce matin, au lever, un ordre venait d'arriver qui lui éviterait d'expliquer pourquoi il ne pouvait apposer son nom à une requête réclamant ni plus ni moins que l'établissement de bordels pour les jeunes militaires, fût-ce cette décision souhaitable pour leur santé physique. Il eût préféré en effet qu'on épaulât davantage le travail des aumôniers catholiques et des associations confessionnelles comme le Y.M.C.A. ou le Bien-Être juif.

Parce qu'Émile parlait français, l'état-major avait décidé de l'affecter à un hôpital du secteur de Sommerviller où les unités américaines arriveraient quelques mois plus tard. Il partirait ce matin même (avant toute confrontation avec ses collègues) et veillerait à ce que l'un des pavillons de l'hôpital soit réaménagé au goût américain et que les conditions d'hygiène et de confort y soient améliorées.

À Sommerviller, Émile eut tôt fait de s'acquitter de cette mission administrative, d'autant qu'il considérait que les recrues américaines étaient un peu trop dorlotées. Si les Américains, pensait-il, couchaient sur la dure comme les soldats français, plutôt que sur des lits pliants, ils seraient moins portés à vouloir ensuite satisfaire leurs moindres plaisirs. D'ailleurs, ce sont moins les conditions générales d'hygiène ou de confort qui le préoccupaient que le manque de personnel médical et de ressources. Des blessés et des malades arrivaient tous les jours des tranchées et l'hôpital avait bien plus besoin d'un autre médecin que d'un moniteur du bien-être américain.

Émile s'abîma dans le travail.

Pour la première fois, il eut le sentiment que la tâche qu'il accomplissait correspondait à l'idéal qui l'avait poussé à s'embarquer pour la guerre.

Il était infatigable, passant des journées entières en salle d'opération, s'attardant ensuite au chevet de ses patients dont certains étaient des Canadiens français comme lui, mais qui combattaient sous le drapeau britannique. Sans s'en rendre compte, il se montrait avec eux d'une sollicitude toute particulière, peut-être parce que ces blessés canadiens lui apportaient le relent d'un pays dont Émile, au fond, se passait assez mal, malgré son enracinement aux États-Unis.

Ce n'est pas sa mère ou sa sœur qui lui manquaient, mais cette impalpable membrane, cette soyeuse enveloppe de pays, qui encoconne dès la naissance, et dont on n'arrive sans doute jamais à se déchirer.

Le printemps suivant, Émile fut assigné du côté de Noyon. Une fulgurante offensive allemande avait surpris partout les alliés et amené encore une fois l'ennemi aux portes de Paris.

3

Un hôpital de fortune avait été aménagé dans un petit château, qui était si près du front que les brancardiers y amenaient souvent les blessés à pied, ne prenant pas la peine de les charger dans les ambulances, la plupart du temps des charrettes réquisitionnées chez les fermiers.

Malgré les renforts américains, la guerre avait pris une tournure désespérante. Il y avait quatre ans maintenant que Joffre avait répliqué à un officier du cabinet de Poincaré qui s'inquiétait qu'on tarde tant à équiper les fantassins de casques protecteurs: «Mon ami, nous n'aurons même pas besoin de les fabriquer, nous tordrons les Boches avant deux mois». Pourtant, en cette fin de mai 1918, les Allemands s'étaient de nouveau avancés sur la Marne. Ils étaient à Dormans et à Château-Thierry, ils avaient repris Soissons, et ils tenaient Paris sous leurs canons.

En apprenant qu'il était Canadien, la châtelaine avait insisté pour qu'Émile prît sa chambre car, avait-elle expliqué, elle vouait une reconnaissance sans borne au bataillon de Canadiens qui avait délogé les Boches des dépendances du château, au tout début de la guerre.

Ce que cette vieille dame, toute frêle d'apparence, mais coriace, n'avait pas raconté à Émile, c'est qu'elle avait tenu elle-même les Allemands en respect. Ils s'étaient présentés au château voulant y établir leur quartier général, mais elle leur avait rabattu la porte au nez, affirmant avec autorité qu'elle ne les laisserait jamais entrer. Déconcertée, l'estafette tourna les talons.

C'est tout un peloton, sous les ordres d'un officier supérieur, qui s'amena ensuite pour réquisitionner le château. La châtelaine se planta fièrement sur le pas de la porte et leur ordonna de quitter les lieux tout de suite. Comme des chimères menaçantes, deux énormes briards, venus se poster de chaque côté de leur maîtresse, joignirent à son ordre péremptoire un duo de grognements appropriés.

L'arme au poing, les casques pointus attendaient l'ordre de leur officier que la panique envahissait: allaient-ils investir les lieux dans un bain de sang ou battre en retraite sagement comme des voyous, pris en flagrant délit sur la propriété d'autrui?

La Kommandantur se résigna à établir ses quartiers dans l'écurie presque vide, tous les chevaux ayant été réquisitionnés par l'armée française, dès les premières heures de la bataille. La châtelaine n'avait gardé que Siméon, une vieille bête docile qu'elle montait depuis toujours.

Le fracas d'un obus venant d'éclater tout près tira brusquement Émile de son sommeil. Il se rendit compte qu'il avait dormi tout habillé, les bottes sur le couvre-pied de soie fine du lit à baldaquin, et que le bruit n'avait pas réveillé la jeune fille qui dormait, allongée près de lui, sa coiffe d'infirmière défaite sur l'oreiller.

Il essaya d'abord de voir par la fenêtre ce qui s'était passé, puis il descendit dans la cour, au pas de course.

La vision horrible qui l'attendait le figea sur place.

L'obus était tombé juste là où Siméon broutait. L'explosion l'avait projeté, coupé en deux, dans un gros peuplier, près de la grille d'entrée. Le devant du cheval était accroché, gueule ouverte, sur une branche, et le train de derrière, sur une autre. Il y avait du sang partout et des lambeaux d'entrailles, sur lesquels s'étaient déjà jetés les chats et les oiseaux.

Émile voulut se précipiter, empêcher la châtelaine d'être témoin de cette scène atroce, mais elle était déjà là. Il s'approcha d'elle, mais il ne trouva rien à lui dire pour la consoler.

La vieille dame détourna les yeux, serra ses mains l'une dans l'autre pour les arrêter de trembler.

– Ce sera une autre journée difficile, lui dit la châtelaine, et vous avez sans doute peu dormi, je vais préparer un café bien fort.

Malgré les circonstances pénibles, la vieille dame avait un sourire narquois au visage. Elle avait bien remarqué que, depuis quelques nuits, l'infirmière dormait dans la chambre d'Émile.

4

Le café, un morceau de pain que la châtelaine fit griller dans la cheminée, c'est tout ce qu'Émile eut le temps d'avaler de la journée.

Les alliés venaient de déclencher la contre-offensive qui devait enfin mener à la conclusion victorieuse de la «grande guerre».

La frénésie du combat s'était mystérieusement emparée de tous, même à l'arrière des lignes, au château par exemple, où des malades qui pouvaient à peine marcher aidaient les ambulanciers à transporter les nouveaux blessés. Toute la journée, ils arrivèrent en camions, en charrettes et quelques fois même dans les side-cars de grosses motocyclettes, qui entraient en pétaradant dans la cour, troublant les familles de mésanges dans les pêchers en fleurs.

C'est ainsi que sur un brancard improvisé, tenant par des prières à la nacelle d'une Harley Davidson, arriva en fin d'après-midi un jeune sous-lieutenant français, qui avait été projeté d'un poteau de télégraphe par une explosion de shrapnel, alors qu'il achevait de rétablir lui-même une ligne de communications, tous les hommes sous ses ordres ayant été décimés par l'ennemi.

Il était inconscient et ses jambes étaient en charpie.

Émile avait profité d'un répit pour aller souffler un peu dans le jardin où le rattrapa Françoise, l'infirmière. Quand il entra dans l'office, qui servait de salle d'opération, son collègue français, fraîchement émoulu de l'École de médecine, avait tout mis en place pour une amputation.

Émile examina les jambes, soupesant, tâtant délicatement ici et là, cherchant à l'aveugle, sans l'aide de rayons-x, à déterminer la gravité et le tracé des fractures. Puis, il jeta un coup d'œil au visage du blessé: il était d'une pâleur cadavérique, certes, mais c'était celui d'un jeune homme de constitution robuste qui devrait, avec un peu de chance, s'en tirer.

— Préparez-moi un plâtre pour la jambe gauche. Pour la droite, nous allons installer des tractions.

— La jambe droite est une plaie vive, rétorqua avec une certaine arrogance le médecin français, qui mettait constamment en doute les méthodes d'Émile, qui discutait les cas, alors qu'il y avait à peine le temps de faire le nécessaire.

— En effet, c'est une plaie vive, dit sèchement Émile, vous allez donc commencer à désinfecter. Ensuite, nous insérerons une tige dans le tibia pour retenir les poids.

À la châtelaine qui l'aidait à se brosser pour l'opération, Émile demanda qu'elle essaie de lui trouver une tige en inoxydable.

— Une barre d'au moins six pouces de long...

— Six pouces... de grande personne? s'inquiéta la dame qui, dans les mesures anglaises, s'emmêlait encore les pieds avec les pouces.

— Oui, comme ça... et de petit diamètre, montra Émile en souriant.

Juste derrière, l'autre médecin s'échauffait, prenant Françoise à témoin de ses protestations.

— Sans l'amputation, lui murmura-t-il, il n'y a pas une chance sur cent d'éviter la gangrène. Il faut être naïf pour ne pas le voir.

Ce collègue français commençait à lui tomber sur les nerfs, si bien qu'Émile eut la tentation de les laisser entre compatriotes, lui et le sous-lieutenant blessé... qu'il l'ampute si cela le démangeait tant! Aussi faut-il dire que cette tuerie de guerre, où la France à elle seule avait déjà perdu plus d'un million d'hommes, avait érodé l'importance de la personne humaine, et que dans ce va-et-vient atroce d'hommes charcutés par la mitraille et les obus, les hôpitaux du front prenaient souvent les dehors indifférents de boucheries.

— Docteur, fit remarquer Émile, tandis que Françoise l'aidait à se ganter pour l'opération, si j'étais à la place de ce jeune homme inconscient, j'aimerais bien qu'on tente cette chance sur cent de sauver ma jambe.

5

Tard dans la soirée, le sous-lieutenant n'avait toujours pas repris conscience, mais il apparut à Françoise, qui se rendait constamment à son chevet, que sa respiration était plus calme, son pouls moins agité. Les lourds poids qu'Émile avait attachés, grâce à une tige passée bord en bord du tibia, et qui tiraient sur les os de la jambe pour les replacer, soulevaient presque le blessé de son lit. Il y avait sur cette jambe une plaie profonde, qui avait empêché Émile de la mettre comme l'autre dans un plâtre. Tandis que la traction permettrait aux os de se souder en place, le médecin comptait bien que des soins attentifs contiendraient l'infection, jusqu'à la cicatrisation des blessures.

Depuis qu'il avait trouvé cet ange d'infirmière, Émile multipliait les guérisons miraculeuses.

Françoise Kurilsky, la fille d'un médecin de l'entourage immédiat du grand-duc Michel, avait sur les instances de son père fui Pétrograd en compagnie de sa mère, au lendemain de l'abdication du tsar. Les deux femmes avaient trouvé refuge sur un cargo français en partance d'Odessa. Après un périlleux voyage dans les eaux minées des Dardanelles, elles touchèrent enfin Marseille avec d'autres réfugiés de la révolution.

Françoise accompagna sa mère jusqu'à Paris, où celle-ci fut accueillie par une vieille amie, puis elle contacta immédiatement la Croix-Rouge afin d'être intégrée dans les unités médicales qui œuvraient sur le front. Au moment de quitter le désordre généralisé de son pays, le travail intelligent de Françoise, dans les hôpitaux de guerre, l'avait portée à la tête des services de santé d'un des zemstvos d'Okhta, en banlieue de Pétrograd.

Les deux halos rouges, qu'elle portait comme des pommes sur ses joues, donnaient à la petite Russe grassouillette un air de santé qui rayonnait autour d'elle et semblait porter bonheur.

En ces moments anarchiques, où la vie comme la mort paraissaient perdre leur sens, Émile avait l'impression, quand il se retrouvait seul auprès de Françoise, de marcher dans une grande pinède, plantée en belles rangées droites, et exhalant de tonifiantes odeurs de résine.

À plusieurs reprises, ces derniers temps, le sommeil l'avait surpris dans l'atmosphère ouatée de cette forêt et il s'était réveillé, comme ce matin, aux côtés de l'infirmière. Il en fut d'abord très embarrassé, mais la douceur qu'il éprouvait d'être ainsi près d'elle, ce souffle tiède contre sa joue, le parfum mystérieux de son corps, commencèrent à hanter ses pensées, le poussant à inventer les prétextes les plus infantiles pour qu'elle se retrouve de nouveau avec lui dans sa chambre.

Ils ne se parlaient pas vraiment, comme si l'un et l'autre essayaient d'éviter d'ouvrir entre leurs cœurs des chemins que les circonstances imprévisibles de la guerre risquaient de fermer aussi vite. Émile commençait toujours par s'allonger dans une bergère tandis qu'elle enlevait sa coiffe et s'assoyait sur le lit, secouant ses cheveux d'un coup de tête vigoureux. Ils repassaient les cas de la journée, comme des écoliers qui font leurs devoirs, puis Émile se levait et s'approchait, restant debout immobile, près du lit.

— Étendez-vous, devait-elle insister, vous ne tenez plus sur vos jambes.

Elle lui tendait la main, il la serrait dans la sienne et se laissait guider tout doucement dans la pinède. Quand s'atténuait la fébrilité de gerboise qu'elle sentait en lui, elle lui massait le front, la tête, arrêtant chaque fois qu'il s'alarmait des frissons que cela lui causait. Elle semait du bout de ses doigts tous les mots d'amour qu'elle n'osait lui dire, par crainte de l'effrayer.

Françoise Kurilsky savait que les messages les plus indicibles pouvaient ainsi se transmettre, elle qui s'était donnée à son père, sans que la moindre parole ne fût jamais prononcée, ni avant, ni pendant, ni après. Cela ne se produisit qu'une fois, mais le parcours qui les mena là fut aussi inexorable que le chemin d'un fleuve, de sa source jusqu'à la mer. C'était pour briser ce lien, elle en était sûre maintenant, que son père l'avait forcée à fuir la révolution et qu'elle-même tendait à un autre le piège qu'elle avait appris et dans lequel elle s'était laissée capturer.

Un gros camion Nash entra à toute vitesse dans la cour du château et le conducteur, un noir américain, fit résonner son klaxon, malgré l'heure tardive. Un officier descendit et courut à la porte, à laquelle il s'apprêtait à frapper de manière plutôt virile, lorsqu'elle s'ouvrit d'elle-même.

— Monsieur, c'est un hôpital ici, dit la châtelaine, indignée du manque de civilité de ces visiteurs nocturnes.

L'Américain, qui baragouinait un peu de français, s'excusa aussitôt et expliqua son enthousiasme bruyant par la tournure que prenaient les événements: les Allemands reculaient partout et les alliés venaient de reprendre Montdidier.

Ces bonnes nouvelles ramenèrent le sourire sur le visage de la maîtresse des lieux, qui se rembrunit aussitôt qu'elle apprit qu'on venait chercher le docteur Fontaine pour l'amener du côté d'Amiens.

— Cet homme est un véritable magicien et vous nous l'enlevez.

— We need him even more over there, dit l'officier qui demanda s'il n'était pas possible de leur servir quelque chose à manger, le temps que le docteur Fontaine prépare ses bagages.

D'entrevoir la fin de la guerre donna un tel coup de cœur à la vieille dame qu'elle courut elle-même aux cuisines fricoter un souper que l'officier n'oublierait pas de sitôt, d'abord parce qu'il fut somptueux, et ensuite parce qu'il dut le prendre à la même table que son chauffeur noir, la châtelaine ayant tout bonnement placé leurs couverts côte à côte.

Émile descendit rencontrer l'officier.

Quand il remonta à la chambre, Françoise savait déjà qu'il partait, que c'était la séparation. Étrange cassure puisque rien n'avait encore vraiment existé.

Ils s'enlacèrent.

Durant cette étreinte, qui les souda profondément l'un à l'autre, Émile traversa la frontière de l'innocence, s'engageant avec une résolution inattendue sur des rivages qui défilèrent sous lui avec douceur, l'amenant aux plus secrètes contrées du cœur. Ces territoires, inexplorés jusqu'ici, et qu'il avait imaginés tout de heurts et d'aspérités furent plutôt plaine délicieuse où bruissaient les sentiments en souffles chauds.

Le docteur Fontaine partit au milieu de la nuit avec ses collègues américains qui, bien repus, discutaient avec animation de la fin prochaine de la guerre. Lui, silencieux, cherchait à comprendre le sens de ce qui venait de se passer.

Était-ce un lien noué ou le point final d'un simple, mais bouleversant adieu?

Il eut envie de prier, de demander à Dieu de l'éclairer sur l'avenir, mais il n'osa pas, lui qui venait, estima-t-il, de poser un geste si terrestre...

CHAPITRE 10

La paix... et des nuages

1

Il semble que le temps lui-même se plaise parfois à souligner certaines circonstances particulières de la vie. Ce début de décembre 1918, alors que la France mesurait la profondeur de ses blessures de guerre, fut particulièrement triste. Dans le nord-est, par exemple, comme si la région n'avait pas assez souffert de la présence des Allemands, se succédèrent d'interminables journées de grisaille et de pluie glaciale. Des couches épaisses de nuages opaques s'empilaient chaque jour sur l'horizon et n'en bougeaient plus, malgré les bourrasques de vent.

C'est une de ces journées misérables que l'ambulance de la Croix- Rouge ramena Jacques Roussel au château. Il fut le dernier de la famille à rentrer à Roubaix, après l'armistice.

Auguste y était déjà depuis plusieurs jours, lui qui venait de passer les trois dernières années dans un camp de concentration, à Holzminden, d'où, à toutes fins pratiques, il avait quand même continué à diriger les opérations de son entreprise.

Les rapports singuliers qu'Auguste Roussel entretenait avec le Vatican lui permirent, en ces circonstances difficiles, de profiter du réseau tentaculaire de l'Église, dans le monde entier.

Il se trouvait, dans les confessions que l'industriel faisait régulièrement à un humble clerc, les directives essentielles à la bonne marche de ses usines d'Indochine et d'Amérique, celles de Roubaix ayant été démantelées par l'ennemi. Ses messages étaient relayés ensuite à l'archevêque de Hanovre et acheminés jusqu'à Betty, en France, ou directement à Saïgon ou Woonsocket, selon les cas.

Si les affaires françaises des Roussel subirent un dur coup pendant la grande guerre, leurs intérêts américains, par contre, connurent un essor miraculeux, comme si ce service ecclésiastique de messagerie avait trimbalé aussi les bénédictions du ciel. Tout en recevant le sacrement de pénitence, Auguste doubla le nombre des machines à Woonsocket, augmenta le salaire des ouvriers, agrandit la superficie de l'estancia de Tapalque et conclut même un astucieux accord avec des lainiers britanniques. Aussitôt que le travail reprendrait à Roubaix, il fabriquerait, en France, des worsteds qui porteraient la marque *Made In England*. Ainsi ses tissages roubaisiens, qui produisaient des étoffes de qualité supérieure, profiteraient de la plus grande notoriété des produits anglais et la supercherie lui permettrait de s'infiltrer, petit à petit, dans les chasses gardées de ses concurrents.

Un mauvais calcul d'Auguste, une bêtise, lui valut cependant au cours de son incarcération une longue coupure de ce service de transmission.

Impatient sans doute de reprendre lui-même la direction de ses affaires, il s'était laissé convaincre par Drot, l'ex-maire socialiste de Roubaix, de fausser compagnie à leurs gardiens. Hélas, des incidents de parcours, mais surtout une étonnante imprudence d'Auguste firent échouer cette évasion assez habilement préparée par Drot. Il en fut d'autant plus humilié que, depuis des années, il n'avait jamais cessé d'attribuer aux socialistes la responsabilité de toutes les catastrophes.

2

Le dernier dimanche de chaque mois, les gardiens allemands invitaient leurs familles à dîner et c'étaient les prisonniers qui les servaient. Les autorités du camp se gardaient bien cependant d'affecter à ces humbles tâches une classe de détenus plus privilégiés, dont Auguste bien sûr faisait partie, de même que l'ex-maire socialiste. Mais c'est justement au nom de l'égalité sociale que ce dernier se mit à chicaner cette coutume, réclamant que tous soient traités de la même façon, sans égard au rang qu'ils occupaient avant leur incarcération.

Après des mois de relations glaciales entre le maire et lui, Auguste avait fini par conclure une trêve de circonstance: il ne serait plus jamais question de politique entre eux. (Bien entendu, ce moratorium ne l'engagerait pas, le jour où Drot déciderait de ramener sa clique gauchiste à l'hôtel de ville de Roubaix.) Donc, ce discours subit en faveur d'un traitement égalitaire secoua durement la fragile amitié qui commençait à croître entre eux, car Auguste n'avait pas encore compris qu'il s'agissait d'une ruse.

Drot, qui mettait son nez partout, avait appris que ces dîners mensuels, où les femmes s'amenaient les bras chargés de petits plats et de bonnes bouteilles, se terminaient toujours en beuverie, et que les sentinelles de faction à la barrière voisine de la baraque résistaient rarement à la tentation de s'y joindre. Mais encore, pour profiter de ce relâchement, fallait-il être de service, ce que leur qualité de notables leur avait jusqu'ici interdit.

L'ex-maire fut si convaincant dans la défense de ses principes égalitaires que les deux hommes se retrouvèrent bientôt de corvée, un de ces dimanches.

Le pauvre Auguste, qui avait toujours terrorisé ses domestiques, du cuisinier au jardinier, en passant par les bonniches qui avaient le malheur de lui apporter la même infusion deux soirs d'affilée, dut se plier aux moindres caprices des gardes de plus en plus soûls. Malgré toute son application, il renversa une bouteille de vin dans le potage d'un garde, laissa choir une pile d'assiettes qu'il desservait alors qu'on lui réclamait le service des fromages, enfin, une soirée d'horreur durant laquelle il regretta presque leur dessein d'évasion.

L'ex-maire, pour sa part, ne parut guère mieux. Il était d'une lenteur navrante, traînant bizarrement de la jambe droite, comme s'il ployait sous l'humiliation d'être forcé de servir ces Boches vulgaires qui passèrent le plus clair du repas à tripoter leurs bonnes femmes, les mains sous la table.

En fin de compte, c'est autant le dégoût que la soif de liberté qui les poussa dehors. Pendant que le maire versait à boire aux gardes qui avaient délaissé leur poste à la barrière pour fêter avec les autres, Auguste leur chipa les clefs et les deux prisonniers se retrouvèrent libres, de l'autre côté des grilles du camp, sans avoir éveillé le moindre soupçon. Eux qui s'attendaient à une aventure palpitante à la Monte-Cristo furent presque désemparés par l'aisance ridicule avec laquelle ils avaient repris leur liberté.

Ils étaient là, en pleine nuit, au milieu du chemin, tandis que leurs gardiens continuaient leur chahut de cuitards, et ils n'avaient qu'à se mettre en route... mais voilà! ce Drot, qui avait clopiné toute la soirée, ne portait plus sur son pied. Il était terrassé par une abominable attaque de goutte.

Dans un effort surhumain de volonté, il avança de quelques mètres en sautant à cloche-pied, mais, comble de malheur, sa cheville céda et il s'affaissa par terre, les larmes aux yeux. Il supplia Auguste de poursuivre sa fuite seul, mais il est évident que son compagnon ne voulut rien entendre. Il essaya d'abord de porter l'ex-maire sur son dos, mais ce même embonpoint, qui devait être à l'origine de son état de goutteux, s'avéra un fardeau insupportable. Il lui était arrivé de transporter des piles de dossiers ou même des rouleaux d'étoffe, mais jamais rien de l'importance du maire! Il le laissa délicatement glisser par terre.

Abandonnant son gisant aux pieds d'argile, Auguste retourna au camp et réussit un incroyable coup d'audace. Il fit démarrer un camion qui se trouvait sous les fenêtres même de la baraque où avait lieu la fête, passa les barrières avec le véhicule, et vint cueillir Drot.

Enivré par sa hardiesse, Auguste décida sur-le-champ de modifier leur plan d'action. Ils avaient d'abord projeté de gagner Hanovre où ils espéraient que l'archevêque accepterait de les faire passer en France. Mais maintenant qu'ils avaient un camion, Auguste décida de pousser plutôt vers Dortmund; là, d'anciens clients leur donneraient certainement refuge jusqu'à ce qu'ils trouvent le moyen de traverser en Hollande. L'ex-maire s'objecta, considérant ce plan beaucoup trop risqué. Ils n'étaient qu'à une soixantaine de kilomètres de Hanovre, n'était-il pas plus sage de s'y rendre? surtout que l'archevêque était une personne sûre qui aidait Roussel depuis les débuts de son incarcération à Holzminden.

Mais justement Auguste s'était mis en tête de se débrouiller par d'autres moyens et de ne pas abuser de l'amitié de l'archevêque, qu'il craignait ainsi de trop compromettre.

Souffrant mille morts, l'ex-maire arrêta de discuter pour envelopper de sollicitude son pied goutteux que torturaient atrocement les secousses de la route. Le camion roulait à plein régime tandis qu'une frénésie juvénile s'emparait d'Auguste qui avait mis toute précaution de côté. Il s'arrêta même pour demander à un paysan, qui sortait de chez lui, encore tout endormi, où ils pourraient trouver de la gazoline. Il y en avait à Soest, à quelques kilomètres plus loin.

Drot supplia Auguste d'arrêter; ils abandonneraient le camion et continueraient chacun de leur côté. Au contraire, croyait Auguste, qu'ils fussent ainsi aux commandes d'un camion militaire leur conférait un air de légitimité bien plus convaincant que d'errer dans la campagne en solitaires.

Comme le lui avait indiqué le paysan, il trouva un poste d'essence à l'entrée de Soest. Malheureusement, tous les débits d'essence avaient été réquisitionnés par l'armée allemande qui contrôlait strictement la distribution.

Même pour un soldat qui sortait du lit, la présence de ces deux hommes d'allure bourgeoise dans un camion militaire allemand avait de quoi intriguer. Le pompiste remplit le réservoir, mais sous prétexte de vérifier le niveau d'huile, il détraqua l'allumage du moteur, immobilisant les deux évadés jusqu'à l'arrivée de renforts.

Ils furent conduits jusqu'à Dortmund, mais au lieu de passer en Hollande comme souhaité, ils reprirent, enchaînés, le chemin de Holzminden.

Cette fugue leur valut quelques mois de régime à l'eau et au pain sec, ce qui fut du plus heureux effet sur la goutte du maire, mais c'est seulement l'intervention extraordinaire de l'archevêque de Hanovre qui permit à Auguste d'avoir de nouveau accès à la confession, sacrement si essentiel à la bonne marche de ses affaires!

3

Betty, à la fenêtre, épiait avec inquiétude chacun des gestes des infirmiers qui descendaient son Jacques du camion et l'installaient avec d'infinies précautions dans un fauteuil roulant. La jambe droite était immobilisée dans une gouttière. Il portait son uniforme bleu azur sur lequel était épinglé la Croix de guerre.

Il lui parut que Jacques avait beaucoup vieilli durant ces quatre années. Cette journée ensoleillée d'août 1914 lui revenait clairement à la mémoire: c'était un tout jeune homme qui était parti pour la guerre, debout sur le marchepied de la Bayard que conduisait Caroline, riant et gesticulant avec enthousiasme.

Aujourd'hui, sous ce ciel de grisaille, à travers le carreau où pleurait la pluie, elle voyait un homme au regard grave, qui retint d'un geste les ambulanciers qui allaient soulever son fauteuil pour le monter sur le porche de pierre du château. Les élancements dans sa jambe droite lui coupaient le souffle et le voyage de Noyon jusqu'à Roubaix l'avait épuisé. Mais surtout, il n'était pas sûr d'être vraiment chez lui. Bien sûr, il y avait les canards frileux qui glissaient sur la douve, les deux grands lévriers qui avaient couru à sa rencontre en battant de la queue; il y avait Poupi, la nourrice, le portier Agenor et le chauffeur Louis, tous cherchant à l'abriter sous leurs parapluies, mais était-ce bien encore sa contrée ou plutôt celle de l'enfance quittée pour toujours?

Jacques regardait autour de lui avec cette mélancolie qui sourd à feuilleter les pages de calligraphie appliquée de ses cahiers d'écolier ou à glisser le couvercle d'un premier plumier, ces objets si familiers qui s'en vont d'eux-mêmes dans les voûtes de l'enfance et deviennent les repères d'une route lointaine où seule la mémoire peut encore s'aventurer.

Et si sa mère l'attendait dans le hall du château, si elle n'était pas venue le chercher dans la cour, à sa descente de l'ambulance, c'est bien, pensa-t-il, qu'il aurait désormais la qualité de visiteur. Maintenant qu'il était homme, il n'aurait plus de véritable chez-soi tant qu'il ne l'aurait pas lui-même fondé.

Quand sa mère lui serra la tête dans ses mains, sitôt qu'il fut dans la maison, Jacques mesura toute la distance qui les séparait maintenant. Il éprouva à la retrouver la même terrifiante sensation de vertige qui l'avait assailli lorsqu'il la quitta, à douze ans, pour aller étudier en Amérique.

Ses frères, ses sœurs qui l'accueillirent au salon, tous l'embrassant et le touchant avec affection lui parurent spectateurs indifférents de sa nouvelle maturité. Étrangement, c'est son père qui le troubla. Pourtant, il ne se leva même pas de la bergère; il lui sourit, une esquisse de sourire, tracée avec les yeux davantage qu'avec la bouche, mais qui le prit à bras-le-corps.

— Comment te sens-tu? demanda finalement Auguste.

— Beaucoup mieux, mais vous, vous êtes amaigri.

— C'est le régime du camp. Toujours des pommes de terre.

Drôle de réunion.

Ils étaient presque tous en costume. Les fils qui avaient fait la guerre portaient encore leurs uniformes militaires et entouraient le fauteuil du père; sur une deuxième ligne, le fils aux Missions étrangères, en soutane, et les deux filles, dans leurs habits de religieuses; assises un peu à l'écart, Marie-Laure et Betty, qui restait les yeux rivés sur Jacques, comme si tous les autres n'avaient pas existé.

De belles-filles, point!

Ce dont Auguste avait à faire part ne concernait que ses enfants et, à vrai dire, seulement ceux qui avaient combattu pour la France. Suivrait un dîner, moins grave sans doute, auquel il avait convié Mgr Decoster, leur évêque de Lille, et quelques compagnons de captivité.

— Y compris, ajouta Auguste, Jean-Louis Drot, l'ex-maire de notre ville, ce redoutable socialiste qui partageait ma cellule.

Il parut étonné de ne pas provoquer de réactions en annonçant cet invité, mais la nouvelle de cette étonnante amitié avait déjà franchi le cercle de la famille et comptait depuis longtemps parmi les ragots les plus délectables, à Roubaix.

Des yeux, Auguste fit lentement le tour du salon, arrêtant son regard sur chacun de ses enfants, puis il joignit les mains, pensif, grave:

— Mes enfants, ces quatre années de méditation ont renforcé ma confiance en Dieu et en notre cher pays qui a tant d'amis! Elles ont renforcé aussi ma détermination. Nos usines françaises ont été démolies, mais nous allons les reconstruire!

— Cependant... poursuivit-il, et quoique mes enfants aient eu une conduite courageuse au front, l'un de vous a la Croix de guerre et deux autres sont médaillés, j'ai au fond de moi-même un nuage, une idée noire...

Cette fameuse Croix de guerre, épinglée à la poitrine de Jacques, hérissait particulièrement Pierre, l'aîné. Les médailles de Lucien et de Marc-Antoine, passe encore! mais une aussi importante décoration au cadet de la famille, il l'acceptait très mal. D'autant que Pierre aurait pu rester en Indochine comme le lui enjoignait d'ailleurs sa femme Marguerite. Mais non, il avait préféré revenir et faire la guerre. Il faut dire qu'il eut peu de chances de se distinguer et qu'il n'en chercha pas. S'il avait existé une distinction pour les militaires les plus habiles à esquiver les situations empoisonnées, Pierre l'eût obtenue dès ses premiers mois de service. Cette habileté à se dérober au danger, Pierre en faisait une question d'adresse, pas de lâcheté, aussi se sentait-il frustré de ne pas avoir été honoré.

– Cette ombre au tableau, conclut Auguste, c'est de ne pas avoir eu, comme tant d'autres chefs de famille français, l'insigne honneur de donner un de mes fils à la patrie.

Cette phrase, lancée avec solennité, qui eût semblé d'une grande cruauté pour d'autres que les fils Roussel, tomba en fin de compte dans une terre qui ne manquait pas de préparation. Seule l'excellence trouvait grâce aux yeux du père et les garçons l'avaient appris dès leur plus tendre enfance. Pour Auguste, l'ordre des valeurs était simple, mais implacable: Dieu, Patrie et Famille. Donc, en temps de guerre, la plus grande distinction, c'était de mourir pour la patrie, ce que le ciel, dans ses insondables desseins, avait évité à chacun d'entre eux.

Ces manifestations brutales de la passion intransigeante qu'Auguste portait à la France prenaient toujours Betty au dépourvu.

– Mes enfants, dit-elle, passons à table!

Dans ces circonstances, elle pensait immanquablement aux gestes ou aux choses les plus simples, une façon de les garder tous, et surtout son Auguste, en prise sur la réalité. Mais à chaque fois, celui-ci s'en étonnait, surpris que sa femme n'arrive pas à s'élever avec lui dans l'infini d'une morale aussi altière. Cette incapacité, pensait-t-il, pour les femmes d'accéder à cet univers était une conséquence directe de la faute originelle et on n'y pouvait rien, sauf essayer de comprendre... et de pardonner.

4

Sous ce soleil encore un peu frileux de la fin d'avril, Jacques dormait, allongé sur un transat, et Bobock, le lévrier russe, veillait près de lui, suivant les mouettes de son nez pointu, comme s'il en orchestrait le vol. Autrement, la plage du Touquet était déserte.

Après les vacances de Pâques, il avait prétexté que l'air salin revigorerait ses jambes malades pour rester au bord de la mer et échapper à l'étouffante sollicitude de sa mère. Bien qu'il eût encore la jambe droite contrainte dans une gaine rigide, Jacques pouvait au moins, depuis quelque temps, marcher à l'aide de béquilles. Les objections que posa Betty à le laisser au Touquet gâchèrent une bonne partie du week-end pascal, mais elle finit par y consentir pourvu que Poupi reste derrière. La vieille nourrice, au moins, ne s'occupait de lui que lorsqu'il en exprimait le besoin.

Subitement, Bobock commença à s'agiter. Une forme noire approchait d'eux, une silhouette de femme avec une longue cape qui ondulait au vent comme les ailes d'un papillon géant. Le lévrier bondit enquêter sur l'étrange créature qu'il flaira avec précaution avant de décider de la suivre sans alarme.

Jacques se redressa sur sa chaise. Il avait devant lui une Musidora moulée des pieds à la tête dans un collant noir. Par les ouvertures de la cagoule également noire brillaient les yeux, deux perles de jais dans la nuit.

— Je te réveille, j'en suis désolée, dit le curieux corbeau.

— Excusez-moi, mais qui êtes-vous?

— Tu ne me reconnais pas? demanda la Musidora, j'ai tellement vieilli.

Oui, cette voix filtrée par le capuchon lui disait quelque chose, mais il n'arrivait pas à mettre un nom, surtout qu'il sortait d'un sommeil qui le ramenait du bout du monde.

La créature se décapuchonna, faisant jaillir des gerbes de cheveux.

— Caroline! s'écria Jacques.

Aucune autre rencontre ne l'eût ravi davantage.

Cette ingrate personne ne lui avait pourtant plus donné signe de vie depuis son départ pour la guerre. Concours de circonstances ou choix délibéré? Il n'avait même pas envie de questionner. Elle était là, cela le comblait.

— Je tourne à côté d'ici, je reprends le rôle d'Irma Vep pour un jeune associé de Feuillade.

Elle était donc toujours dans son cinéma jusqu'au cou!

— Ça te va comme un gant!

— On me l'a déjà faite celle-là, dit-elle d'un air offusqué.

— Excuse-moi!

Il l'attira vers lui pour l'embrasser.

Les lèvres encore frémissantes de ce baiser passionné,

Caroline murmura sur un ton de prise de vue:

— Ce n'est pas tout d'avoir un maillot noir, encore faut-il avoir l'âme de la couleur de son maillot.

— Alors, vite de l'ombre pour la chauve-souris des voluptés!

Toute la maison du Touquet vibra bientôt d'une agitation amoureuse indiscrète, un potin du diable qui précipita la nourrice dehors avec son panier pour les courses, alors que les boutiques étaient encore fermées.

Il y avait quatre ans d'absence et de jeûne dans la fougue avec laquelle Jacques prit Caroline, qui céda avec la volupté la plus expressive à tous les assauts de l'amour, un déferlement de passion qui les hissait jusqu'au sommet de pics élevés d'où ils dévalaient ensuite avec vertige pour remonter de nouveau et se laisser redescendre aussi vite au creux de vallées luxuriantes, peuplées de caresses infinies, enlaçantes comme des lianes ou cinglantes comme des rameaux au vent.

À cheval sur lui, toute ruisselante, Caroline s'écria:

— Félicitations, cher Monsieur, je suis à moitié morte!

Et moulue, haletante, elle s'adossa contre le pied du lit, les yeux captivés par ce sexe encore gaillard, ce trait d'union qui la soudait si bien à lui.

— Ils sont tous aussi flambants les grands blessés de guerre? demanda-t-elle, se cherchant un second souffle.

— Dans tes mains, sûrement! Tous!

Elle sourit. Elle était amoureuse comme une chatte et le savait, mais ce petit coup d'encensoir de la part de ce sublime amant la toucha particulièrement.

— Moi, je ne te lâche plus, dit-elle.

Il sourit à son tour. Il avait souvent pensé à Caroline, durant cette longue absence, ou à tout le moins son corps avait-il éprouvé pour elle de fréquents appétits.

— Je sais, c'est pur égoïsme de ma part, poursuivit-elle, mais c'est une bénédiction que tu ne partes plus pour l'Amérique...

Il la regarda un peu étonné. Se pouvait-il qu'elle crût qu'il allait modifier tous ses plans d'avenir pour un après-midi de grand bonheur soit, mais si imprévisible; elle pouvait surgir ainsi à l'improviste et disparaître de nouveau pour encore quatre ans peut-être.

— Qu'est-ce qui te fait dire que je ne pars plus pour Woonsocket?

— Le pia-pia de ces dames.

Sa curiosité fut piquée au vif.

— Ta chère belle-sœur Marguerite a raconté à sa mère qui a raconté à ma sœur que c'est ton frère Pierre qui prend le poste là-bas et que ton père en est même ravi.

— Mon frère Pierre?

— Cette dinde de Marguerite, paraît-il, est aux anges! Snob comme une puce, elle pourra écrire d'Amérique à toutes ses petites copines.

Il bondit brusquement hors du lit, sautant à cloche-pied jusqu'à ses vêtements qu'il avait abandonnés pêle-mêle avec ses béquilles.

— Tu peux me conduire à Roubaix? demanda-t-il, sur un ton d'urgence.

— Oui, mais pourquoi, qu'est-ce qu'il y a?

— Tout de suite, s'il te plaît!

5

Joséphine, la concierge de l'usine, faillit avoir une attaque quand la Bayard rouge sang, conduite par Irma Vep elle-même, klaxonna à la barrière d'entrée.

Le «bijou d'automobile» du constructeur Clément avait quand même un peu souffert de l'ardeur que mit Caroline à le pousser sur Roubaix, l'impatience de son passager grandissant au fur et à mesure du trajet. Le radiateur approchait de son point d'ébullition tandis que Jacques, lui, y était déjà; ils fumaient tous les deux.

La colère avait donné des ailes au jeune homme qui n'avait plus vraiment besoin de ses jambes. Il bondit hors de l'auto et courut sur ses béquilles jusqu'au cabinet de son père, refusant tout secours de Caroline qui l'attendit dans la cour intérieure de l'usine où son accoutrement causa de graves distractions. Outre son costume, les manœuvres amoureuses auxquelles elle venait de se livrer l'avaient empreinte d'un air lascif, propre à troubler l'ouvrier le plus appliqué.

C'est au moment d'entrer lui aussi dans le bureau de direction que Julien Dubrisay rencontra Jacques. Il en fut aussi surpris qu'ennuyé.

— Comment allez-vous? demanda Dubrisay, s'efforçant de faire bonne contenance.

— Je ne vais pas vite, répondit Jacques sèchement en exhibant ses béquilles, mais je vais bien! Quant à vous, je vois que la guerre ne vous a pas trop malmené, en Amérique.

Il va de soi que Dubrisay eût préféré que ce grand décoré ne fasse pas allusion à la vie douillette qu'il continua de mener durant la guerre. Les usines de Woonsocket, surchargées de commandes militaires et civiles, montrèrent des bilans fabuleux et Dubrisay ne se gêna pas pour effectuer plusieurs traversées, venant à Paris soi-disant pour le commerce quand, en fait, il en profitait pour festoyer avec des amis pour qui cette affreuse guerre ne semblait pas exister; une petite société qui suivit sportivement les opérations, par le biais des journaux ou des ragots de salon, et s'échauffa les rares fois où des obus allemands tombèrent sur la capitale.

L'atmosphère ne se détendit pas, loin de là, lorsque Jacques fit irruption dans le bureau où se trouvaient son père et Pierre, l'aîné.

— Eh bien, amorça Jacques sur un ton cassant, je vois que tout le monde est là pour la relève de la garde!

Dubrisay s'était faufilé à sa suite et osait à peine reprendre le fauteuil qu'il occupait avant cette visite intempestive. Auguste fit signe à son homme de confiance de se rasseoir et dit, se tournant vers Jacques:

— S'il te plaît, tu vois bien que tu nous interromps.

— Ce ne sera pas long, papa.

Il restait debout, ponctuant ses mots avec des coups de béquille secs sur le parquet de la pièce austère, où l'imposant bureau de noyer foncé du président-directeur général occupait l'espace central et servait de table de conférence. Sur les murs, lambrissés de bois, trônait un portrait de son grand-père Félix, un homme moustachu au regard pétillant, l'air hautain des self-made men.

— Je m'en serais voulu, poursuivit Jacques, de les rater avant qu'ils repartent tous pour leurs nouvelles fonctions. Monsieur Dubrisay, je vous félicite, Saïgon c'est un très beau poste, vous pourrez chasser le tigre entre les périodes de mousson...

— Quant à toi, Pierre, la nouvelle m'a fait de la peine. Je ne comprends pas pourquoi tu quittes nos filatures pour aller aux États-Unis fabriquer je ne sais trop quoi... des machines à coudre... des scies mécaniques... mais je serai toujours heureux de vous accueillir au passage, toi et ta charmante épouse, dans mon usine de Woonsocket.

S'il avait été moins courroucé, Jacques eut sans doute apprécié combien son père arrivait à refouler son irritation et s'en serait même inquiété. Ce n'était pas dans les habitudes du grand patron de se laisser ainsi contrarier sur son propre territoire, et encore moins par un de ses fils.

Jacques pointa la béquille vers son grand-père Félix avec une telle vigueur qu'il faillit le transpercer; les grosses moustaches du bonhomme se retroussèrent au courant d'air que cela fit et il perdit momentanément son air figé.

— Vous vous souvenez, père, conclut-il, quand nous avons visité les usines de Woonsocket ensemble, vous m'avez dit: «les empires familiaux résistent rarement à la troisième génération...» Ne vous en faites pas, vous pouvez compter sur moi, c'est du solide!

Heureusement, le parquet aussi c'était du solide, car Jacques termina son esclandre par un si robuste point final de béquille par terre que le choc s'en fit sentir dans tout le bureau.

6

— Prends-moi aussi des roses jaunes pour la véranda, veux-tu?

Quand elle se retrouvait dans les champs du fleuriste, Betty était insatiable, elle voulait tout acheter. Il y avait déjà une voiturette débordant de fleurs coupées de toutes les variétés et elle en voulait encore. Elle demandait souvent à Auguste de l'accompagner dans ces orgies florales, sachant que cela l'exaspérait au plus haut point.

C'était une manœuvre.

Chaque fois, plutôt que de se plaindre du zèle excessif de sa femme à acheter des fleurs, il commençait à rouspéter contre quelque chose d'autre qu'il avait sur le cœur et qu'autrement il eût tu. Grâce à cette stratégie, elle l'amenait à discuter de sujets sur lesquels il eût normalement gardé bouche cousue.

Betty n'achetait pas que les fleurs en quantités prodigieuses, elle avait souliers, sacs et chapeaux en surnombre, mais c'est cette passion désordonnée des fleurs qu'Auguste avait du mal à digérer. Bien sûr, il se trouvait idiot, mais ce qu'il voyait flétrir et se perdre si vite c'étaient de gros bouquets d'oseille... pas des gerberas, des roses ou des orchidées!

– Et je voudrais aussi quelques très beaux dahlias.

«Quelques», des douzaines, dans le langage de Betty qui savait que le fleuriste devrait aller les couper dans la serre, lui laissant toute liberté d'aborder avec son mari le sujet qui la tracassait.

– Tu sais que Jacques retourne quand même là-bas, à Woonsocket, dit-elle à Auguste, qui était mûr pour une diversion.

– Il a ça en tête, je le sais.

– Non, c'est toi qui lui as donné cette passion des États-Unis... et contre mon gré, au début, rappelle-toi.

– Notre filiale d'Amérique était pour moi déterminante et notre petit Jacques, à l'époque, m'apparaissait le plus doué...

– Et il ne l'est plus autant?

– Mais Betty, tu vois bien que Jacques... songe aux suites de sa blessure. Il n'est plus tout à fait le même. Je ne le vois pas prendre en charge une maison comme Woonsocket.

– Une blessure à la jambe, très bien soignée, n'a jamais diminué un homme... Caroline m'a d'ailleurs dit deux mots à ce sujet.

Rien n'agaçait autant Auguste que ces plaisanteries osées dans la bouche de sa femme.

Un mur de dahlias magnifiques s'approchait d'eux dans l'allée; Betty s'empressa d'ajouter avant que n'arrive le jardinier avec ses brassées de fleurs:

— Auguste, tu sais bien que j'ai mis pas mal de picaillons moi aussi dans tes tricotages, alors ne m'oblige pas à jouer les carabosses, les harpies. Dans les questions importantes, j'ai droit au chapitre.

Insistant et auscultatoire, le regard de sa femme lui fit subitement craindre qu'elle en sût plus long qu'il ne le croyait. Elle pouvait être redoutable, éventant par son seul instinct les trames les mieux ourdies.

Tandis qu'on transbahutait les monceaux de fleurs dans la Delaunay-Belleville, il essayait d'apprécier l'étendue de la connaissance que Betty pouvait avoir de la situation.

Soit, il se retrouvait assez coincé, n'ayant plus vraiment le choix de mettre son plan à exécution, mais au moins il espérait qu'elle ne le soupçonnât pas des pires intentions puisque, en effet, il les avait eues!

Tandis qu'Auguste s'escrimait à remettre ses usines en route le plus vite possible, Adrien Desurmont, le père de Marguerite, était venu, en janvier, offrir ses tissages de Tourcoing aux entreprises Roussel, une occasion inespérée qui permettrait à Auguste non seulement d'atteindre tout de suite son plateau de production d'avant-guerre, mais aussi d'agrandir la société. Pas trop gourmand, le vendeur posait cependant deux conditions particulières: il voulait beaucoup de liquide et surtout il souhaitait qu'Auguste confiât Woonsocket à Pierre, sa fille, Marguerite, ne se tenant plus de s'établir aux États-Unis. Ce souhait était en fait un *sine qua non* poli!

Pour le liquide, Auguste avait besoin de recourir de nouveau aux bons offices de sa femme, qui avait toujours consenti volontiers à des investissements profitables, mais pour la deuxième condition, il y avait un os!

Auguste s'était bien douté que Jacques ferait certaines objections à être remplacé aux États-Unis par son aîné, mais ce qu'il n'appréhendait pas du tout, c'est que Betty se liguerait avec Jacques, elle qui s'était toujours si farouchement opposée à cet exil. Surtout maintenant qu'il avait subi cette grave blessure et qu'il resterait physiquement diminué.

— Tu ne crois pas que Jacques recevrait de meilleurs soins en France? poursuivit Auguste, qui venait d'allumer un havane pour protéger la bibliothèque du parfum agressif des bouquets que Betty disposait un peu partout.

— Souviens-toi, répondit-elle, qu'il doit justement sa miraculeuse guérison à un médecin américain... alors!

Qu'il se trouva bête!

— Auguste, dit Betty, tu vas revenir sur ta décision.

— Il ne pouvait pas avoir le courage de me le demander lui-même ton protégé?

— Tu l'aurais envoyé promener, et je te prierais de remarquer qu'il ne m'a rien demandé.

Elle sortit de la bibliothèque.

Malgré les nuages gris qu'il pompait de son cigare, il lui semblait que le tabac cubain perdait encore du terrain contre le parfum des roses. Curieux symbole de sa propre situation, pensa-t-il, obligé lui aussi de reculer... Dubrisay resterait aux États-Unis pour aider Jacques, et Pierre, eh bien tant pis! il le ramènerait à Roubaix, puisque sa chère Marguerite était devenue allergique à la Cochinchine.

Auguste n'osait pas se l'avouer, mais ce qui l'embêtait le plus dans cette nouvelle situation, c'était d'avoir Pierre à ses côtés. La mollesse de caractère, le côté fuyant, une certaine nonchalance étaient des défauts dont il avait lui-même, avec la grâce de Dieu, triomphé brillamment, mais il les retrouvait tous amplifiés chez ce fils aîné, dans un intolérable effet de miroir déformant.

Il avait aussi raisonné qu'ayant du mal à diriger la modeste entreprise de Saïgon, Pierre ne durerait pas longtemps à Woonsocket où la taille de l'opération posait des embûches quotidiennes. Il y aurait rapidement fait quelques bonnes bêtises, justifiant son rappel, mais entre-temps, Auguste eût acquis Desurmont. Mais cet Adrien, qui n'avait que des filles, pourquoi ne confiait-il pas tout simplement son affaire de Tourcoing à Pierre plutôt que de l'offrir en vente? Poser la question, c'était y répondre.

Jacques irait aux États-Unis, comme prévu.

7

Sur la terrasse de leur petit hôtel du Cap Gris Nez qui surplombait dramatiquement la mer, Jacques faisait les cent pas en maugréant. Sa caméra, sur le trépied depuis une bonne heure, pointait vers la mer où le soleil tombait à toute vitesse. Il avait espéré prendre une photo de Caroline quand la mer brasille sous le soleil couchant, mais il n'allait plus y avoir assez de lumière.

— Elle est vraiment chameau. Quelle bécasse! Quelle buse!

Il se retourna vivement, piqué au derrière par la pointe d'une ombrelle.

— Ta bécasse, chéri!

Il la plaça immédiatement tout au bord de la falaise puis retourna vérifier sa composition.

– Recule de trente mètres, s'il te plaît!

Elle fit un pas en arrière et aperçut le gouffre.

– Assassin, cria-t-elle.

Sous son velours noir, Jacques s'amusait. Il brûlait aussi de passion pour cette déesse qui posait avec tant d'aisance, prenait des airs, tantôt de vamp aux clignements d'yeux séducteurs, tantôt d'ingénue formant de délicieuses moues avec sa bouche.

Malgré toutes ces images qui s'offraient à lui, il ne fit qu'une seule photo: appuyée sur son ombrelle plantée par terre, Caroline portant avec une allure sauvage son profil de médaille.

– T'en fais pas une autre? demanda-t-elle, voyant qu'il remballait déjà son fourbi.

Pour réponse, elle entendit:

– Il vaut mieux que tu sois prévenue, je t'épouse avant le quinze du mois prochain.

Il faut espérer que Jacques avait souhaité un effet car il l'eut! Caroline était pétrifiée, soudainement plus blanche que la craie de la falaise.

– Qu'est-ce qu'il y a? Tu ne te sens pas bien?

Elle marcha comme un automate jusqu'à un fauteuil de la terrasse, s'y laissa choir.

Jacques commençait à s'inquiéter du choc de sa proposition.

– Caroline, à quoi penses-tu?

– À Joséphine de Beauharnais!

Curieuse joute ce dialogue où chaque phrase dite par l'un abasourdissait l'autre, le neutralisait pendant de longs moments.

– Ce mariage n'est pas possible, reprit-elle, j'ai déjà donné ma parole à Abel Gance.

S'apercevant que Jacques le prenait très mal, elle précisa:

– Un film sur Napoléon!

Il se souvenait vaguement d'avoir vu dans l'*Illustration* une photo de Gance, ce beau ténébreux, et d'avoir lu un article sur son excentrique plan de projeter une histoire de Napoléon sur plusieurs écrans à la fois.

– Mais Caroline, je suis sérieux, je ne veux pas partir sans toi.

– Sincèrement, répliqua-t-elle, tu me laisses sans voix. Jamais la pensée d'un mariage ne m'avait même effleurée. Je ne comprends plus, nous étions si heureux ensemble, je n'avais pas d'arrière-pensée.

– C'est l'idée d'aller vivre si loin... si loin des tiens en Amérique qui te fait peur?

– Ah non, pas du tout!

Il s'assombrit.

– Mais... j'ai cru que tu m'aimais.

– Moi je ne crois pas, j'en suis sûre! Je t'aime. Je t'aimerai quand nous nous verrons, chaque fois que nous nous verrons.

Il s'était donc laissé prendre à ce piège tendre. Aucune certitude avec cette fille! C'était une comète qui apparaissait et disparaissait à sa guise, laissant au cœur, chaque fois, la vive brûlure de ses passages fulgurants.

La peine muette qu'elle lisait sur le visage de Jacques lui était incompréhensible, si étrangère était-elle à une conception de l'amour faite d'entraves et d'absolus.

Un cumulus solitaire, ourlé de garance, monta de l'horizon voiler le soleil et précipiter le crépuscule, fraîchissant le temps tout à coup.

Jacques exprima le désir de rentrer. De leur auberge du Cap Gris Nez, il voulait conserver le souvenir d'un nid d'amoureux, pas du cimetière de leur liaison.

Dans la lumière un peu blafarde des phares sur la route sablonneuse du Touquet, Caroline eut l'agréable sensation d'être déjà Joséphine. Elle conduisait avec frénésie. Le Napoléon à ses côtés avait hélas! un air battu de retraite de Russie.

CHAPITRE 11

Woonsocket

1

Dans *La Tribune*, on fit grand état de l'arrivée de Jacques Roussel aux Lorraine Mills. Outre un reportage à la une, accompagné de la photo du nouveau patron, le rédacteur en chef y alla d'un élogieux éditorial dans lequel il parlait des héroïsmes, de la blessure, de la Croix de guerre, de tout ce que Jacques avait poliment demandé au jeune reporter de garder sous silence. Il y était aussi soulignée la considération particulière que témoignaient les Roussel pour Woonsocket en envoyant leur propre fils diriger l'entreprise, geste qui, s'il avait été mieux décodé par l'éditorialiste, eût paru moins fraternel, c'est plutôt l'espoir d'une prospérité accrue qui avait poussé Auguste à ce sacrifice d'Abraham...

Qu'importe! L'installation de Jacques eut au moins des retombées directes sur l'économie de la ville qui vit s'élever, sur une colline surplombant la rivière Blackstone, la plus luxueuse résidence de la région, une oeuvre architecturale hybride, vieille Europe et Nouveau Monde. Pendant les mois que dura la construction de cette folie, une armée de jardiniers transformèrent en joli parc le boisé qui l'entourait et des maçons ceinturèrent tout le domaine d'un mur de pierres, sauf la partie qui descendait en pente douce jusqu'à la rivière.

Pour la première fois, les ouvriers des moulins Lorraine purent apprécier l'étendue de l'écart qui les séparait des grands patrons.

Quant à Dubrisay, il fut à même de constater la différence qu'il y avait à faire partie de la famille, lui qui avait toujours habité, par comparaison, une maison plutôt modeste avec vue imprenable... sur l'usine! De chez lui, il percevait jusqu'au ronron des machines; il pouvait être tout yeux et tout ouïe à son travail, à toute heure, une autre des délicates attentions de la direction.

À la suite du chambardement de décisions, Julien Dubrisay avait dû renoncer au poste de Saïgon pour revenir à Woonsocket, où il resterait l'homme de confiance d'Auguste. Ce n'est pas que celui-ci doutât de la compétence de Jacques, au contraire, mais il craignait de voir son fils prendre des décisions qu'il ne lui soumettrait pas d'abord, vu la situation maintenant assez tendue entre eux deux. Avec Dubrisay sur place, aucune inquiétude, il serait renseigné sur tout; il n'y avait pas plus fidèle serviteur.

La somptueuse demeure Roussel ne suscitait pas que l'ébahissement, elle alimentait aussi les potins. Ou bien on trouvait mystérieux qu'un jeune homme habitât seul une aussi grande maison, ou bien on racontait qu'il épouserait bientôt une demoiselle de la haute société européenne, certains parlaient d'une princesse. Bref, il n'y avait plus une jeune fille de Woonsocket qui, passant dans les parages, ne s'attardait pas un peu devant l'imposante grille d'entrée, dans l'espoir secret d'être remarquée par le prince charmant.

2

Le maire Abraham Gauthier fit une entrée remarquée à la petite réception, organisée dans les bureaux de direction des Lorraine Mills, en l'honneur du nouveau patron; d'abord il était en retard, comme à l'accoutumée, et ensuite cet homme jovial, éternel optimiste, déplaçait beaucoup d'air.

C'est merveilleux était son expression passe-partout, un leitmotiv avec lequel il saluait une personne qu'on lui présentait, refusait ou acceptait ce qu'on lui offrait.

— Monsieur le Maire, quel plaisir! dit Jacques en l'accueillant. Est-ce que je peux vous offrir du champagne?

— C'est merveilleux! répliqua le maire, mais vous n'auriez pas du thé?

Tandis que Mlle Marmin, l'adjointe pour ne pas dire l'esclave de Dubrisay, s'empressait d'aller préparer du thé et des doigts de dame, Gauthier prononça une courte allocution. Quelle que soit la circonstance, le maire considérait qu'il était de son devoir de faire un discours. La poche intérieure de sa jaquette en était bourrée: une liasse de feuilles manuscrites avec les harangues les plus diverses, de l'éloge funèbre au mot de bienvenue pour les nouveaux constables, en anglais, en français du Petit Canada, en français de France, chacune sertie de dictons ou d'aphorismes personnels dont il avait l'art.

Dans ce cas-ci, tel père, tel fils y passa évidemment et il conclut dans une envolée ronflante:

— Félicitations, c'est grâce à des béliers, comme vous et votre père, que progresse l'industrie de la laine!

Mlle Marmin, qui de son côté considérait plutôt le maire

comme un mouton à cinq pattes, lui flanqua le thé et les petits fours sous le nez afin de freiner ses élans oratoires.

Ténue, torturée comme une branche d'olivier, avec sa tête oblongue aux cheveux noirs lissés qui lui donnait l'air justement d'une olive mûre, Estelle Marmin avait une aversion générale pour les hommes et pour le maire Gauthier en particulier, qu'elle trouvait épais et vulgaire.

Elle affectait d'ailleurs une si grande réserve qu'il était impensable d'imaginer qu'un homme eût jamais dégainé ce corps chétif, scellé dans d'éternels fourreaux de lainage noir. Pourtant, et dans le plus absolu secret, c'est ce que Julien Dubrisay faisait régulièrement, sur un coin de pupitre, dans une encoignure, un placard, enfin il n'y avait pas un seul recoin des bureaux de direction où ces deux-là ne s'étaient pas accouplés. Des rapports fréquents et expéditifs, abstraits presque, qui n'éveillèrent jamais le moindre soupçon. Comment aurait-on pu concevoir en effet que la manière hautaine et méprisante de Dubrisay envers ce chicot d'Estelle puisse engendrer un tel libertinage?

Sitôt les applaudissements récoltés, le maire entraîna Jacques à l'écart pour lui annoncer sur un ton de confidence que la Société Saint-Jean-Baptiste de Montréal l'honorerait prochainement en sa qualité de premier maire franco d'une grande ville américaine.

— Vous me feriez beaucoup d'honneur en m'accompagnant là-bas.

— Je suis très sensible à cette invitation, je vous remercie. Les ouvriers de nos usines qui sont presque tous Canadiens français ont sans doute participé activement à votre élection.

— Détrompez-vous, dit Gauthier, la plupart de vos ouvriers ne se préoccupent pas d'obtenir le droit de vote. Ils gardent toujours le sentiment qu'ils vont retourner un jour au Canada.

Puis il hésita quelques secondes avant d'ajouter:

— Quant aux postes de responsabilité, ils sont occupés par des Français qui ne votent pas ici.

— Ils ne votent pas non plus chez nous, précisa Jacques, ce sont des voix perdues.

C'est là que le maire s'arma de courage pour aborder un sujet qui le tracassait lui aussi, puisqu'il inquiétait ses compatriotes, les alliés naturels de ses ambitions politiques:

— Ne pourriez-vous pas profiter de ce séjour à Montréal avec moi pour y recruter du personnel pour les postes de commande. Je pourrais vous accompagner dans les collèges, les écoles techniques. Vous trouveriez à coup sûr d'excellents éléments.

— J'ai tous les gens qu'il me faut.

— Mais ils viennent tous de France, même les chefs d'atelier.

— Est-ce que vos compatriotes les trouvent incompétents, déplaisants?

— Ne me faites pas dire ce que je n'ai pas dit, monsieur Roussel. Mais quel espoir ont-ils de grimper les échelons?

Jacques aperçut Estelle Marmin dans l'embrasure de la porte, avec son plateau de doigts de dame à la main. À son regard furtif, on ne savait jamais si elle épiait ou attendait discrètement un ordre. Il la renvoya d'un signe de tête.

— Vous ne croyez pas, dit assez sèchement le nouveau

directeur général des usines, que l'horizon était encore plus bouché pour les Francos lorsqu'ils mouraient de faim au Canada?

Le maire Gauthier eut très envie de répliquer, mais il se laissa aussitôt bâillonner par la sagesse politique. Somme toute, il considérait qu'il avait accompli son devoir pour les siens et... l'avancement de sa propre carrière constituait aussi une obligation dont il devait tenir compte. Pour devenir le phare puissant qui guiderait ses compatriotes à bon port, il devait aider les petits, soit, mais surtout éviter de s'aliéner les puissants. L'admirable avantage d'être politicien c'est de toujours pouvoir se convaincre qu'en avançant soi-même on fait automatiquement progresser le peuple.

3

– Du personnel de direction canadien-français!

L'imperturbable Julien Dubrisay réagit avec le plus vif mépris à la suggestion de Jacques de songer à promouvoir graduellement certains des ouvriers francos les plus méritants.

– Les Francos qui sont ici, Monsieur, sont les déchets de leur société.

Et Mlle Marmin, qui effaçait avec diligence les vestiges de la réception, ajouta, la bouche en cul-de-poule :

– Savez-vous que la plupart ne savent ni lire, ni écrire!

De quoi se mêle-t-elle celle-là, se dit Jacques, mais le coup d'œil sévère de Dubrisay avait déjà banni la haridelle du bureau.

– Quand ces Francos ne sont pas complètement débiles, ce sont des alcooliques, poursuivit Dubrisay, leurs curés les manipulent comme des marionnettes, leur sucent l'argent. Le personnel de direction, Monsieur, c'est autre chose, il faut pouvoir s'y fier, c'est sur lui que repose l'entreprise.

Muet, Jacques tirait de son cigare d'épaisses volutes de fumée qui déplaisaient souverainement à Dubrisay qui avait aussi supporté d'Auguste cette empestante habitude. Il maudissait, impassible, le gâchis de son atmosphère en n'en pensant pas moins que dans sa bêtise le maire Gauthier avait raison: tel père, tel fils...

Le bruit des métiers à tisser, si intense qu'aucune insonorisation ne l'eût complètement exclu, même des bureaux de direction, s'arrêta brusquement.

Flipo, le chef d'atelier fit irruption chez Dubrisay. Un accident venait de se produire au tissage.

4

Quel enfer de poussière humide et de bruit que cette salle immense où fonctionnaient à l'unisson plus de mille métiers à tisser, une meute d'engins de fer poussant des jappements à crever les tympans et crachant sa perpétuelle brouillasse de laine, des nuées de fibres insidieuses qui tournoyaient dans l'air, s'infiltraient dans le nez, la bouche et les oreilles des tisserands, s'introduisaient dans les poumons, neigeaient sur le plancher, se pelotonnaient dans les articulations des machines, s'agglutinaient sur tout en couches tenaces, une véritable plaie contre laquelle luttaient des hordes de décrotteurs, des enfants surtout, armés de plumeaux, de tire-bourre et de vadrouilles.

Baptiste Lambert, à peine sorti de l'adolescence, était à la tête d'un de ces bataillons dans lesquels s'éreintaient, dix heures par jour, beaucoup de fillettes qui n'avaient que dix ou onze ans. Dans le cliquetis accablant des sabres, qui faisaient claquer les navettes à une cadence d'enfer et empêchaient de communiquer autrement que par des gestes, elles restaient des heures accroupies à housser, avec leurs baguettes de bois, joints et engrenages des machines, tombant parfois de fatigue sur les bourres de laine qui s'accumulaient en douillets oreillers.

Les chefs de file, comme Baptiste, nettoyaient les allées avec des vadrouilles tout en orchestrant le travail des décrotteurs de leur territoire; ils s'assuraient aussi que les enfants ne prennent pas trop de risques près des machines, les chefs devant s'acquitter eux-mêmes des tâches dangereuses.

C'est en voulant dégager une grosse bourre coincée dans les engrenages que Baptiste eut le bras gauche happé par la machine. Un jet de sang, étendu tout de suite par le peigne, fit éclore sur l'étoffe une grande fleur rouge dont la vue épouvanta la tisserande qui se mit à hurler le nom de Baptiste, sans avoir la présence d'esprit de stopper le métier dont une roue dentée écharpait horriblement le bras du jeune homme.

L'alarme gagna aussitôt Valmore, le mécanicien de service sur l'étage. Il bondit vers les boîtes de commande et coupa le courant de toute la section. Le tonnerre des machines se tut brutalement et l'inquiétant silence fit surgir tous les ouvriers sur les lieux.

— Il y a des freins de sécurité sur les métiers, qui a arrêté la section? demanda sévèrement Dubrisay, qui avait accouru en compagnie de Flipo.

Les consignes étaient rigoureuses: même en cas d'accident, il était impératif de ne couper que les machines dont le fonctionnement pouvait gêner les secours à porter à la victime.

— C'est moi qui ai tout arrêté, cria Valmore.

— De quel droit?

Valmore avait déjà empoigné Dubrisay en lui hurlant au visage :

— C'est mon garçon qui est là, enfant de chienne de Français!

Des compagnons de travail empêchèrent le bouillant Lambert de faire un mauvais parti à Dubrisay, qui ne s'éternisa pas dans le département, ayant constaté que c'était, pour ainsi dire, un accident de routine, encore l'imprudence d'un ouvrier.

Chaque fois que se produisaient ces horribles accidents, les ouvriers les plus expérimentés prenaient la situation en main. Ils éloignaient autant que possible les enfants et la famille, tandis qu'on prodiguait les premiers soins au blessé.

Baptiste baignait déjà dans une mare de sang quand on désengagea son bras atrocement déchiqueté. On le sortit avec précaution, tandis que le bruit et la poussière reprenaient leur empire.

Pour ce genre de blessures, plutôt que d'attendre des ambulances qui mettaient souvent beaucoup de temps à venir, la direction prêtait une automobile dans laquelle on transportait les victimes, en général chez le docteur Émile Fontaine, le médecin le plus proche.

Valmore accompagna le chauffeur. Presque inconscient,

Baptiste était étendu sur la banquette arrière, le bras enveloppé dans des bandages qui suintaient le sang.

La blessure était beaucoup trop grave pour être soignée au cabinet du médecin et le chauffeur continua à l'hôpital où Émile dut opérer d'urgence.

5

Le lendemain matin, dès l'ouverture des bureaux, Émile se présenta à la direction des usines Lorraine exigeant de la réceptionniste, encore occupée à brancher son standard téléphonique, qu'elle appelle Dubrisay sur-le-champ.

– Qu'il prenne rendez-vous, fit-il répondre.

Et c'est Estelle Marmin elle-même, affolée, qui fit irruption peu après dans le bureau de Dubrisay; le docteur ne voulait rien entendre.

– Peu m'importe! Congédiez-le, répliqua-t-il, vous êtes là pour ça.

Dubrisay s'était quand même montré plus traitable, à peine dix minutes plus tôt... Comme cela se produisait souvent, il lui avait demandé d'arriver au travail un peu avant l'heure... le prétexte, toujours le même, d'une affaire urgente à expédier; celle-ci le fut sur le comptoir, dans la salle d'échantillons!

Imperturbable, elle tourna les talons pour se retrouver nez à nez avec Émile qui l'avait suivie.

– Docteur, déclara Dubrisay, je n'aurais pas l'incorrection de me présenter à votre cabinet sans prendre rendez-vous.

— Vous devriez. Et même souvent. Vous verriez quelle boucherie on fait dans vos moulins.

Dubrisay se leva de son fauteuil, sans hâte, calmement, et se braqua devant Émile qui bouillait.

— La cause réelle des accidents, c'est la maladresse des ouvriers. Toutes nos mesures de sécurité n'y peuvent rien.

— Quelles mesures de sécurité? s'indigna le médecin.

— Les consignes sont là... elles sont affichées partout dans l'usine.

— Les enfants que vous exploitez ne savent ni lire ni écrire, Dubrisay.

Émile s'échauffait, il criait presque. Son interlocuteur gardait un sang-froid exemplaire, faisant même parade d'une certaine ironie.

— Ce sont leurs parents qui nous supplient d'embaucher ces enfants, fit-il remarquer. Que souhaiteriez-vous? Que nos contremaîtres fassent l'école dans le bruit des machines?

L'arrivée de Jacques, attiré par l'altercation, empêcha sans doute Émile de faire un mauvais parti à cet homme qu'il trouvait tout à coup trop abject.

— Que se passe-t-il? Il y a une difficulté?

— Le docteur Émile Fontaine s'inquiète beaucoup de nos conditions de travail, répondit avec calme Dubrisay, qui présenta son nouveau directeur au médecin.

Émile fut stupéfait, ce visage ne lui était pas inconnu.

Jacques, d'une grande élégance dans son costume gris à fines rayures noires, tendit la main et demanda d'un ton aimable:

— À quel titre vous inquiétez-vous?

— C'est chez moi qu'on amène vos blessés, des femmes et des enfants surtout!

— En effet, nous avons été assez éprouvés ces derniers temps. À ce point-là, c'est inhabituel.

— Ce qui n'est pas inhabituel c'est le peu d'égard que vous avez pour la santé ou même la vie de ceux qui travaillent pour vous.

Jacques avait lu en effet dans le journal de l'entreprise, rédigé quotidiennement par les chefs d'atelier, que le nombre des accidents avait beaucoup augmenté; chacun y était consigné avec scrupule, comme si une enquête minutieuse avait été faite, la cause présumée en étant immanquablement attribuée à la négligence de suivre l'une ou l'autre des nombreuses consignes affichées sur les murs, dans les escaliers, les salles de repos. Il ne considérait donc pas la démarche du médecin complètement injustifiée, mais son ton outrecuidant l'agaçait et, ce matin, sa jambe qui l'obligeait de marcher avec une canne, lui causait des élancements douloureux qui le forcèrent à s'appuyer contre un tabouret.

— Vous avez quelque chose à la jambe? s'enquit Émile.

— Une blessure de guerre.

— Sur quel front?

— Du côté de Noyon...

Voilà qui confirmait le pressentiment d'Émile: ce Jacques Roussel était bien le sous-lieutenant français à qui il avait évité l'amputation d'une jambe, la veille de son rappel à l'hôpital militaire américain, du côté d'Amiens.

— J'y étais aussi, dit Émile, sur le ton le plus énigmatique.

Toutes ces attitudes du médecin, un homme qui avait sans doute son âge, mais en paraissait davantage à cause de son air grave, mystique même, déconcertèrent Jacques.

Tournant dans ses mains, avec une certaine nervosité, son homburg noir, Émile poursuivit sentencieusement :

— L'histoire a de ces bizarreries. Des Américains sont allés chez vous en France se faire tuer pour la sauvegarde de l'humanité; vous, les Français, venez ici faire tourner l'industrie pour votre profit, sans le moindre souci d'humanité... Ce n'est pas tout à fait le même geste.

Il salua sèchement d'un coup de tête, et sortit.

Singulier personnage, Émile. Avec son costume foncé, ce chapeau anglais, sa démarche empesée, son teint blafard de cloîtré, il faisait plus curé que médecin.

— Peut-être que si nous réduisions les heures, suggéra Jacques à Dubrisay, les ouvriers seraient plus dispos...

— Vous croyez que ces gens-là profitent de leurs heures de congé pour se reposer afin de mieux travailler, détrompez-vous, fit remarquer Dubrisay, dont le souverain mépris qu'il entretenait à l'égard des ouvriers lui retroussait inconsciemment les lèvres dans un rictus, chaque fois qu'il en parlait.

CHAPITRE 12

Un trio baroque

1

Ce soir, dans la grande salle de réception de la Société Saint-Jean-Baptiste, la petite bourgeoisie canadienne-française de Montréal honorait un compatriote dont l'éclatante réussite augurait bien pour l'avenir des francophones aux États-Unis, Abraham Gauthier, maire régnant de Woonsocket, et (tous l'envisageaient déjà) futur gouverneur de l'État du Rhode Island!

La désolation pour Abraham, c'est qu'aucun de ceux qui étaient présents là, de Monseigneur l'Archevêque de Montréal à Jacques Roussel, n'avait droit de vote dans sa ville ou son État. Cela dit, qui serait resté insensible au concert d'éloges dont il était l'objet?

Il fut dans tous les discours porté aux nues avec si peu de retenue qu'Abraham lui-même eut un moment de doute, oh! l'espace d'un éclair! Si les Canadiens français, pensa-t-il, ne dénichent pas plus illustres héros qu'un Abraham Gauthier, qu'il avait donc bien fait de s'exiler dans le pays des Jefferson, Lincoln et compagnie. Chassée cette pensée troublante, Abraham se remit à croire qu'avec un peu de chance, il n'y avait aucune raison que son nom ne figurât pas un jour au panthéon de l'histoire américaine.

Quant à Jacques, pendant que cette fillette en robe blanche d'organdi se faufilait de peine et de misère à travers les pompeux alexandrins d'Octave Crémazie, il se demandait comment il arriverait, sans être impoli, à couper court à l'ennuyeuse soirée pour tenter de retrouver son confrère de collège, John Elliot, dont il avait perdu la trace.

> *Si nous avons gardé, pur de tout alliage,*
> *Des pionniers français l'héroïque héritage,*
> *Notre religion, notre langue et nos lois;*
> *Si, dans les mauvais jours de notre jeune histoire,*
> *Nous avons, avec nous, vu marcher la victoire,*
> *Nous vous devons encore ces glorieux exploits.*
>
> *Jour de Saint-Jean-Baptiste, ô fête glorieuse!*
> *Tu portes avec toi la trace radieuse*
> *De nos vieux souvenirs français;*
> *Rappelant à nos cœurs les vertus de nos pères,*
> *Tu montres, rayonnant de feux et de lumières,*
> *Leur gloire et leurs nobles bienfaits.*

Dès le début, le président de la soirée avait glissé à l'oreille de Gauthier et de Roussel, ses voisins, que c'était Marie-Anna, sa nièce, qui récitait le poème. Elle scandait si scrupuleusement chaque mot que Jacques se mit à calculer les pieds de chaque vers afin de s'assurer que le compte y était. Au dernier, Marie-Anna eut beau étirer «bi-en-faits» à trois syllabes, le poète sans doute à bout de souffle avait perdu pied, il en manquait!

Malgré ce trou, la petite et Octave furent applaudis à tout rompre.

Joachim Belleau, le président, remonta sur l'estrade pour sa troisième allocution de la soirée; il avait d'abord interminablement souhaité la bienvenue à tous les dignitaires, chacun y allant ensuite de son mot, puis avait, dans une touchante homélie, cité en exemple la vie d'Abraham Gauthier dont aucun des édifiants détails ne fut omis. Cette fois-ci, c'est la carrière de Crémazie qu'il retraça.

— Notre grand poète, conclut-il enfin, dont les vers émouvants semblent avoir été forgés exprès pour nos dignitaires: son honneur le maire Gauthier et monsieur Jacques Roussel, industriel et philanthrope français, de France.

Chaque fois que le président citait le nom de Roussel, il lui accolait toujours la qualité de philanthrope ce qui amena Jacques à vérifier s'il avait bien son chéquier dans sa poche.

Pendant que les invités se pressaient autour d'un buffet préparé par des dames auxiliaires, c'est l'archevêque qui s'agrippa le premier à Jacques qu'il reconnut tout de suite comme le finissant à qui il avait remis jadis le prix d'excellence, au collège Sainte-Marie. Monseigneur avait un jeune frère, missionnaire chez les Esquimaux, qui n'avait pas les moyens de construire une chapelle pour ses ouailles dont le nombre grandissait toujours et qui s'amenaient en traîneaux à chiens des quatre coins de l'Arctique. L'oblat aurait bien aimé accueillir ses fidèles dans un lieu plus propice qu'une modeste cabane de bois où, certains matins, il trouvait son vin de messe gelé. Et quand, serrés comme des harengs, les indigènes arrivaient, durant l'office, à faire monter la température, leurs vêtements de peaux se détendaient, dégageant des exhalaisons fétides qui avaient vite étouffé les célestes parfums d'encens.

— Vous savez, crut bon de préciser le prélat, ils ont beau être des enfants de Dieu, leurs habitudes d'hygiène restent bien rudimentaires.

Jacques sentit qu'un don généreux lui éviterait bon nombre de détails sur le quotidien de l'évangélisation des peuplades arctiques et il ouvrit son carnet de chèques.

— Pardonnez-moi, mais je devrai vous l'écrire en dollars américains.

C'est surtout le montant des devises qui intéressait l'archevêque, pas leur origine! D'ailleurs, il resta le nez collé au chéquier tout le temps que Jacques écrivait, comme pour aiguillonner sa générosité.

Tandis que Jacques se faisait ratisser et que les autres se bousculaient bruyamment pour rencontrer Gauthier, comme s'il avait été le Président des États-Unis, une splendeur de jeune femme, une chanteuse, tentait avec sa jolie voix de mezzo d'imposer un air de Bach. Elle, aussi bien que la pianiste, n'arrivait pas à percer les conversations qui se superposaient les unes aux autres, comme les strates d'une muraille impénétrable.

Dès les premières mesures, Jacques avait été captivé par la voix et la beauté de l'interprète, mais l'archevêque l'avait entraîné si loin dans les steppes neigeuses de l'Ungava qu'à son retour il était trop tard; la mezzo, dépitée du peu d'attention qu'on lui portait, avait tourné les talons.

— Elle a disparu, répondit la dame patronnesse à qui il s'informait. Déjà une prima donna! Comme si nos invités n'avaient rien d'autre à faire que de l'écouter.

2

Crachant du noir par derrière, le moteur fumant et grognant, un vieux camion de livraison essayait pour la nième fois de monter la pente abrupte de la rue Drummond. Obligé de faire un arrêt avant de traverser la rue Sherbrooke, très achalandée à l'heure du midi, le chauffeur n'arrivait pas à redonner un élan au camion qui se cabrait à mi-côte, avec de pitoyables quintes, et reculait en zigzaguant jusqu'en bas. La chaussée n'était pas glissante, mais la côte, qui menait à de somptueuses résidences accrochées aux flancs du Mont-Royal, était trop raide pour sa mécanique fatiguée.

Du salon de sa suite, au cinquième étage du Ritz-Carlton, Jacques observait cette scène depuis un bon moment.

Des piétons, des chauffeurs de taxi en attente devant l'hôtel, enfin une bonne dizaine de personnes se portèrent au secours du véhicule essoufflé qui, bien loin de fournir un effort supplémentaire, rendit l'âme complètement, étalé en travers de la rue et bloquant la circulation.

Jacques vit le chauffeur sortir, ouvrir le capot, ausculter le moteur et se retourner avec un air de désespoir vers le groupe de badauds qui s'étaient pris d'intérêt pour son moribond. Certains haussèrent les épaules, d'autres baissèrent la tête un moment, puis ils reprirent leur route un à un en saluant le chauffeur qui rabaissait soigneusement les deux ailes du capot, comme on ferme les paupières de quelqu'un qui vient de partir pour l'au-delà.

Jacques pensa combien il devait être subitement désœuvré pour s'être attardé ainsi à ce drame de la rue, mais de là son regard erra machinalement vers le Mont-Royal où des feuilles avaient commencé à rougeoyer, annonçant l'automne. Il fut envahi tout à coup par cette mélancolie profonde qu'il éprouvait au collège, chaque année, à l'arrivée de l'automne, un abîme qui se creusait encore plus au moment des vacances des fêtes qu'il devait passer au collège. Heureusement, après l'arrivée de John, en Versification, il fut reçu à Noël par la famille Elliot qui habitait la partie plus modeste du riche quartier Westmount, dans une maison qui regardait passer les trains.

Cette famille, Jacques, qui y avait pourtant consacré son avant-midi, n'avait pas réussi à la retracer. Ne trouvant pas d'inscription dans le bottin de téléphone, il s'était même rendu en taxi à la maison où on l'avait informé que les Elliot avaient quitté Montréal pour aller on ne savait où. L'idée de rejoindre John, c'est ce qui lui avait fait accepter d'accompagner à Montréal ce phénomène de maire, qui lui avait à peine laissé le temps de dormir, durant le voyage en train.

Maintenant, il s'en voulait de n'être pas reparti ce matin pour Woonsocket et d'avoir dit oui à un journaliste de *La Patrie* qui ne viendrait qu'en fin de journée; surtout qu'il avait déjà, hier, visité les quotidiens *La Presse* et *Le Devoir* où Abraham Gauthier l'avait présenté comme le champion des droits des travailleurs canadiens-français, lui qui ne s'était encore jamais entretenu avec aucun de ses ouvriers. Il s'était contenté de serrer des mains anonymes, lors de sa visite des ateliers avec Dubrisay, à son arrivée.

Il n'avait pas envie de quoi que ce soit, sinon un désir insensé de revoir la jolie prima donna de la veille, mais comment y serait-il parvenu avec le seul souvenir de son image? Il ne réussissait même pas à retrouver quelqu'un dont il avait le nom.

Pour tuer le temps, il marcha jusqu'au Musée des Beaux-Arts, le plus beau de Montréal, à quelques rues de son hôtel. Ce qui l'y frappa le plus, à part l'admirable collection de Canaletto, legs de M. Van Horne, dont il se souvenait comme ayant été le magnat canadien des chemins de fer, ce fut la liste des bienfaiteurs gravée dans le hall d'entrée: elle n'était composée que de noms anglais ou écossais. Et il en allait ainsi des noms de ceux qui constituaient le conseil de direction.

3

Le journaliste de *La Patrie* était du type sérieux, qui posait des questions appliquées, et qui enregistrait les réponses à toute vitesse avec ses crayons de mine dont il avait un bouquet dans la poche de poitrine de son veston.

Il entama l'entrevue en faisant allusion à une résolution que venait d'adopter à Washington la Conférence internationale du travail. Heureusement, Jacques avait insisté, dès son arrivée à Woonsocket, pour qu'Estelle Marmin l'abonnât au *New York Times* dans lequel il avait, par chance, lu cette résolution visant à réduire à huit heures la journée de travail.

— Comptez-vous vous plier à cette disposition? questionna le reporter, un peu désarçonné que son interlocuteur en fût déjà informé.

— Dans les textiles, de tels horaires sont impensables, ils mèneraient droit à la faillite.

— Pourtant chez Ford...

— Dans l'automobile, dans l'acier et que sais-je encore, enchaîna Jacques, le travail est très dur, huit heures c'est peut-être raisonnable, mais chez nous les conditions sont faciles. Nous avons beaucoup amélioré l'équipement, les ouvriers regardent pour ainsi dire les machines travailler.

Le journaliste fit une drôle de mine, mais avant qu'il réagisse à cette réponse qui suscitait plusieurs questions, on frappa à la porte.

— Vous attendez quelqu'un, demanda Jacques.

— Non, Monsieur.

Jacques se leva pour ouvrir et tomba de surprise dans les bras de John Elliot qui était là, sourire aux lèvres, champagne à la main.

Pauvre scribe! Le reste de l'entretien fut bâclé à une vitesse qui transforma ses notes en un gribouillage presque illisible, étêtant les crayons aux mines si soigneusement taillées.

— Une dernière question, implora-t-il.

— Rapidement, s'il vous plaît!

La plus évidente des recommandations puisque Jacques ne tenait plus en place depuis l'arrivée inattendue de son ami.

— En attirant aux États-Unis les Canadiens français, demanda le reporter, vous ne croyez pas que vous contribuez à affaiblir la province de Québec dans sa lutte pour la survivance française?

Que va-t-il chercher là? se dit Jacques, un peu froissé.

Bien sûr, des agents de recrutement parcouraient la province à la recherche de main-d'œuvre, mais ils ne ratissaient pas que pour lui et surtout ils ne braquaient de pistolet à la tempe de personne.

— Écoutez, répliqua-t-il sèchement, les gens vont là où ils

peuvent gagner leur vie. Que voulez-vous que je vous dise? La langue qu'on parle, est-ce plus important que le pain quotidien?

— C'est important *La Patrie*? s'enquit Jacques auprès de John, aussitôt que le journaliste eut passé la porte.

— Moins que «le pain quotidien»!

Il y eut une seconde d'équivoque, puis ils éclatèrent de rire.

John avait déjà fait sauter le bouchon d'une première bouteille de champagne qu'il versait généreusement dans des flûtes qu'il avait montées du bar.

— T'en fais pas, il n'osera jamais t'esquinter après les éloges que les autres journaux ont faits de toi, foudre de guerre, chevalier d'industrie, esclavagiste de Canadiens français... Heureusement d'ailleurs qu'on parle de toi dans toutes les gazettes, ça m'a permis de te retrouver.

— T'as pas changé, s'cxclama Jacques.

Par comparaison avec lui que sa grave blessure avait mûri, John avait toujours un air de grand enfant naïf et débonnaire. Ces six années ne l'avaient même pas effleuré.

— Moi, la guerre, je l'ai faite dans l'aviation à «coupes» de champagne, prononça-t-il au lieu de «coups», avec son accent qui devenait de plus en plus atroce en français.

Son escadrille était stationnée à dix kilomètres de Reims.

— Vieille Tige, ce devait être toi, dit Jacques, qui m'as si souvent empêché de dormir avec le moteur de ton zinc.

Buvant comme des collégiens, ils achevaient déjà la première bouteille de Perrier-Jouët qui les fit glisser dans un confortable état de grâce, une douceur trouble de hammam; ils se touchaient, se prenaient par le cou ou bien s'étrillaient vigoureusement les cheveux l'un l'autre, des gestes brusques et tendres à la fois, les étincelles d'un feu qui, dans les affections viriles, couve toujours sous la pudeur.

— Qu'est-ce que tu deviens que je n'aie pu te trouver nulle part?

— J'habite un hangar avec un Curtiss, un biplan que j'ai récupéré d'occasion.

— Qu'est-ce que tu peux trimballer là-dedans?... de la plume d'oie, des édredons?

Il ne transportait rien du tout, pas pour le moment; ce Curtiss, c'était un grand oiseau blessé qu'il dorlotait comme une mère, qu'il remontait méthodiquement et à qui il devrait enseigner de nouveau à voler. Il l'avait eu pour deux sous... toutes ses économies, ce qui l'avait obligé à élire domicile à ses côtés, dans un hangar délabré, sur un terrain vague, près de Montréal. Pendant la guerre, son père, (il était au mieux avec le parti au pouvoir) ayant obtenu du gouvernement un poste important à l'administration du port, était allé s'établir à Halifax où la famille demeurait depuis. John avait trop d'attaches à Montréal pour s'exiler en Nouvelle-Écosse.

Aussitôt son Curtiss guéri, il espérait former une société de transport par avion où il ferait servir l'expérience acquise au cours de centaines de reconnaissances au-dessus des lignes allemandes. John était trop modeste pour raconter, même à Jacques, ses prouesses, qui avaient épaté toute la British Air Force, où on l'avait surnommé le «Crazy Hawk». Non seulement, il arrivait à voler plus bas que tous les autres, mais il ne résistait jamais à l'envie, quel que soit le danger, de fondre sur une proie, à la vitesse et avec l'acuité meurtrière de l'épervier.

— Dépêchons-nous, dit John en ouvrant une autre bouteille de champagne, je t'emmène chez des amis.

— Ça va me changer, depuis que je suis ici, je ne vois que des journalistes et des soutanes.

— Mes amis aussi portent la robe, fit remarquer John en souriant.

4

Ils ne planaient pas vraiment, mais ils faisaient du rase-mottes, l'aviateur et son copain à canne, en arrivant dans la ruelle qui menait à un immeuble décrépit, où se trouvait l'atelier de Fidélia Dauray, sculpteur.

— Le centre culturel de Montréal, s'écria John.

Ils s'engagèrent d'abord, presque à tâtons, dans un débarras obscur encombré d'un bric-à-brac de plâtre, de ferraille et de pierre, et tout alla bien jusqu'au moment où se fit entendre la voix de Stéfano, le page du *Roméo et Juliette* de Gounod. La même voix sublime de mezzo que Jacques avait entendue à la réception.

Il en fut si heureux et troublé à la fois que, négligeant de lever le pied pour enjamber une sculpture informe couchée sur sa route, il fit un plongeon fracassant qui entraîna la chute d'un Moïse, d'une Victoire et d'une Vénus, coupant net la chanson dont il n'entendit que les premiers mots: «Que fais-tu blanche tourterelle dans ce nid de vautours...»

Quand survint Fidélia avec une lumière, Jacques, étendu de tout son long, essayait de ratrapper avec sa canne la tête de la Vénus de Milo qui s'était séparée de son tronc et qui roulait ridiculement.

— Excusez-moi, monsieur, bredouilla-t-il, avant de réaliser qu'il avait devant lui une garçonne en costume foncé, avec une brosse de cheveux bruns, et des yeux immenses, noirs, profonds comme des lacs de montagne. Les mots ne lui venaient plus pour se faire pardonner sa maladresse.

— Ce n'est pas grave, dit-elle, ce sont de vieux moulages de mes élèves.

Par terre dans ce fatras de chefs-d'œuvre, Jacques maudissait sa jambe raide qui faisait de lui un grand pataud, juste comme il aurait voulu voler vers cette femme à la voix céleste que le hasard mettait de nouveau miraculeusement sur sa route.

Tandis que Fidélia et John l'aidaient à se redresser, il restait les yeux rivés sur la chanteuse, curieusement costumée d'un haut-de-chausses et d'un pourpoint. Malgré l'accoutrement bizarre, Jacques eut la nette impression de voir le destin dans cette femme et il se félicita de savoir le reconnaître en dépit de tout le champagne qu'il avait bu.

— Simone, annonça Fidélia, c'est M. Roussel.

La chanteuse tendit une main blanche, si frêle qu'on y discernait tous les os en filigrane.

— Un industriel français... riche comme Crésus, poursuivit la garçonne avec un sans-gêne qui fit tiquer Jacques.

— Fidélia plaisante, murmura Simone, mais c'est que vous tombez du ciel. Nous sommes à l'affût des mécènes car nous organisons un concert bénéfice pour Claude, la semaine prochaine.

Elle parlait tout bas pour ménager sa voix, brusquée en plein essor par ce ramdam inattendu, et cela fit à Jacques un effet curieux. Lui qui n'était pas familier avec ces singularités de cantatrice prit ce sotto voce pour un aparté et il en fut très flatté.

Claude Champagne, un grand efflanqué à moustache et à lunettes, s'approcha timidement pour lui serrer la main.

— C'est dommage, s'excusa Jacques, je serai déjà reparti.

— Vous allez rater un beau concert, observa Simone.

— J'en suis persuadé.

— Les absents ne devraient pas se priver de contribuer à une aussi belle cause, s'exclama Fidélia en tendant son haut-de-forme, nous acceptons tout: argent comptant, chèques, devises étrangères, boutons de culottes.

— Vous avez raison, enchaîna Jacques, je pourrais vous écrire un chèque.

Jacques avait une envie si irrésistible de plaire à la chanteuse qu'il laissa Crésus lui dicter le montant du chèque qu'il écrivait... et puis une arrière-pensée le fit sourire: il préférait quand même cette chapelle de musiciens à celle du missionnaire et de ses ouailles nauséeuses pour laquelle il avait dû aussi contribuer généreusement.

Mais il voulut mettre une prière en échange de sa contribution:

— Que vous nous chantiez encore quelque chose!

Il n'eut pas vraiment le temps de présenter le chèque à Simone, Fidélia l'avait déjà confisqué.

— C'est moi le trésorier, dit-elle, Simone c'est l'artiste.
Et poussant un sifflet de voyou à la vue du montant:

— Ma petite chérie, sois à la hauteur!

Comment ne pas être aux petits soins avec un donateur de ce calibre!

Fidélia et John calèrent Jacques dans une causeuse, allongèrent douillettement sa jambe malade sur un pouf capitonné et lui servirent à boire.

Simone attaqua un *Ave Maria* qui n'aurait pas pu être moins de circonstance considérant le désir très profane que Jacques entretenait déjà pour elle, sauf que l'air était une composition de Claude Champagne lui-même au profit de qui on organisait ce concert.

Les mots de la prière se formaient sur les lèvres de Simone, se soudaient en musique les uns aux autres et enchaînaient inexorablement Jacques. À *vous êtes bénie entre toutes les femmes*, son cœur était déjà prisonnier.

Mais il n'était pas le seul subjugué, John aussi ne voyait qu'elle. Et Fidélia! La passion qu'elle éprouvait pour Simone éclatait dans ses yeux, des torrents de lave prêts à consumer quiconque se trouverait sur le chemin.

Détournant avec la plus grande indélicatesse l'attention de Jacques, Fidélia, qui lui brandissait dangereusement sous le nez le brasier d'un manille au bout d'un long fume-cigare d'ambre, murmura avec une sourde aigreur:

— Elle n'est pas libre. J'en suis amoureuse.

Priez pour nous, pauvres pécheurs, maintenant et à l'heure de notre mort, chantait sublimement la voix de celle qui attisait toutes ces passions.

Trois fois répétés, les *Amen* de la coda surprirent à leurs rêves intimes chacun des soupirants de ce trio baroque.

5

Les impétueuses vocalises qui se bousculaient dans la maison couvraient la sonnerie de la porte d'entrée qu'un livreur faisait retentir depuis un bon moment. Il déposa sa brassée de boîtes, sonda la porte, elle était verrouillée. Déterminé, il attendit résolument l'occasion de glisser un nouveau coup de sonnette dans un intervalle de silence qui ne semblait pas devoir se produire.

Le ruban de voyelles que déroulait cette voix de femme était infini, pas le moindre accroc, aucune hésitation, il glissait sur la vague d'un souffle inépuisable qui s'amplifiait, plus il se prolongeait. Fasciné par le phénomène, le jeune homme s'adossa contre la rampe de fer forgé, et résolut d'attendre l'instant de silence propice, dût-il passer là sa journée.

La grosse résidence de pierres sciées, grisâtres, manquait visiblement d'attentions et commençait à détonner sur le boulevard Saint-Joseph, où la petite bourgeoisie de Montréal prenait un soin maladif de chaque coin de pelouse, du gazon anglais purgé méthodiquement de toutes les graminées inconvenantes, et agrémenté de parterres de fleurs. La plus infime boursouflure sur les corniches, les frises, était décapée, pommadée dès son apparition. La perfection de l'entretien n'avait d'égale que la féroce rivalité qui tenait les riverains sur le qui-vive; ils s'épiaient, s'imitaient, se disputaient les améliorations sans répit; un nouveau lampadaire sur le portique de l'un pouvait déchaîner chez les autres une incroyable frénésie.

Le livreur, qui attendait patiemment chez les Fontaine le moment de signaler sa présence, était loin de savoir à quel point il pouvait être redoutable d'habiter sur ce boulevard pourtant d'apparence si paisible.

Comment se serait-il douté des commérages humiliants dont Henriette Fontaine faisait l'objet à cause du chiendent de sa pelouse ou de la peinture squameuse de ses balustrades? Comment aurait-il pu savoir, petit livreur de fleuriste, que dans ce voisinage exigeant, ces écarts étaient presque aussi graves que l'infidélité conjugale ou peut-être même l'intempérance? Comme le bruit s'était répandu qu'Henriette avait la vilaine habitude de se rincer à tout moment le gosier au cognac, les voisins considéraient qu'il se trouvait parmi eux un indésirable que seule la charité chrétienne les empêchait de frapper d'ostracisme.

Les vocalises arrêtèrent, juste le temps qu'il fallut au livreur pour donner un impétueux coup de sonnette.

Henriette tressauta, escamota le verre de cognac qu'elle venait de se verser, et courut à la porte.

Le garçon disparaissait derrière les quatre boîtes de fleurs qu'il avait dans les bras.

— Mademoiselle Fontaine!

— Non, c'est ma fille!

Libéré de son encombrante brassée, le livreur vit bien que cette femme aussi fanée ne saurait jamais soulever autant de zèle chez un prétendant.

Aussitôt le garçon sorti, Henriette entr'ouvrit indiscrètement l'enveloppe qui accompagnait l'envoi. Le message laconique *À ce soir*, signé uniquement de la lettre «J» attisa encore plus sa curiosité. Elle ne connaissait aucun «J» parmi les nombreux soupirants de sa fille. Si! il y avait John, mais c'était impensable, il était toujours sans le sou, il n'en avait que pour son aéroplane qu'Henriette maudissait, de crainte que Simone n'accepte un jour d'y monter. Henriette avait une peur bleue de ces engins et n'affectionnait pas particulièrement les aviateurs, des fainéants, selon elle.

Ce John! Tout l'hiver dernier, il vint trois fois par semaine manger à la maison. Il ne courtisait pas sa fille, il dévalisait le garde-manger, les confitures surtout qu'elle avait dû descendre à la cave pour les soustraire au pillage. Heureusement, les visites de l'ogre avaient commencé de s'espacer et Henriette arrivait de nouveau à boucler son maigre budget hebdomadaire, déjà bien grevé par ce qu'elle considérait comme son péché mignon, tous ces verres d'alcool qu'elle tétait à cœur de journée.

Cette habitude prenait hélas les proportions les plus inquiétantes; les leçons de musique, dont elle tirait son gagne-pain et celui de Simone, devenaient incohérentes, après trois heures de l'après-midi, quand Henriette ne tombait pas carrément endormie dans le fauteuil, près du piano, d'où elle mesurait les progrès de ses élèves. Pour s'éviter des situations embarrassantes, elle ne prenait plus que des débutants, l'après-midi, des enfants que leurs mères pour la plupart forçaient à prendre des cours de piano et qui ne demandaient pas mieux que de s'esquiver, sitôt le professeur ronflotant sur leurs gammes.

Il y avait une exception: Noël, un grand efflanqué de quinze ans, mais avec une belle tête de cheveux blonds bouclés, des pommettes roses toujours allumées et le comportement pervers de l'adolescent en quête permanente de sensations charnelles. Bien qu'il eût commencé à maîtriser du Chopin ardu, Noël avait quand même ses leçons l'après-midi, alors qu'Henriette vivait déjà en suspension et que ses inhibitions s'évanouissaient dans l'atmosphère vaporeuse de l'alcool.

Cela avait commencé imperceptiblement, Henriette prenant dans sa main celle du jeune pianiste pour la guider sur tel ou tel passage difficile, un geste anodin, la faille dans la digue par où l'eau s'infiltre, d'abord sournoisement, pour grossir en torrent et menacer toute la structure.

Chaque fois qu'elle lui touchait ainsi la main, Henriette sentait d'étranges frissons électriser le corps de l'adolescent, assis contre elle sur le banc du piano, puis il y eut des tressaillements dans son pantalon, des soubresauts espiègles, une bête qui y bougeait, se gonflait grossièrement le dos, tout un remue-ménage qu'elle prit plaisir à suivre du coin de l'œil et qui l'irradiait de chaleurs bienfaisantes.

Subitement un après-midi, Noël, inversant les rôles, emprisonna dans la sienne la main qui l'avait guidé jusqu'ici, et la fit dévier sur sa cuisse, l'amenant au ras de la vie qui y tourbillonnait. Il la maintint là, le temps d'apprivoiser les faibles résistances qu'il percevait, et retourna au clavier égrener les notes plaintives d'un nocturne.

Henriette sentit sa main se glacer, devenir inerte. Brûlant de parcourir les quelques centimètres la séparant du sexe du garçon, elle en donnait le commandement à sa main qui n'obéissait pas.

Les yeux fixes, la sueur perlant sur ses tempes, le chaos dans la tête, elle tentait désespérément de reprendre de l'empire sur cette main qui ne lui appartenait plus, cependant qu'à sa portée, le charme n'arrêtait pas de se manifester; il pulsait, tressaillait, s'érigeait, la sollicitant avec effronterie.

Les doigts d'Henriette frémirent, sa main tout entière se mit à trembler nerveusement, répondant à des signaux d'abord confus, puis sans équivoque: elle se saisit brusquement du sexe du garçon, éveillant chez elle un tumulte qu'elle crut savoir contenir, mais qui s'amplifia avec chacune de ses caresses et la poussa dans une irrésistible frénésie; elle se laissa glisser par terre, déboutonna le pantalon et se gorgea à la source même du désir qui consumait le jeune homme. Le déferlement qui se produisit, l'épanchement soudain, volcanique, stupéfia d'abord Henriette puis la submergea dans une émotion intense, tiède, veloutée comme la plus exquise des ivresses.

Désormais, ce cadeau de Noël, elle continuerait de se l'offrir, aussi souvent qu'elle le pourrait, chaque fois qu'en fin d'après-midi, déjà un peu grise, elle se retrouverait seule avec lui et quelque mélancolie de Chopin.

– Simone, mais Simone, viens au moins voir.

Il y avait trois énormes bouquets de roses dans le salon, une extravagance, surtout dans une ville comme Montréal où les fleurs sont si chères et si difficiles à trouver. Des roses, quel luxe sur le boulevard Saint-Joseph où les modestes pétunias sont si omniprésents que les gens les appellent «Saint-Joseph» comme la rue! Leurs seuls concurrents sérieux, les géraniums qui, selon les saisons, font la navette entre les plates-bandes et les fenêtres des maisons.

– Mais maman, c'est une forêt! s'exclama Simone, en entrant dans le salon.

Un coup de sonnette retentit à la porte d'entrée.

C'était Émile!

Il revenait rarement à Montréal et c'était toujours par affaire; cette fois, il venait prendre livraison de compresses et de bandes chirurgicales, des modèles anglais très commodes, qu'il n'arrivait pas à trouver aux États-Unis.

— Tu veux boire quelque chose? offrit Henriette dès qu'il eut mis les pieds dans la maison, elle qui ne perdait jamais une chance de se donner l'occasion de boire.

Émile connaissait trop la propension de sa mère pour accepter un whisky dont il aurait pourtant eu envie après l'épuisant voyage en train, sur les sièges inconfortables de deuxième classe. Il avait les moyens de payer la différence entre le prix d'un wagon-lit et celui d'une place de Pullman, mais il ne s'y résignait pas, par puritanisme. Il y avait même une obstination presque vaniteuse chez lui, médecin, à vouloir voyager dans cette classe. Ce dont il ne se doutait pas, c'est que les voyageurs de deuxième qui le reconnaissaient, en général des ouvriers de Woonsocket qui revenaient visiter leur famille au Canada, éprouvaient une certaine déception à le voir ainsi parmi eux; bien loin d'apprécier son geste égalitaire, ils s'inquiétaient que «leur» médecin n'eût pas les moyens de s'offir le luxe de première. Comment se faisait-il qu'il n'y parvenait pas avec ses honoraires? Etait-il moins compétent qu'ils l'eussent souhaité?

— Qu'est-ce que c'est ce parterre de roses? demanda-t-il.

— Un amoureux de Simone, répondit Henriette.

— Toujours John Elliot?

— Non, dit Simone sur un ton de mystère, un industriel.

— Tu connais un industriel, s'inquiéta la mère, abasourdie.

En effet, elle épiait avec tant de vigilance chaque geste de sa fille qu'il lui parut inconcevable que celle-ci connût une personne de cette qualité sans qu'elle le sache.

— J'en ai rencontré un, hier, et je dîne avec lui ce soir.

Henriette, comme toutes les mères, s'imaginait tout savoir sur sa fille, mais au fond elle ne savait rien de Simone; rien sur l'ambition dévorante qu'elle avait de chanter un jour l'opéra sur les plus grandes scènes du monde, rien sur les moyens qu'elle était prête à prendre pour réaliser ce rêve. Son évaluation du talent de Simone était assez étriquée; elle la voyait chantant dans des soirées mondaines, à la chorale de Saint-Louis-de-France, leur paroisse, et, une fois mariée, donnant des cours de chant et de pose de voix.

— Et qu'est-ce qu'il fabrique ton bonhomme? demanda Émile.

— Je n'en sais rien, c'est un Français, Jacques Roussel!

Ce nom de Roussel tomba sur Émile comme la foudre.

— Ça c'est le comble. Je le connais. À Woonsocket, il dirige une usine textile.

Henriette allait s'exclamer sur l'heureuse coïncidence, mais Émile était déjà monté sur ses grands chevaux, marchant de long en large dans le salon, pourfendant l'air du poing :

— Ces patrons n'en ont que pour leurs profits; ils font suer leurs ouvriers, presque tous de pauvres gens de chez nous. C'est deux ou trois fois par semaine qu'on m'apporte des blessés de l'usine. Tiens, un garçon de dix-sept ans, l'autre jour, à qui j'ai dû couper le bras...

Tout le portrait de son père, pensait Henriette, en voyant Émile s'emporter ainsi. Elle avait frais à la mémoire le souvenir de son mari député qui haranguait les rayons de la bibliothèque, mais ne soufflait jamais mot en Chambre, sauf pour ce discours fatal.

— Tu exagères toujours, Émile, sais-tu vraiment ce que tu dis?

— Oui, dit-il, Jacques Roussel, c'est ça!

— Je l'ai vu hier soir, il n'avait pas l'air méchant, fit remarquer Simone que ces histoires d'injustices sociales laissaient plutôt indifférente. En un mot, ces peigne-culs, avec qui son frère s'était toujours senti des affinités, ce n'était pas son public.

— Il t'est tombé dans l'œil? demanda Émile, avec désespoir.

Elle ne répondit pas, laissant son frère sombrer dans ses angoisses métaphysiques. Il ne lui vint même pas à l'esprit qu'elle puisse se contrarier pour faire plaisir à un frère qu'elle connaissait peu et qui n'avait pas sourcillé un seul instant pour l'abandonner avec sa mère et faire sa vie à l'étranger.

Le jeune médecin avait le don de s'apitoyer sur le sort des pauvres et des opprimés, mais il ne manifestait jamais la moindre générosité pour elle ou sa mère qui avaient du mal à joindre les deux bouts. À chacune de ses rares visites, il arrivait les mains vides, s'attendant par ailleurs à tous les égards dus, selon lui, à l'aîné de la famille. Ces attentions, Henriette les lui prodiguait; cet après-midi même, elle annula la leçon que devait recevoir Noël et s'employa à rac-commoder les trois costumes qu'avait rapportés Émile de Woonsocket (même s'il ne restait à Montréal qu'une nuit!), puis elle lui prépara du poulet rôti, de la purée de pommes de terre et de la tarte au sucre, les plats favoris de son enfance.

6

—Mais vous me faites parler, parler... Vous ne me dites rien de vous.

Et Jacques arrêta net ce long monologue sur lui-même, un peu honteux de s'être laissé aller, devant Simone, à tant de confidences, ce qu'il ne faisait jamais. Il avait raconté ses étés à Liverpool, cette ville toute noire où il allait apprendre l'anglais, la séparation de ses parents, à douze ans, pour venir étudier à Montréal, encore dans un pays étranger.

La viande dans leurs assiettes avait complètement figé, lui trop occupé à parler, elle à l'écouter. Le maître d'hôtel de *L'Escargot d'Or*, le plus chic restaurant de Montréal, se méprenant sur le sens de ces assiettes pleines, se précipita à leur table; le filet était-il dur? trop cuit? la sauce au madère trop relevée? Conscient de la qualité de cet hôte, qui avait commandé ce qu'il y avait de plus cher au menu et sur la carte des vins, le pauvre homme avait des tremblements d'inquiétude dans la voix.

Jacques eut beau protester, les chateaubriands à la Périgueux reprirent le chemin des cuisines où le chef réchauffa soigneusement chaque tranche de viande et disposa dans les assiettes une nouvelle jardinière de petits légumes.

Le couple, cette fois, n'eut pas d'autre choix que de manger, le maître d'hôtel et les garçons ne les quittant plus du regard, et le sommelier se précipitant sur la divine bouteille de Petrus, aussitôt que l'un ou l'autre des convives trempait les lèvres dans son verre. Dans son empressement, le sommelier espérait que ce client, fin connaisseur, ne s'aviserait pas de commander une deuxième bouteille, ce joyau de Petrus 1892 n'ayant à la cave ni frère, ni rival.

Se sentant épiés, Simone et Jacques mangeaient en silence, s'observant l'un l'autre, à la dérobée.

Elle remarqua qu'il avait une cicatrice sur le front, du côté droit, et que ses cheveux brillantinés, peignés vers l'arrière, commençaient déjà à être clairsemés. Il aura la tête dégarnie assez jeune, pensa-t-elle, en essayant d'imaginer de quoi il aurait l'air, chauve. Pas mal quand même! Il avait de beaux traits, les yeux vifs, intelligents, la bouche sensuelle et des mains d'une finesse remarquable. Il ne souriait pas souvent, mais quand cela se produisait, c'est tout son visage qui s'illuminait. Pas de faux-fuyants chez cet homme, limpide comme une source.

Lui ne se souvenait pas d'avoir vu une femme d'une aussi grande beauté. Sur ce visage d'ivoire, les yeux, deux outremers, retenaient tout de suite l'attention; bien mieux que de briller, ils donnaient le vertige, comme s'ils ouvraient jusqu'à de profonds abysses, comme si ces admirables pierres marquaient le mystérieux chemin de l'âme. Les lèvres, elles, colorées de grenat, pavoisaient tous les états d'esprit; elles ondulaient pour sourire, se resserraient en moues, tantôt s'apaisaient gravement ou tantôt frémissaient avec émotion.

Jacques ne douta pas un instant qu'il fût en présence de la huitième merveille du monde et il faillit s'en ouvrir sur-le-champ, de la manière la plus intempestive, mais une sourde angoisse le retint: l'aveu de Fidélia. Pourtant, il brûlait d'en avoir le cœur net, de demander carrément si Simone partageait la passion de l'excentrique sculpteur, mais comment formuler une telle question? Surtout, si elle allait répondre oui et révéler elle aussi une inclination pour les femmes.

N'était-ce pas mauvais signe qu'elle l'ait ainsi laissé parler, qu'elle n'ait presque rien dévoilé sur elle-même? Désirait-elle dissimuler quelque chose? Déjà, il cherchait quelle contenance prendre en cas de catastrophe.

Le voyant subitement s'assombrir, Simone lui demanda s'il ne voulait pas danser.

— Si vous n'êtes pas trop exigeante, dit-il.

Elle rougit d'embarras, elle avait oublié sa jambe, son élégante canne de bois noir et luisant, qu'il avait accrochée au dossier de la chaise.

Le pianiste jouait un morceau lent et Jacques eut très envie d'avoir Simone contre lui. En se rendant à la piste de danse, il réalisa qu'il marchait sans appui pour la première fois depuis sa blessure, l'idée de cette femme le rendait léger comme l'air.

Dans ses bras, cette femme fine et délicate semblait un brin de muguet.

— Elle est directe votre Fidélia, elle est très garçon! Elle est très différente de vous.

Tout cela était sorti de la bouche de Jacques presque sans qu'il s'en rende compte; les mots les uns sur les autres, pêle-mêle, comme les moutons quand on ouvre la porte de la bergerie.

— C'est sans doute ce qui nous attire, répliqua-t-elle avec le sourire, nous nous complétons.

— Somme toute, vous faites la paire.

Dieu! qu'il eût souhaité retenir cette remarque impertinente, mais elle avait foncé, tête baissée, comme un bélier. Bah! au moins elle saurait qu'il y avait cette ombre embêtante au tableau.

Elle le dévisageait avec un soupçon d'impertinence, une pointe de moquerie qu'il n'osa pas affronter, de crainte de se méprendre sur leur signification. Il baissa les yeux, s'absorba dans le rythme langoureux de la musique.

— Vous n'osez pas demander si je partage la passion de Fidélia... appelons les choses par leur nom... si je suis une femme damnée!

Ainsi parfois au beau milieu de l'été, alors qu'il n'y a qu'un seul nuage dans un ciel autrement bleu, un coup de tonnerre éclate, imposant à toutes les créatures une mesure obligatoire de silence.

Il était pétrifié. Muet. Immobile au beau milieu des danseurs mouvants. Proie innocente dévorée par l'inquiétude.

Non! s'exclama-t-elle, le tirant du bord de l'abîme où il s'agrippait encore, désespérément, du bout des doigts.

Par l'enchantement de ce «non», le ciel redevint bleu, et ce qui s'était tu reprit l'usage de la parole. Y compris Jacques.

— Vous, c'est tout bêtement les hommes!

— Pourquoi pas!

Le baiser qu'il souhaitait tant poser sur sa bouche, il le porta timidement sur la main de la jeune femme qu'il étreignit ensuite avec encore plus d'ardeur que ne l'aurait dicté le titre de la mélodie populaire sur laquelle ils dansaient, *You Made Me Love You!*

7

— Quand est-ce que je te revois, demanda John.

— Aussitôt que possible.

— Tu n'as qu'à me faire signe et je vais te chercher à Woonsocket dans mon avion.

— Merci bien, je tiens trop à la vie, dit Jacques en posant affectueusement le bras sur l'épaule de John, qui était venu le déposer à la gare Windsor.

John était déçu, il avait espéré passer cette dernière soirée avec Jacques, mais ce dernier avait mystérieusement disparu, laissant à l'hôtel le message qu'il rentrerait juste à temps pour prendre le train.

— Je t'aide avec tes bagages.

— Laisse! Je prends un porteur.

C'était curieux. Autant la longue séparation de la guerre ne semblait pas avoir distancé les deux camarades, autant cette seule soirée paraissait avoir creusé un fossé entre eux. Ils étaient tout en silences, en hésitations et, bien qu'ils fussent des amis, ils donnaient en s'observant ainsi l'impression de rivaux farouches.

— John, il faut que je te dise...

Il s'en doutait, John, et il avait si peu envie qu'on le lui confirme.

— C'est peut-être un peu collégien, poursuivit Jacques, mais j'ai eu le coup de foudre.

– Simone?

– Tu as l'air étonné.

Étonné, pas du tout. Atterré! Son avion piquait du nez, plongeait au sol et il ne pouvait en reprendre les commandes.

– Simone, objecta John, c'est un vrai talent, elle veut faire carrière... des récitals, des tournées.

– Woonsocket, c'est à côté de Boston et de New York, ça peut même l'aider au début. Tu ne crois pas? demanda Jacques.

L'avion en détresse s'abîma au sol, mais Jacques était si bien à l'abri de son propre bonheur qu'il n'eut pas conscience du désastre.

– Vas-y, tu vas manquer le train, lui dit simplement John en voyant mourir son rêve.

– À bientôt!

– Oui, salut! fit John de la main.

Il s'enfonça dans le siège de cuir de la Dodge et il laissa la pluie, qui commençait à perler sur le pare-brise, embrouiller l'étroite vision que subitement il avait de la vie, qui tenait toute dans l'entonnoir de lumière blafarde accroché au goulot des phares.

Des papillons venaient danser un moment dans le faisceau lumineux, puis tombaient, foudroyés, éphémères comme son rêve.

John avait cru que Simone répondrait à l'amour qu'il éprouvait pour elle, qu'elle finirait par accepter de l'épouser,

une fois sa carrière de chanteuse en route et une fois
exorcisée cette diabolique emprise qu'avait Fidélia sur elle.

Mais subitement, c'est lui qui se trouvait exclu du trio.

CHAPITRE 13

Ces gens d'un autre milieu

1

Simone ne se confiait jamais. Personne ne savait exactement qui elle était. Pas même Fidélia! et pourtant les relations entre ces deux-là étaient, pourrait-on dire, étroites. Elles étaient si près l'une de l'autre que même les cancans ne passaient plus. Et il y en avait eu des papotages depuis qu'elles s'étaient rencontrées, un été, il y a six ans, dans une coquette maison de campagne accrochée de justesse aux berges rocheuses du Saint-Laurent, dans la région des Mille-Îles, près de Guananoque.

Simone venait d'avoir seize ans; Fidélia, déjà sculpteur, en avait trois de plus. Elle vivait alors seule avec son père, Charles Dauray, qui avait enseigné la littérature française, durant plusieurs années, à l'Université Columbia de New York et y avait même publié de la poésie, à l'incitation de nul autre que le célèbre Herman Melville.

Un heureux hasard avait voulu que son père rencontrât Melville, au moment où le grand écrivain américain, devenu inspecteur des douanes, dans le port de New York, avait commencé lui aussi à écrire des vers. C'est dans une taverne, sur le Hudson, où Dauray, une fois qu'il avait bu, déclamait ses poèmes, que les deux hommes s'étaient connus et qu'ils avaient commencé à s'échanger les fruits de leur inspiration.

Des poèmes, Dauray en composait aussi naturellement qu'on respire, et il les griffonnait sur toutes sortes de bouts de papier dont il bourrait ses poches: des vers musclés qui frappaient comme des coups de poing, d'autres d'un romantisme si passionné qu'il n'arrivait pas à les dire sans provoquer le frisson chez les auditoires les plus abracada-brants, ramassis de dockers et de marins ivres, d'intellectuels révolutionnaires et, pendant plusieurs années, Melville!

L'écrivain-douanier se lia tout de suite d'amitié avec ce "Chuck" Dauray, poète talentueux, qui avait eu en amour une vie aussi tumultueuse que lui, sur l'Océan. Insatiable, le père de Fidélia avait en effet cherché l'amour avec autant d'acharnement que le capitaine Achab, sa baleine blanche. Cette quête frénétique s'était d'ailleurs retournée tristement contre lui; l'été même où Simone fut invitée chez lui, Charles Dauray fut emporté par la syphilis, à cinquante-quatre ans.

Avant de mourir, il avait demandé à Fidélia que ses cendres soient immergées dans le Saint-Laurent, et elle dut accompagner la dépouille mortelle, en train jusqu'à Montréal, le seul endroit où pouvait avoir lieu la crémation, au cimetière protestant du Mont-Royal. De retour à leur maison des Mille-Îles, elle entreprit de fabriquer l'urne funéraire dans laquelle elle scellerait les cendres, un pot de faïence qu'elle décora de scènes érotiques, des dessins suggestifs d'une grande beauté, qui lui demandèrent des semaines de travail; les personnages mâles et femelles, intercalés çà et là d'animaux fantastiques, se soudaient les uns aux autres tout autour de l'urne, ribambelle monstrueusement obscène, mais significative des liens qui avaient existé entre cette fille et son père, des rapports troubles, souterrains, qui n'éclatèrent jamais au grand jour. Elle et lui ne se touchaient pas, chacun de leur geste étant empreint de discrétion, de pruderie même, mais derrière cette façade grouillaient les envies les plus désordonnées, les fantasmes les moins avouables.

Malgré l'innocence de ses seize ans, Simone perçut, en entrant pour la première fois dans la maison, une atmosphère qu'elle ne sut pas déchiffrer, mais qui l'intimida un peu, une lubricité omniprésente qui venait de nulle part et de partout à la fois, faite de petits riens: un bouton de blouse défait, le regard du père qui s'attarde au sein que laisse entrevoir l'échancrure, des croquis d'homme nu, tous à l'image du père, et, traînant sur les guéridons, des poèmes d'amour, des sonnets pour la plupart, ayant pour objet une femme mythique, inspirée de Fidélia.

Simone avait été déposée aux Mille-Îles pour le long week-end de la Confédération par un couple que sa mère connaissait et qui était ami de Dauray. Ces gens continuaient jusqu'à Kingston et la reprendraient au retour.

Au beau milieu de la première nuit qu'elle dormit là, Simone se réveilla en sursaut, sentant la présence de quelqu'un dans sa chambre. C'était Fidélia. Elle était assise dans une bergère, près du lit, et l'observait.

— Dors, murmura doucement Fidélia, dors, moi je suis si heureuse, je ne veux pas perdre un seul moment de ta présence.

Il se peut bien que Fidélia passât dans la chambre de Simone les trois nuits de sa visite, car chaque fois que quelque bruit inusité pour elle la sortait du sommeil, Fidélia était là, assise, souriante, délicieuse. Au réveil, elle avait disparu, attendant en bas dans la salle à manger que Simone fasse son apparition pour lui servir, en même temps qu'à son père, des toasts et de la confiture de roses qu'elle faisait elle-même.

Certaines de ces choses qu'on apprend en général de sa mère, il semblait que Fidélia les sût de naissance, car elle n'avait que huit ans lorsque sa mère, désillusionnée sans doute par les innombrables aventures de son mari, disparut sans jamais donner de nouvelles, après des vacances au bord de la mer, à East Hampton. On crut d'abord à une noyade et la garde côtière fut alertée, mais finalement des employés d'un hôtel voisin vinrent raconter à la police qu'ils avaient vu plusieurs fois, ces derniers temps, la femme de Dauray entrer et sortir de la luxueuse suite d'un des clients, un riche Américain de la Virginie, qui était arrivé à Long Island dans son wagon particulier, accompagné par un valet et des palefreniers, car il voyageait avec de superbes attelages, plusieurs cabriolets et même une élégante Victoria.

Les divers témoignages ne laissèrent aucun doute que Mme Dauray avait choisi de partager la vie du millionnaire plutôt que de continuer avec son petit professeur d'université, grand coureur de jupons. La police ne poussa pas plus loin cette enquête déjà fort embarrassante pour le mari.

2

Cette urne sublime contenant les cendres de son père, Fidélia se rendit, à la fin de l'automne 1914, la jeter dans le courant rapide du Saint-Laurent, et elle quitta ensuite les Mille-Îles pour s'établir à Montréal pour de bon, dans un atelier où elle vivait et travaillait.

Elle reprit aussitôt contact avec Simone qui se mit à

passer beaucoup de temps à l'atelier. Fidélia acheta même un piano afin que son amie puisse venir y répéter avec un accompagnateur. Les vocalises lassantes, les monotones exercices de pose de voix, tout ce qui sortait de la bouche de la jeune chanteuse n'était qu'enchantement pour Fidélia dont l'inclination grandissait de plus en plus, bien que Simone ne lui fît jamais la moindre ouverture.

Il s'établissait bizarrement entre elles le même climat de sous-entendus et de fantasmes inavoués qui avait existé entre Fidélia et son père.

C'est cet univers que vint troubler Jacques qui, avant même que le train n'arrive en gare de Woonsocket, avait pris la décision de revenir à Montréal, dès le week-end suivant. Son impétuosité, son impatience de retrouver Simone, sentiments qu'il n'avait jamais éprouvés au même degré pour Caroline, lui parurent les signes certains qu'elle était la femme de sa destinée. L'homme bien élevé qu'il était s'était autorisé à le lui faire comprendre progressivement, mais rapidement! Si, en retour, Simone montrait le même penchant pour lui, Jacques prit la décision de ne pas traîner les choses en longueur. Il avait très envie d'avoir une femme et des enfants.

Cette idée si pressante de fonder un foyer, il se l'expliquait par l'éloignement des siens, par la nostalgie de son pays, et aussi par son désir de se distinguer de son père. Curieux ce raisonnement qu'il ne serait pas différent de son père tant qu'il n'aurait pas lui-même épousé une femme et eu des enfants; en somme, tant qu'il n'aurait pas suivi, à peu de choses près, le sentier battu par son père.

3

Comment une jeune fille de vingt-deux ans aurait-elle pu résister à l'enthousiasme amoureux d'un parti aussi avantageux?

Il était séduisant, d'une éducation impeccable, franc, généreux, sobre... et riche, toutes qualités que confirma Henriette, quand, la semaine suivante, elle rencontra Jacques. S'aviserait-il de lui demander la main de sa fille qu'elle la lui accorderait sur-le-champ, les yeux fermés... de bonheur.

— Mais, maman, je veux faire carrière, objecta Simone à sa mère qui avait couru au grand coffre de cèdre, dans sa chambre, sitôt que Jacques eut quitté la maison, laissant derrière lui un nouveau parterre de roses pour sa fille, et, pour elle, des chocolats belges et des parfums français.

Henriette sortit du coffre tout un arsenal de linge fin et même une layette qu'elle tenait de sa propre mère. Elle dépliait cela avec ravissement, comme si les odeurs de naphtaline, qui s'en dégageaient, allaient chasser ces idées de carrière de la tête de sa fille.

— Il t'a demandé de l'épouser? voulut savoir Fidélia chez qui Simone se réfugia, ce soir-là, pour échapper au délire de sa mère.

Non, fit-elle de la tête.

La pensée de Fidélia retourna loin en arrière, dans la chaloupe, alors que le crépuscule d'octobre tombait vite et qu'elle ramait à contre-courant pour aller immerger, à l'endroit qu'elle avait choisi, l'urne contenant les cendres de son père: une anse formée par deux îles minuscules, se touchant presque, des îles trop petites pour jamais être habitées et sur lesquelles poussaient des cèdres blancs, que les rafales de vent gardaient chétifs. Elle avait remarqué, dans ces taillis, des colonies de tourterelles tristes, et souhaité que leur chant plaintif berce pour l'éternité le repos de celui à qui elle ne s'était jamais donnée. Qu'elle s'en méprisait, maintenant!

– Tu l'aimes? demanda-t-elle à Simone.

Celle-ci baissa les yeux sans répondre et ce fut, jusqu'au lendemain matin, la fin de toute parole entre elles.

Lasse, triste, Fidélia ouvrit son lit pour se coucher et, longtemps après, Simone vint l'y rejoindre.

Au milieu de la nuit, Simone infiltra doucement ses mains sous la chemise de Fidélia qu'elle croyait endormie, et commença à la caresser. Elle remonta jusqu'à ses seins, palpa ses mamelons charnus, satinés, roula délicatement ses doigts autour de l'un... et de l'autre, retenant son propre souffle pour rester à l'affût des respirations de celle qu'elle assiégeait ainsi. Puis, elle revint sur le ventre, s'y arrêta longtemps, s'infusant de sa chaleur, et continua de descendre, cherchant du bout des doigts, dans le poil touffu, la tête de cette tige souterraine, ce bourgeon mystérieux d'où éclot le plaisir. Elle le couvrit de caresses, sans qu'elle ne décèle chez Fidélia le moindre tressaillement, mais provoquant chez elle un déluge de sensations délicieuses.

Se mordant les lèvres jusqu'au sang, la tête prête à éclater, Fidélia continua tout ce temps de feindre de dormir, mais ses oreilles bourdonnaient du roucoulement mélancolique des tourterelles tristes... Il lui sembla que, de nouveau, elle lançait dans l'eau glacée les cendres de son amour.

4

Il y avait plus d'une heure qu'Henriette tournait et retournait dans ses mains cette enveloppe adressée à sa fille, en provenance de l'Archevêché de Montréal, et marquée «confidentiel et personnel».

Elle avait d'abord essayé de déchiffrer la teneur de la missive en mirant l'enveloppe devant la fenêtre, puis tenté de la décacheter au-dessus de la vapeur, mais la colle de l'archevêché avait résisté. Elle avait pourtant de l'expérience dans ce genre d'indiscrétion; durant les trois mandats de son défunt mari comme député, pas une lettre personnelle ne lui parvint sans qu'elle fût d'abord ouverte, lue et recachetée à son insu.

— Tu as reçu une lettre de l'Archevêché de Montréal, annonça Henriette aussitôt que Simone mit le pied dans la maison.

— Ah! qu'est-ce qu'ils me veulent?

— Est-ce que je sais?

Simone jeta un coup d'œil rapide sur l'enveloppe que les tentatives indiscrètes d'Henriette avaient un peu chiffonnée, mais elle ne l'ouvrit pas tout de suite. Elle mourait de faim et se rendit plutôt à la cuisine, ce qui exaspéra sa mère qui l'y suivit, lettre en main.

— Ouvre-la au moins.

Simone avait la tête ailleurs; depuis que Jacques venait la voir à Montréal, chaque week-end presque, John Elliot était devenu distant et sa présence réconfortante lui manquait un peu; auparavant, il venait l'entendre répéter, à l'atelier de

Fidélia, deux ou trois fois par semaine, y allant de commentaires la plupart du temps élogieux, mais critiques aussi. John ne connaissait rien au chant ou à la musique, mais il avait un instinct d'impresario, décelant tout de suite les airs convenant moins bien à la voix de Simone ou suggérant même des nuances d'interprétation qui faciliteraient l'audition de telle ou telle pièce plus aride. Il faut dire que la chanteuse affectionnait particulièrement les compositions des Richard Strauss, Schoenberg ou Debussy et qu'il fallait une bonne mesure d'affection... ou d'amour pour supporter toutes ces dissonances.

De l'amour pour Simone, il en avait tellement ce cher John qu'il avait préféré prendre ses distances quand il vit la tournure que prenait la relation entre elle et Jacques. Il peinait maintenant nuit et jour sur son Curtiss afin de le remettre en état de vol. Il se disait qu'aux commandes de son oiseau, il oublierait vite ce sacrifice qu'il faisait au nom de l'amitié. Même s'il avait revu Jacques plusieurs fois, au cours des séjours de ce dernier à Montréal, il ne s'était jamais ouvert de ses propres sentiments à l'égard de Simone. Il y avait chez lui une espèce de fatalité; il semblait bien que Simone lui préférât Jacques, alors soit! il s'était résigné; il acceptait de la même façon les risques constants de son métier d'aviateur.

— Ils cherchent peut-être une mezzo pour le chœur de la cathédrale, évoqua Henriette en poussant la fameuse lettre près des macaronis que mangeait la jeune fille...

Simone prit la lettre et la fourra, sans l'ouvrir, dans la poche de son négligé.

Sa mère en fut si dépitée qu'elle disparut dans sa chambre à coucher où elle s'envoya un grand coup de brandy. Toutes ces cachotteries étaient en train de la rendre folle.

Polie, mais plutôt sèche, la lettre priait Simone de venir rencontrer, à l'Archevêché, le chanoine Berlinguette qui désirait s'entretenir avec elle d'un sujet confidentiel.

Elle patienta un bon quart d'heure dans une antichambre sombre, où languissaient des fougères sinistres, avant qu'un jeune prêtre, un secrétaire, l'introduise auprès du chanoine, un homme maigre et verdâtre, fougère sinistre lui aussi, courbé sur son immense pupitre de noyer. À l'entrée de Simone, il ne se leva même pas et continua sa collation; il trempait dans une tasse de thé, posée devant lui sur un plateau d'argent, des langues-de-chat qu'il portait à sa bouche, du bout des doigts, juste avant qu'elles fondent dans le liquide chaud; il aspirait la partie mouillée du biscuit et croquait ensuite le bout sec en le poussant avec l'index entre ses dents jaunies.

Debout, au milieu de la pièce démesurément grande, Simone attendait qu'on l'invite à s'asseoir.

L'austère bureau, lambrissé de chêne, était imprégné d'une désagréable odeur de culot de pipe, mêlée au moisi des tapis persans, empilés par terre sur deux ou trois épaisseurs.

— Vous pouvez vous asseoir, dit enfin le chanoine, avec un sourire étriqué, inconscient de la présence ridicule sur le coin de sa lèvre inférieure d'un grain de biscuit qui y était resté collé. Durant toute la première partie de l'entrevue, cette particule de langue-de-chat se dandina au gré des mots, se cramponna là comme une sorte de grosse verrue qui anéantit le soupçon de dignité que l'ecclésiastique gardait encore.

— Mademoiselle, vous saurez que le Saint-Siège nous a demandé de compléter un dossier à votre sujet.

Simone regardait le chanoine, mais elle ne voyait que le grain de biscuit qui fit sur le «Saint-Siège» un bond exagéré et faillit même se décoller.

— Le curé de Saint-Louis, votre paroisse, poursuivit-il, nous a déjà beaucoup aidé, mais il manque certains détails.

— Si vous me permettez, Monsieur le Chanoine, qu'est-ce qui me vaut l'honneur de faire ainsi l'objet d'une enquête des autorités vaticanes?

Le secrétaire faisait maintenant des gestes respectueux mais désespérés pour attirer l'attention de son supérieur sur le fâcheux pendard à sa lèvre.

— Oui, bien sûr, prenez des notes, ordonna le chanoine au secrétaire qui frétillait du stylo.

— Monsieur, c'est que... vous avez une miette, là!

Le chanoine Berlinguette baissa les yeux, aperçut l'intruse, qu'il cueillit d'un habile coup de langue avant de répondre à Simone.

— Mademoiselle, je devrais normalement être de la plus grande discrétion à ce sujet, mais dans les circonstances, je peux quand même vous indiquer que cela a trait au mariage projeté avec M. Jacques Roussel.

Simone fut d'autant plus stupéfaite qu'il n'avait jamais encore été question de mariage entre elle et Jacques; ils avaient bien sûr évoqué cette possibilité, mais rien de formel. Décidément, les nouvelles allaient vite au sein de l'Église, «encore l'opération du Saint-Esprit», pensa-t-elle.

— Vous n'ignorez pas, poursuivit le chanoine, que M. Roussel appartient à l'une des plus illustres familles catholiques de France, et qui plus est, une famille qui entretient avec notre sainte mère l'Église et le Vatican une relation, si je peux dire, privilégiée!

Simone songea tout à coup qu'elle avait dans son sac une photo que Jacques lui avait donnée, pour rire, souvenir de sa première communion; elle la sortit et la montra au chanoine.

— Vous ne le soupçonnez pas d'hérésie, demanda-t-elle, pince-sans-rire, j'ai sa photo en premier communiant.

Le chanoine fronça les sourcils, subitement inquiet qu'elle se soit moquée de lui, puis rassuré par l'air grave de la jeune fille, il poursuivit sa pensée en immergeant dans son thé, avec précaution, une autre langue-de-chat.

— Cette famille vit en France et vous, ici. Ils ne vous connaissent pas...

Le religieux s'assura que son secrétaire notait tout, aspira sa barbotine et, ne quittant pas Simone du regard, demanda:

— Mademoiselle Fontaine, est-ce que vous pouvez me dire si vous avez conservé votre... intégrité physique?

Avant de terminer sa question, le chanoine avait croqué ce qui lui restait de langue-de-chat entre les doigts et il attendait, en se pourléchant, une réponse qui ne venait pas.

— Vous n'avez pas entendu ma question, Mademoiselle?

— Si, dit-elle innocemment, mais je n'ai pas compris.

— Ce que nous voulons savoir, précisa le religieux, c'est si vous avez déjà eu commerce avec un homme!

— Ah! s'exclama Simone... si j'ai déjà eu avec un homme une relation privilégiée, comme celle des Roussel avec le Vatican!

C'est ça, c'est ça, faisait le chanoine de la tête, soulagé de ne pas avoir aussi à barrer ses «t».

Une idée folle traversa subitement la tête de Simone, une inspiration de provoquer comme il leur en venait parfois, entre copains, à l'atelier de Fidélia, elle se leva brusquement, débarrassa le chanoine du plateau d'argent qu'il avait devant lui, s'allongea sur son bureau, écarta impudiquement les jambes afin de lui offrir une vue imprenable, et déclara:

— Au procès de Rouen, l'Inquisiteur a fait vérifier l'intégrité physique de Jeanne d'Arc par des sages-femmes de la cour, vous n'en avez pas ici... Voulez-vous faire la chose vous-même?

5

— Sur le bureau même du chanoine! s'exclama Betty, secrètement amusée par tant de désinvolture.

En rougissant, Mgr Ruggieri hocha la tête avec juste la bonne dose de répulsion. Nonce apostolique à Paris et ami de la famille, le dignitaire était venu faire rapport aux Roussel sur cette petite enquête pour laquelle Auguste avait eu recours, une fois de plus, aux bons offices du clergé.

— J'eusse souhaité, soupira Mgr Ruggieri, vous épargner ces détails sordides.

— Elle est jeune, fit remarquer Betty, le geste a pu dépasser sa pensée.

— Béatrice, lança Auguste que l'indignation empourprait, tu oublies qu'il y a tout le reste: un foyer sans chef de famille, l'entourage bohème, une amie... n'ayons pas peur des mots... une tribade.

Cette garçonne n'était que l'amie de la jeune fille que courtisait son fils, mais qu'importe! Auguste Roussel était aussi inquiet pour Jacques que s'il eût été amoureux de Fidélia elle-même. Il le voyait déjà asservi et en pleine déchéance, comme la victime de Sapho, dans le roman de Daudet.

— Ce sont des gens d'un autre milieu, plus que modeste, conclut le prélat, ce serait plutôt ça!

Auguste fulminait:

— Nous sommes en présence d'une petite ambitieuse qui se servira de Jacques, qui abusera de lui, si c'est nécessaire, pour arriver à ses fins. Et puis c'est... c'est une "chanteuse".

Auguste avait lancé cela avec un tel mépris que Betty éclata de rire.

— Une chanteuse d'opéra, précisa-t-elle pour faire la part des choses, comme Blanche Marchesi que tu es allé toi-même entendre dimanche à Lille, Auguste.

Chaque fois qu'il s'emportait, Auguste sentait une irrésistible envie d'attaquer un bon cigare et c'est ce qu'il cherchait des yeux, autour de lui, dans la bibliothèque. Sa chère femme, soucieuse de sa santé, les avait évidemment tous fait disparaître.

C'est sûrement l'inspiration divine qui poussa Mgr Ruggieri à tirer de sa mozette un magnifique étui en crocodile, des havanes frais dont l'approvisionnait régulièrement l'évêque de Cuba.

— Ton cœur! tâcha de s'interposer Betty.

Auguste venait de résister à bien pires assauts, aussi prit-il le cigare que lui offrait son ami.

Betty se retira discrètement, laissant les deux hommes s'enfumer et continuer leur parlote sur cette grave affaire... Quant à elle, ma foi! elle avait assez envie de connaître cette jeune fille qui venait de faire un si beau pied de nez à ses inquisiteurs.

6

— Il y a un bon moment qu'on ne voit plus Fidélia, s'inquiéta Simone à Jacques.

— Ne t'inquiète pas, le sentier est bien indiqué et avec le soleil, elle ne peut pas s'égarer. Il faut aller vers l'est, en direction du soleil levant.

— Mon chéri, dit Simone en riant, Fidélia n'a jamais vu de sa vie le soleil se lever.

À vrai dire, Jacques aurait été bien aise que Fidélia disparût pour toujours, ou à tout le moins pour la durée de cette superbe fin de semaine d'automne, qu'il avait souhaité passer seul avec Simone, dans les montagnes du New Hampshire. À cause des convenances, Simone avait insisté pour que son amie les accompagne, et celle-ci prenait au pied de la lettre ce rôle de chaperon. Si ce n'est cette disparition momentanée, elle ne les avait pas laissés d'une semelle.

À leur arrivée, à l'hôtel Balsams de Dixville Notch, hier soir, elle avait dîné avec eux, puis aujourd'hui, durant tout le trajet en auto jusqu'à Franconia, où Jacques voulait montrer à Simone le gigantesque visage de vieillard sculpté par des siècles d'érosion à même le granit de la montagne, Fidélia, assise sur le siège arrière de la Cadillac, attentive comme une religieuse à l'office, ne les avait pas quittés une seconde du regard. Il la voyait, dans son rétroviseur, épier leurs moindres mouvements, s'agiter sitôt que la bonne fortune d'une courbe faisait glisser Simone contre lui, intervenir à tout moment avec quelques fadaises, les beautés du paysage eussent-elles exigé le silence!

Bien qu'il souhaitât que Fidélia se fût abîmée dans un précipice, au bout du sentier, c'est pour rassurer Simone dont il voyait l'alarme que Jacques pressa le pas et commença à crier à sa place afin qu'elle ménage sa voix:

— Fidélia....Fidééliaaa!

— Heureusement que tu es là pour penser à ma voix, lui dit Simone, en se pressant contre lui pour qu'il la prenne dans ses bras.

Il n'en fallait pas davantage pour qu'à l'instant surgisse la disparue.

— Voilà notre chaperon! murmura Jacques, s'efforçant de sourire.

— Où étais-tu? demanda Simone.

— J'ai trouvé une pierre magnifique, annonça Fidélia, et je n'ai pu résister à l'envie de tailler quelque chose. Vous voulez voir?

Elle les conduisit au bout du sentier, d'où on avait une vue grandiose sur le cirque de montagnes et le colossal visage de vieillard, merveille de la nature, couronnant un des sommets.

— J'étais inspirée, s'écria Fidélia.

— C'est très beau, badina Simone elle aussi, mais je ne reconnais pas ton style.

Jacques eut beau faire un effort, il n'arriva pas même à esquisser un sourire. Les plaisanteries de Fidélia, ses propos oiseux, ses attitudes de pot de colle commençaient à le raser.

Il se tourna vers Simone et lui raconta, avec une certaine gravité, que les Indiens venaient jadis consulter ce vieil homme, le prenant pour le messager du Grand Esprit; ils croyaient qu'il avait de son promontoire une relation directe avec le soleil et la lune.

— Mon père me l'avait montré quand nous sommes venus ici, en 1914, c'est une des beautés de la région.

Quand il était agacé, Jacques prenait un ton sec et froid qui n'invitait guère à la conversation; ce ton rédhibitoire, il le tenait de son père, qui l'utilisait souvent, lorsque les chefs d'atelier cherchaient à prolonger la discussion sur telle ou telle directive, à l'usine.

7

Tout ce qu'on entendait, à cette heure tardive, dans le grand salon de l'hôtel Balsams, c'était le brasillement du feu dans la cheminée et les criss criss des traits de fusain sur le bristol. Fidélia, assise non loin du canapé où roucoulaient les deux pigeons, dessinait. Depuis l'anicroche de la montagne, elle avait opté pour le mutisme, mais elle n'en pensait pas moins. Sur le dessin qu'elle faisait du couple, Jacques avait l'air d'un bouc hargneux et Simone, d'une rosière.

Fidélia avait envisagé ce week-end bien autrement. À

l'hôtel, il y avait un tennis, des barques, des chevaux, enfin tout pour le sport! Et bien que ce soit la mi-septembre, le temps aurait été assez doux pour la baignade. Pensez-vous! Ces deux-là ne paraissaient heureux que la main dans la main et les yeux dans les yeux!

Fidélia rangea son fourbi d'artiste, chiffonna le grand fusain et alla le jeter au feu.

— Je monte me coucher, dit-elle, en embrassant Simone dans le cou.

— Viens me chercher pour le petit déjeuner, demain matin, demanda Simone.

Fidélia quitta le salon en feignant de ne pas remarquer la main que lui tendait Jacques.

Jacques aimait bien ce grand hôtel luxueux, pelotonné au bord d'un lac, dans cette étroite vallée des Montagnes Blanches. On n'y accueillait que la fine fleur de la société; la consigne était formelle et affichée à la réception: pas de Juifs, pas de Noirs.

Et pas de lesbiennes, aurait souhaité Jacques, ce soir.

Il attendit que les pas de Fidélia s'évanouissent dans l'escalier et, se rapprochant de Simone, lui déclara:

— Nous nous connaissons depuis à peine cinq mois et je sais que cela t'apparaîtra peut-être impulsif, mais j'aimerais te demander de m'épouser.

Il fut abasourdi par sa réaction. En effet, elle répondit de manière cinglante, méprisante presque:

— Ah! l'enquête a été déterminante. Je suis idoine.

— Qu'est-ce que tu racontes tout d'un coup? demanda-t-il avec étonnement.

— Tu ne sais pas?

— Qu'est-ce que je ne sais pas?

— Ce n'est peut-être pas une affaire d'État, Jacques, mais on m'a fait venir à l'Archevêché pour me poser des questions... Une véritable enquête. J'ai eu le sentiment que quelqu'un s'inquiétait beaucoup de ma moralité.

Tout cela était du chinois pour lui. Cette affaire paraissait invraisemblable.

— Tu as pu te faire des idées, dit-il.

— Crois-tu?

— On retrouve si vite l'ivraie dans le bon grain, ajouta-t-elle.

Il reçut l'ironie de son ton comme un soufflet.

— Non, finit-il par admettre, de la part de mon père, ce n'est pas impossible.

Certes, ses méthodes lui répugnaient, mais il n'arrivait pas à en vouloir à son père; n'est-ce pas son intérêt presque exagéré pour ses enfants qui lui dictait de telles bêtises? Jacques mettait sur le compte de la bienveillance l'obsession maladive d'Auguste de préserver la pureté de la lignée; n'étaient irréprochables que les alliances avec ce qui était français, catholique et... dans les textiles.

8

Elle lui demanda d'éteindre la lumière. Elle ne s'était jamais déshabillée devant un homme.

Seule une radiance de lune, que renvoyait dans la chambre le miroir du lac, permit encore de distinguer les choses. Simone commença de défaire les boutons d'écaille de sa blouse, intercalant d'interminables pauses entre chacun, comme si elle voulait encore du temps pour se fortifier dans sa résolution.

Ému par tant d'hésitations et brûlant pour elle de l'amour le plus tendre, Jacques attendait sous l'édredon; il respirait par de petits à-coups, presque imperceptibles, ne bougeait pas, de crainte de l'effrayer. Il sentit le froufrou de la jupe qui glissait sur les dessous de satin, le frôlement des bas de soie qu'elle enlevait.

— Détourne-toi, murmura-t-elle.

Il tourna la tête contre le mur, ferma les yeux, et, dans le plein jour de son désir, il assista à tout: son exquise angoisse quand elle ôta son jupon, son émoi au déclic des agrafes du soutien-gorge, le frisson subitement d'être toute nue, et parée pour l'amour.

Elle se glissa sous les draps, s'immobilisa juste à l'orée du lit, et attendit, le souffle coupé.

— Je t'aime, Simone.

Elle souffla peut-être «je t'aime» elle aussi, il crut l'entendre.

Il patienta encore; non! plutôt il n'osait pas bouger.

La réaction de Simone le déconcertait; elle lui avait dit, dans le salon: «Si nous sommes pour nous épouser, j'aimerais que nous passions la nuit ensemble», et maintenant elle ne bronchait plus. Elle faisait la morte, à la lisière du lit.

Qu'ils fussent amoureux l'un de l'autre, il n'en doutait pas, pourquoi donc tous ces gestes n'étaient-ils pas plus simples? Qu'est-ce qui l'empêchait de franchir ce Rubicon?

Jacques se décida enfin.

Il n'y alla pas en conquérant, mais en explorateur discret, timide, se gardant bien, de merveille en merveille, d'aller trop vite. Il effleurait du velours soyeux, des formes fines et joliment arrondies, entrait dans des anses chaudes, abordait des plages nouvelles, humait leurs parfums séduisants. Il découvrait une femme sauvage, une île vierge dont il prendrait possession.

Simone éprouva peu de jouissance, malgré toutes les douceurs dont il l'entoura. Elle se sentit assujettie. Loin du débordement délicieux de la nuit avec Fidélia, elle eut le ventre coupé par une brûlure vive, cinglante comme un coup de fouet.

— Tu te sens bien? demanda-t-elle en souriant, pour éviter de lui gâcher son plaisir.

Il étreignit Simone longuement, sécha avec des baisers les larmes... de joie qu'elle avait au coin des yeux.

9

Fidélia appela Simone plusieurs fois, puis, n'ayant pas de

réponse, elle sonda la porte de chambre, elle n'était pas verrouillée, elle l'entrebâilla et vit que le lit n'avait pas été défait.

Elle eut subitement envie de vomir.

C'est sans doute l'appréhension d'un tel dénouement qui avait gardé Fidélia éveillée une bonne partie de la nuit. Incapable de fermer l'œil, elle était allée s'asseoir au bord du lac et avait attendu les premières lueurs de l'aube, en se berçant des espoirs les plus fous à propos de Simone.

Chimères!

— Fidélia... Fidélia!

Simone l'appelait de la chambre de Jacques, au bout du couloir.

— Viens déjeuner avec nous!

Assurément, Fidélia ne trouverait là aucun réconfort, mais elle s'y rendit quand même.

Les cheveux défaits, les joues irritées au contact du visage rêche de Jacques, Simone s'était emmaillotée dans un drap pour recevoir Fidélia.

Lui, le coq en pâte, assis au milieu du lit, comme sur un trône, mouillait des languettes de pain grillé dans un œuf mollet.

— Ça va, lui dit Fidélia, vous vous reconstituez!

— Veux-tu du café? demanda Simone.

Fidélia ne répondit pas, marcha jusqu'à la fenêtre, d'où

elle l'entendit, lui, le conquistador triomphant.

— Simone et moi allons nous marier, tout de suite... enfin aussitôt que possible.

Ses légers hochements de tête laissaient croire que Fidélia faisait: «oui, c'est une bonne idée»... alors qu'elle n'était déjà plus avec eux, ni de cœur, ni d'esprit. Quasiment inerte, elle donnait, dans son costume masculin un peu grand pour elle, l'impression d'un épouvantail que le vent achève d'effilocher et dont se moquent les oiseaux qui piaillent gaiement autour.

Par la fenêtre, Fidélia vit le soleil se hisser sur les montagnes et l'aveugler tout à coup de ses rayons, une gifle de lumière, qui dispersa les dernières illusions de la nuit.

10

— On se croirait à Londres, mais en pire! Cet ameublement ténébreux, sévère... une garçonnière de clergyman.

Un excentrique chapeau, déployé sur sa tête comme le grand cacatois du voilier de Christophe Colomb, Betty Roussel venait, en entrant dans sa suite de l'hôtel Windsor de Montréal, de découvrir l'Amérique.

La cargaison suivait: un encombrement de paquets et de valises, les vrais engins d'un siège! Heureusement pour les porteurs, une armée de petits bonshommes aux calots rouges et costumes galonnés, Betty n'avait été prévenue de ce mariage, qu'à la onzième heure, et avait attrapé de justesse un paquebot dont on larguait les amarres.

Elle se laissa choir dans un lourd fauteuil de cuir, tandis que Jacques voyait à l'évacuation de la troupe de porteurs, de valets et de femmes de chambre, remettant une pièce à chacun pour leurs bons offices: les malles avaient été ouvertes, les vêtements accrochés, d'épaisses serviettes de ratine à l'effigie de la couronne d'Angleterre étalées dans la salle de bain, et, en guise de fleurs, on avait décoré la suite avec des compotiers de belles grosses pommes dont le rouge éclatant intrigua beaucoup Betty.

— Elles sont toutes aussi rouges que ça les pommes, au Canada?

— Oui, fit Jacques, qui vint s'asseoir aux pieds de sa mère.

— Tu m'en as donné des émois, soupira-t-elle. Avant-hier, la nuit, nous étions entourés de banquises énormes, coupantes, plus grosses que le bateau. J'ai cru un moment que j'allais me retrouver à vingt mille lieues sous les mers, à côté du *Titanic*.

— Je suis si content que vous soyez là, je ne m'y attendais pas...

— Ah, moi non plus! Un fils qui annonce son mariage par télégramme, ça ne s'était pas encore vu dans la famille. Et tu entends d'ici ton père: épouser une Américaine!

— Une Canadienne, précisa Jacques.

— Mais ton père dit: Américaine... Et affront ineffaçable, la famille n'est pas dans le textile.

Voilà ce qui avait plus que tout le reste enragé Auguste. Extérieurement, les motifs de son déplaisir portaient sur ce qu'avait mis à jour l'enquête sur la jeune fille et son entourage, mais au fond c'est la mésalliance qui le brûlait. Si la grande famille du textile français avait cette vigueur c'est qu'elle ne s'était pas permise d'abâtardissements, ou si peu! Auguste ne pouvait supporter l'humiliation que son propre fils comptât parmi ces malheureux cas.

— Papa, dans les premiers moments, pique sa crise, c'est son habitude. Et puis, vous le calmez, vous le ramenez à la raison.

Betty ne voulut pas ternir le bonheur si évident qu'elle lisait dans les yeux de son fils, mais elle craignait que la crise d'Auguste ne soit qu'en rémission temporaire. Elle l'avait empêché une fois de plus de retirer à Jacques la direction des usines de Woonsocket, et pire encore, de le déshériter. Et c'est uniquement parce qu'elle avait promis de convaincre Jacques de passer un contrat en séparation de biens qu'Auguste avait accepté qu'elle assiste au mariage. Sinon, c'était l'interdit pour toute la famille. Pas question pour cette aventurière de profiter de la richesse de la famille, au-delà de la vie luxueuse que ne manquerait pas de lui offrir son généreux mari.

— Et cette perle rare, quand la présentes-tu à sa belle-maman?

— Demain, dit Jacques.

— Mais demain, mon petit, c'est le mariage.

— Elle y sera, maman, soyez sans inquiétude.

11

Il en avait fallu des ruses à Jacques pour arriver à

défrayer une part du coût de ces noces que Simone s'était entêtée à garder modestes, à cause des moyens de sa mère.

En apprenant la décision du couple, Henriette avait eu un tel coup d'enthousiasme qu'elle aurait vendu la maison familiale pour s'assurer que ce mariage fût, pour sa petite société bourgeoise, l'événement mondain du siècle.

Première déception, Jacques avait obtenu, à l'insistance de Simone, une exemption de publication de bans. Dépitée que, trois dimanches d'affilée, on n'annonce pas à la grand-messe le mariage de sa fille au riche industriel, Henriette investit pour des insertions au bottin mondain de *La Presse* et du *Devoir*, faire-part qu'elle fit accompagner d'une photo du couple durant leur week-end au chic Balsams, photo qu'elle trouva en furetant dans les papiers personnels de Simone. Toutes ces annonces étaient accompagnées, bien sûr! de la mention que le mariage se déroulerait *dans la plus stricte intimité*.

Cette «stricte intimité», Henriette s'en parait maintenant comme d'un titre de noblesse, s'en servait pour ostraciser certaine vieille tante détestable ou pour privilégier des gens qui n'étaient même pas de la famille, mais dont elle voulait s'attirer les bonnes grâces.

Les «ou» et les «ui» des vocalises de Simone avaient souvent ennuyé les voisins des Fontaine, mais rien en comparaison du raffut de ces deux femmes en pétard, à propos du mariage intime! Les sacs, que l'on bourrait depuis des années, se vidèrent brusquement au cours de ces attrapades mouvementées dont Henriette se consolait en buvant encore un peu plus. La vie de famille sortait à pleines fenêtres: l'affaire du pianiste Noël, pêle-mêle avec les soûleries secrètes de la mère et les présomptions de lesbianisme de la fille, un feuilleton bien scabreux pour un aussi bourgeois voisinage.

Encore un peu et le mariage eût été contremandé, faute de mariée! Déjà mince comme un fil, Simone perdit au moins cinq kilos, dans les trois semaines d'escarmouches qui précédèrent la cérémonie.

C'est un chicot de femme que John Elliot conduisit à la balustrade de l'historique chapelle Notre-Dame-de-Bonsecours, ce matin trop frais du début de novembre. Son frère, Émile, ayant même refusé d'assister au mariage, Simone avait demandé à l'aviateur de lui servir de père; l'amoureux déçu accepta généreusement de donner sa «fille» à son meilleur ami, joli symbolisme qui fit sourire les plus intimes... Quant à Jacques, c'est son parrain qui lui servit de témoin, un oncle qui dirigeait une filature de coton, en Caroline.

De tous les affronts que fit essuyer Simone à sa mère, à l'occasion de son mariage, le plus terrible fut le choix de cette petite église, voisine du marché Bonsecours. Le samedi matin, le quartier grouillait de monde: agriculteurs, poissonniers, commerçants et, bien sûr! l'inévitable cortège de filles de petite vertu dans les bars avoisinants. D'autant que le défilé de calèches, qui attendait à la porte pour transporter ensuite les invités à l'hôtel Windsor, attira une foule de curieux et d'indésirables.

— Qu'est-ce que sa famille va penser? avait rugi Henriette. Ils vont nous prendre pour des colons!

— C'est mignon tous ces petits bateaux suspendus à la voûte, avait murmuré Betty à Henriette, en entrant dans l'église dont ces ex-voto rappelaient qu'elle avait été jadis le lieu de prières des marins.

Cette remarque gentille n'apaisa pas Henriette. Elle y voyait du persiflage.

Ce matin même, alors qu'elle aidait sa fille à agrafer son voile, Henriette lui avait fait remarquer:

— Tu les connais, les Français, ils ne perdent jamais une occasion de nous tourner en ridicule, tu vas voir ce qu'ils vont penser de ton église, de ton... éclaboussure historique.

Mais la mariée était bien trop sublime pour qu'on remarquât les laideurs de l'église Bonsecours. Toute blanche, sa robe de soie à longue traîne était surmontée d'un corsage en soie brochée, orné de fleurs brodées et de paillettes de nacre. Avec les orchidées que Jacques avait fait venir, à grands frais, de Floride, on lui avait composé son bouquet et une parure de tête qui couronnait le voile de mousseline, décoré de dentelles de fleurs de mimosa.

— Jacques Roussel, voulez-vous prendre pour légitime épouse, Simone Fontaine, ici présente, selon le rite de notre Mère, la sainte Église?

— Oui, je le veux, répondit-il d'une voix forte et nette, fixant Simone d'un regard sans arrière-pensée.

Son vœu était réfléchi, immuable: elle serait sa femme pour l'éternité.

— Oui, je le veux, répondit Simone avec un peu de tristesse dans la voix, une certaine appréhension. Elle pensait à son père qu'elle avait à peine connu; elle aurait souhaité qu'il fût là. Elle pensait à son frère, à qui cette union répugnait tant, à Fidélia, absente sous le prétexte d'un voyage urgent à New York, et à la famille de Jacques, son père surtout, qui la rejetait. Tous ces objecteurs, qu'elle cherchait à oublier, planaient sur sa journée de bonheur, comme des oiseaux funestes.

— Donnez-vous la main, demanda l'officiant.

– Ego conjugo vos in matrimonium, in nomine Patris et Filii et Spiritus sancti...

Une rumeur monta subitement du fond de l'église, des voix de garçons et de fillettes, timides d'abord, cherchant l'unisson, puis de plus en plus assurées, arrogantes même! Un homme en habit de deuil agitait les bras avec frénésie, une vigoureuse battue qui faisait sortir de ce chœur d'enfants les paroles de la chanson révolutionnaire.

> *Quand nous chanterons le temps des cerises,*
> *Et gai rossignol, et merle moqueur*
> *Seront tous en fête!*
> *Les belles auront la folie en tête*
> *Et les amoureux, du soleil au cœur!*

C'était Émile!

Premier alerté, le sacristain, qui se préparait à sonner les cloches joyeuses du mariage, tenta de faire taire les enfants et de contenir Émile, mais ce dernier le repoussa si violemment qu'il faillit renverser le prêtre, arrivant lui aussi pour s'interposer.

– Vous êtes dans la maison de Dieu ici, la cérémonie n'est pas terminée.

Sans sourciller, Émile amena les enfants jusqu'à la fin du couplet:

> *Quand nous chanterons le temps des cerises*
> *Sifflera bien mieux le merle moqueur!*

Quel était ce bizarre assemblage d'enfants, tous des éclopés? À l'un il manquait un bras, à l'autre une main, une fillette avait la tête couverte de bandages, une autre se traînait sur des béquilles, tous avaient ce regard vague et absent, cet air navrant que donne la résignation.

– Beau-frère, je vous les présente, dit Émile, ces enfants tenaient à assister à votre mariage, car ils font partie de votre famille, ils ont tous été blessés récemment dans vos moulins.

Jacques fit quelques pas dans l'allée centrale, se rapprochant d'Émile, qui commença à présenter les enfants, l'un après l'autre, les poussant même un peu dans le dos s'ils étaient trop timides pour se détacher du groupe et s'avancer saluer les invités.

Il y avait Élisabeth, petite bonne femme de dix ans aux joues roses comme des bonbons. Elle avait aux deux mains de gros pansements maculés de sang séché.

– Presque tous ses doigts ont été sectionnés dans un métier, expliqua Émile.

Blanche-Alice, une adolescente que la déchirure d'une courroie avait scalpée complètement.

Émile appela ensuite Lucienne.

Elle s'avança dans l'allée, guidée par son frère, un enfant de sept ou huit ans. Lucienne avait eu les yeux brûlés par la vapeur d'une cuve de teinture. Aveugle, elle souriait et souriait, ne voyant pas les mines consternées de ceux qui la regardaient.

Simone éclata en sanglots.

Émile, lui, poursuivit sa tragique nomenclature.

Une litanie de souffrances infligées à des enfants surtout, des jeunes qui resteraient marqués pour la vie. Baptiste Lambert, par exemple, dont il avait amputé le bras gauche, happé dans les engrenages d'un métier. C'est à la suite de cet accident d'ailleurs qu'Émile était allé faire son esclandre, à la direction, dans l'espoir qu'on prendrait conscience des conditions de travail dangereuses. Loin de là! on aurait dit que la direction estimait qu'une fois infirmes ou estropiés, ces ouvriers «négligents», ferait remarquer Dubrisay, n'étaient plus la responsabilité de l'entreprise.

L'idée de cette intervention extraordinaire n'était pas venue subitement à Émile. Plus d'un mois auparavant, à l'annonce du mariage, il avait fait un voyage spécial à Montréal pour dissuader sa sœur d'épouser le «boucher» de Woonsocket. Il traça de Jacques un portrait si répugnant, manifesta pour lui tant de mépris que Simone choisit d'en rire, et leur rencontre, dans un restaurant du quartier des affaires, rue Notre-Dame, se termina fort mal. Heureusement, l'endroit n'était pas trop achalandé, à l'heure du dîner, car la conduite d'Émile força la direction à le jeter dehors de force. La discussion animée dégénéra vite en une altercation grossière au cours de laquelle Émile empoigna sa sœur par les poignets et la serra jusqu'à la faire crier de douleur. Bientôt, les garçons n'eurent pas d'autre choix que d'expulser cet homme qu'ils prirent d'abord pour un amant déçu. En réconfortant Simone, qui avait été assez malmenée, ils furent surpris d'apprendre qu'il s'agissait d'un frère. Elle fut si humiliée du comportement d'Émile qu'elle ne souffla mot de cette visite, ni à Jacques, ni à sa mère.

Maintenant, elle voyait bien jusqu'où il était prêt à aller pour gâcher sa vie avec Jacques.

Cette ribambelle d'estropiés, ce n'est pas sans mal qu'Émile l'avait recrutée. Une excursion de trois jours au Canada, organisée pour des enfants blessés, certains à peine guéris, parut louche à beaucoup de familles qui s'inquiétaient du long et fatigant voyage, dans un vieux camion. Même emmitouflée de bâches, la boîte du camion prenait l'air de partout et l'excitation de cette incroyable randonnée suffisait juste à garder chauds ces pauvres enfants, blottis les uns contre les autres. Tout médecin qu'il était, Émile ne réalisa jamais, dans sa frénésie de donner une bonne leçon à Roussel, à quel inconfort il soumettait les enfants. Ce pénible voyage, ils le supportèrent avec la même résignation silencieuse que leurs infirmités, ne comprenant pas très bien ce qu'ils faisaient là, au milieu d'une église, écoutant le médecin décliner leurs noms et leurs misères à une assemblée de gens en habits et en robes longues.

Quand le cortège de calèches et le camion bringuebalant s'ébranla vers l'hôtel Windsor, une atmosphère étrange s'était emparée de la noce, une confusion de sentiments disparates: l'exultation triomphante d'Émile, l'humiliation de sa mère, la colère sourde de Simone, l'ébahissement des enfants que Jacques, avec grâce, avait conviés à la réception, après leur avoir expliqué, dans les mots les plus simples, comment il chercherait à adoucir des circonstances malheureuses dont il serait cependant injuste de lui imputer toute la responsabilité.

Ce bizarre incident devint le triomphe de Betty Roussel. Stimulée sans doute par la magnanimité de son fils, elle n'arrêta pas un instant de voir au bien-être des enfants, durant le banquet. C'est elle qui s'était précipitée vers le maître d'hôtel pour faire monter des tables supplémentaires, pour s'assurer qu'il y aurait de quoi régaler tout le monde. Elle avait même demandé aux musiciens de modifier leur programme et de jouer des pièces qui plairaient davantage à leurs jeunes invités. Elle aida la petite aveugle à couper ses morceaux de rosbif, fit manger celle qui avait encore des pansements aux deux mains, fit en sorte de dire un mot gentil à chacun alors qu'elle distribuait de généreuses portions du gâteau de noce, un succulent édifice de gâteau aux fruits, recouvert de glace et surmonté d'une corne d'abondance déversant des cascades de violettes en sucre.

– Émile, pourquoi as-tu fait ça? lui demanda Simone, étranglée d'émotion, alors qu'il s'approchait de la table où elle coupait le gâteau, aidée par Jacques.

– Vingt fois, j'ai voulu t'en parler, répliqua-t-il froidement. Tu as préféré fermer les yeux. Je me suis dit que ces enfants seraient plus éloquents que tous mes mots.

Simone le regardait fixement, s'efforçait de le haïr et se détestait elle-même de ne pouvoir y arriver. Puis elle détourna le regard du côté de leur mère, effondrée, paralysée de honte depuis l'intervention d'Émile, et observa quelques instants Betty, excitée comme une Anglaise à la chasse aux fauves, revint à son frère devant elle, arrogant, la bouche méprisante, un coq sur ses ergots, et Jacques, à ses côtés, un prince de bienveillance.

– Vous voulez prouver quoi, au juste? demanda ce dernier à Émile.

– Je n'ai pas pu admettre que ma sœur vous épouse. Votre usine, je la connais trop! Vos ouvriers, les adultes comme les enfants, c'est chez moi qu'on les transporte quand vos sales machines les mutilent. Et je ne parle pas des désespoirs, de leur fatigue de vivre.

– Émile, arrête, ordonna sèchement Simone. Tu ne sais pas ce que tu dis, tu ne connais pas Jacques.

– Si! Justement! je le connais depuis un bon moment déjà et d'ailleurs ça ne m'a pas facilité les choses aujourd'hui.

Le ton qui montait, cette nouvelle confrontation, alarmèrent les convives qui se turent.

– Qu'est-ce que vous voulez dire? questionna Jacques, intrigué.

— Tu ne me reconnais pas? dit Émile.

— Non, fit Jacques.

— Moi, je t'ai très bien reconnu. C'était près de Noyon, en août 1918. Tu venais d'être blessé. C'est moi qui ai soigné ta jambe. Le bon Dieu était avec nous... tu ne l'as pas perdue.

Henriette ne comprit rien à cette histoire de guerre et de jambe, mais quand elle vit Jacques sourire aimablement à Émile, lui tendre la main, elle releva la tête. Betty vint vers elle, la prit dans ses bras.

— Il a vraiment beaucoup de charme votre Émile, lui dit-elle en souriant, c'est ce qui fait les bons médecins.

CHAPITRE 14

Des châteaux en Espagne

1

Baptiste se laissa tomber en sanglotant comme un enfant, dans la berceuse de bois, près du poêle de cuisine. En voulant prendre une grande casserole, dans laquelle il avait fait tremper des pois secs, pour la soupe du dîner, le manche avait tourné dans sa main et tout le contenu s'était répandu par terre, des milliers de pois qui avaient roulé partout, sous les meubles, dans les interstices du plancher et des plinthes.

Depuis qu'on lui avait amputé le bras, Baptiste sombrait dans une sorte de neurasthénie. Il n'avait le goût de rien, s'asseyait dans cette berceuse des journées entières, abandonnant son esprit à la dérive.

Et Valmore, ces derniers temps, l'avait secoué assez durement:

— Baptiste, bon yeu, c'est juste un bras, c'est pas la fin du monde, répétait-il. Puis c'est le bras gauche, toi, un droitier, t'aurais pu être plus malchanceux. Grouille-toi pour l'amour du ciel!

Justement, aujourd'hui au lever, Baptiste avait pris la résolution de sortir de sa torpeur et de préparer le repas pour la famille. Il avait même pris la peine de s'habiller complètement, de mettre ses souliers, d'en nouer les lacets, ce qu'il réussit à faire seul pour la première fois depuis son accident, chacune des boucles lui demandant une bonne heure d'efforts.

Ce sont de telles niaiseries qui lui rappelaient constamment son infirmité et qui le plongeaient dans la dépression. Pendant des mois, par exemple, il avait refusé de manger de la viande parce qu'il n'arrivait pas à la couper et devait demander de l'aide. Encore là, Valmore perdit patience. Un soir que la famille mangeait du steak, des tranches de surlonge plutôt revêches, Valmore servit à Baptiste le plus grand morceau, sans aucun accompagnement.

— Coupe-le avec ta fourchette, mange-le avec tes doigts comme un sauvage, ça m'est égal, mais t'auras rien d'autre tant qu'il en restera dans ton assiette.

Il prétexta qu'il n'avait pas faim, demanda à être excusé, mais Valmore avait décidé que le manchot mangerait son steak, coûte que coûte.

Baptiste ne bougea pas du repas. Valmore non plus. La vaisselle était lavée et rangée, les enfants, montés dans leurs chambres et les deux hommes étaient encore attablés devant la fichue tranche de bœuf, froide et racornie. L'impasse!

Brusquement, Valmore allongea à l'infirme une claque qui faillit le renverser de sa chaise, un coup cinglant qui lui laissa des empreintes brûlantes sur la joue.

— Maudite tête de cochon!

Baptiste comprit qu'il ne s'en sortirait pas. Il commença

à couper la viande filandreuse, avec le dos de son ustensile, puis, sentant les larmes lui venir, il releva la tête, fixa droit devant lui, et termina son assiette sans manifester la moindre émotion.

— Un bras en moins, tu ferais mieux de te mettre du plomb dans la tête, lui dit froidement Valmore, en montant se coucher.

Baptiste resta dans la cuisine, une partie de la nuit. Il était inquiet. Arriverait-il jamais à répondre aux attentes de son père, surtout maintenant qu'il était estropié? À dix-neuf ans, il se voyait encore plutôt frêle, de petite taille, timide aussi, un peu féminin. Un misérable avorton, l'antithèse de Valmore.

Il n'avait même pas la poigne assez solide pour transporter une casserole de pois.

Il se trouva ridicule de pleurer ainsi, se leva de la berceuse et entreprit de ramasser toutes les petites billes qui couvraient le plancher. Des heures à genoux par terre.

La sonnette de la porte d'en avant le surprit en plein travail. Il était d'autant plus étonné que personne n'utilisait cette entrée durant l'hiver.

C'était un chauffeur des moulins Lorraine qui venait le chercher pour rencontrer la direction du personnel. Instinctivement, Baptiste craignit que cela eût à voir avec son accident qui avait certainement dû embêter l'administration, ou pire encore, que cela eût trait à sa présence dans le groupe des manifestants, au mariage du grand patron, l'automne dernier.

— Une minute, dit-il nerveusement, je vais me changer.

Il tremblait de tous ses membres, le cœur lui palpitait comme s'il avait été convoqué pour le jugement dernier. Il eut même du mal à s'endimancher. Impatient, le chauffeur se mit à klaxonner et Baptiste, qui essayait désespérément de nouer une cravate, descendit à la course, se contentant de boutonner son col.

Quand la famille revint de l'ouvrage, les plus jeunes avaient déjà fini leurs devoirs, une appétissante odeur de soupe aux pois flottait dans la maison, la table était mise, et Baptiste, encore dans son costume du dimanche, attendait fièrement d'annoncer sa grande nouvelle.

— Papa, maman, je recommence lundi prochain à travailler au moulin.

Il avait été si neurasthénique, ces derniers temps, qu'ils pensèrent d'abord, à le voir aussi souriant et surexcité, qu'il avait perdu la raison.

Lui, d'habitude laconique, n'arrivait pas à expliquer ce qui s'était passé tant les mots se bousculaient les uns sur les autres, s'empilant dans un désordre incompréhensible. Il faut dire qu'il fallait beaucoup de foi pour croire à son invraisemblable récit.

Le chauffeur avait conduit Baptiste aux bureaux de l'administration où il avait rencontré le directeur du personnel lui-même, un Français, qui lui serra la main, le fit s'asseoir, et lui posa toutes sortes de questions.

— Quelles questions? s'informa aussitôt Valmore à qui cette affaire semblait suspecte. Aucun d'entre eux n'avait jamais mis les pieds dans les bureaux et pourtant ils étaient à l'emploi du moulin depuis des années. Consignes, congédiements, embauche, tout passait normalement par les chefs d'atelier, leur seul lien avec l'administration.

On lui avait demandé s'il savait lire et écrire. Il arrivait à se débrouiller quand c'était assez simple. S'il était ponctuel et courtois. Il put répondre que oui, après s'être fait expliquer la signification des mots.

En vérité, il avait fait bonne impression et il commencerait son entraînement, dès lundi, comme préposé à la barrière principale de l'usine. C'est là, dans une guérite, que les ouvriers poinçonnaient leurs cartes, au début et à la fin du travail. On y contrôlait aussi les allées et venues des camions de livraison.

— C'est toi qui vas être en charge de l'horloge! s'exclama fièrement Évelyne.

Valmore n'en revenait pas; la nouvelle lui clouait le bec.

— Qu'est-ce tu penses de ça, mon mari?

— J'en pense, finit enfin par apprécier Valmore, que c'est une bonne affaire; comme ça, le jeune va pouvoir gagner sa vie.

2

Il fallut attendre un an presque, mais un à un tous les éclopés, qui étaient allés gâcher le mariage du grand patron, furent repris à l'usine et on institua des périodes de repos pour les employés en bas de seize ans. De plus, les contremaîtres reçurent l'ordre d'être plus vigilants dans les ateliers où les gestes imposés par le travail étaient monotones et répétitifs; c'est là surtout que se produisaient les accidents. En effet, il n'était pas rare, malgré le bruit infernal, que des ouvriers tombent de sommeil, s'exposant à être happés par des machines dangereuses.

Mais l'embauche des estropiés, les nouvelles directives, ce n'était rien à comparer à la surprise générale quand Jacques Roussel accepta un jour de rencontrer un groupe de simples ouvriers, Valmore parmi ceux-ci, pour discuter la possibilité de réduire la semaine de travail. Cette question, dont on parlait depuis longtemps, n'avait jamais dépassé l'échelon des chefs d'atelier. Au cours de cette réunion amicale, Jacques estima qu'il serait peut-être possible d'accorder le samedi après-midi, sans réduction de salaires, si les ouvriers consentaient à augmenter leur productivité. Bien sûr, ce n'était pas encore acquis, mais au moins on en avait discuté au niveau le plus élevé.

Personne n'en doutait, Simone était à l'origine de ce bon vent qui soufflait sur les usines Lorraine, pour ne pas dire sur toute la ville de Woonsocket.

Pourtant, le peuple voyait rarement son Égérie. Les fidèles de la paroisse du Précieux-Sang l'apercevaient à la grand-messe du dimanche, dans le banc des Roussel, à l'avant de l'église; d'autres l'entrevoyaient parfois quand elle allait magasiner en ville, toujours en Cadillac, et toujours accompagnée par le chauffeur, un grand Écossais roux dont on racontait qu'il avait été fourni par les fabricants même de la luxueuse voiture.

C'est vrai que cet homme, mécanicien d'expérience, avait été envoyé à Woonsocket avec la Cadillac. Il devait y rester quelques jours, le temps d'entraîner un chauffeur, et retourner à Détroit, mais il eut le coup de foudre pour l'élégante automobile de Jacques, une Voisin 22/30. Cette voiture, que Jacques avait fait venir de France pour son plaisir, avait besoin d'attentions délicates que seul pouvait donner un passionné de la mécanique. Bill Wiggett s'avéra l'amant idéal.

Quand il ne couchait pas dans le garage, avec l'auto, il

couchait dedans. Il passait des soirées à régler le superbe moteur Knight à quatre cylindres, un engin énergique dont il ne se lassait pas d'admirer les soupapes à fourreau, le ronron silencieux et régulier. Une véritable horloge!

Dès le premier tête-à-tête avec la 22/30, Wiggett supplia Jacques pour rester à Woonsocket. Il n'exigerait pas davantage que les émoluments ordinaires d'un chauffeur si ce n'est la chance de dorloter la 22/30 comme elle le méritait et la permission de la sortir de temps en temps. Jacques ne demandait pas mieux. Depuis que Gabriel Voisin lui avait expédié ce chef-d'œuvre d'automobile, elle avait été plus souvent en panne que sur la route. Personne n'osait y toucher. Pour le commun des mécaniciens américains, la mécanique française, c'était du chinois.

Bill Wiggett était une exception. Et grâce à lui, la Voisin alimenta les conversations, aussi bien dans les clubs sélects que dans les rangs isolés du Rhode Island ou du Massachusetts. Dans la haute société, les mauvaises langues prétendaient que l'industriel français voulait singer la star de l'heure, Valentino, propriétaire d'une Voisin lui aussi, tandis que les paysans attribuaient les morts inopinées de leurs animaux au passage fulgurant de cet engin, poussé à plus de soixante-dix milles à l'heure, sur les routes de campagne. Le fait est que depuis sa déconfiture avec Caroline, Jacques exécrait le cinéma. Il n'aurait même pas su qui était Rudolph Valentino.

Les Roussel sortaient peu. Ce n'était pas le style de Jacques qui, après le travail, s'installait dans la bibliothèque avec des piles de dossiers et les journaux du jour, le *Boston Globe* et le *New York Times*. Il n'en sortait que pour le dîner que Sandrine, une Martiniquaise, avait l'ordre de servir à vingt heures trente pile.

Durant le repas, il s'informait officiellement, si l'on peut dire, de la journée de Simone. Celle-ci l'avait en général passée à fignoler la décoration de la maison; elle avait cherché une potiche chez les antiquaires ou était allée chez un tapissier choisir le tissu d'un fauteuil, cela entre une visite chez le coiffeur, la modiste ou le joaillier, toujours à Boston ou Providence puisque, à Woonsocket, il n'y avait rien, prétendait-elle.

Il arrivait qu'elle manifestât le désir de trouver un professeur de chant, de peut-être aller à New York à cet effet, mais plutôt que de l'encourager, Jacques ramenait la conversation à ces bagatelles auxquelles Simone consacrait presque tout son temps. Pourtant, après leur retour de voyage de noces, une croisière dans les Antilles, il avait fait l'acquisition d'un Steinway de concert, un superbe instrument qui trônait désormais dans le salon; si sa femme voulait chanter, il y avait tout ce qu'il fallait à la maison. Il avait même fait constituer une liste d'accompagnateurs de qualité, disposés à venir à Woonsocket, certains qui étaient membres de facultés de musique.

Le couple recevait beaucoup aussi, en général par obligation. Des soirées plutôt guindées, peuplées de diplomates et de décorés, d'hommes d'affaires et de soutanes. On eût dit qu'il n'y avait pas un seul dignitaire de l'Église, de passage en Nouvelle-Angleterre, qui n'était pas aussi un ami de la famille Roussel. Ils arrivaient de partout, affamés et la main tendue; c'était pour une infirmerie au Basutoland, une chapelle au Tonkin ou le renouvellement de la garde-robe d'un évêque missionnaire. Ils étaient insatiables.

Après l'une ou l'autre de ces soirées, Jacques faisait souvent remarquer à Simone qu'elle n'avait pas eu l'air de s'amuser. S'amuser! Elle le regardait béatement, n'osant pas lui avouer que ces gens l'ennuyaient profondément, qu'elle n'imaginait pas comment on pouvait s'amuser avec un consul, obsédé par le libre-échange, ou un missionnaire faisant le dernier bilan des conquêtes du christianisme. Jacques, par contre, avait l'art de s'intéresser aux gens, de les faire parler, et de ne jamais donner l'impression de s'embêter. Ma foi! se disait-elle, il arriverait à engager la conversation avec les pierres du jardin.

Mais elle avait aussi noté qu'il pouvait donner l'illusion de prendre part à une discussion, sans y être vraiment. Un soir qu'il avait été coincé dans le salon, durant au moins une heure, par un farouche défenseur de la doctrine de Monroe, un paranoïaque qui se méfiait de l'Europe comme de la peste, Jacques avait poliment entretenu le feu de la conversation en y lançant de temps à autre des brindilles de phrases. Après le départ des invités, elle lui avait demandé qui était cet hurluberlu qui l'avait assommé avec sa défense empirique des principes de Monroe. Jacques fut très étonné, il ne se souvenait même pas d'avoir abordé ce sujet.

Certes, il y avait eu quelques soirées mémorables, une entre autres quand Mme Elizabeth Sprague Coolidge s'était amenée en compagnie de Pierre Monteux, le nouveau chef de l'Orchestre symphonique de Boston. En apercevant le Steinway, le maestro avait demandé qui touchait le superbe instrument et Jacques s'était empressé de raconter que c'était pour sa femme, qu'elle chantait. Monteux réclama gentiment de l'entendre et Simone faillit mourir. Comme il insistait, elle proposa d'interpréter une mélodie d'Erik Satie, mais Jacques voulut suggérer quelque chose de plus... musical.

— Mais non, Satie, c'est merveilleux! s'exclama Monteux, en s'assoyant au piano pour accompagner Simone.

Elle eut trop le trac pour vraiment se rendre justice, mais elle chanta assez bien pour que le chef lui murmure ensuite à l'oreille qu'elle avait une voix chaleureuse, avec déjà une bonne projection, et qu'elle devrait la cultiver. Il lui prodigua jusqu'à la fin de la soirée tant d'attentions qu'elle s'en inquiéta: avait-il dit cela pour la séduire ou le pensait-il vraiment?

De son côté, Mme Coolidge avait si bien embrigadé Jacques en faveur de son festival de musique, à Tanglewood, que le lendemain matin, il proposa à Simone d'aller y travailler bénévolement, la prochaine saison.

À son grand étonnement, la suggestion l'indigna.

— Je veux être chanteuse, pas dame patronesse! lança-t-elle, courroucée.

Elle sortit Bill du moteur de la Voisin et se fit conduire à Boston, d'où elle revint juste à temps pour le dîner, avec une jolie cravate de soie qu'elle offrit à Jacques pour se faire pardonner sa saute d'humeur. Elle raconta aussi qu'elle avait cherché une torchère pour leur chambre. À vrai dire, elle avait plutôt langui tout l'après-midi à téter du café, à la salle à manger de l'hôtel Copley-Plaza, non loin de la salle de concert, dans l'espoir de tomber sur Pierre Monteux.

— Pardonne-moi!

Il la prit et elle se laissa fondre dans ses bras.

Cette femme primesautière, une bête sauvage, il ne doutait pas un instant de finir par l'apprivoiser. Il suffisait de ne pas trop la brusquer, de l'amener petit à petit à flairer la paix de leur vie et de lui donner l'inclination de la famille.

3

Jacques ne réalisait pas que sa famille, c'était l'usine. Il y était six jours par semaine, à huit heures du matin précises. Quand il en était absent, c'est qu'il brassait des affaires à l'extérieur de Woonsocket: juste à côté, à Providence, port d'entrée de la matière brute, mais plus souvent à New York ou Washington.

Depuis leur mariage, il était aussi retourné à Roubaix où il n'avait pas amené Simone, attendant plutôt que son père réclame officiellement de la rencontrer, ce qui ne paraissait pas être pour demain. Pendant le passage de Jacques à Roubaix, Auguste ne fit jamais allusion au mariage, ne demanda pas de nouvelles de Simone... et n'en reçut pas. Son père, à qui rien n'échappait, avait cette belle faculté, quand il le choisissait, d'agir comme si certaines choses n'avaient jamais existé ou certains événements (qu'il déplorait, mais n'avait pu empêcher) ne s'étaient jamais produits.

Parfois pour comprendre les décisions d'Auguste, il fallait tenir compte de sa perception sélective des situations. Ce télégramme, par exemple, que Jacques venait de recevoir de son père, en entrant à l'usine ce matin:

Impossible réduire semaine à 54 heures. Désolé.

Le message lapidaire était la réponse à un rapport circonstancié que Jacques avait fait parvenir à Roubaix, après sa rencontre avec les ouvriers, pour justifier sa demande de réduire la semaine de travail. Son père avait lu le dossier, il n'en doutait pas, mais il avait choisi de l'ignorer.

Jacques convoqua tout de suite Dubrisay à son bureau. Il arriva avec Mlle Marmin en laisse, croyant qu'il y aurait de nouvelles directives à prendre en dictée. Les consignes, les mots d'ordre, il en pleuvait!

– Je suis ennuyé, dit Jacques, vous avez vu ce télégramme?

C'est la première chose que Dubrisay avait vue en mettant les pieds dans le bureau, mais il feignit l'étonnement en jetant les yeux sur le papier que lui tendait Jacques.

– J'entends d'ici mon père, au conseil de direction: «Nous n'avons pas investi en Amérique pour nous retrouver avec les problèmes socialistes de Roubaix. Point final!» J'avais pourtant pris la peine d'envoyer un dossier complet.

– C'est moi-même qui ai tapé le document à la machine, assura Mlle Marmin, de la manière la plus obséquieuse.

Qu'elle lui tombait sur les nerfs cette bonne femme avec son éternelle odeur de fraîchin, relent (ce dont il ne se doutait pas) des assiduités de Dubrisay! Il l'expédia leur préparer du café.

– J'avais laissé entendre aux représentants des ouvriers que nous accorderions au moins le samedi après-midi, dit Jacques, qu'il s'agissait simplement d'obtenir l'accord de Roubaix, une formalité.

– Si vous me permettez une observation, Monsieur.

– Je vous en prie!

– Il était très risqué de négocier vous-même...

– Je n'ai pas négocié, précisa immédiatement Jacques, j'ai accepté de les rencontrer.

– Monsieur, c'est une distinction que les ouvriers ne font

pas, je vous assure.

Ses lèvres se pincèrent sur «ouvriers» comme des mouchettes sur une chandelle, sa moue automatique de mépris.

— Et nous ne pouvons nous permettre de progresser trop vivement, poursuivit-il. Déjà pour les accidents du travail, Monsieur est allé à l'encontre des politiques traditionnelles de l'entreprise.

Jacques sursauta, agacé:

— Reprendre les estropiés, c'était la décence la plus élémentaire.

— Tout a un prix, commenta Dubrisay avec ironie, même les gestes humanitaires.

Estelle Marmin servit les cafés et courut, sur l'ordre de Dubrisay, chercher une chemise contenant des analyses qu'il venait de compléter.

Julien Dubrisay étendit devant lui ses papiers, une forteresse imprenable de chiffres et de statistiques. Durant les deux dernières années, les emplois avaient diminué de quatorze mille, dans les textiles de Nouvelle-Angleterre. Non seulement l'industrie était en régression, mais elle était assiégée par ses concurrents du sud qui avaient rattrapé leurs retards techniques.

— Et leur main-d'œuvre de couleur, commenta Dubrisay, ils l'ont pour trois sous. En Georgie, en Alabama, les Noirs gagnent exactement la moitié de ce que nous devons payer ici aux Francos.

— Il n'est pas question pour nous de réduire les salaires,

ils sont déjà assez bas. Ils devront les augmenter dans le sud...

Dubrisay n'était pas certain d'avoir entendu. Mais si! Jacques avait énoncé le principe naïf que les industriels sudistes devaient modifier leur politique salariale afin de ne pas concurrencer, de manière déloyale, leurs collègues du nord.

Il se dit que seuls des fils de grands patrons pouvaient puiser ainsi, en toute immunité, dans le sottisier. Il aurait, lui, énoncé une seule de ces fadaises qu'il viderait encore les corbeilles à papier, à Roubaix.

— Pour l'instant, se contenta-t-il d'ajouter, il va falloir prévenir nos ouvriers de la décision de votre père. Je peux les informer moi-même, à moins que vous ne préfériez continuer de discourir avec eux...

C'est Jacques qui annonça la mauvaise nouvelle, une réunion presque aussi brève que le télégramme de son père.

Que pouvait-il dire? Papa n'a pas voulu que je donne congé à mes ouvriers! Drôle de patron qui devait obéir sans discuter, comme un gamin.

4

— On va sortir quand même, dit Valmore.

— Dis-moi donc, demanda avec inquiétude Adelbert Verrier, est-ce que t'as en tête de partir une union?

— Pas une miette, assura-t-il aux conspirateurs, on veut nos quatre heures du samedi après-midi, puis ça finit là!

Les acolytes que Valmore avait réunis chez lui, pour qui il avait sorti une bouteille de gros gin, respiraient déjà plus à l'aise. Ils avaient une peur bleue des histoires de syndicats, cependant ils étaient bien prêts à une ruade de temps à autre pour indiquer aux patrons de relâcher un peu les guides.

— Comment est-ce qu'on va faire ça?

— Adelbert, répliqua Valmore, tout le monde ensemble, sur le coup d'une heure, on arrête les machines, on prend nos affaires, on sort par la grande porte... puis bonjour jusqu'à lundi matin, sept heures. Comprends-tu?

Ce n'est pas qu'Adelbert appréciait se faire répondre sur ce ton sarcastique, mais de son ami Valmore, il l'acceptait, car celui-ci était un meneur d'hommes naturel, croyait-il, et il avait droit, comme tous les chefs, à ces attitudes sèches et arrogantes. Quant aux types de son genre, eh bien! ils étaient nés pour suivre.

— Ce qu'Adelbert veut savoir, dit Victor, c'est ce qu'on fait avec ceux qui ne voudront pas sortir.

Valmore lorgna du côté d'Olivat, un colosse qui avait presque coupé le salon en deux, en s'allongeant les jambes, et dit:

— On va les aider un peu. Es-tu d'accord avec ça, toi, Olivat?

Le géant débourra un sourire et sécha son verre d'un trait; tous furent immédiatement rassurés.

5

Chaque fois que la porte des toilettes s'ouvrait, Olivat retournait nerveusement se planter devant la longue gouttière de zinc qui servait d'urinoir aux ouvriers. C'était au moins la cinquième fois qu'il se débraguettait en attendant le contremaître Flipo, à qui il avait donné rendez-vous ici, pour ne pas éveiller les soupçons. Au lieu de Flipo, arrivaient toujours des pisseurs qu'il connaissait et qu'il devait saluer d'un coup de tête, avec l'obligation de prolonger ses besoins au-delà des leurs.

Le contremaître arriva enfin.

La tête cachée au creux de son bras replié contre le mur, courbé sur l'urinoir comme un pénitent, Olivat confessa à Flipo la faute qu'allaient commettre ses camarades.

Il était déjà trop tard pour prendre des mesures plus élaborées, mais Dubrisay, prévenu par le contremaître, fit immédiatement cadenasser la lourde porte, à l'entrée de l'usine. On verrait bien comment se débrouilleraient les ouvriers, emprisonnés dans la cour. En effet, une grille de plus de quatre mètres de hauteur ceinturait entièrement le terrain des usines, en interdisait l'accès, sauf par cette porte.

Un peu avant une heure de l'après-midi, le commando, qui s'était réuni la veille chez Valmore, passa à l'action. Les unes après les autres, les machines se turent dans les ateliers et les ouvriers quittèrent le travail. Ceux qui n'arrêtaient pas de bon gré étaient d'abord éperonnés discrètement dans les côtes, puis, s'ils se cabraient, les taloches se mettaient à pleuvoir comme des coups de cravache, ils se faisaient étriller brutalement jusqu'à ce qu'ils joignent les autres. Il n'y avait pas qu'avec les patrons, on marchait rondement aussi quand les rênes étaient dans les mains de la bande à Valmore!

Plus vite que des flammes poussées par le vent, la rage se répandit dans ce troupeau d'ouvriers, tout à l'heure paisibles et disciplinés, les précipitant par toutes les issues du moulin, en hordes hurlantes et déchaînées: des centaines d'hommes, de femmes et d'enfants, la gueule écumante d'invectives et de grossièretés.

Apeuré, Baptiste verrouilla la porte de sa guérite. Il se réfugia dans un coin, observant par un carreau la tempête qui déferlait autour de lui. Il entendit son père fulminer:

— C'est jamais fermé, c'te maudite grille-là!

Une chaîne, fermée par un gros cadenas, retenait solidement ensemble les deux battants de la lourde grille que Valmore secouait comme un forcené en hurlant:

— Attendez, attendez, on va sortir. C'est pas une prison ce moulin-là!

Il revint en courant vers la guérite.

— Baptiste! Baptiste, viens ouvrir la barrière.

Il n'avait pas la clé du cadenas, mais il n'arrivait pas à le dire.

— Bâtard, Baptiste!

— Je l'ai pas la clé, répondit-il enfin.

Le contretemps inattendu avait déjà commencé à ébrécher la détermination des manifestants. «On ferait mieux de rentrer», entendait-on ici et là, et des poches de défection se formaient aussitôt, des grappes d'ouvriers qui perdaient leur énergie et se détachaient des autres.

Valmore voyait bien l'embâcle grossir, mais il était pris au dépourvu; il ne les avait pas amenés jusque-là pour qu'ils rentrent, la tête basse, penauds comme des chiens battus. Et il y avait Adelbert, Victor, Olivat, autour de lui, ses lieutenants qui le sollicitaient du regard, attendaient des ordres.

Les wagons!

Un tronçon de chemin de fer passait par la grande porte et longeait la cour jusqu'au dépôt de marchandises où étaient parqués plusieurs wagons.

— Arrivez! commanda Valmore.

Il courut jusqu'aux wagons, fit sauter le crochet d'attelage du premier et se mit à pousser.

— Poussez tout le monde, elle va s'ouvrir, la porte.

Ils se ruèrent pour aider Valmore; ceux qui n'arrivaient pas à toucher au fourgon lui-même poussaient dans le dos de ceux qui se trouvaient devant eux et d'autres encore arrivaient pour leur pousser dessus. Le gros char s'ébranla lentement, mais il gagna bientôt de la vitesse, avec la foule qui courait et chantait derrière; quelques enfants avaient réussi à se faufiler et à grimper dessus, ils agitaient leur casquette d'une main en se cramponnant du mieux qu'ils pouvaient, comme des cowboys de rodéo.

Le bélier fonça avec fracas dans la grille, faisant éclater la chaîne, tordant les barreaux de fer, ébranlant même les piliers de maçonnerie qui supportaient les lourds vantaux.

Exultante, la foule scandait: Val-more, Val-more.

— Attendez les amis, attendez, on va faire les choses correctement.

Il traversa la foule et revint à la guérite où il ordonna à Baptiste de lui ouvrir. Le démon de la victoire s'était emparé de Valmore; les tempes gonflées de sang, les poings fermés, menaçants, il vociférait:

— Ouvre! Ouvre ta maudite porte!

Derrière le carreau de la porte, le petit manchot le regardait, paralysé de peur.

Demeurée jusqu'ici en bordure de la bourrasque, Évelyne se précipita sur son mari et le supplia, cramponnée à lui, d'arrêter tout de suite, de ne pas causer plus de dégâts.

Valmore la repoussa brutalement, enfonça la vitre d'un coup de poing, déverrouilla la porte et, une fois dans la guérite, ouvrit le cadran de l'horloge pour avancer les aiguilles à six heures. Baptiste avait essayé de s'interposer, mais son père l'avait empoigné par les épaules et l'avait envoyé rouler sous le comptoir.

— Il est six heures, gueulait Valmore à tue-tête, allez-y les amis, poinçonnez, la journée est finie.

Sanglotant comme un enfant dont le plus beau jouet vient d'être brisé, Baptiste vit les ouvriers surgir dans la guérite; ils poinçonnaient n'importe comment et lançaient en l'air leurs cartes que si minutieusement, matin et soir, il replaçait lui-même dans les cases individuelles tout autour de sa précieuse horloge, maintenant détraquée.

Une scène d'anarchie dont il ne saisissait ni le but, ni le sens, pas plus qu'il ne comprenait l'agression brutale de son père.

6

Ce matin avant le départ de Jacques pour l'usine, il y avait eu des mots aigres-doux entre lui et Simone, l'échange le plus corsé depuis les débuts de leur vie commune.

Pendant la semaine, Simone avait exprimé le désir qu'ils aillent passer le week-end à New York. Samedi, en matinée, ils seraient allés au Metropolitan, où Geraldine Farrar reprenait le rôle de Madame Sans-Gêne qu'elle avait créé sur cette même scène, en 1915. Simone n'avait pas été sans noter qu'au pupitre de l'orchestre, il y aurait Pierre Monteux.

Jacques voulait réfléchir avant de décider. Il avait cependant fait remarquer à Simone que ces fameuses représentations du Met, le samedi après-midi, tombaient assez mal pour lui, puisqu'elles le forçaient à s'absenter de l'usine à un moment où il dressait le bilan de la semaine avec Dubrisay. Pour être à temps à la représentation, ils devaient prendre le train du vendredi soir ou se faire conduire par Wiggett, tôt le samedi matin.

— Je vais écrire au directeur du Met, lui signaler cet inconvénient, avait bredouillé Simone sarcastiquement.

— Pardon?

— Oui, en effet, c'est fâcheux, conclut-elle, mais vois donc si tu ne ferais pas cette petite entorse à ton horaire.

Vendredi soir, pas de train et pas la moindre allusion au voyage! Elle laissa couler la soirée, agréable, étonnante même puisqu'il s'informa de Fidélia, dont il apprit sans sourciller qu'elle cherchait un atelier à Boston afin de se rapprocher d'eux... Et quel ne fut pas l'étonnement de Simone de l'entendre parler de la possibilité que l'usine commande à

Fidélia une œuvre pour le hall d'entrée si, bien sûr, elle acceptait de se plier à certaines contraintes... Jacques devait avoir décidé qu'ils partiraient en voiture, le lendemain matin, et elle en aurait l'annonce à son réveil. Lui, qui aurait levé l'ancre pour Tombouctou à deux minutes d'avis, ne savait pas encore qu'il en était autrement pour les femmes. Mais elle avait prévu le coup, ses toilettes étaient préparées; à l'opéra, elle porterait la même robe dans laquelle l'avait vue Monteux, pour être certaine qu'il la reconnaisse, au cas où Jacques accepterait qu'ils aillent en coulisses le saluer.

Ce beau château de cartes s'écroula lorsque, tôt le samedi matin, elle fut éveillée par la Cadillac qui sortait de la propriété. Elle se précipita en bas. Jacques terminait déjà son café, prêt à partir pour l'usine.

— Madame Sans-Gêne! s'écria-t-elle.

Il eut un moment d'hésitation, se demandant de qui elle parlait, puis il se souvint de cette histoire d'opéra. Il croyait qu'elle n'y pensait plus.

— Je n'en avais pas reparlé pour ne pas te harceler, mais je n'ai pas changé d'idée. Je souhaitais que ce fût toi qui veuilles me faire plaisir, sans que j'insiste.

Cette remarque, faite d'un ton cinglant, parut d'une grande injustice à Jacques. Il ne refusait rien à Simone, se pliait à ses moindres caprices. Par exemple, elle avait insisté pour faire grillager la terrasse, adossée à la maison, du côté de la rivière, un endroit magnifique où il s'assoyait souvent pour lire ou réfléchir et où elle ne mettait jamais les pieds. Il y avait, prétendait-elle, des maringouins et il fallait un grillage. Même léger, ce grillage, avec ses montants de bois, avait fâcheusement défiguré la terrasse, coupé l'air chargé d'odeurs de fleurs qui venait du jardin, et n'avait pas empêché les rares maringouins de s'y introduire. Mais ces intrus n'incommodaient pas Simone puisqu'elle ne s'était pas servie davantage de l'endroit, après ces changements.

Il y avait aussi leur chambre qui avait été repeinte trois fois en moins d'un an, un perpétuel chantier; l'élégante porcelaine de Sèvres à bordures d'or qui avait été rangée dans les placards et remplacée par un modèle japonais à motifs plus gais, bref, sitôt exprimés, les désirs de Simone devenaient réalité, qu'importent les préférences de Jacques!

Encore maintenant, par exemple, il se serait soumis à la volonté de Simone et serait parti à New York sur-le-champ, mais il venait d'envoyer Wiggett à Providence chercher le gérant du port avec qui il voulait s'entretenir des retards dans les arrivages de laine. La marchandise traînait souvent sur les docks une semaine, avant d'être acheminée à Woonsocket, sans compter les vols de plus en plus fréquents; Jacques voulait obliger les autorités portuaires à prendre des dispositions particulières sinon il exigerait que des représentants de ses moulins soient présents sur les quais, en tout temps.

— Je vois que les ballots de marchandise qui traînent là-bas te préoccupent davantage que ta femme que tu obliges à languir ici...

Elle avait exagéré et elle le savait. Elle le prit par le cou et lui murmura toutes sortes d'excuses délicieuses, en lui mordillant l'oreille.

— Nous irons au Met, le week-end prochain, je te le promets, dit-il.

— Seulement quand ça t'arrangera, ton horaire est plus chargé que le mien.

7

Sitôt après le rendez-vous avec le gérant du port de Providence, Jacques décida de rentrer à la maison pour déjeuner avec sa femme et... consolider la paix. Il tomba en pleine révolution! En effet, suite à l'incident du matin, et pour oublier sa déception, Simone avait résolu de reprendre sa vie en main et de recommencer à chanter, une décision impulsive, mise en œuvre avec un empressement de gamine.

Madame Sans-Gêne rejoignit chez lui, par téléphone, un pianiste de la faculté de musique de l'Université Brown et le supplia de venir tout de suite à Woonsocket, comme si cela était de la dernière urgence. Il était en plein travail avec un jeune ténor et ne pouvait pas brusquement plier bagages pour accompagner quelqu'un d'autre. Elle insista pour parler au ténor, un étudiant plutôt sympathique, et réussit à le convaincre de venir poursuivre sa leçon chez elle, quitte même à tenter quelques duos.

La répétition improvisée battait son plein quand Jacques entra à la maison, une cacophonie de piano, de vocalises, d'éclats de voix et de rires. Un raffut de champ de bataille. Aussi Sandrine avait-elle préparé de quoi restaurer une troupe: canapés, sandwiches, salades, petits fours; le bruyant trio était ravitaillé pour une longue offensive.

— Mon chéri, j'ai recommencé à chanter, annonça Simone, le sourire aux lèvres, alors que Jacques jetait un œil inquiet au salon.

Il fut si décontenancé par la présence de ces inconnus dans la maison qu'il s'excusa timidement de son intrusion et courut se réfugier en haut, à la bibliothèque. Il venait de recevoir un rapport très secret de recherches qu'avait entreprises la Du Pont de Nemours sur de nouvelles fibres de polyester, à base d'acide téréphtalique et de glycol. Lors d'une visite à la Du Pont, où il cherchait à obtenir de l'information sur leurs nouveaux produits, il s'était rendu compte qu'un des chimistes était un confrère de collège, à Montréal, un type laid et ennuyeux qu'il avait hélas snobé, tout au long de leurs études. En espérant que le bonhomme ne tiendrait pas compte de son attitude hautaine d'alors, Jacques l'invita à dîner. Le chimiste fut si touché qu'il offrit à Jacques de le garder au courant de toutes les recherches de sa société sur les fibres synthétiques, moyennant un absolu motus! Bien qu'il attendît précisément ce genre de coup de pouce, Jacques craignit que l'intérêt flagrant de sa démarche n'échappe pas à son confrère. Celui-ci fut bien trop flatté de toutes ces attentions pour y déceler quelque manigance. Jacques tenait en main aujourd'hui le premier compte rendu des opérations les plus confidentielles de la Du Pont, un rapport abscons qui lui fit regretter de ne pas avoir fréquenté davantage ce crack en mathématiques et en chimie, durant leurs années de collège. Il faut dire que le chorus qui montait du salon ne facilitait pas la compréhension de ce texte savant.

Simone et le ténor anonyme en étaient à leur quatrième reprise au moins du duo des chats de Rossini. Les miaulements grotesques, qui avaient succédé aux mélodieux miaous du début, couvraient tout de leur clameur, même le téléphone qui sonnait, depuis un bon moment, dans le hall d'entrée.

Les dring dring incessants n'ameutèrent pas les chats, tout à côté, et c'est Jacques qui dut descendre à la course répondre à l'appel. C'était Dubrisay avec les mauvaises nouvelles de la manifestation à l'usine.

— Nom de Dieu! criait Jacques dans le téléphone, il fallait me prévenir.

Il ne s'entendait pas parler et saisissait encore moins les

explications de Dubrisay, enterrées par le grésillement de la ligne et les lamentations des fauves. Jacques déposa le récepteur et alla fermer les grandes portes du salon en informant Simone, sur un ton cassant, qu'il était au téléphone.

— Je crois que mon mari est au téléphone, reprit-elle, d'un ton caustique, pour ses partenaires que l'air maussade de Jacques avait embarrassés. En dépit des amabilités de l'hôtesse, les deux musiciens étaient encore inhibés par le décor luxueux et la bizarrerie de s'être retrouvés là. Ils n'osaient plus bouger.

— Dubrisay... laissez-moi parler, voulez-vous! Votre devoir c'était de m'appeler quand les ouvriers ont débrayé, pas maintenant que c'est terminé.

La bonne martiniquaise fit irruption dans le hall.

— Monsieur...

— Sandrine, vous voyez bien que je suis au téléphone.

— Monsieur, il y a des étrangers dans le jardin, Joseph a voulu fermer la grille, les empêcher d'entrer, mais ils étaient trop nombreux et ils l'ont menacé.

— Dubrisay, je vous rappelle tout de suite.

Jacques courut à la fenêtre. Une foule s'avançait vers la maison, vraisemblablement des ouvriers de l'usine. Cela ne lui plaisait guère qu'on vienne le relancer ici, sur sa propriété, qu'on emmêle les histoires de travail avec sa vie privée.

Il sortit à la rencontre du groupe et fut accueilli par un tintamarre de crécelles et le galimatias des ouvriers qui gueulaient: «Roussel, le pourri! Donne-nous not' samedi».

Avant qu'ils se dispersent, après la manifestation de l'usine, c'est Valmore qui avait convaincu les ouvriers de venir au «château» faire part en personne de leur mécontentement au patron. C'était à l'autre bout de la ville et bon nombre de ceux que sa harangue avait enflammés s'évaporèrent en cours de route. Il en restait peut-être deux cents, des hommes surtout, et des jeunes, ravis de pouvoir chahuter avec la bénédiction de leurs parents.

Le calme de Jacques, sa dignité, malgré les injures qu'on lui lançait de partout, imposèrent bientôt le silence.

— Avez-vous un porte-parole? leur demanda-t-il.

Valmore s'était déjà détaché du groupe.

— C'est moi!

— Monsieur, ordonna Jacques avec fermeté, demanderiez-vous à vos amis de faire attention... ils écrasent les fleurs.

La requête prit Valmore au dépourvu, il pataugeait lui-même dans le parterre de fleurs, autour duquel l'allée menant à la maison formait une grande boucle. Mais c'est la contenance de Jacques surtout qui le brûlait, il la ressentait comme une gifle humiliante au visage; ce fils de famille richard, tiré à quatre épingles, qui les narguait tous du haut de sa grandeur.

— Aïe! les sauvages, cria Valmore à la ronde, attention aux fleurs! Vous en avez pas chez vous?

Il marchait de long en large, aplatissant délibérément toutes les fleurs sur son passage.

— Arrêtez de piétiner les plates-bandes du bourgeois. Qu'est-ce que vous voulez? Ils sont pas habitués aux beaux jardins.

Il vint à l'esprit de Jacques d'aller empoigner cet arrogant et de lui donner une bonne raclée, qu'importe le troupeau autour qui beuglait béatement aux prouesses de son taureau. Cela lui parut d'ailleurs beaucoup moins téméraire que bien des attaques qu'il avait dû mener pendant la guerre, et surtout ces hurons comprendraient qu'il ne se laisserait pas intimider. Puis il réfléchit qu'il n'avait pas le droit de se conduire ainsi, que son devoir de patron était de chercher à leur faire entendre raison.

— J'ai simplement demandé qu'on respecte ma propriété.

La manière imperturbable de Jacques venait d'allumer le cordeau qui ferait exploser Valmore.

— Vous avez raison, répéta-t-il, faut respecter la propriété.

Simone, qui venait d'appeler la police, observait les manifestants par la fenêtre, à moitié dissimulée derrière une tenture du salon. Déroutés par la nouvelle situation, les deux musiciens s'étaient réfugiés aux cuisines avec les domestiques.

Dehors, c'est par brassées que Valmore arrachait les fleurs du parterre en criant aux autres:

— Faites ce que vous voulez les gars, mais attention aux fleurs, respectez la propriété!

Chaque fois qu'il ouvrait la bouche, la foule reprenait en chœur après lui et recommençait son vacarme de tambours et de crécelles. Valmore s'approcha de Jacques.

— En attendant, qui est-ce qui nous respecte, nous autres? Qui est-ce qui respecte les engagements pris avec nous?

Jacques ne bronchait pas.

– Les gars, venez-vous-en, c'est à nous autres ce château-là, on paie pour avec nos soixante heures par semaine...

Entraînant les manifestants derrière lui, Valmore, de plus en plus excité, se dirigea vers Jacques, qui lui bloqua le chemin. Il y eut une seconde d'hésitation, puis Valmore envoya au visage de Jacques un coup de poing que ce dernier réussit à esquiver. Jacques voulut riposter, mais Adelbert, Victor et plusieurs autres s'étaient déjà jetés sur Valmore pour le ramener à la raison.

Simone se précipita dehors.

– Arrêtez, cria-t-elle aux manifestants, vous n'êtes pas des sauvages!

– Écoutez-la donc elle, avec son beau parler pointu, railla Valmore qui frétillait comme une anguille, cherchant à se libérer de ceux qui le retenaient.

Trois fourgons de police, sirènes mugissantes, débouchèrent en trombe sur la propriété avec une bonne douzaine de gendarmes, debout sur les marchepieds, qui faisaient crépiter leurs brownings.

Ce fut la débandade, les cris, les coups de feu en l'air. On courait dans tous les sens, on se ruait dans les buissons, on rampait vers la sortie; certains parvinrent même à escalader le mur de pierres, qui encerclait la propriété, dans leur course folle pour échapper aux policiers.

Les quelques intrépides, Valmore en tête, qui n'avaient pas disparu dans la reculade, furent immédiatement encerclés et tenus en respect par les gendarmes, l'arme fumante à la main.

– You're under arrest! All of you! vociféra le chef, un

petit Irlandais dodu, le visage éclaboussé de taches de rousseur.

— I didn't call the police, dit Jacques, s'approchant du chef.

Le policier ne comprenait pas. Il avait bel et bien reçu l'ordre d'intervenir.

— There must have been a mistake, poursuivit Jacques.

Une erreur! Le chef était d'autant plus confondu que Roussel expliquait qu'il venait simplement d'avoir une rencontre avec ses ouvriers, que c'était terminé...

— C'est fini, n'est-ce pas? demanda-t-il à Valmore et les autres, nous nous sommes dit tout ce que nous avions à nous dire.

Bouche bée, Valmore haussa les épaules.

Déconcerté, le chef fit signe à ses hommes de laisser aller la poignée d'ouvriers qu'ils avaient arrêtés. Il hochait la tête, confus. C'est le maire Gauthier lui-même qui l'avait d'abord appelé, lui demandant d'être vigilant car il avait appris par Dubrisay que les ouvriers avaient débrayé aux usines Lorraine et qu'ils y avaient fait des dégâts.

Il avait aussi appris par le gouverneur que le matin même, à Pawtucket, à une vingtaine de kilomètres au sud, des incidents tragiques s'étaient déroulés à la filature de la Jenckes Spinning où les ouvriers étaient en grève. La Garde nationale avait dû ouvrir le feu contre les grévistes, en tuant un, et en blessant grièvement deux autres. Le gouverneur avait même dépêché le détachement de la Garde nationale de Woonsocket pour prêter main forte à celui de Pawtucket. Donc, le maire Gauthier était d'autant plus inquiet des agissements des ouvriers de la Lorraine qu'il savait ne pas pouvoir compter sur la Garde nationale si les choses empiraient; et il y avait le danger que la fièvre de Pawtucket se propage.

Quand, dans ce climat, survint l'appel à l'aide de Simone, le chef de police décida de ne prendre aucune chance; tous les hommes disponibles furent envoyés chez Roussel avec l'ordre de tirer en l'air d'abord, mais de ne pas se gêner ensuite, au moindre signe d'agitation grave. Valmore et les autres étaient loin de se douter à quel point la moindre incartade aurait eu des conséquences funestes; le doigt des gendarmes était nerveux sur la gâchette.

8

Déroutée elle aussi par l'attitude de son mari, Simone était rentrée pendant que les manifestants évacuaient la propriété. Elle s'assit tristement au piano. Qu'elle était loin de la vie rêvée!

Jacques entra, s'appuya un moment contre le piano.

— Tu ne te sens pas bien? lui demanda-t-elle.

— Ça va aller.

Il prit une coupe de champagne qui traînait avec les restes du lunch, la vida d'un trait.

Il était perplexe. C'était justement pour éviter ces confrontations perpétuelles avec les ouvriers que son père avait voulu s'implanter en Amérique, terre moins fertile pour le socialisme que la France. N'était-ce pas chimère d'avoir cru que le fléau ne s'abattrait pas ici?

— Qu'est-ce qui s'est passé à l'usine pour qu'ils en soient arrivés là? demanda Simone.

Il haussa les épaules.

— Raconte-moi, ça m'intéresse.

— Une histoire d'heures de travail. Je leur avais pratiquement promis leur samedi après-midi. Il y a eu contre-ordre.

— De ton père naturellement.

Malgré son mutisme absolu sur toutes les affaires de l'usine, il ne fallait pas être devin pour comprendre que Jacques avait carte blanche à la direction de Woonsocket, tant que ses décisions concordaient avec les idées de son père, sinon gare au coup de guides! Simone, qui n'avait toujours pas rencontré celui qu'elle voyait comme le «tyran» de Roubaix, savait que cette servitude pesait à Jacques, mais jamais un mot là-dessus. Il était d'opinion que cela ne regardait que lui.

— Jacques, tu es le patron, ce sont des ouvriers, vous ne serez jamais des amis, quoi que tu fasses. Ils travaillent, tu les paies, c'est le contrat! Tu rêves si tu crois qu'il peut y avoir d'autres relations entre patrons et ouvriers. Crois-tu que ses ouvriers considèrent Auguste Roussel comme un ami?

Il fut étonné d'entendre avec quelle ingénuité elle pouvait parler de rapports aussi complexes, une question qui confondait encore philosophes et sociologues, et qui dépassait largement le simple échange d'argent contre des services.

— Mes ouvriers travaillent trop, dit-il, il y a des machines qui sont dangereuses, puis il y a la manière de Dubrisay...

— Oui, mais qu'est-ce que tu peux faire?

Elle avait élevé le ton pour le secouer, l'arracher à son utopie.

— Tu as tout le système contre toi, tu ne pourras presque rien changer. D'ailleurs, tu ne leur ferais jamais la vie assez belle pour qu'ils t'aiment davantage.

C'était évident qu'il n'approuvait pas la manière des ouvriers, mais il ne pouvait pas leur en vouloir d'essayer de changer les choses; le désir d'évoluer ne correspondait-il pas au sens profond qu'il avait lui-même de la vie? Les ouvriers entretenaient eux aussi ce rêve, il en était convaincu, mais ils étaient moins bien outillés que lui pour le réaliser. S'il arrivait à leur fournir ces outils, sans nuire au progrès de l'entreprise, il tiendrait la clé de l'énigme. Il ne doutait pas de réussir.

Simone attendit longtemps, croyant qu'il continuerait cette conversation, mais il devint vite clair qu'il considérait le sujet clos, du moins avec elle.

Pourquoi les notes mélancoliques de l'*Élégie* de Fauré lui vinrent-elles automatiquement au bout des doigts, sitôt qu'elle les posa sur le clavier du piano? Craignant la réponse à cette question, elle se mit à vocaliser avec la musique, aussi triste qu'elle...

En sortant du salon, Jacques se pencha vers elle, lui effleura la nuque avec un baiser. Elle avait la peau froide, plus encore que le soir qui tombait.

9

Il descendit lentement la pente du jardin vers la rivière.

Debout sur le muret, échassier immobile, une jeune fille regardait l'eau que les dernières lueurs de jour empourpraient.

Son «Mademoiselle», murmuré pourtant, la débusqua comme un coup de fusil et elle s'enfuit à toutes jambes, vers le couvert du bois où il la suivit. Il courait par saccades pour ne pas la perdre et ne pas l'épouvanter davantage.

Elle se heurta bientôt contre le mur de la propriété, voulut l'escalader, cherchant en vain à s'agripper aux pierres lisses, puis, recrue de fatigue et d'alarme, elle se retourna pour affronter son poursuivant. Elle pouvait à peine souffler, mais la soumission n'avait pas chassé la fierté sauvage de ses yeux.

— Vous étiez avec eux? demanda-t-il doucement.

Oui, fit-elle de la tête. Comme Madeleine s'en voulait, maintenant qu'elle se retrouvait traquée, humiliée, d'être partie à la dérive, dans une rêvasserie qui lui avait fait perdre la notion du temps. À l'arrivée de la police, elle avait fui sans trop regarder où elle allait, puis voyant des bordures de fleurs, elle s'était réfugiée derrière. Un bourdonnement singulier avait retenu son attention; dans les rosiers qui l'entouraient, elle avait aperçu un animal étrange, qu'elle prit d'abord pour un gros insecte; il restait immobile, suspendu mystérieusement dans l'air, aspirant les gouttelettes qui perlaient sur les roses comme des fragments d'opale, puis il traçait quelques zigzags fulgurants, se postait devant une autre fleur, recommençait à boire. Elle n'avait jamais vu de colibri, ni autant de roses, et elle se dit que ce devait être leurs parfums capiteux qui attiraient cette merveille d'oiseau, plus délicat encore que les fleurs. Si, bien sûr, cette bête mordorée était un oiseau... car elle n'apercevait pas les ailes, que des reflets irisés de chaque côté du corps, comme des gerbes d'étincelles.

Le colibri partit en flèche vers la rivière. Elle l'y suivit, mais le perdit tout de suite dans les scintillements de l'eau. La rivière Blackstone, qu'elle avait toujours vue triste et encaissée entre les usines, coulait ici bordée par de grands saules dont les branches souples entremêlaient sur l'eau les chatoiements du crépuscule. Les arbres ondulants devinrent tout de suite des fées, les reflets de l'eau autant de diamants, alors qu'elle reprit le fil de ses rêves confus, ces châteaux en Espagne qu'elle édifiait chaque jour, dans le fracas des machines, ou la nuit, durant de longues heures d'insomnie. Madeleine dormait peu, parlait à peine, s'isolant de plus en plus dans le cocon de ses rêves.

— Qu'est-ce que vous faites ici? demanda Jacques.

Elle ne répondit pas.

— Où habitez vous?

— Le Petit Canada, admit-elle enfin.

Jacques sourit.

— En pleine nuit, c'est loin, dit-il.

10

Raide sur son siège, n'osant pas s'adosser, Madeleine jetait à la dérobée des regards vers Jacques, qui l'avait convaincue de le laisser la conduire chez elle. Elle le vit prendre son mouchoir, essuyer furtivement un mince filet de sang, au coin de sa bouche.

— C'est mon père qui vous a frappé, murmura-t-elle, morte de honte.

Elle ne vit aucune raison d'avoir fait cet aveu et elle le regretta aussitôt. Ces attitudes brutales, ce comportement sauvage, ce n'était pas le père qu'elle connaissait, celui qui appelait toutes les fleurs des champs par leurs noms, qui s'assoyait sur la galerie, l'été, et sifflait en duo avec les pinsons.

— Il n'était pas méchant avant... C'est seulement depuis que Baptiste a été estropié.

— Qui est ce Baptiste? voulut savoir Jacques.

— Mon frère, c'est lui qui garde l'horloge.

Jacques ne comprit pas tout de suite à quoi elle faisait allusion.

— L'horloge, à l'entrée du moulin, précisa-t-elle.

— Et vous, comment vous appelez-vous?

— Madeleine, Madeleine Lambert.

— En quelle classe êtes-vous?

— Faut que je travaille au moulin, moi aussi.

Il y avait déjà un bon moment que Madeleine avait quitté l'école. Chez les Lambert, comme chez les autres transplantés du Petit Canada, toute l'énergie passait à s'acclimater le mieux possible aux nécessités de cette terre d'adoption, après il serait toujours temps de penser au superflu; les études avancées, cela viendrait quand on aurait une maison, de petites épargnes, une automobile même, bref, de quoi parer les coups durs. Avec ce qu'elle avait grapillé de connaissances à l'école et chez la voisine Mme Lavallée, une ancienne institutrice, Madeleine avait peut-être l'équivalent d'une septième année, déjà beaucoup d'instruction pour une ouvrière du moulin. Quant à Valmore, qui avait appris à tracer quelques hiéroglyphes, en guise de signature, c'est à son corps défendant que les enfants avaient étudié si longtemps, car les gens instruits ne lui inspiraient que méfiance; ils détournaient à leur profit ce que Dieu avait créé pour les hommes, qui auraient dû tous en profiter également.

— Arrêtez ici, demanda Madeleine.

— Vous habitez ici?

— Plus loin!

Jacques avait freiné brusquement, croyant avoir passé tout droit, et voulut repartir, mais Madeleine l'en empêcha d'un geste, une gêne subite qu'il voie où elle habitait. Cet homme, pensait-elle, un patron, avait déjà suffisamment d'empire sur eux tous, sans qu'elle lui fournisse ce jalon pour mesurer encore mieux l'écart qui les séparait.

Il ne lui vint même pas à l'esprit de le remercier pour l'a-voir ramenée. Elle descendit, fit un maigre salut de la tête, et attendit sur le trottoir. La voiture s'était déjà transformée en joli carrosse quand elle tourna le coin de la rue, juste devant elle.

11

C'était un soleil d'automne qui avait du mal à se lever; paresseux, il attendait qu'il fût au moins sept heures du matin avant de jeter ses premiers coups d'œil frileux au-dessus de l'horizon et commencer à sécher la rosée froide, qui donnait au gazon soigneusement tondu de la résidence Roussel l'aspect moelleux du velours.

Cachée dans les buissons, près du portail de fer forgé, Madeleine tressaillit. Elle avait entendu des pas sur le chemin venant de la résidence. Un homme ouvrit l'imposante grille et repartit en traînant ses savates sur le gravier. L'entrée de la propriété n'avait jamais été fermée, mais Jacques, après les événements de samedi, avait demandé que dorénavant on verrouille, la nuit.

Madeleine se glissa furtivement dans le jardin et se posta derrière un noyer, en bordure de la route, d'où elle pouvait voir la porte de la maison et la voiture de Jacques, celle dans laquelle il l'avait ramenée chez elle. Elle repassa, comme une leçon dans sa tête, ce qu'elle voulait dire, autant pour ne rien oublier que pour se raffermir dans sa détermination. Quand elle était sortie de chez elle, aux petites heures, sur la pointe des pieds, pour ne pas éveiller l'attention de sa mère, elle tremblait de nervosité, mais petit à petit, durant la longue marche jusqu'ici, elle s'était calmée et maintenant sa seule angoisse était de ne pas voir Jacques, qu'il y ait une autre issue à cette propriété et qu'elle le manque. Elle fut frappée par le calme de l'endroit; la rivière était loin, de l'autre côté de la maison, et pourtant elle entendait le clapotis de l'eau, l'air bougeait à peine et elle percevait son friselis dans les feuilles; cette paix, elle ne l'avait jamais ressentie, même à l'église, durant l'adoration.

Tout aux aguets qu'elle fût, Madeleine sursauta au

démarrage de la Voisin. Le cœur battant, elle attendit que la voiture ne soit plus qu'à quelques mètres et elle bondit devant.

Jacques freina en catastrophe, descendit de voiture, furieux.

— Regardez où vous allez, gronda-t-il, puis, reconnaissant Madeleine, il s'adoucit tout de suite.

— Qu'est-ce que vous faites là?

— Je veux savoir pourquoi vous avez fait jeter mon père en prison.

Non seulement Jacques ne comprit pas de quoi elle parlait, mais il fut surpris par son attitude agressive. La jeune fille douce et soumise de samedi soir était devenue une tigresse dont on menace les petits.

— Ce n'est pas moi, insista Jacques, je n'ai pas porté plainte.

— Ils l'ont arrêté avec mon frère et les autres qui ont fait la révolte.

Elle criait presque. Il la supplia de se calmer, la fit monter dans la voiture et prit la petite route qui longeait la rivière.

Quand Jacques l'avait laissée, à deux pas de chez ses parents, Madeleine avait aperçu un fourgon de police s'arrêter devant la maison et quatre ou cinq policiers en descendre, armés jusqu'aux dents. Ils cherchaient Valmore. Sa mère avait essayé de les empêcher d'entrer, prétextant que son mari n'était pas là, que les enfants dormaient, mais ils la repoussèrent violemment et entrèrent fouiller les lieux. Quelques secondes plus tard, elle vit son père qui se laissait glisser d'une fenêtre du deuxième étage, aidé par Baptiste. En touchant le sol, Valmore tomba dans les bras d'un policier dont il réussit à se défaire par un solide coup de poing, mais il n'eut que le temps de tourner le coin de la maison, les autres tiraient en l'air menaçant de l'abattre s'il ne se rendait pas.

Tandis que le quartier ameuté se retrouvait dans la rue, des femmes et des enfants en robe de nuit, terrorisés par les coups de feu, Valmore et Baptiste furent enchaînés, comme deux dangereux criminels, et jetés dans le camion. À Évelyne qui cherchait à savoir pourquoi on les appréhendait, Baptiste surtout, l'officier s'était contenté de répliquer: «Ma'am, they know damn well what they did».

Madeleine avait raconté son histoire d'un trait, sans détourner de Jacques ses yeux noirs, presque haineux.

Il ne savait pas quoi dire, il était étonné de ces nouveaux développements. Après tout, il avait eu le maire Gauthier au téléphone, durant l'après-midi de dimanche, et il n'avait pas été question de ces arrestations. Le maire s'inquiétait qu'il y ait eu un lien entre la tragédie de Pawtucket et la manifestation aux usines Lorraine, mais Jacques l'avait vite rassuré qu'il s'agissait d'incidents strictement distincts, sans aucun rapport.

Chez les Lambert, ce fut un dimanche de misère. Évelyne avait tellement honte qu'elle obligea toute la famille à assister à la première messe, celle de six heures du matin, afin de rencontrer le moins de gens possible, puis elle enferma tout le monde dans la maison, comme des pestiférés, passant elle-même la journée en prière, devant une image de saint Jude. C'est là que Madeleine avait résolu d'agir, sans attendre l'intervention du patron des causes désespérées.

Avec cette sauvageonne de quatorze ou quinze ans au plus

à ses côtés, Jacques conduisait, sans but, sur la route sablonneuse longeant la rivière Blackstone, en direction d'Uxbridge. Madeleine était devenue muette, mais elle le dardait de son regard accusateur et il en ressentait un malaise inexplicable, une gêne paralysante; il n'arrivait pas à se décider à faire demi-tour et rentrer à l'usine, comme cela eût été raisonnable. Du coin de l'œil, il la vit subitement nerveuse sur son siège, elle regardait dehors, puis de son côté à lui, et dehors de nouveau, elle se mordait la lèvre, replaçait d'un geste brusque une mèche de cheveux que le vent lui renvoyait obstinément sur le front, elle s'agitait comme un papillon devant la flamme... Sans se rendre compte, il ralentit l'auto jusqu'à s'arrêter presque.

— Si vous les faites libérer, dit-elle d'abord avant d'ajouter après un long silence..., je ferai tout ce que vous voudrez.

L'auto stoppa d'elle-même dans le gravillon, au bord de la route. Pourquoi est-ce un martin-pêcheur, à l'affût sur la ligne de téléphone surplombant la rivière, qui attira tout de suite l'attention de Jacques? Pourquoi frémit-il quand il le vit fondre sur l'eau?

Il se tourna vers Madeleine. Immobile comme une statue, elle avait posé les mains sur ses genoux, fermé les yeux. Il s'en voulait, mais il ne put s'empêcher de la contempler: ses cheveux très noirs, ses sourcils, comme des pâtés d'encre de Chine, qui accentuaient encore l'extrême blancheur de sa peau, avivée par la hachure rose tendre des lèvres, ses doigts courts et fins, lustrés par le maniement constant de la laine, les seins dont on sentait déjà qu'ils s'épanouiraient généreusement, comme ses hanches; il n'y avait rien de frêle chez cette jeune fille qui poussait avec la robustesse et la beauté énigmatique d'un pommier.

— Qui vous a demandé de venir me trouver?

Pas un mouvement, ni même un souffle, pour trahir qu'elle avait entendu. Sa vie était en suspens.

— Madeleine, redemanda-t-il avec fermeté, qui?

— Personne!

12

— Dubrisay, comment avez-vous osé prendre cette initiative?

Jacques criait dans le bureau, où justement son directeur était en train de sévir contre des commis, pour des manquements à la discipline du silence, imposée à tous les employés de l'administration. Mlle Marmin veillait à la stricte observance de ce règlement, qui interdisait toute conversation sans lien direct avec le travail. La première infraction attirait une réprimande, mais à la deuxième, on imposait au coupable une amende, perçue à même l'enveloppe de paie. Ces sommes engraissaient une cagnotte que l'on vidait à Noël pour la fête du bureau. Quant aux récidivistes, d'habitude leur sort était remis entre les mains de Julien Dubrisay lui-même et les peines pouvaient aller jusqu'au renvoi. Dubrisay tranchait précisément le cas d'un bavard coriace lorsqu'il fut apostrophé par Jacques, au grand soulagement du coupable d'ailleurs.

— Nous ne gagnerons rien dans une guerre de tranchées avec nos ouvriers, poursuivit Jacques dont l'emportement était inhabituel, je vous l'ordonne, retirez tout de suite la plainte.

Loin de se laisser intimider par cette colère, Dubrisay répliqua froidement:

— Monsieur, si vous voulez faire retirer la plainte, appelez vous-même la police.

Interloqué par cette insubordination, Jacques se dirigea vers son bureau; Dubrisay emboîta le pas, humilié d'avoir été interpellé ainsi devant des subalternes.

— J'avais, dit-il à Jacques, fait régner jusqu'ici dans cette maison un climat un peu sec, mais salubre, que vous êtes en train de détériorer. Si cela devait s'éterniser, je demanderais à Roubaix de me rappeler en France. Vous auriez toute latitude d'agir ici comme vous l'entendez.

Jacques ne voyait de cœur nulle part chez cet homme rigide et froid, qui fonctionnait avec la régularité et l'efficacité d'une machine, mais force lui était d'admettre qu'une entreprise ne pouvait pas, pour son bon fonctionnement, se passer de cette sorte de bouc émissaire. Les défauts que les ouvriers reprochent généralement aux patrons, Dubrisay les avait tous, mais il avait aussi les qualités que recherche la direction.

— Je ne vois pas mon père vous rappelant là-bas, dit Jacques, vous lui êtes trop utile ici.

Dubrisay commençait à se demander sérieusement où le mènerait cette fidélité exemplaire qu'il avait eue pour Auguste Roussel. Qu'importent ses qualités, il lui semblait maintenant que, pour les promotions, il passerait toujours après l'un ou l'autre des fils Roussel, contrairement à ce que lui avait fait miroiter Auguste, qui l'avait toujours par ailleurs traité comme un fils. Le cheminement pénible de Julien Dubrisay aurait anéanti quiconque n'eût pas possédé sa force de caractère. Cadet d'une famille belge de onze enfants, Julien avait huit ans quand son père fut tué avec six autres mineurs par un coup de grisou, dans une houillère, près de Mons. Les neuf ans d'écart qui séparaient le cadet des autres enfants Dubrisay isolèrent Julien; il n'avait pas l'impression de faire partie de la famille et c'était juste! Il n'y avait que sa mère pour le traiter comme s'il appartenait à la maison. Aussi, quand à la mort de son père, un cousin de la famille proposa d'amener Julien en France, à Fourmies, personne ne fit d'objections. Et surtout pas sa mère qui craignait, avec raison, qu'en restant à Mons cet enfant intelligent, avec de belles dispositions, serait condamné comme les autres à l'esclavage des houillères.

Cet exil fut un trait de génie.

La ville de Fourmies était plus petite que Mons, mais il y avait une religion, le textile! Julien Dubrisay en devint le néophyte le plus fervent. Un vrai phénomène, il créait, à douze ans, des cartons de Jacquard, plus vite et mieux que les spécialistes de l'atelier de tissage que dirigeait son cousin. Mais plus extraordinaire encore, ce garçon infatigable allait, après les heures d'ouvrage, suivre des cours d'enseignement secondaire, auprès d'un instituteur retraité, qu'il payait de sa poche. Quelques années plus tard, Julien Dubrisay avait développé une ambition: devenir directeur d'entreprise. Sans ressources cependant, il savait qu'il devrait attacher son sort à celui d'une grande famille des textiles s'il voulait réaliser son rêve. Le curé de Fourmies, après s'être rassuré que Julien ne risquait pas de tomber, comme tant d'autres jeunes, dans les rets du Parti ouvrier français, le recommanda à Auguste, un camarade d'école. La dévotion de Dubrisay, sa connaissance aiguë de tous les métiers, aidèrent singulièrement Auguste qui venait d'hériter de la succession de son père.

Son avenir assuré, Dubrisay acheta pour sa mère une modeste villa au bord de la mer, à Ostende, où il la visita presque tous les dimanches, jusqu'à ce qu'elle meure. Quand il l'avait recueillie à Mons, sa mère, abandonnée par tous les autres enfants, subsistait de peine et de misère en faisant des dentelles à l'aiguille, du point de Sedan surtout. Installée à

Ostende, elle insista pour poursuivre son travail; elle donnait les dentelles à vendre à Julien afin qu'il se rembourse des frais qu'elle lui causait. Ces dentelles sublimes, il n'en avait vendu aucune. Il les gardait précieusement chez lui, les sortant à l'occasion de leur emballage pour les admirer. Ces enlacements délicats de rinceaux, de fleurs, d'arabesques le plongeaient dans l'extase; qu'ils fussent l'œuvre de sa mère lui tirait des larmes.

La vieille dentellière, que l'indifférence de ses autres enfants avait atteinte plus qu'elle ne l'admettait, eut, si l'on peut dire, la bonne fortune de tomber gravement malade, durant les deux semaines de vacances que Dubrisay faisait immanquablement coïncider avec le dernier dimanche de juillet, afin, à l'insu de tous, y compris de sa mère, de se rendre à Furnes participer à la Procession des pénitents. La tête couverte d'une cagoule brune, deux trous pour les yeux, pieds nus, Dubrisay, comme les autres pénitents, portait sa lourde croix de bois, à travers la ville, jusqu'à l'église Saint-Nicolas. Suivant la coutume du moyen-âge, seul le capucin chargé de la marche de pénitence connaissait l'identité des participants et ceux-ci gardaient pour eux le secret des fautes qu'ils cherchaient ainsi à expier. Quand Dubrisay gagna Ostende, après la procession de 1910, sa mère s'éteignit doucement dans ses bras. Un mois plus tard, après avoir revendu la villa, il fit paraître un avis laconique dans le *Hainaut* de Mons pour prévenir ceux qui l'avaient connue... et la famille, que Mme veuve Marie-Anna Dubrisay était décédée et avait été inhumée à Furnes, dans la plus stricte intimité. La défunte n'avait aucun parent dans cette ville des Flandres, mais Julien avait déterminé qu'il participerait à la marche expiatoire, jusqu'à la fin de ses jours, et qu'il en profiterait pour aller s'agenouiller sur la tombe de sa mère. Celle-ci disparue, Julien put se consacrer entièrement à sa carrière et partir aux États-Unis, comme le lui demandait Auguste depuis longtemps. Dubrisay n'avait jamais mentionné à personne l'existence de sa mère, aussi avait-on échafaudé, dans son entourage, les théories les plus fantaisistes sur ses voyages hebdomadaires en Belgique. De quels on-dit se serait-on repu si l'on avait été au courant de l'asservissement dans lequel il tenait Mlle Marmin, une ignominie qu'il cherchait sans doute à expier par ses pénitences de juillet?

Julien Dubrisay avait trop investi dans son avancement au sein des entreprises Roussel pour compromettre son avenir en tenant tête à un des fils, même s'il avait raison, croyait-il, d'avoir porté plainte contre les fauteurs de désordre et surtout contre cette tête forte de Lambert.

— Monsieur, dit-il à Jacques, je vais me plier à votre nouvelle décision, mais dans mon for intérieur, je ne m'y associe pas.

— Cela m'est égal, riposta Jacques. Ce qui est important, c'est que la paix règne aux usines Lorraine.

13

— Si tous les ouvriers se mettent à tirer ensemble, y a pas grand-chose que les patrons vont pouvoir faire.

Valmore, assis au bout de la table du dîner, prêchait, la bouche pleine, à sa femme et à ses enfants, ponctuant son discours, tantôt avec la fourchette, tantôt avec le couteau.

Depuis son élargissement de prison et le retrait des plaintes, la semaine précédente, la table familiale était devenue sa tribune de prédilection. Si leur court séjour en cellule avait beaucoup tiédi l'ardeur révolutionnaire de ses compagnons, Valmore avait en revanche entrepris d'endoctriner sa famille qui n'avait pas d'autre choix que de l'écouter.

— Nous autres en prison, qu'est-ce que vous pensez qu'il se serait passé au moulin, les enfants? C'est pas pour rien qu'ils nous ont relâchés.

Madeleine picorait dans son assiette, sans appétit, écoutant ces divagations d'une oreille distraite. Elle n'avait pas soufflé mot de son intervention auprès de Jacques Roussel et maintenant elle s'inquiétait que son père s'imaginât que la direction avait reculé, par crainte des ouvriers.

— Le petit monde a toujours plié, poursuivit Valmore, mais prenez ma parole, c'est en train de changer parce qu'on est unis, solidaires.

Il cherchait une approbation autour de la table, mais ils avaient tous le nez dans leur manger.

— Baptiste! cria Valmore, exaspéré par l'indifférence de tous.

Le manchot sursauta. Depuis les incidents de l'usine, il vivait dans la terreur de son père. Heureusement qu'à la prison municipale, il avait partagé une cellule avec Adelbert et Victor plutôt qu'avec lui.

— Mon mari, reprit Évelyne, tu te fais des idées. Vous êtes quatre ou cinq révoltés...

— C'est tout ce qu'il faut!

L'observation d'Évelyne l'avait remis tout de suite en selle; Valmore avait seulement besoin de sentir qu'on l'écoutait, qu'il ne prêchait pas dans le désert.

— Quand je faisais la drave au printemps et que

j'apercevais quatre ou cinq gros billots se mettre de travers dans le courant, je savais que ça y était! C'est tout ce que ça prend pour commencer une embâcle. À quatre ou cinq, ma femme, on peut tout arrêter, comme une embâcle, et ça va leur prendre de la dynamite pour nous décoller.

Quelqu'un qui frappait à la porte de devant interrompit brusquement l'envolée de Valmore. Personne n'arrivait jamais par là.

— Vas-y, ordonna Valmore à Baptiste.

Il s'empressa d'aller ouvrir et revint aussitôt dans la cuisine où, les yeux exorbités, la voix tremblante, il annonça:

— C'est M. Roussel!

L'arrivée inopinée du Très Saint-Père le pape, dans la maison Lambert, aurait eu à peine plus d'effet; Évelyne bondit sur la lessive, deux ou trois rangs d'oriflammes mouillées tendues sur des cordes traversant la cuisine, tandis que les autres se précipitèrent pour enlever la vaisselle sale de la table, ranger la planche à repasser, et débarrasser le raccommodage qui traînait sur la berceuse, un branle-bas subit qui effaroucha même le chat de la maison.

— Monsieur Jacques Roussel, le patron, répéta Baptiste ahuri.

— Voyons, il vous mangera pas, ronchonna Valmore, le seul qui n'avait pas bronché.

— Ben... fais-le rentrer, Baptiste, dit Madeleine en apercevant Jacques, qui attendait timidement, au bout du passage menant directement à l'entrée.

Jacques arriva dans la cuisine, un sourire affable sur le

visage, la main tendue vers Évelyne.

— Je vous demande pardon, je vous dérange à l'heure du repas.

Évelyne récita une litanie d'excuses, à cause du désordre, essuya soigneusement sa main sur son tablier avant de serrer celle du visiteur.

— Monsieur Lambert!

Valmore, que Madeleine exhortait du regard, s'était enfin levé de table. Il fut étonné que Jacques lui tende la main, après ce qui s'était passé, il aurait eu, lui, la mémoire plus longue.

— Et vous, je vous connais bien, dit-il en s'adressant à Baptiste, vous m'ouvrez la barrière chaque jour.

— C'est un honneur, marmonna l'infirme.

Jacques salua tous les autres à la ronde et annonça aux époux Lambert qu'il souhaitait s'entretenir avec eux d'un sujet très particulier.

— On va passer au salon, dit sèchement Valmore.

Madeleine fut frappée d'inquiétude. Pourquoi venait-il relancer ses parents jusqu'ici? L'idée qu'il pourrait rapporter l'épisode de la voiture la consterna. Son père lui avait commandé de préparer du thé, mais elle n'arrivait pas à apparier les tasses avec les soucoupes, ni même à trouver la théière dans le bataclan du comptoir de cuisine.

Ils avaient fermé la porte du salon et elle ne percevait que des bruits de voix confus, la voix de M. Roussel surtout, qui augmentait encore son angoisse. Elle versa le thé, prit deux soucoupes avec les tasses, mais le cliquetis ridicule de vaisselle l'arrêta, elle tremblait trop et elle avait oublié de retirer son tablier. Elle ferma les yeux, attendit que s'apaise le tumulte de son cœur, et marcha jusqu'à la porte du salon. Elle entendit son père qui élevait le ton:

— Si vous faites ça pour me clouer le bec, pour m'empêcher de travailler avec les autres à améliorer notre sort au moulin, vous vous trompez d'adresse. Je préfère ma liberté.

— Monsieur Lambert, pour ce qui est du moulin, puisque vous en parlez, vous devez vous dire que la patience de la direction ne sera pas sans bornes. J'accepterai les entrevues, cela va de soi, mais je ne tolérerai pas d'incidents comme celui de l'autre jour. Ce que je vous propose au sujet de votre fille est sans aucun lien avec ça.

La curiosité de Madeleine venait d'être piquée au vif, elle poussa la porte du bout du pied, entra servir le thé.

— Au fond, observa Évelyne, ce serait à elle de décider.

Elle avait les yeux ronds comme des billes, sa mère, elle parlait avec émoi:

— Madeleine... M. Roussel offre de te payer des études au pensionnat des sœurs.

Il ne l'avait vue que deux fois! Comment avait-il pu tomber justement sur son vœu le plus cher, celui qu'elle n'avait dévoilé à personne? Là-dessus, son seul confident c'était Notre-Seigneur. Elle lui en glissait un mot de temps à autre dans ses prières.

— L'année est déjà commencée, fit remarquer Madeleine.

— J'ai parlé à la supérieure, dit Jacques, elle fera une exception.

— Mais il me faudra le costume.

— J'y ai pensé.

Elle dévisageait son père, essayait de déceler un signal d'accord dans son air bourru. Non, il voyait trop bien que sa femme avait déjà accepté cette charité, que, des yeux, elle implorait sa fille d'en faire autant...

— C'est sûr, répondit gravement Madeleine, j'aimerais ça étudier.

Elle avait sur sa robe de guingan une reprise grossière qu'elle essaya de dissimuler en y posant la main.

— Les religieuses vont lui préparer son trousseau, confia Jacques à sa mère.

Elle rougit, sûre qu'il avait déjà remarqué cet accroc et sans doute le reste de son habillement misérable: les bas de coton toujours en accordéon, les chaussures trop grandes de Cécile, le chiffon de ruban fané pour retenir ses cheveux.

Il était si élégant, lui, dans son costume gris foncé, sa chemise en popeline blanche au col souple et large d'où s'épanouissait la cravate, une pimpante corolle de soie.

— Pourquoi faites-vous ça pour elle? s'enquit Valmore, les yeux chargés de méfiance.

— Je le ferais pour toutes les jeunes ouvrières du moulin, si cela nous était possible.

Évelyne n'en douta pas un instant, cet homme semblait si bon; quelle bénédiction que sa générosité tombât sur Madeleine!

14

Jacques eut du mal, ce soir-là, à sortir du Petit Canada, un labyrinthe de rues étroites, certaines en terre battue, d'autres asphaltées sommairement, un quartier de maisons de bois à deux ou trois étages, les ruches du pauvre monde qui faisait bourdonner l'économie de la Nouvelle-Angleterre. Il tournait en rond avec sa voiture, n'arrivait pas à s'orienter, mais bien moins à cause du dédale des rues que du désordre de ses pensées.

La décision de payer des études à cette jeune fille, une inconnue pour ainsi dire, était d'une amère ironie, considérant la conversation qu'il avait eue avec Simone, pas plus tard que la veille au matin. Profitant du soleil encore chaud de l'automne, il dépouillait son courrier sur la terrasse attenante à leur chambre, tout en prenant le petit déjeuner. Il y avait une lettre de sa mère avec les nouvelles de la famille: sa sœur Marie-Laure qui avait été opérée d'une hernie et se remettait bien, Marc-Antoine, qui était parti poursuivre ses études de médecine à Vienne, chez un certain docteur «Friend» ou «Freud», il arrivait mal à déchiffrer, car sa mère lui envoyait toujours d'interminables épîtres, si bien qu'à la fin l'écriture fatiguée devenait presque illisible, mais cette dernière missive avait une autre particularité, son père avait ajouté un post-scriptum, son premier message personnel depuis le mariage, il demandait pour quand serait l'heureux événement.

Cette question, Jacques se la posait aussi, il avait hâte d'avoir des enfants, plusieurs, une nichée comme chez les Lambert, autant que le bon Dieu souhaitait lui en envoyer.

Il arrêta la voiture, regarda autour, il était par mégarde revenu sur la rue Maple, à deux pas de chez les Lambert. Sauf à une fenêtre du premier étage, il n'y avait déjà plus de lumière chez eux. Il se demanda qui de la famille veillait encore, sans doute Madeleine, l'imaginant si excitée de commencer des études qu'elle n'arrivait pas à fermer l'œil. Quand elle avait accepté son offre, son visage s'était allumé joliment, mais elle n'avait pas bondi de joie, elle s'était même excusée parce qu'elle était de corvée à la cuisine, le laissant avec sa mère régler les détails de l'admission au couvent. Il avait été frappé par la discipline presque régimentaire qui semblait régner dans la maison, par la hiérarchie aussi dans l'assignation des tâches. Durant le court instant passé à la cuisine, il avait vu les plus petits débarrasser la table des choses moins fragiles, d'autres, plus grands, s'occuper des plats et de la vaisselle, et Baptiste, le manchot, sans doute l'aîné des garçons, prendre charge des opérations quand les parents étaient passés au salon.

Il se remit en route, craignant que le bruit du moteur ne dérange la rue paisible. Il irait jusqu'à la rivière et la longerait pour rentrer chez lui, ainsi il retrouverait plus facilement son chemin.

En repliant la lettre de sa mère sur la pile de courrier parcouru, il avait vu la bonne entrer dans la chambre avec le petit déjeuner de Simone. Celle-ci avait pris l'habitude de rester des heures au lit, épluchant journaux et magazines. Sandrine apportait le plateau du repas avec les quotidiens de New York et Boston, échafaudait un confortable dossier avec tous les oreillers du lit, et Simone commençait sa lecture. Après les journaux, elle s'attaquait à *Vogue* et *Harper's Bazar* dont elle dévorait les illustrations et les rubriques mondaines; il n'y avait pas une activité des Vanderbilt, des Morgan ou des Rockefeller dont elle ne fut pas au courant, pas une première d'opéra dont elle ne sut décliner le nom des vedettes et du chef d'orchestre; du creux de son lit, à Woonsocket, elle participait activement à la vie des grandes villes américaines tout autour.

Quand elle sortait des draps, vers midi en général, elle se laissait glisser dans le bain qu'avait fait couler Sandrine. Là, dans la douceur de l'eau chaude, parfumée au tilleul, Simone faisait une demi-heure d'exercice vocal, puis la Martiniquaise lui lavait les cheveux, les séchait et les plaçait, et, à l'occasion, lui donnait un massage sur une grande table que l'on avait réussi à caser dans la salle de bain, après des travaux d'agrandissement coûteux.

Simone avait un comportement de reine, soit! mais cela ne déplaisait pas à Jacques qui y voyait le signe que sa femme s'incrustait enfin dans une vie de ménage idyllique... trop peut-être, car ses relations avec Simone tournaient à l'idylle, dans le véritable sens du mot: de l'amour tendre, mais de loin trop chaste pour qu'il y ait grande chance de répondre affirmativement aux post-scriptum d'Auguste.

Simone adorait être dorlotée et se blottir des heures dans les bras de son mari, mais elle montrait peu d'inclination pour les gestes plus significatifs, ceux qui auraient permis d'envisager un berceau dans une des chambres, une maison dans un des arbres du jardin. Et quand cela se produisait, elle semblait y prendre un bien discret plaisir, loin des extases de Caroline!

Son inaptitude à électriser Simone avait fini par inquiéter assez Jacques pour qu'il s'en ouvre à elle. D'abord, elle pouffa de rire, puis, voyant dans quelles affres profondes le plongeait cette question, elle le rassura tout de suite qu'il ne devait pas évaluer le plaisir d'une femme à l'extravagance de ses transports. Elle voulut savoir comment avaient été les autres femmes qu'il avait connues, ce qui le musela aussitôt, il n'allait pas parler de Caroline, encore moins de la première, dont il avait oublié le nom, mais dont il se souvenait de la passion énergique. Simone s'alarma qu'il eût des doléances par rapport à elle. Non, rien! Il l'adorait.

Il se fit donc à l'idée que certaines femmes étaient des brasiers ardents, d'autres, des étoiles qui se consumaient en silence, mais tout aussi brillantes dans le firmament de l'amour; il y avait les rapides tumultueux et les lacs profonds, deux facettes tout aussi rafraîchissantes du même élément.

Le post-scriptum d'Auguste l'avait quand même piqué, Jacques était entré dans la chambre, la lettre à la main, un sourire narquois aux lèvres.

— Mon père fait demander pour quand sera l'heureux événement...

Simone s'était cabrée tout de suite. Quel culot pour ce vieux rancunier de s'inquiéter de la fécondité d'une belle-fille dont il n'avait pas encore eu la politesse de reconnaître l'existence, pensa-t-elle, en feignant de ne pas comprendre la remarque.

— Bien oui, dit Jacques, une naissance!

Il s'était assis sur la bergère, au bord du lit, avait attendu qu'elle relève le nez de son magazine.

— Ah! non, dit-elle, moi je n'y tiens pas.

— Qu'est-ce que tu veux dire?

— Je ne veux pas d'enfant.

Cette admission subite l'avait stupéfié. Ce n'était pas la première fois qu'il était question d'enfants entre eux et même si elle n'avait jamais montré beaucoup d'enthousiasme à ce sujet, elle n'avait pas non plus indiqué clairement son refus d'en avoir. Elle avait compris, à son air, l'énormité de ce qu'elle venait d'avouer et elle s'était empressée d'ajouter:

– Pas tout de suite, en tous cas. Il faut que je bouge, que je sois libre de mes mouvements...Ce n'est pas ici, dans ce trou, qu'un... Toscanini viendra me chercher.

Le nom de «Monteux» avait failli lui échapper, sans doute parce qu'elle l'avait revu dernièrement. Fidélia ayant trouvé un atelier magnifique à Boston, Simone s'y rendait régulièrement et allait avec elle prendre le thé dans les endroits à la mode... près de la salle de concert. Quand ces deux-là descendaient de la Cadillac, aidées par Bill Wiggett en livrée, tout Massachusetts Avenue s'arrêtait un instant de circuler! Simone et Fidélia formaient un tandem remarquable, la finesse exceptionnelle de la beauté de l'une et l'originalité excentrique de l'autre attiraient tout de suite l'attention. Cette assiduité dans les parages de la symphonie avait porté fruit, Simone avait enfin retrouvé Monteux qui l'avait d'ailleurs tout de suite repérée, dans le salon de l'hôtel Westminster. Il avait été charmant, s'était informé de sa carrière au sujet de laquelle elle se sentit fort gênée de n'avoir rien à dire.

Malgré l'air consterné de Jacques, Simone avait donc annoncé qu'à l'avenir, elle passerait beaucoup de temps à New York.

– J'ai besoin d'un bon professeur.

Elle s'était bien gardée cependant de préciser que c'était Monteux qui lui avait fait comprendre qu'elle pouvait dire adieu à une carrière si elle s'obstinait à rester à Woonsocket ou même à Boston, où il n'y avait pas d'opéra. Sa seule chance de réussir, et il commençait même à se faire tard, c'était d'avoir un professeur à New York, éventuellement, un impresario, et de fréquenter le milieu du chant.

– Mais Simone, avait objecté Jacques, toi à New York, moi ici, ça n'a pas de sens.

– Je ferai des aller-retour.

Jacques mit tellement de temps à revenir du Petit Canada que Joseph avait déjà fermé la grille quand il arriva chez lui. Il dut descendre d'auto pour l'ouvrir.

Le ton froid sur lequel Simone avait annoncé cette décision d'aller régulièrement à New York, l'avant-veille, lui grinçait encore dans les oreilles. Cette maudite idée de carrière refaisait toujours surface, au moment où il ne s'y attendait plus, elle rongeait leur vie, comme une colonie de termites et il n'arrivait pas à la déloger.

Il regarda vers sa maison. Dans les nappes de brumes, qui montaient de la rivière et ondulaient autour d'elle, cette demeure, joliment illuminée, lui apparut comme un gros navire sur une mer houleuse; il sourit; pour le moment, il avait la barre bien en main, le bateau allait encore où il voulait, mais pour combien de temps?

15

Valmore tressaillit. Il avait vu une tache lumineuse courir à toute vitesse sur le plafond de la chambre qu'il fixait depuis des heures, incapable de dormir. Il ferma les yeux, les ouvrit, et le météore mystérieux, qui avait disparu par une déchirure du papier peint, apparut de nouveau, dansa un instant au-dessus de lui, puis sortit par la fenêtre, à travers le store baissé.

Cette fois-ci, il n'en douta pas, c'était réel, pas un éblouissement passager causé par du surmenage, comme le docteur Fontaine lui avait laissé entendre, alors qu'il était allé à son cabinet pour lui faire part de ce malaise dont il n'avait pas osé parler à Évelyne pour ne pas l'inquiéter. Les heures de travail étaient trop longues et pouvaient provoquer de tels déséquilibres, avait prétendu le docteur Fontaine, qui avait incité Valmore à profiter de l'ascendant qu'il semblait exercer sur ses compagnons de travail pour les convaincre de faire front commun et de réclamer de meilleures conditions, à l'usine. Bien loin d'améliorer sa condition, les vains efforts déployés pour obtenir une réduction de leur semaine de travail avaient augmenté la fréquence de ces éclaboussures lumineuses qui l'angoissaient, la nuit.

Il sortit du lit doucement et alluma l'ampoule, dans le passage. La coulée de lumière s'infiltrant par la porte entrouverte suffisait à noyer ces lueurs hallucinantes.

Quand il vint se rasseoir sur le lit, la voix d'Évelyne le surprit:

— Valmore, tu ne dors pas?

— Non, fit-il.

— Qu'est-ce qui te trotte donc dans la tête?

Il s'étendit près d'elle, sans répondre.

— Valmore, demanda-t-elle avec insistance.

— Je pense que si on était resté chez nous, ma femme, là-bas sur notre terre, je serais peut-être arrivé à donner quelque chose à mes enfants..., tandis que maintenant, c'est un étranger qui le fait à ma place.

— Son père, qu'est-ce que tu chantes là, «chez nous»? C'est «ici» chez nous!

— Chez nous, répéta Valmore, avec amertume. À

l'ouvrage, on est régenté par des Français de France, puis partout ailleurs, par des Anglais et des Irlandais.

Il s'enfonça dans l'oreiller pour étouffer les larmes qui sourdaient. Il était au bord du vide et terrorisé, il avait envie qu'Évelyne le prenne dans ses bras, comme un petit, mais cela n'était pas possible, il entendait son père et sa mère le sermonner, il sentait ses enfants agrippés à lui comme à une bouée, il n'avait qu'à se raidir et continuer d'affronter les embruns.

Évelyne posa la main sur sa nuque et ce baume l'apaisa un peu.

— Valmore, c'est pas pour nous qu'on a transplanté la famille aux États, c'est pour les enfants. Eux autres sont jeunes, ils vont se faire des racines. C'est un gros cadeau qu'on leur fait, son père, on leur donne un pays où ils n'auront jamais la misère qu'on a mangée...

Évelyne lui prit doucement la tête, l'amena contre elle; le souffle chaud de la respiration de Valmore lui effleura le sein comme une brise d'été, mais elle ressentit aussi sur sa peau l'égratignure de sa barbe rêche. Elle ferma les yeux, recréa dans sa tête l'image de cet homme qu'elle aimait, tout de douceur et d'âpreté, de rêve et de tourment.

CHAPITRE 15

Trois vieux blaireaux

1

— I know, that's how we're gonna settle this!

Le maire Rochon se redressa brusquement, chercha à tâtons son pantalon qui était tombé au fond de l'auto et l'enfila, tandis que Kelly, pantelante sur le siège arrière, essayait de retrouver ses esprits. Encore une fois, le maire était tiraillé entre l'amour et des affaires municipales pressantes. Était-ce la fonction de greffier, que Kelly occupait à l'hôtel de ville de Woonsocket, qui provoquait chez lui ces inspirations subites, presque chaque fois qu'ils partaient ensemble pour ces balades nocturnes qui se terminaient toujours quelque part dans les bosquets, près de la rivière Blackstone?

Ce n'est pas tant que sa femme apprît l'existence de cette aventure avec Kelly O'Connor qui tracassait Rochon, mais les répercussions que cela eût entraînées pour son avenir politique. La croisière de Gary Hart et Donna Rice à Bimini, la catastrophe qui en était résultée, avait traumatisé Rochon,

qui s'imaginait que la presse américaine au grand complet
cherchait maintenant à le piéger. Soit, les journalistes avaient
eu la peau du candidat démocrate à la présidence, mais ils
n'auraient pas la sienne, aussi quand l'envie devenait
irrésistible, il amenait Kelly dans sa Cadillac et, à la faveur
de la nuit, s'enfonçait dans quelque sentier désert, où il
assouvissait ses passions, loin des reporters du *Woonsocket
Call* ou du canal 02 de la télévision.

La randonnée fatale du *Monkey Business* avait aussi
sonné le glas de la petite vacance que prenaient Kelly et le
maire, au mois de septembre, au chic Colony Club de
Kennebunkport, sur la côte atlantique. Ces sorties dans les
endroits bien fréquentés étaient devenues beaucoup trop
risquées. Il semblait donc que le scandale Hart-Rice eût à
jamais relégué la jolie Kelly au cuir synthétique de la
banquette arrière de la voiture de Dave.

— Honey, what do you want to settle? s'inquiéta Kelly en
s'efforçant de dégager, sans faire de maille, son bas-culotte,
coincé dans la boucle d'une des ceintures de sécurité.

— First, let's get out of here!

Il n'était certes pas question de s'éterniser dans les sous-
bois plus longtemps que nécessaire. Dave attendit
impatiemment que Kelly eût fini de s'habiller et il remit la
voiture en marche; les roues glissèrent sur le sentier boueux.
Il ne s'énerva pas, appuya doucement sur l'accélérateur afin
de permettre aux pneus d'adhérer, puis encore un peu plus.
Rien! juste le sifflement aigu du caoutchouc sur la terre
détrempée, la Cadillac n'avait pas bougé d'un centimètre. À
fond de train maintenant, l'accélérateur au plancher! Le
moteur enragé fit tanguer la grosse voiture, tandis que les
roues hallucinées n'avançaient pas, elles patinaient en
s'enfonçant.

– Jesus fuckin' Christ! hurla Rochon.

Il avait pourtant pris toutes les précautions d'usage, descendant le sentier en marche arrière, s'arrêtant de temps à autre et avançant un peu pour vérifier l'adhérence.

– Do you want me to get out and push? demanda timidement Kelly.

À l'air dégoûté de Rochon, elle comprit qu'elle ne pourrait pas grand-chose pour cette baleine d'automobile échouée dans la boue.

– You get behind the wheel, I'll push!

Mais Rochon vit tout de suite qu'il faudrait plus que la force brute pour les sortir de là, les roues arrière avaient calé jusqu'à l'essieu et la voiture gisait, l'avant retroussé dans un gros pied de nez ridicule.

Encore une fois, l'ingéniosité de Dave, dans les situations désespérées, força l'admiration de l'Irlandaise qui s'était amourachée de lui, dès qu'il eût pris en main les affaires de la ville. C'est vraiment un homme de tête qui dirige Woonsocket, pensait Kelly, pendant que Rochon juchait l'auto sur le cric et comblait de branches coupées les cratères creusés par les roues, de vulgaires travaux de charretier qui devenaient avec l'amour l'apothéose du génie.

Quand il entra chez lui, au milieu de la nuit, Rochon expliqua à sa femme, morte d'inquiétude, qu'il avait apporté son soutien moral à une équipe, appelée d'urgence pour réparer le bris d'un égout collecteur. Le voyant couvert de boue, des pieds à la tête, Mme Rochon reprocha gentiment à son mari de prendre les choses de la municipalité trop à cœur. N'avait-il pas déjà assez de soucis avec cette histoire de Baptiste Lambert, le vieux fou qui menaçait de se faire sauter à la dynamite, sur le terrain des Lorraine Mills, sans passer la nuit à courir dans les égouts?

2

En effet, cet incident qui durait maintenant depuis presque deux jours menaçait, s'il se terminait tragiquement, de laisser une bavure malheureuse sur le dossier jusqu'ici impeccable du maire Rochon. Il n'était peut-être pas aussi génial que se l'imaginait Kelly, mais il était quand même en train de réussir à désempêtrer la ville du bourbier dans lequel l'avait abandonnée l'industrie textile qui, durant les dernières années, s'était presque complètement retirée de Woonsocket, comme de toute la Nouvelle-Angleterre d'ailleurs. Petit à petit, il avait attiré suffisamment d'industries de pointe pour redonner à sa ville l'espoir de retrouver un peu du lustre passé, alors qu'elle était la capitale des textiles, le fleuron industriel du nord-est américain.

On aurait pu croire que Lambert, un homme dépassant quatre-vingts ans, eût capitulé rapidement, une fois son coup d'éclat monté en épingle par les journaux et la télévision. Il avait voulu attirer l'attention sur lui, c'était clair; maintenant que c'était fait, pourquoi ne sortait-il pas tranquillement de la guérite où il s'était barricadé?

Sauf Rick Laverdière, le jeune reporter du canal 02, en campement devant la guérite avec sa caméra depuis le début de l'incident, personne ne saisissait très bien la profondeur de la désespérance du vieux. Home Entertainment, une compagnie de câble de New York, avait interrompu la diffusion quotidienne de ses deux heures de programmes français en Nouvelle-Angleterre, mais quoi de plus normal, il ne restait plus qu'une petite poignée d'auditeurs intéressés, quelques excentriques comme Baptiste Lambert ou son ami Cléophas Larouche, ou peut-être même sœur Bernadette, de drôles d'oiseaux, un peu séniles, agriffés à leur passé.

Baptiste, du carreau de sa guérite, voyait la foule des curieux grandir autour de lui et commençait à imaginer que son geste portait fruit, que les consciences s'éveillaient. Ce qu'il ne comprenait pas, dans sa candeur, c'est que les milliers de personnes qui grouillaient sur le terrain des usines Lorraine, des jeunes surtout, n'attendaient que le moment où il mettrait sa menace à exécution et se ferait sauter. Une bonne douzaine d'amateurs avaient pointé leurs caméras vidéo vers la guérite, dans l'espoir de capter ce moment palpitant de l'histoire de Woonsocket.

Ceux qui n'étaient pas sur les lieux en personne restaient devant leur poste de télévision où le canal 02 diffusait constamment des bulletins spéciaux, interrompant même les émissions les plus populaires du réseau. Le maire Rochon avait eu à ce sujet un entretien orageux avec Frank Généreux, le directeur du poste, essayant de lui faire comprendre le tort irréparable qu'il causait à la ville en montant cet événement en épingle. Ce fou, ce maniaque, obtenait plus de temps d'antenne qu'il n'en avait jamais eu lui-même, depuis le début de son mandat à la mairie.

– Mr. Mayor, when you make news, you get coverage!

Rochon n'avait pas claqué la porte du bureau de Généreux, il l'avait presque arrachée!

3

Assis dans sa berceuse, un cigare au bec, Cléophas

Larouche ne pouvait détacher son regard de l'écran de la télévision, même si le bulletin spécial sur Baptiste était terminé depuis un moment et que *Good Morning America* avait repris son cours normal. Ces insertions de nouvelles locales dans une émission nationale étaient assez habiles, elles donnaient l'illusion au commun des mortels que le chien écrasé de Woonsocket montait sur le podium, au même titre que les champions de la nouvelle. Cléophas n'en revenait pas de voir ces images de Baptiste, son ami, intercalées entre un reportage sur la *glasnost* de Gorbatchev et un autre sur l'effet de serre en train de cuire notre planète.

Sa harpie de femme l'arracha à sa contemplation béate:

— Pas encore huit heures et ça pue déjà le cigare. Ton breakfast est sur la table.

— Tu vois bien que je regarde la télévision...

Il pensait plutôt à Baptiste. En fait, Cléophas, qui avait toujours dormi à poings fermés comme un nourrisson, avait du mal à trouver le sommeil depuis que son voisin s'était lancé dans cette folle équipée. Il craignait que l'affaire tourne mal et aussi, il lui enviait un peu toute cette publicité. Depuis deux jours, Baptiste apparaissait à la télévision aux cinq minutes et il avait même fait la manchette du *Woonsocket Call*, ce matin. Cléophas ferma les yeux, se laissa engourdir par la fumée chaude de son Muriel; dans la grisaille de son existence, il y avait eu un moment lumineux: ce jour de Saint-Jean-Baptiste, il y a bien soixante-cinq ans maintenant, quand il avait été choisi parmi une dizaine de candidats, y compris ce même Baptiste, pour incarner le saint patron des Canadiens français, sur le char allégorique du défilé. Il revit Baptiste, déçu de ne pas avoir été choisi, courir pendant tout le défilé près du char sur lequel, lui, avec ses jolies boucles blondes, assis triomphant sur un trône de fleurs, soufflait des baisers à la foule en délire. Cléophas sourit; la revanche de

Baptiste était tardive, certes, mais éclatante! Pour ce qui est de lui, il y a longtemps que Woonsocket avait oublié son seul jour de gloire; le reste de sa vie, Cléophas l'avait passé aux usines Lorraine, à surveiller une batterie de mules-jennys dans l'atelier de filature, et... à endurer la femme que le destin lui avait choisie, une écervelée qu'il avait épousée par vanité en 1932, l'année où elle fut élue Princesse du Caoutchouc, au Alice Mill de la U.S. Rubber Company. Comme le vote populaire déterminait cet honneur, il tombait en général sur l'ouvrière volage qui avait le plus grand nombre de cavaliers; l'élue de 1932 n'échappait pas à cette règle et Cléophas, qui s'en était amouraché, décida de lui mettre le grappin en l'épousant. Dans quel chiendent il se retrouva! La U.S. Rubber ferma l'usine Alice, avant même la fin du règne de la Princesse du Caoutchouc, et Cléophas chôma un an avant de se caser aux moulins Lorraine. Quant à la princesse, sa morale resta aussi élastique; Cléophas en apprenait plus sur sa femme au restaurant du coin qu'à la maison; d'abord très déçu qu'elle ne lui donnât pas d'enfants, il en remercia bientôt le ciel, car quelle assurance aurait-il eue qu'ils fussent des Larouche?

– Cleophas, your breakfast!

Une autre chose le brûlait, elle s'adressait presque toujours à lui en anglais, une langue dont elle ne parlait pas un traître mot au moment de leur mariage, mais qu'elle avait apprise rapidement par la suite, avec une succession de professeurs particuliers...

– J'en veux pas de ton maudit breakfast! hurla Cléophas qui se leva de la berceuse et sortit dehors. Il s'installa au volant de sa Mustang et prit la route de Providence, à toute vitesse, pour échapper à celle qui empoisonnait son existence.

Cléophas jeta un œil à son indicateur de vitesse, il marquait 95 milles à l'heure. Il ralentit aussitôt, il n'avait pas envie que sa femme profitât de la clause de double indemnité qu'il avait sur sa police d'assurance en cas de mort accidentelle. C'est en reprenant un train plus normal que l'idée lui vint d'aller visiter sœur Bernadette; avec elle au moins, il pourrait s'entretenir du cas de Baptiste.

– «Notre» Jean-Baptiste, dit affectueusement la vieille religieuse que Cléophas avait trouvée récitant son chapelet dans le jardin du Manoir de Bonne-Espérance, une résidence pour personnes âgées, sur l'avenue Mount-Pleasant, à Providence.

– Vous l'avez vu aux nouvelles? demanda la religieuse.

– Vous pensez bien que je ne manque pas ça, assura le vieux en sortant un Muriel de sa poche.

Sœur Bernadette l'arrêta tout de suite. C'était interdit de fumer partout au manoir, sauf au fumoir, un misérable réduit au sous-sol. Cléophas rangea son cigare et biffa immédiatement le manoir sur sa liste d'endroits possibles où finir ses vieux jours. Il jeta ensuite un regard circonspect autour de lui, s'approcha de la religieuse et lui dit tout bas:

– D'après moi, Baptiste est en train de se mettre le doigt dans l'œil jusqu'au coude. Tout seul dans sa cabane, il va se faire fourrer...

Il regretta d'avoir échappé ce mot vulgaire, mais il vit que la sœur n'avait pas sourcillé. Ou bien elle est dure d'oreille, se dit-il, ou bien elle en a entendu d'autres. À vrai dire, sœur Bernadette, qui avait déjà été mince et jolie, en avait «vu» bien d'autres. Après ses vœux, elle avait été affectée à une maison de repos pour des prêtres, au bord du Lac Saint-Louis, à Montréal et durant les dix années qu'elle passa là, avant d'être envoyée aux États-Unis, elle eut fort à faire pour préserver sa chasteté contre tous ces religieux qui semblaient plus en mal d'activité que de repos.

— Vous avez raison, j'ai bien peur, Monsieur Larouche; il lui manque une grosse carte dans son jeu, notre Jean-Baptiste.

Cléophas réfléchissait, c'était inscrit en gros plis, partout sur son front.

— Ma sœur, ces gars-là, les terroristes, chuchota-t-il, comment font-ils pour réussir à faire plier le monde et obtenir ce qu'ils veulent?

Sœur Bernadette pressa contre ses lèvres la croix de son rosaire et pria l'Esprit saint de l'éclairer.

4

C'était la deuxième assemblée d'urgence du conseil municipal en deux jours et le maire Rochon s'était amené ce matin, ayant l'intention d'en finir avec le siège des usines Lorraines. Les conseillers étaient déjà là et il y avait déjà sur la table une résolution d'Emma Leclair demandant que la ville exige que le réseau Home Entertainment rétablisse tout de suite les programmes français coupés, selon elle, sans raison valable.

Clem Tardiff, lui, était plutôt d'avis que l'on demande au gouverneur d'envoyer l'escouade spéciale de Providence et il allait en faire une contre-proposition lorsque le maire assena sur la table un coup de poing qui fit sursauter Kelly, absorbée par ses notes d'assemblée.

— Goddammit guys! Why don't you call in the Sixth Fleet! This isn't Gadhafi who's holed up there with a 12-

gauge gun and some dynamite, it's a senile old fart!

Il les regarda tous, un après l'autre, ces conseillers qui avaient pour mission de le seconder dans son travail, et décidément il n'avait pas grand respect pour aucun d'entre eux: Emma Leclair, une institutrice qui portait à bout de bras le flambeau de la langue française sans se rendre compte qu'il était éteint depuis belle lurette; Luigi Donato, distributeur exclusif de mozzarella pour une chaîne de pizzerias fondée par son père, venu de Tivoli; Nick Konstas, un immigrant grec et un industriel florissant, qui payait deux sous par jour des centaines de pauvres ménagères de la région, pour coudre à domicile des parkas de mauvaise qualité, qu'il écoulait sur le marché avec l'étiquette *Made In Taiwan*; Dan O'Leary, descendant d'Irlandais qui avaient fui la famine de la pomme de terre, ironie du destin, il était devenu distributeur de chips; Clem Tardiff, d'origine canadienne-française, venait d'abandonner la gérance du Cercle Laurier dont le restaurant servait le populaire «dynamite sandwich», un mets de son invention. D'ailleurs, quand on avait prévenu Tardiff, président du conseil municipal, qu'un vieux s'était enfermé «with dynamite» dans la guérite des moulins Lorraine, il croyait tout simplement qu'il s'agissait de son fameux sandwich! Deux autres conseillers étaient des rentiers à l'aise qui n'assistaient jamais aux réunions du conseil, passant l'hiver en Floride, et l'été à l'île de Nantucket. Sauf pour les questions d'augmentation de taxes, ils avaient donné carte blanche au maire Rochon qui pouvait agir en leur nom.

Et dans l'affaire de Baptiste, le maire, qui était homme d'action, proposa tout bonnement à ses conseillers de ne rien faire du tout:

— There's a very simple solution to this whole problem, leur dit-il. Do nothing, absolutely nothing!

Le grec Konstas, un inconditionnel du maire, se rallia

avec enthousiasme à cette idée qu'il dut se faire expliquer, car il ne la comprenait pas.

— We're going to have the area completely evacuated, précisa Rochon.

— Je ne comprends pas, reprit à son tour Emma Leclair, si le vieux met sa menace à exécution et se fait sauter?

— Bien, il se fera sauter, enchaîna Rochon, le sourire aux lèvres. Who cares? Let him do it!

— Brilliant! s'exclama Konstas, I second the motion.

— Monsieur Rochon, s'écria Emma, vous n'avez pas le droit de faire ça, c'est de la barbarie!

Avant même que le maire demande le vote, tous les bras s'étaient levés unanimement en faveur de sa proposition. Une seule dissidence: l'institutrice.

— Emma, conlut le maire triomphant, on laisse le vieux exploser!

5

La Mustang de Cléophas, une antiquité rutilante, faisait tellement d'effet qu'elle passa, sans être inquiétée, le premier barrage de policiers, à l'entrée du terrain des usines Lorraines. Il faut souligner que sœur Bernadette, la vieille religieuse qui accompagnait Cléophas Larouche, inspirait tout de suite confiance avec son costume de Sœur Grise, pas l'uniforme étriqué du deuxième Concile qu'elle avait toujours refusé de porter, mais le modèle d'origine: le trémail de jupes, le voile, la guimpe, tout l'attirail!

Les deux vieux arrivèrent ainsi jusqu'à une centaine de mètres de la guérite où se trouvait Baptiste. Là, il y avait un obstacle important: le chef de police lui-même, dans son plastron pare-balles, et son acolyte, le lieutenant Beauchamp.

— Are you the officer in charge? demanda sœur Bernadette d'une voix qui respirait l'odeur de sainteté.

— That's me, Chief Gilbert.

Il avait prononcé «Guilburt», mais la religieuse avait quand même flairé que l'homme était de bonne souche.

— Gilbert, s'exclama-t-elle, mais vous êtes Franco vous aussi! Moi, je suis sœur Bernadette, je me suis occupée de monsieur Baptiste pendant des années, lorsqu'il avait besoin de soins, de piqûres... et lui, c'est son grand ami d'enfance, M. Larouche. Si vous nous laissiez aller lui parler, je suis certaine que nous réussirions à lui faire entendre raison.

Le chef leur baragouina, dans un accent presque inintelligible, qu'il ne pouvait pas les exposer ainsi au danger.

— Voyons, assura Cléophas, Baptiste c'est une tête de cochon, mais il n'est pas malin.

Sœur Bernadette prit le crucifix qui pendait sur sa poitrine et le braqua au nez du policier.

— On a le bon Dieu avec nous.

Était-ce le Christ plaqué argent sur la croix d'ébène ou le sourire angélique de la corpulente religieuse? Difficile à dire! Toujours est-il que le chef Gilbert crut subitement au miracle. Se pouvait-il que le bon Dieu n'ait pas encore rappelé à lui ces deux vieillards, dans l'intention justement qu'ils couronnent leur passage sur terre en délogeant Baptiste de là, une mission où Gilbert avait échoué, malgré la science policière moderne à sa disposition...

À ce fameux congrès des policiers de l'Amérique du Nord, à Miami, la seule séance d'étude à laquelle il avait assisté traitait précisément de la répugnance du corps policier à utiliser le simple citoyen pour l'aider dans son travail. Quel hasard qu'il se trouvât maintenant dans le contexte parfait pour appliquer les principes de connaissance humaine, glanés durant ce seminaire où il eut tant de mal à rester réveillé.

— What do you think, Beauchamp?

Beauchamp, c'était l'alter ego parfait. Il sut tout de suite ce que le chef pensait. Il avait assisté au même colloque lui aussi et s'en souvenait pour les mêmes raisons que le chef. Il avait, comme lui, lutté désespérément contre le sommeil pendant la plupart des savantes interventions, ayant, avec le chef, fait la ronde des bars topless, la veille.

— We've got nothing to lose, Chief.

Sœur Bernadette transportait un panier d'osier. Le chef en examina le contenu pour la forme; il ne contenait rien de plus menaçant que du sucre à la crème, du poulet et autres victuailles du genre.

— OK, dit-il, vous pouvez y aller.

— Baptiste, c'est rien qu'un farceur, dit Cléophas au sergent Beauchamp, qui l'aidait à sortir de la voiture, et il ajouta en faisant des moulinets avec sa canne:

— Inquiétez-vous pas pour nous autres, si le v'limeux s'excite, je vais lui en rabattre un coup sur la tête.

Tandis que les deux vieux se dirigeaient vers la guérite, le chef rappela Rick Laverdière près de lui; il souhaitait qu'ils puissent parlementer en paix, sans témoins.

– If anyone can get him out of there, that old nun sure can! s'exclama Beauchamp.

Le chef s'assit sur le capot de son auto-patrouille, s'essuya le front du revers de la main, il avait eu chaud, mais il commençait à respirer mieux. Il démontrerait au maire, qui s'objectait toujours à dépenser quoi que ce soit pour le perfectionnement des policiers, combien il est important pour eux de se garder au fait des nouvelles techniques en assistant à des congrès, en rencontrant des collègues d'ailleurs, en s'ouvrant au monde, quoi!

Il y eut subitement un remous dans la foule. C'était une nouvelle visite du maire, à toute vitesse dans sa Cadillac.

Rochon, cette fois, avait amené les conseillers Konstas et O'Leary avec lui et le greffier les accompagnait, avec la résolution officielle en main.

– Gilbert! ordonna le maire au chef, clear out the area. Right away! Everyone! Police and firemen too!

Encore un cas patent d'incompréhension entre le législatif et l'exécutif! Le chef n'avait pas la moindre idée pourquoi le maire lui ordonnait d'évacuer les lieux.

Au cas où Gilbert se serait imaginé qu'il s'agissait d'une fantaisie, le maire lui précisa que le conseil municipal avait dûment voté et que le chef avait vingt minutes pour vider la place, après quoi Lambert pouvait se faire sauter à sa guise, rien ne l'en empêcherait plus.

Rick Laverdière, Gilbert, Beauchamp et les autres, qui

étaient là depuis la première heure, espérant un dénouement paisible à cette histoire, restèrent bras ballants et bouches bées, tandis que le maire, empoignant un porte-voix, marcha d'un pas résolu vers la guérite, suivi par les conseillers et Kelly; cette dernière avait tout de suite vu le trait de génie dans la proposition de celui dont elle désirait partager les triomphes aussi bien que les petites bêtises...

— Lambert, se mit à crier le maire, à tue-tête dans son appareil, you can continue your bullshit all you want, we're evacuating the area!

Tout était désert et silencieux autour du petit bâtiment de brique, à l'entrée des usines.

— T'entends, hurla le maire, en français cette fois, fais-toi sauter si tu veux, on te libère la place!

La voix de Baptiste, grinçante de colère, arrêta l'assaut triomphant de Rochon:

— Je ne serai pas le seul à sauter.

Le canon menaçant du fusil de gros calibre était pressé contre la tempe de la religieuse qui, les mains jointes, le regard suppliant, enchaînait les Ave, lèvres tremblantes; Cléophas, les bras en l'air, le visage terrifié, implorait leur secours.

Cette scène inattendue pétrifia le maire et fit immédiatement retraiter Kelly et les deux conseillers. Affligeante image que celle du premier magistrat d'une ville de cinquante mille habitants tenu en respect, disons mieux, réduit à l'impuissance par le plus fragile d'entre eux: un octogénaire manchot, avec des otages plein les bras.

Le maire rappliqua au pas de course auprès du chef Gilbert.

– For Chrissakes, Gilbert, what are those two doing in there?

Le maire était apoplectique, pourpre de colère et d'indignation; Gilbert, terreux et bredouillant, sombrait sous la honte.

– They were supposed to convince him to come out, arriva-t-il à expliquer, I let them go.

C'était trop inepte, trop nul, le maire n'arrivait pas à croire à tant d'imbécillité, même de la part d'un policier: laisser deux innocentes brebis se jeter bêtement dans la gueule du loup!

– You moron! Hostages! Just what we needed!

Pauvre Gilbert! Toutes les pouilles du maire résonnaient comme des clous enfoncés dans le couvercle d'un cercueil, le sien. Il entendait déjà sonner le glas de son poste. Policier, l'ambition de sa vie! Il n'avait jamais envisagé d'autre carrière, il n'avait même pas de passe-temps favori, sauf le tir au pistolet, une occupation en droite ligne avec ses fonctions. Là, au moins, il était habile. Au club de tir, on ne l'appelait que par son surnom de «Bull's eye», il tirait dans le mille, les yeux fermés. Par exemple, et cela Gilbert en était sûr, il aurait pu s'approcher à une trentaine de mètres de la guérite, dégainer subitement et abattre Baptiste d'une seule balle entre les deux yeux, sans le moindre danger pour les otages autour de lui. Le problème, c'est que le chef n'arrivait pas à faire feu sur autre chose qu'une cible. Un blocage absolu qui, pour un chef de police, constituait un grave inconvénient. Sa maison de campagne était infestée d'écureuils, ils étaient dans les corniches, sous la galerie, dans le garde-manger, et chaque fois qu'il en mettait un en joue, le cœur lui palpitait, la sueur lui perlait au front, son bras se mettait à trembler incontrôlablement, il n'y arrivait pas. Même l'alcool ne le débarrassait pas de son inhibition. Un après-midi qu'il s'était imbibé plus que de raison de flips au rhum, son cocktail préféré, il sortit sur le perron, Magnum à la main, bien déterminé à pulvériser le premier rongeur qui se présenterait. Il n'attendit pas longtemps, un gros écureuil sortit du toit, sauta dans l'arbre, en face de l'endroit où il se trouvait, et s'assit sur une branche, pour le narguer. Le chef pointa le canon poli de son arme sur l'effronté, qui faisait sans doute partie de la canaille dont le raffut dans le grenier l'éveillait souvent la nuit, et il attendit, le doigt sur la gâchette; il ne tremblait pas, son bras était plus stable encore qu'au champ de tir, mais au moment même de faire feu, l'index paralysa, plus un traître signe de vie dans le doigt. Enragé, Gilbert lança le revolver chargé contre l'arbre, n'affolant même pas la petite bête qui regagna placidement sa corniche. Il en était arrivé à considérer cette inaptitude à tuer et sa passion pour les rhum flips, une boisson de dames, comme des tares inquiétantes chez un célibataire invétéré comme lui; donc, pour être certain de ne pas éveiller de soupçons sur sa virilité, Gilbert avait arrêté de boire des flips en public et avait commencé à militer vigoureusement au sein des associations prônant la vente et le port libres des armes. Sous des apparences fascistes se dissimulait un libéral au cœur tendre.

— Rochon, cria Baptiste au maire, écoute-moi bien.

Le premier magistrat fit quelques pas en direction du vieux, mais s'arrêta à une distance respectueuse du fusil que Baptiste pointait vers lui; même à cette distance, un coup de douze le décapiterait.

— J'ai demandé que la ville obtienne le rétablissement des programmes français, poursuivit Baptiste d'une voix autoritaire, mais je pense que t'as pas bien compris. Es-tu dur d'oreille, Rochon?

— Lambert, you're not getting anything before you

release your hostages.

— Qu'est-ce que tu dis?

— Je dis, ragea le maire en français, commence par libérer tes otages!

Cette fois, c'est contre la tempe de Cléophas que Baptiste posa la bouche de son fusil:

— C'est moi qui décide, Rochon. Je veux une résolution ici, dans ma main, sinon vous allez voir deux vieux monter au ciel avec sœur Bernadette.

Comment savoir si le vieillard mettrait sa terrible menace à exécution? Il n'avait en effet qu'à appuyer le doigt pour envoyer Cléophas dans l'infini ou, plus simple encore, il n'avait qu'à faire le contact avec la pile, juste à côté de lui, et c'était l'holocauste. Trois tués au moins et le risque d'un bon nombre de blessés: il y avait Rick avec sa caméra, et les curieux, tout autour, que la police avait du mal à convaincre du danger. Quelques heures auparavant, les agents avaient été forcés d'arrêter un commerçant qui avait réussi à camper sa roulotte à côté de la guérite, et refusait d'en bouger ayant déjà commencé à servir frites, hamburgers et hot-dogs aux clients qui affluaient, insouciants de la dynamite.

Le maire ne pouvait écarter l'hypothèse que Baptiste passât aux gestes et il n'avait, pour le moment, qu'une solution: gagner du temps, espérer qu'avec un peu de chance, cet énergumène, ce Rambo de l'âge d'or, comprendrait de lui-même la folie de son entreprise.

Bonne chance!

6

Le maire disparu, les trois vieux blaireaux dans la guérite soufflèrent un peu; Baptiste déposa son fusil et sœur Bernadette sortit de son panier des sandwiches au poulet. Le siège pouvait continuer, elle avait des provisions pour plusieurs jours.

Du coin de l'œil, Baptiste aperçut Cléophas qui tripotait le paquet de dynamite sans précaution, comme une botte de carottes.

— Clophas, cria Baptiste, attention verrat! tu peux tout faire sauter, nous autres avec.

— C'est de la vraie dynamite? s'effraya Cléophas, en laissant retomber la bombe sur le comptoir.

— Bien sûr! dit Baptiste.

Cléophas et la religieuse eurent la même réaction d'angoisse, c'était une vraie bombe et il se pouvait très bien qu'ils terminent leurs jours ici, dans ce trou, à moins que la ville n'intervienne auprès de Home Entertainment ou qu'ils ne se résignent d'eux-mêmes à lâcher le morceau, battus et humiliés.

— Voulez-vous que je vous laisse sortir? demanda Baptiste, les voyant si inquiets.

La religieuse bondit:

— Avant qu'on ait obtenu quoi que ce soit? Jamais de la vie!

Elle ferma les yeux, serra sur sa poitrine le crucifix d'ébène.

– Je suis prête à mourir, je n'ai pas peur, murmura-t-elle.

Cléophas sentait des sueurs froides dégouliner derrière ses oreilles, il souleva un peu son chapeau de paille pour s'aérer le cerveau:

– Tu vas faire attention avec cet engin-là, dit-il nerveusement à Baptiste, il faudrait pas que ça décolle par accident...

– Inquiétez-vous pas, les rassura le vieux, ça ne sautera jamais avec vous ici dedans, c'est ma vie que j'ai décidé de risquer dans cette affaire-là, pas la vôtre... ce qui me reste de vie, pas grand-chose.

– Toi, mon v'limeux, s'écria Cléophas, t'es parti pour nous enterrer tous.

– Non, fit le manchot.

Je sais que ça achève, se dit-il, et ça ne m'attriste pas, je vais revoir ceux que j'ai aimés: ma mère, mes frères, mes sœurs... le père; je ne suis pas tracassé, je peux partir tranquille, il n'y aura personne pour se lamenter.

Baptiste alla coller son nez contre le carreau crasseux de sa tanière, il voulait voir ce qui se passait dehors, la foule, les policiers, le branle-bas qu'il causait, mais il ne vit que sa vie qui défilait, de grands pans de vie, vide et inutile, et il lui sembla entendre son père crier comme autrefois: «Grouille Baptiste, fais quelque chose bon yeu!» Il tressaillit. Quatre-vingt-cinq ans, un pied dans la tombe, et il n'avait pas encore fait sa paix avec ce diable d'homme qui le tourmentait, même de l'au-delà, qui empêtrait ses pas comme une racine traîtresse dans un sentier.

Je ne laisserai pas de trace après moi, pensa-t-il, mais pas de tourments non plus, ni de regrets ou de traverses abominables, comme mon père.

Devant les yeux, il avait aussi ce moulin délabré, qui s'écroulait. Toute leur vie avait été tissée dans ce grand monument et c'est là aussi qu'elle s'était gâchée, effritée en lambeaux ridicules, trame fragile d'un petit peuple dont il ne restait que de tristes effiloches.

Qu'est-ce qu'il ferait avec sa bombe? Un peu de bruit... pour réveiller qui?

CHAPITRE 16

Un homme d'embardées

1

Après trois années au couvent de La Présentation, à Providence, Madeleine Lambert, la plus forte en français parmi les élèves de Versification, était aussi avancée que les jeunes filles qui y étaient depuis quatre ans. Dès le début, elle avait fait des progrès si remarquables qu'on l'avait fait graduer en Syntaxe, après seulement quelques mois en Éléments latins. Ses progrès rapides faisaient beaucoup de jalouses chez ses consœurs qui les expliquaient par les dons généreux de son riche bienfaiteur. En effet, Jacques Roussel payait la pension de Madeleine, mais il répondait aussi généreusement aux nombreuses demandes des religieuses pour la chapelle, la bibliothèque, ou même la décoration la plus élémentaire. Chaque fois que Jacques appelait pour prévenir qu'il passerait au couvent visiter sa protégée, les religieuses demandaient à Madeleine de faire allusion ou bien à la peinture du parloir qui s'écaillait ou encore à certaines collections de livres trop coûteux pour le couvent, mais dont l'acquisition serait si «utile» pour les études des élèves.

Il y a aussi que les autres pensionnaires de l'institution se considéraient toutes de plusieurs crans au-dessus de ce spécimen du Petit Canada de Woonsocket; Madeleine avait dû apprendre à bien fermer sa bouche en mangeant, à se servir de ses ustensiles dans le bon ordre, à utiliser une serviette de table, bref tout un train de manières qui, chez les autres, avait été mis en route, dès la plus tendre enfance. Ses débuts au pensionnat furent particulièrement boiteux; d'abord, elle avait commencé l'année après les autres et il manquait certains articles jugés essentiels à son trousseau, préparé à la hâte, dont les fameuses serviettes de table avec l'anneau. Après chaque repas, les jeunes filles roulaient soigneusement leur serviette, l'enfilaient dans un anneau gravé à leurs initiales et la déposaient sur un plateau, à l'entrée du réfectoire, où elles la reprenaient au repas suivant. Dans l'intervalle, une surveillante vérifiait les rouleaux qui devaient tous être d'égale longueur. Il fallait veiller à ne pas trop souiller sa serviette de table qui devait durer la semaine et que l'on devait rouler en camouflant les taches.

Madeleine n'avait ni serviette ni anneau dans son trousseau. La supérieure prit la peine d'envoyer un télégramme à Jacques qui avait demandé à être prévenu lui-même des urgences afin de ne pas causer de soucis à la famille. Devant le ton dramatique du télégramme, Jacques se précipita chez lui, prit une demi-douzaine de serviettes de toile dans la lingerie, un anneau en argent, et les porta au couvent de toute urgence. Les initiales, finement incrustées dans l'argent et brodées sur les serviettes n'échappèrent pas aux snobinettes, de même que l'habitude de Madeleine de s'essuyer la bouche du revers de la main plutôt qu'avec son carreau de toile de lin. Une semaine plus tard, elles avaient découvert l'identité de son bienfaiteur et surnommé sa protégée «Cendrillon».

Ce ne sont pas les générosités de Jacques Roussel pour Madeleine qui atténuèrent l'ardeur revendicatrice de

Valmore, à l'usine, mais plutôt l'effritement de l'appui de ses compagnons de travail. Les Francos de Woonsocket n'étaient pas mûrs pour les contestations ouvrières du genre de celles qui avaient secoué les villes avoisinantes de Lawrence et de Pawtucket et qui y avaient fait des morts. À Woonsocket, on entretenait en général le même respect soumis pour les patrons que pour les curés. Par la force des circonstances, Valmore devint un révolutionnaire en veilleuse; il éclatait occasionnellement devant des injustices trop flagrantes et là les ouvriers le déléguaient pour aller discuter avec la direction, ce qui en avait fait la bête noire de Julien Dubrisay. N'eût été la stupide attitude progressiste de Jacques, qui préférait que l'on négociât durant des heures avec ces peigne-culs pour préserver la paix, il y a longtemps que Dubrisay eût signifié son congé à Valmore, qui commençait à le rendre bilieux. C'est un événement fortuit, sans aucun lien avec le travail, qui allait enfin purger l'usine de cet ouvrier empoisonnant.

2

Quand le siège épiscopal de Providence, dont dépendaient les paroisses de Woonsocket, était devenu vacant, en 1921, plusieurs pétitions circulèrent à Rome dans l'espoir qu'un évêque d'origine canadienne-française soit nommé à la tête du diocèse. Le nom du curé Pelland, de Sainte-Anne-de-Woonsocket, était sur toutes les lèvres. Ce bon prêtre, qui avait amené son petit cousin Émile Fontaine aux États-Unis, qui avait payé pour ses études, au collège et à la faculté de médecine, afin que la société franco s'enrichisse d'un nouveau médecin, avait pour ainsi dire bâti de ses propres mains l'église Sainte-Anne qui desservait la paroisse la plus pauvre et la plus populeuse de Woonsocket.

Pour des raisons qui parurent toujours obscures à ceux qui firent campagne en faveur de Pelland, c'est un Irlandais qui fut intronisé, Mgr William Kenney, l'obscur secrétaire de l'évêque de Baltimore. Au lendemain de cette nomination, le curé Pelland avait rappelé, en chaire, à ses paroissiens déçus, que les desseins de la divine Providence étaient insondables; quant à lui, il se trouvait fort heureux à la tête de la communauté la plus fervente du diocèse. C'est moins la Providence, qui avait empêché un Canadien français d'accéder à ce poste, qu'un long entretien qui eut lieu à Rome, l'année précédente, lors des fêtes de canonisation de Jeanne d'Arc. Parmi les principaux invités du Vatican à ces cérémonies se trouvait Auguste Roussel que la nomination d'un futur évêque du Rhode Island préoccupait beaucoup parce qu'elle pouvait avoir une influence déterminante sur la main-d'œuvre de ses usines américaines.

Bien entendu, Auguste était trop habile pour déclarer ouvertement à Benoît XV qu'il était pour ou contre la candidature d'un individu en particulier, il préférait camoufler ses intérêts personnels en énonçant des principes généraux dont on ne pouvait douter qu'ils fussent inspirés par le plus pur altruisme. Tant que les Francos avaient été des ouvriers dociles et soumis, Auguste avait tout mis en œuvre pour les protéger contre l'intégration dans la société américaine; maintenant qu'ils relevaient la tête et s'organisaient, il préférait qu'on ne mît pas à leur tête quelque pasteur canadien-français, à la houlette agressive, qui se forgerait un idéal de la sauvegarde de ses compatriotes. Non, il était temps qu'un coup de barre soit donné et que les Francos se fondent comme les autres dans la vaste société américaine. Auguste avait la conviction que le temps et l'énergie qu'il faudrait aux Francos pour s'adapter à cette nouvelle orientation lui assureraient une bonne dizaine d'années de tranquillité ouvrière. Benoît XV, que l'Esprit saint n'avait jamais éclairé trop violemment, fut loin de piger l'ironie qu'on l'entretînt de cette assimilation le jour même de la canonisation d'une sainte qui avait repoussé les Anglais hors du royaume de France. Il fut tout de suite d'accord avec l'industriel de Roubaix. Aussi, quand Auguste apprit que les fidèles de Woonsocket réclamaient la mitre d'évêque pour Pelland, une communication urgente à Benoît XV enfonça définitivement la modeste barrette de curé sur la tête du pasteur de Sainte-Anne. Et voilà pour les impénétrables desseins de la Providence!

Personne n'aurait pu accuser Mgr Kenney, l'évêque de Providence, d'être un personnage flamboyant; heureusement qu'il portait la soutane de couleur! Petit Irlandais roué, cet homme, qui avait la mesquinerie inscrite en majuscules dans le visage, s'était donné comme mission de renflouer les coffres du diocèse que ses prédécesseurs trop généreux avaient presque vidés; deux voies, croyait-il, s'offraient à lui pour attirer l'attention de ses supérieurs: l'excellence théologique ou la saine et parcimonieuse administration; la piètre qualité intellectuelle de Kenney ne lui laissait pas d'autre choix que de bien vaquer aux tâches administratives. Il n'était pas assis depuis deux ans sur le siège épiscopal de Providence que les finances s'étaient redressées et qu'il avait attiré sur elles le regard concupiscent de Rome.

Maintenant que la caisse allait bien, il n'y avait plus de motif, crut bon de lui faire savoir le Vatican, pour que le diocèse du Rhode Island ne se dote pas d'écoles secondaires catholiques qui rivaliseraient avec les high schools publics, où l'enseignement profane détournait les élèves de leur foi.

Ce beau matin de 1923, c'est le message que vint déposer aux pieds de l'Irlandais, Mgr Biondi, nonce apostolique à Washington. La requête de Pie XI, le nouveau pape, était claire: que le Rhode Island construise au plus vite des écoles secondaires catholiques.

— Mais qui va payer? s'écria Mgr Kenney, qui voyait les diaboliques écritures rouges réapparaître dans son livre comptable, et qui appelait à la rescousse son chancelier, Mgr Allen, un autre Irlandais.

— Faites appel à la générosité de vos fidèles, rétorqua le prélat italien, sur le ton sec qui avait succédé aux salutations chaleureuses transmises de la Ville éternelle.

— Nous le faisons déjà beaucoup, fit remarquer le chancelier du diocèse.

En effet, pas plus tard que l'année précédente, l'évêque du Rhode Island avait imposé aux paroisses, sans explication, une taxe spéciale de $250,000 qui avait fait grogner les marguilliers.

— Pourtant, poursuivit le nonce, vous n'avez toujours pas d'écoles supérieures, sauf dans quelques paroisses de Francos-Américains. Là où les Francos sont en majorité, il y a au moins une école catholique; dans les paroisses d'Irlandais, rien!

Le visage de Mgr Kenney devint plus sombre que la campagne irlandaise, un jour d'orage.

— Vous êtes Irlandais d'origine, n'est-ce pas? demanda insidieusement le trouble-fête de Rome.

L'évêque acquiesça.

— Vos compatriotes seraient-ils moins solidaires de leur Église?

Ce manquement à la charité chrétienne de la part du nonce fit exploser l'évêque qui répliqua en anglais, une langue qu'il maniait mieux. Les Francos, selon Mgr Kenney, payaient pour des écoles catholiques non pas tant pour que leurs enfants reçoivent une éducation chrétienne, mais bien plus pour qu'ils la reçoivent en français, parce qu'ils refusaient de s'assimiler.

– We Irish, conclut-il, prefer to be fully American.

– Monseigneur, conclut péremptoirement le messager papal, pour le Vatican c'est une question de religion, pas une question de langue.

Quelques jours plus tard, Mgr Kenney faisait parvenir une lettre demandant une nouvelle contribution aux paroisses; cette fois, c'est un million de dollars que réclamait à ses ouailles le bon pasteur irlandais.

3

Quand l'abbé Pelland reçut cette missive, accompagnée de la facture pour la quote-part de la paroisse Sainte-Anne, la fureur de ses imprécations plongea sa vieille ménagère dans l'angoisse; elle arrêta de préparer le repas et se jeta à genoux, les bras en croix, au beau milieu de la cuisine, convaincue que le curé était aux prises avec le diable.

Le soir même, le curé de Sainte-Anne, sautait dans un train pour la ville de Québec, en compagnie de son cousin Émile Fontaine, qui était aussi marguillier de la paroisse. Comme à son habitude, le docteur avait refusé de voyager autrement qu'en deuxième classe et les deux hommes passèrent la nuit, assis raides sur leur banc, à ruminer la catastrophe qui s'abattait sur les paroisses françaises du Rhode Island.

Croyant qu'ils étaient les victimes d'une nouvelle fantaisie de leur évêque, Pelland avait sollicité un rendez-vous avec le cardinal Louis-Philippe Bourgoin, de Québec, afin que ce dernier intercède auprès de Rome pour ramener Kenney à la raison.

À leur arrivée à l'archevêché de Québec, le cardinal eut un moment d'hésitation.

— Aristide, est-ce toi? murmura-t-il.

— Rabougri, mais c'est moi, s'écria le curé Pelland, en s'agenouillant pour baiser la bague du prince de l'Église.

Il y avait presque quarante ans que ces deux-là ne s'étaient pas vus, depuis leurs études de théologie ensemble au Petit Séminaire de Québec.

— Tu es le seul Aristide que j'aie jamais connu, dit le cardinal en donnant l'accolade au curé.

Ce prénom singulier avait souvent agacé Pelland, d'autant plus que les gens oubliaient souvent son nom de famille pour ne se souvenir que de ce prénom qu'il trouvait détestable; heureusement, depuis qu'il avait charge de paroisse, on l'appelait «curé Pelland» tout court.

Émile expliqua la situation au cardinal; dans leurs paroisses, les Francos avaient déjà des écoles pour lesquelles ils avaient payé et où l'on enseignait en français, allaient-ils maintenant payer de nouveau pour des écoles anglaises?

Le cardinal l'arrêta tout de suite.

— La conduite de votre évêque est révoltante, leur dit-il, mais j'ai peur que cela fasse partie d'un vaste plan d'anglicisation conçu par Washington, avec l'accord de la Conférence américaine des évêques.

– Louis-Philippe, supplia le curé Pelland, il faut que tu prennes la défense des Francos auprès du Saint-Siège.

– Cher Aristide, dit le cardinal, tu es toujours aussi bon et... aussi naïf. Les Francos! Si tu crois que ça empêche notre Saint-Père de dormir.

– Les Francos sont des catholiques, fit remarquer Émile.

– Les Irlandais aussi, répliqua le cardinal, ils sont beaucoup plus nombreux et au surplus, ils parlent déjà la langue du gouvernement américain.

L'incongruité de tous ces îlots français dans une mer anglo-saxonne n'avait jamais frappé ni Pelland, ni Fontaine. Et par surcroît, allaient-ils s'imaginer, tous les deux, que le Vatican accourrait à leur rescousse pour consolider les digues qu'ils avaient érigées de peine et de misère pour se protéger contre l'érosion. Entre deux sociétés catholiques, l'une française, l'autre irlandaise, il n'y avait pas de doute que Rome choisirait la plus nombreuse et la plus fortunée, celle qui était la plus près du pouvoir politique américain.

– Les minorités, dit le cardinal, sont comme les avortons d'une portée, même la mère ne déploie aucun effort pour qu'ils survivent, quand elle ne les tue pas carrément.

Émile et le curé échangèrent des regards perplexes, est-ce pour ces encouragements qu'ils avaient effectué l'interminable voyage en train? Les avortons avaient quand même survécu jusqu'ici et au demeurant, ils profitaient.

– Les Francos sont menacés, dit le cardinal, et ils doivent se défendre eux-mêmes, j'essaierai d'aider, comme je peux.

Le cardinal Bourgoin avait à Québec un ami très cher, un commerçant fortuné, chez qui il amena dîner ses visiteurs de

Woonsocket. M. Ernest Fiset, dont l'épouse était décédée depuis plusieurs années, vivait avec ses domestiques dans une superbe résidence, sur les hauteurs de la ville. Ce n'est pas par hasard que l'homme avait choisi cet endroit, d'où la vue, du salon, dominait le fleuve Saint-Laurent, et embrassait à l'arrière, les plaines d'Abraham. Il avait un rêve depuis sa plus tendre enfance: venger la défaite de Montcalm et libérer le Canada des Anglais. Contrairement aux autres nationalistes, «des moulins à paroles» disait-il, ce Fiset n'avait pas l'intention de reconquérir le Canada par des moyens démocratiques, loin de là; avant de mettre sur pied une armée véritable, il avait ourdi le projet d'une organisation secrète, les Croisés, qui infiltreraient petit à petit toutes les couches de la société, la minant de l'intérieur comme des termites, avant l'assaut définitif: une guerre ouverte, alors que les troupes s'empareraient simultanément de Québec, Montréal et Toronto. Dans son plan d'invasion, il avait délibérément laissé Ottawa de côté, la capitale n'ayant pas, selon lui, un caractère stratégique. Pendant que l'armée libératrice déferlerait sur les grandes villes, une poignée de Croisés aurait tôt fait d'investir le Parlement et de réduire au silence députés et sénateurs.

Autant le discours du cardinal Bourgoin avait refroidi les visiteurs de Woonsocket, autant celui du révolutionnaire Fiset les enflamma. Le curé Pelland et le docteur Fontaine suggéraient déjà que cette armée pousse une pointe au sud, vers la Nouvelle-Angleterre, plutôt que de poursuivre sa marche victorieuse à l'ouest du Canada, ce que Fiset accepta tout de suite de considérer; il n'avait jamais eu l'intention d'aller plus loin que le Manitoba où il libérerait les habitants de Saint-Boniface et les populations métisses, leur donnant enfin l'occasion de venger l'assassinat de leur chef Riel.

Fiset, un homme court et grassouillet qui ressemblait étrangement à Napoléon, ne se contentait pas de rêver, il posait déjà des gestes concrets; dans un endroit retiré, près du lac Beauport, il avait acquis un ancien camp de bûcherons et commencé à l'aménager comme base d'entraînement pour la future armée. À la fin de la Grande Guerre, il avait aussi racheté à la France et à l'Angleterre une quantité considérable de chars et d'armements de toutes sortes, au prix de la ferraille. Plutôt que de les envoyer à la casse comme il s'y était engagé, Fiset avait fait secrètement transporter la plus grande partie de ce butin au lac Beauport, où une dizaine de mécaniciens, des hommes de confiance, remettaient petit à petit l'équipement en état de marche. Dans cinq ans, assurait-il, il serait aussi bien armé que les forces canadiennes.

Quant à sa société secrète, c'est là où Fiset était le plus avancé; des centaines de costumes étaient déjà confectionnés et entassés dans des coffres, au sous-sol de sa maison, des parchemins d'adhésion, les rites de l'initiation, les symboles et les règlements étaient déjà imprimés, bref la société existait, il ne manquait que les Croisés proprement dits.

— Ernest, dit abruptement le cardinal, tu vas mettre ton équipement à la disposition de nos amis de Woonsocket; les Francos vont devenir tes premiers Croisés, notre première ligne de défense.

Le curé Pelland et le docteur furent encore plus étonnés que Fiset de la suggestion du cardinal. Avec une telle société, expliqua Bourgoin, les Francos pourraient organiser leur défense, entreprendre des actions souterraines et même infiltrer les rangs de l'ennemi.

— Notre sainte religion a commencé par l'association secrète des douze apôtres, conclut le cardinal, donc ai-je besoin d'épiloguer sur la force extraordinaire d'une société où les membres restent unis à la vie et à la mort?

Le cardinal-archevêque de Québec était convaincu à juste titre de l'utilité d'une société secrète pour les Francos de

Nouvelle-Angleterre, mais il cherchait aussi à détourner son ami Fiset du rêve insensé qui le tourmentait. Si Fiset donnait, pour ainsi dire, sa société secrète aux Francos, il se trouverait conforté que ses efforts servissent une cause précise, parente de la sienne, et il finirait peut- être par abandonner son rocambolesque projet de conquête qui inquiétait beaucoup le cardinal.

— Louis-Philippe, je suis prêt à mettre ma société à leur disposition, déclara Fiset, mais à une condition: que tu en deviennes le premier Grand Commandeur.

— Pourquoi moi? demanda le cardinal.

— Parce que l'autorité des Croisés doit descendre directement de Dieu, répondit gravement Fiset.

4

Depuis des heures, dans la crypte sombre de l'église Notre-Dame des Canadiens, à Worcester, une trentaine d'hommes, dont on avait bandé les yeux, se tenaient debout à l'attention, les mains derrière le dos, et répondaient à tour de rôle, comme des écoliers, à des questions du petit catéchisme.

Un examen lugubre dans un caveau où se mêlaient la sueur des hommes, l'odeur âcre des torches d'éclairage et les effluves de charnier émanant des tombes où étaient ensevelis les curés et les bienfaiteurs de la paroisse.

— Qu'est-ce que Dieu?

— Dieu est un esprit infiniment parfait.

– Qu'est-ce que le péché actuel?

– Le péché actuel est celui que l'on commet soi-même, de sa propre volonté, quand on est parvenu à l'âge de raison.

– Quels sont les sacrements qu'on ne peut recevoir qu'une fois?

– Le Baptême, la Confirmation et... le...

L'homme s'arrêta là. C'était la troisième fois au moins que le voisin de Valmore, n'arrivait pas à répondre à une question et chaque fois on lui administrait des coups qui le faisaient hurler. Valmore avait été plus chanceux, lui, tombant sur des questions dont il connaissait les réponses.

– Le troisième? insista l'examinateur

Pas de réponse! Cette fois les coups se mirent à pleuvoir sur l'ignorant. Indigné, Valmore arracha son bandeau et se rua sur un colosse qui frappait à coups de pied le futur Croisé, qui avait roulé par terre pour se protéger.

– Lâchez-le, verrat!

Deux solides gaillards empoignèrent aussitôt Valmore et le traînèrent devant l'officiant dont le visage était couvert d'une cagoule.

– Commandeur, qu'est-ce que je fais? demanda le garde qui retenait Valmore.

– Mettez-le à la porte!

Aussi bien ainsi, pensa Valmore, qui regrettait maintenant d'avoir accepté de faire partie de cette société secrète. Quand il avait quelque chose à dire, un geste à poser, Valmore y allait directement, il ne sentait pas le besoin de s'abriter derrière une association, mais le docteur Fontaine l'avait sollicité au nom de la défense des droits des Francos américains et il n'avait pas su refuser. Déjà ce matin, en partant de la maison, il avait menti à Évelyne pour préserver le secret de cette journée d'initiation et cela lui avait déplu. Depuis qu'ils étaient ensemble, il lui était arrivé, bien sûr, de cacher des choses à sa femme, mais il y était toujours parvenu sans mensonge.Tout au long du trajet en camion jusqu'à Worcester, une quarantaine de kilomètres au nord de Woonsocket, il s'était senti dégradé d'avoir été obligé de mentir. Valmore passait tous ses dimanches à la maison, il n'en sortait que pour la grand-messe de dix heures et revenait aussitôt après pour le repas de famille, toujours le même, du rôti de porc et des pommes de terre brunies dans le jus, aussi, quand il avait annoncé, aux petites heures du matin, qu'il serait absent pour la journée, Évelyne l'avait harcelé de questions jusqu'à ce qu'il raconte qu'il participait à une corvée pour aider un paysan de Manville à reconstruire sa grange incendiée. Elle s'empressa alors de lui préparer un gros déjeuner qu'il refusa de prendre parce que le docteur Fontaine avait insisté pour qu'il soit à jeun pour l'initiation. Plus Valmore donnait d'explications sur son refus de manger avant d'aller s'éreinter à des travaux de construction, plus il s'enferrait et plus il soulevait de soupçons chez Évelyne.

– Valmore Lambert, lui cria-t-elle, alors qu'il s'éloignait de la maison, j'espère que ce n'est pas une autre de tes embardées!

Les colosses sortaient Valmore de la crypte quand ils reçurent l'ordre de le ramener; quelqu'un avait intercédé pour lui auprès du Commandeur et on lui laisserait poursuivre la cérémonie.

Le rituel d'initiation dans l'Ordre des Croisés avait été consigné dans ses moindres détails dans deux livres: le premier comportait les rites des trois premiers degrés de l'ordre, les seuls auxquels pouvaient accéder le commun des mortels; le deuxième contenait les formalités des quatrième et cinquième degrés, accessibles seulement au Grand Commandeur et au Chevalier-Fondateur, Ernest Fiset. Ce deuxième document, un secret absolu, avait été scellé par Fiset, en même temps qu'une relique véritable de saint Louis, dans le mur des fortifications de Québec, près des plaines d'Abraham. Les Grands Commandeurs de l'Ordre transmettraient oralement à leurs successeurs le secret de cette cachette et celui du rituel d'initiation à l'échelon supérieur. Fiset avait tenu à ce que les symboles les plus précieux de la société fussent emmurés près du lieu de la défaite de Montcalm, que les Croisés avaient pour ultime mission de venger.

Le candidat, qui avait été roué de coups, gisait par terre, apparemment incapable de se mouvoir le bras. C'était un jeune homme malingre.

– Y a-t-il un médecin parmi vous? demanda l'officiant.

– Moi, dit quelqu'un en sortant des rangs.

Valmore reconnut tout de suite la voix d'Émile.

– Voyez au blessé, ordonna le Commandeur.

– C'est une fracture, annonça Émile, après un examen sommaire.

– Pouvez-vous faire quelque chose?

– Oui, répondit Émile au Commandeur.

Pendant que les gardes aidaient le blessé à se relever, le Commandeur ordonna que les autres candidats soient enfermés pour réfléchir.

Durant ce temps de réflexion, le point tournant de l'initiation, les futurs Croisés seraient à même d'évaluer la fragilité de l'existence; ils jaugeraient la qualité de leur soumission à l'Ordre ainsi qu'à Dieu et abandonneraient leur vie au bon vouloir du Grand Commandeur, désormais leur chef suprême sur la terre.

Les gardes poussèrent brutalement tous les initiés dans un caveau obscur, rabattant sur eux une lourde porte de fer. Un après l'autre, les hommes débandèrent leurs yeux, mais ils étaient pour ainsi dire devenus aveugles, aucun rayon de lumière, même infime, ne pénétrait leur sépulcre humide. De petits rires nerveux succédèrent au silence, puis des farces et des grossièretés: des pets, des rots, les jurons de blagueurs qui prétendaient se défendre contre des familiarités; ils commençaient à suer à grosses gouttes, à empester aussi, pressés les uns sur les autres comme des harengs, leurs haleines et leurs odeurs confondues.

Petit à petit un autre silence refit surface, lourd, angoissant, ponctué par les respirations de plus en plus haletantes des prisonniers qui commençaient à s'inquiéter du temps qu'ils passeraient dans ce trou. Valmore n'avait pas ouvert la bouche, il n'avait même pas répliqué aux blagues d'Adelbert et Victor, ses deux amis qui devenaient Croisés eux aussi; il essayait de se raisonner, mais il était terrorisé; son cœur battait à toute vitesse et tombait subitement en syncope, ne repartait qu'après des hésitations interminables, des trous que Valmore bourrait d'actes de contrition et de suppliques pieuses. Les mystérieux météores, qui le hantaient la nuit, avaient développé chez Valmore une peur incontrôlable de l'obscurité, aussi avait-il convaincu Évelyne de laisser brûler l'ampoule, en haut de l'escalier, près de leur chambre, prétextant que c'était préférable pour les enfants qui se levaient parfois au milieu de leur sommeil.

La porte s'ouvrit enfin, mais juste le temps qu'on jette avec eux dans le cachot celui qui avait été sauvagement battu et à qui on avait placé le bras en écharpe. Dans cet espace exigu, en pleine noirceur, le blessé se faisait bousculer et n'arrivait pas à se protéger le bras; chaque fois qu'on se cognait à lui, il poussait des plaintes déchirantes aggravant l'angoisse des emmurés. L'un d'eux réclama le silence total, pendant quelques instants, pour écouter ce qui se passait à l'extérieur de leur prison; il n'y avait plus rien, plus un bruit, plus un mouvement; on les avait peut-être abandonnés là.

– On va sortir d'ici, cria quelqu'un.

Sans se concerter, les hommes se mirent à battre ensemble, comme des vagues, contre la porte, puis contre l'un ou l'autre des murs de la cellule, sans qu'il y eût le moindre espoir que cela cède. De trois côtés, c'était de la pierre et de l'autre, une solide cloison de madriers; quant à la porte de fer, barrée hermétiquement, ses gonds ne bronchaient même pas, malgré la pression de ces hommes déchaînés. Ils étaient enfermés dans le charnier dans lequel on gardait les morts durant l'hiver, en attendant de les inhumer dans le cimetière, après le dégel.

L'air qui se raréfiait, la chaleur accablante, les râles du blessé et cette pernicieuse odeur de sépulcre provoquèrent bientôt chez les initiés une panique indescriptible; certains s'arrachaient les ongles en grattant le mortier des pierres, d'autres confessaient leurs péchés à haute voix et imploraient le pardon de Dieu, d'autres encore se démenaient comme des forcenés, tapant aveuglément devant eux avec leur tête et avec leurs poings, soubresauts instinctifs de bêtes traquées et condamnées à mort. Quelques-uns avaient déjà suffoqué et glissé par terre, où les autres désespérés les piétinaient sans merci. Si l'on n'ouvrait pas la porte immédiatement, ils périraient tous d'une mort atroce et absurde, victimes d'un rituel dément dont aucun d'eux ne comprenait la signification.

– Valmore, c'est toi? demanda faiblement Adelbert qui palpait celui qui se trouvait devant lui.

– Oui.

Les deux hommes se prirent la main tels des enfants; ils pleuraient, convaincus que leur dernière heure était venue. Et puis Victor vint s'agripper à eux. Le même désespoir les assaillait tous les trois: ils ne seraient passés à travers cette existence de misère et de labeur que pour finir dans un trou puant, comme des rats.

À la dernière minute et alors qu'il ne restait plus dans ce sépulcre un seul souffle d'air respirable, la porte s'ouvrit. Dans la crypte, des hommes scandaient en latin: *Tempus fugit, memento mori.*

Avec l'air et la lumière, la vie revint aux emmurés qui sortirent en trombe de leur tombeau, criant et hurlant, les uns de joie d'avoir échappé à la mort, les autres de colère d'avoir été poussés aux extrêmes limites de l'endurance. Les gardes tirèrent des coups de feu en l'air pour calmer ceux qui voulaient faire un mauvais parti au Grand Commandeur et à son adjoint, qui avaient encore le visage caché par des cagoules. Le docteur Émile Fontaine, lui, avait revêtu une grande tunique noire, ornée de croix potencées, de couleur or, comme celles que portaient ceux qui avaient officié à l'initiation.

Le blessé alla se poster avec les célébrants, il sortit son bras de l'écharpe, il n'avait rien, sa blessure n'était qu'une ruse, un stratagème pour augmenter la tension des initiés.

– Chers initiés, entonna Émile Fontaine d'une voix forte et cérémonieuse, par la grâce de Dieu et de notre chef suprême, le Grand Commandeur, vous venez d'accéder au troisième degré de l'Ordre des Croisés.

Une robuste sensation de connivence et de fraternité s'empara des initiés à qui les gardes distribuaient les tuniques et les insignes de l'ordre. Valmore ne regrettait plus d'avoir accepté l'invitation du docteur, ni même d'avoir menti à sa femme, il avait le sentiment d'avoir grandi et d'avoir acquis des frères qui n'hésiteraient jamais à lui prêter main forte, dussent-ils risquer leur vie en le faisant.

– Croisés, dit Émile en présentant l'officiant, notre maître, le Grand Commandeur de l'Ordre, Son Éminence le cardinal Louis-Philippe Bourgoin.

Le cardinal et son adjoint, le curé Pelland, retirèrent leurs cagoules. Valmore sourit: c'était donc son curé de Sainte-Anne qui avait intercédé en sa faveur, au moment où on voulait l'évincer de la cérémonie.

– Chers Croisés, dit le cardinal, la société dont vous faites désormais partie a une seule mission: travailler en secret et par tous les moyens à la survivance et à l'avancement des Francos américains.

Et tandis que les Croisés prêtaient le serment d'allégeance, jurant sur leur honneur d'obéir aux commandements de l'ordre et d'emporter dans la tombe le secret de leur initiation, le Commandeur passa parmi eux, imposant sur la tête de chacun la réplique exacte de l'épée de saint Louis et leur donnant un soufflet sur la joue.

Il était passé dix heures du soir quand le camion s'arrêta au pied de la rue Maple pour y déposer Valmore, Adelbert et Victor. Après leur initiation, les Croisés avaient assisté à une messe spéciale dite par le cardinal, ils avaient communié et partagé ensuite des agapes rituelles, une cipaille de lièvre et d'oiseaux sauvages du pays: sarcelle, canard et perdrix.

– Moins de discours, plus d'action, chuchotèrent les

hommes en se séparant. Dorénavant, c'est à un salut distinctif, suivi par ce mot de passe, qu'ils reconnaîtraient leurs frères Croisés.

Valmore entra chez lui sans faire de bruit. La cuisine était déserte, même Évelyne était montée se coucher, il s'assit dans la berceuse pour mettre un peu d'ordre dans sa tête. Il y avait longtemps qu'il s'était senti aussi serein et que l'avenir lui avait paru aussi rempli d'espoir; aucune hésitation possible, sa vie prenait une tournure différente.

5

Non, le pasteur irlandais de Providence s'illusionnait s'il croyait qu'il n'avait qu'à mettre ses factures à la poste et que ses fidèles, dociles comme des moutons, lui renverraient l'argent des paroisses par retour du courrier. Non seulement les administrateurs des paroisses francos refusaient de contribuer à la construction d'écoles catholiques anglaises, mais ils avaient constitué un fonds de défense contre la flagrante iniquité de leur évêque.

Hélas, les sommes qui arrivaient chez le curé Pelland, à Woonsocket, étaient plutôt modestes, car les paroisses rebelles qui devaient participer à ce fonds étaient les mêmes qui s'étaient saignées à blanc, depuis des années, pour entretenir des écoles françaises. Au presbytère de Sainte-Anne, les appuis de principe affluaient plus vite et en plus grande quantité que l'argent sonnant. La campagne de désobéissance à l'évêque faisait par ailleurs un beau tapage dans toute la Nouvelle-Angleterre, tapage dont se serait passé volontiers le maire Abraham Gauthier, à la veille de poser sa candidature au poste de gouverneur de l'État.

En sortant du lit, le maire s'enveloppait dans un peignoir et commençait à parcourir les journaux de Woonsocket, Providence et Boston, tandis qu'un grand monsieur sec lui rasait les joues et lui taillait méticuleusement la barbe, un bouc étudié, impeccable, dont jamais un poil ne retroussait. Le barbier Deschamps se présentait chaque matin, sur le coup de sept heures, à la résidence du maire, et la cérémonie commençait: il étalait avec soin une serviette de tissu éponge sur la poitrine de Gauthier, la serrant bien autour de son cou pour empêcher que les poils coupés s'insinuent sous le peignoir, puis il montait sur le blaireau un onctueux panache de mousse qu'il tapotait partout où il raserait en prenant garde, durant ces opérations, de ne pas nuire à la lecture de son client, ce qui exigeait une attention constante; il devait en effet prévoir les moments où Gauthier tournerait les pages pour aller au renvoi ou, pire encore, se pencherait vers la table voisine pour choisir un autre journal, une manœuvre délicate si l'opération de rasage avait débuté; Gauthier bougeait sans prévenir et l'habile barbier avait pris l'habitude de le suivre avec le blaireau ou le rasoir; il était arrivé que le maire se lève pour répondre au téléphone, en plein rasage, et Deschamps l'avait accompagné, ne perdant pas un coup de lame. En vingt ans de services, il n'avait jamais entamé, même d'une éraflure, la peau de son client. Le bâton d'alun qu'il gardait pour ces urgences s'était complètement desséché. Quelle pitié! car ce matin même, Deschamps dut y avoir recours et il ne trouva dans sa trousse que les miettes de son caustique. Gauthier avait été si outré par les en-têtes de journaux qu'il avait bondi de sa chaise comme un fou, déjouant les réflexes du barbier, dont l'instrument lui incisa légèrement la joue, près de l'oreille, oh! une égratignure, mais qui s'obstinait à saigner, sans doute à cause de l'état courroucé du maire. C'est finalement avec un minuscule tampon d'ouate, imbibée d'alcool, que le barbier, confondu en excuses, arrêta l'hémorragie.

Cet œil de coton adhérait encore à la joue du maire

Gauthier lorsqu'il fit irruption au presbytère, dans le bureau du curé Pelland, refoulant devant lui la vieille ménagère qui avait essayé de le retenir, voulant l'annoncer d'abord, d'autant plus que le prêtre était en réunion avec son cousin, le docteur Fontaine.

— Ah, t'es là toi aussi Fontaine! s'écria le maire. Tant mieux!

Ce n'était pas une colère, c'était une éruption. Ses yeux lançaient des éclairs, il postillonnait, éclaboussant de lave son bouc qui bondissait nerveusement à chaque soubresaut du menton; le petit tampon d'ouate séché sur la joue ballottait comme une bouée au milieu de la tempête.

— Voulez-vous me dire ce qui vous prend d'attaquer un Irlandais, un évêque par-dessus le marché?

C'était presque un acte de miséricorde pour le curé que d'essayer de tranquilliser son visiteur, mais il n'y parvint pas. Il eût fallu davantage que des invitations polies au calme pour faire descendre Abraham Gauthier de ses grands chevaux.

— Me calmer! s'exclama le maire. Quand vos stupidités sont étalées dans tous les journaux d'aujourd'hui.

Les journaux! Il les avait apportés et les étalait sur le bureau du curé, afin de bien illustrer les motifs de sa colère compréhensible.

— Dans le *Providence Visitor*: «Francos Rebel Against Bishop», dans le *Boston Globe*: «Racism in Woonsocket», du racisme! est-ce qu'on a besoin de ça ici?

— C'est sûr qu'on va avoir les journaux contre nous autres, commenta le curé, toute la presse de Nouvelle-

Angleterre est contrôlée par les Irlandais.

Le maire l'attendait celle-là, il jeta sur le bureau, d'un air triomphant, le quotidien français de Woonsocket *La Tribune* dont la manchette annonçait une «flambée de racisme».

– C'est pas un journal d'Irlandais, ça! Ils ne sont pas d'accord non plus.

– Des vendus! argumenta le curé. Je connais leur rengaine. Il ne faut pas semer la discorde... c'est notre devoir d'avoir tort, même quand nous avons raison... le respect de l'autorité, et patati! et patata!

Abraham fut sidéré par ces sottises dans la bouche d'un prêtre qu'il avait respecté jusqu'ici, bien qu'il lui eût toujours reproché son attachement exagéré à la culture du passé. Ce n'est pas avec des crêpes au sirop d'érable ou le chapelet en famille que les Francos conquerraient l'Amérique!

– Curé, annonça le maire, je pose ma candidature au poste de gouverneur. Si je suis élu, je ferai enfermer ça, les fanatiques comme vous autres! Vous êtes indignes de notre république «libre».

– Abraham, fit remarquer le curé, tu ne passeras pas sans le vote des Francos.

Cette réalité désarçonna le maire, qui avait prévu son exit sur sa menace d'emprisonner les fanatiques; il hésita un moment, puis conclut sur un ton méprisant:

– Vous deux, vous me faites regretter mes origines.

6

Il y avait une certaine ironie à cette histoire d'école puisque pour une bonne partie des Francos des quartiers populaires, de Woonsocket ou d'ailleurs, l'instruction ne figurait pas haut sur leur liste de priorités. D'où ils venaient, une ferme dans le Bas du fleuve ou un taudis à Montréal, l'école ne les aurait pas tirés de la misère, et ils ne voyaient pas pourquoi, aux États-Unis, ils y consacreraient maintenant leur jeunesse, alors qu'ils avaient la chance de pouvoir travailler. Bon! ils y croyaient parce que leurs curés en faisaient une religion de cette fichue instruction catholique et française, mais ils ne tenaient pas à la pratiquer outre mesure.

Ulric, le dernier des garçons Lambert, comptait déjà parmi ces objecteurs de conscience. Il avait passé les deux derniers jours à se bercer dehors, sur la galerie, soi-disant pour se guérir d'une amygdalite qui le faisait souffrir, beaucoup moins cependant que son envie irrésistible d'aller travailler au moulin avec les autres; il venait juste d'avoir neuf ans.

Ulric était donc au premier rang du parterre pour l'entrée théâtrale que fit Valmore, au volant d'une Ford T. La voiture, qui avait pris le tournant sur Maple un peu court, chaloupa dans le gravier de la rue et faillit étouffer avant d'arriver au pied du perron, en arrière de la maison.

Valmore klaxonna plusieurs fois, comme si c'était nécessaire. La famille et les voisins, qui se préparaient à souper, l'avaient aperçu par les fenêtres et ils se répandaient déjà autour de l'engin.

— Veux-tu me dire dans le saint monde, demanda Évelyne, où est-ce que t'étais que t'arrives si tard pour souper?

— C'est pas un cheval ça, rétorqua Valmore, qui caressait

le volant de bois poli, il fallait que je m'entraîne à la conduire. Les enfants, sa mère, embarquez, on va faire un tour.

— J'vais pas là-dedans, Valmore, j'te préviens, dit Évelyne en cherchant refuge dans la cuisine.

Les enfants Lambert n'allaient pas faire tant de manières. Tout ce qui pouvait monter dans la voiture y était déjà!

— Baptiste, ordonna Valmore, va chercher ta mère!

Victor, Adelbert et les autres voisins écarquillaient les yeux devant ce conte de fée, l'un d'entre eux possédait enfin une automobile.

— Qu'est-ce qui arrive donc? questionna Victor. As-tu hérité?

— Je t'expliquerai ça en revenant, dit Valmore, alors que les enfants tiraient et poussaient sur Évelyne pour la forcer à monter dans la voiture. Elle s'était mise un manteau et un chapeau, avait pris son chapelet.

La Ford décolla, empoussiérant les voisins, debout au milieu de la rue, encore trop secoués pour rentrer chez eux où refroidissaient les plats du souper.

C'était la première fois que Valmore était véritablement heureux, depuis son arrivée aux États-Unis, et ce bonheur se lisait sur tout son visage. Il avait cette mécanique moderne entre les mains et il en faisait ce qu'il voulait.

— Y' a pas de cheval docile comme ça, cria-t-il à Baptiste, assis à ses côtés.

Valmore s'amusait à appuyer sur l'accélérateur en même temps qu'il claquait la langue, comme s'il commandait à un cheval, puis il lançait des «whoa, whoa» en freinant brusquement.

— Un coup de guide à droite, commandait-il, et il virait sur la droite.

— Un coup à gauche... et il revenait dans l'autre sens.

Avec sa traîne de poussière que le soleil couchant colorait d'or et de feu, le pégase de Valmore zigzaguait sur la route, ralentissait son allure, se cabrait pour repartir à toute vitesse et cherchait, on eût dit, à rattraper son ombre qui glissait, en biais devant lui, sur l'eau calme de la rivière Blackstone.

— Valmore arrête, implora Évelyne, j'ai mal au cœur!

Le manège stoppa, à la grande déception de Valmore et des enfants.

— Valmore Lambert, s'enquit Évelyne, tu vas me dire ce que tu fais avec une automobile!

Il bomba le torse, enfila les pouces sous ses bretelles et déclara avec fierté:

— Les enfants, ma femme, c'est fini de pâtir au moulin. À partir d'aujourd'hui, je vais travailler avec une automobile.

Les couleurs, qui revenaient sur les joues d'Évelyne, s'évanouirent aussitôt.

— Qu'est-ce que c'est, cette embardée-là?

— C'est pas une embardée, Évelyne, je vais travailler au journal du docteur Fontaine, j'ai commencé à midi.

– Tu ne sais même pas écrire, s'écria-t-elle, incrédule.

– Je sais conduire, rétorqua Valmore, fier comme un coq.

CHAPITRE 17

Le peuple en sentinelle

1

Émile Fontaine n'aurait jamais délaissé le bistouri pour la plume s'il n'avait pas été ébloui par l'effet extraordinaire qu'avaient produit les manchettes de journaux sur le maire Abraham Gauthier. Ce jour-là, il comprit que leur campagne contre l'évêque stagnerait tant qu'elle ne serait pas alimentée régulièrement par un journal. Toute la presse se rangeant du côté de Mgr Kenney, le docteur se dit que l'opposition n'avait pas d'autre choix que de publier son propre journal.

— Mon pauvre Émile, s'était inquiété le curé Pelland, où allons-nous trouver l'argent?

De l'argent pour les bonnes causes, avait répondu énergiquement le médecin, il y en a toujours, il suffit de chercher.

Émile orienta d'abord ses recherches du côté de sa sœur Simone, qu'il visitait rarement, vu l'inimitié qu'il continuait d'entretenir pour son mari. Parmi tous les notables que Simone recevait régulièrement à des dîners, à des cocktails, il se trouverait bien quelque mécène pour contribuer à la naissance d'un nouveau journal, sans compter ce qu'elle pourrait elle-même donner. À en croire les potins, ces réceptions donnaient lieu à de tels débordements que ce n'était pas un kilo de caviar ou une caisse de champagne en moins qui priveraient les invités. Émile choisit un moment où il était certain que Jacques ne serait pas à la maison pour aller frapper à la porte des Roussel. Mais Simone n'y était pas non plus. En fait, elle ne restait pas souvent à la maison, finit-il par apprendre dans le chassé-croisé d'informations entre la bonne, le valet, le jardinier et la cuisinière, afin de déterminer où pouvait bien se trouver madame. La conférence des domestiques détermina qu'elle devait être à l'atelier de Fidélia Dauray, à Boston. Émile repartit, une bonne heure plus tard, armé d'un bout de papier avec le nom et l'adresse de l'immeuble: Fenway Studios, 30 rue Ipswich.

2

Simone venait de célébrer son vingt-cinquième anniversaire de naissance, un mois plus tôt. À cette occasion, Jacques avait invité Fidélia, John Elliot et d'autres amis à une surprise-party et il avait remis à sa femme un cadeau princier: un collier de vingt-cinq diamants, des pierres magnifiques qu'il avait rapportées brutes du Brésil et fait tailler à New York. Cette parure d'impératrice avait excité l'imagination de Fidélia qui avait commencé une sculpture représentant son amie, une pose nue, pleine de grâce et de mouvement, qui prenait, si l'on ose dire, sa source dans cette rivière de pierres précieuses. L'œuvre d'art exigea beaucoup plus de travail que prévu, surtout que Fidélia imagina, au dernier moment, d'ajouter un élément à la composition, une autre femme dont les traits ressemblaient étrangement aux siens; les deux personnages féminins s'enlaçaient dans une étreinte suggestive et reposaient sur un premier diamant qui se prolongeait par une série d'autres de plus en plus petits formant une sorte de guirlande qui aboutissait dans les cheveux de Simone et y éclatait en d'innombrables scintillations, des faisceaux d'aigrettes de métal, habilement implantées dans le bronze après le coulage.

C'est ce matin seulement que Simone vit la pièce terminée, en entrant dans l'atelier. Fidélia, qui avait travaillé toute la nuit, dormait par terre parmi les outils et les retailles de métal. Durant les longues heures où elle avait posé nue pour elle, l'esprit de Simone avait vagabondé; elle la voyait avec ses doigts habiles, ciseler, modeler, tripoter la terre et avait mille fois souhaité qu'elle vînt plutôt vers elle l'envelopper de ces gestes adroits et caressants, des désirs parfois si intenses qu'elle se rhabillait à l'improviste, quittait l'atelier brusquement, sous un prétexte quelconque, de crainte de ne plus pouvoir dissimuler son malaise. Ces impulsions violentes la poursuivaient la nuit, l'amenant à réclamer de Jacques des attentions surprenantes, tellement inhabituelles qu'il s'en voulut d'avoir douté à certains moment de la passion de sa femme, un doux alizé qui pouvait donc aussi souffler en bourrasques torrides, il le voyait bien maintenant.

Recrue de fatigue, Fidélia laissa Simone la traîner vers le canapé, au fond de l'atelier, et lui retirer ses vêtements.

— Repose-toi, lui dit-elle doucement, en attendant, je vais mettre un peu d'ordre.

En vidant un vase où un énorme bouquet avait fané, des ancolies mauves tristement affaissées, Simone trouva dessous des lettres dont le texte avait été enjolivé de dessins délicats, là un sablier presque à court de temps, là une femme avec des plumes d'oiseau en guise de cheveux, là encore, une curieuse bête ailée retenue par une longue ficelle venant du prolongement de la dernière lettre de la signature:

«Romaine». Simone commença par admirer les fines illustrations, mais l'écriture était si remarquable elle aussi, certains bouts de phrases si intrigants, qu'elle n'arriva pas à contenir sa curiosité. Les lettres venaient d'un peintre, une Romaine Brooks qui, de passage à New York pour une exposition de ses oeuvres à la galerie Wildenstein, y avait rencontré Fidélia. À travers les explicites déclarations amoureuses, Simone put reconstituer que cette Romaine était maintenant de retour à sa maison, avenue du Trocadéro à Paris, où elle souhaitait vivement que Fidélia vienne l'y retrouver... elles pourraient poursuivre à loisir leur béguin de New York, car Romaine serait libre, une certaine Natalie (qui semblait être sa compagne habituelle) étant à Florence pour un long séjour... et si Fidélia débarquait à Paris pour octobre, elle assisterait au vernissage d'une exposition de Romaine, à la Galerie Jean Charpentier...«mes meilleurs amis y seront, des gens qui t'adoreront eux aussi», écrivait le peintre qui mentionnait les noms de Colette, Paul Morand, la duchesse de Clermont-Tonnerre et le fameux couple Troubridge-Hall. Simone se souvenait des articles scandaleux qui parurent un peu partout quand Una Troubridge quitta son mari, un amiral, pour aller vivre avec Marguerite Radclyffe Hall. Même Jacques avait été choqué par cette démonstration outrancière de saphisme; il n'acceptait pas que des femmes étalent ainsi au grand jour des préférences sexuelles «morbides».

Simone replaça les lettres sous le vase, alla s'asseoir sur le canapé où dormait Fidélia; elle commença lentement à se dévêtir, dévorée par l'envie que Fidélia s'éveille, la caresse et la «consume avec la délicieuse flamme rouge de sa langue», ainsi que l'avait écrit Romaine Brooks dont les lettres d'amour provoquèrent tout à coup chez elle un vif accès de jalousie. Elle prit d'abord ses propres seins dans ses mains, en caressa les mamelons du bout des doigts afin d'exacerber son désir et de le rendre irrépressible, puis elle s'allongea aux côtés de son amie, tirant le cachemire pour la découvrir; elle serra ses cuisses contre elle, blottit son sexe contre la rondeur parfaite des fesses de Fidélia et lui câlina le ventre; d'une main, elle traçait de grands cercles autour du nombril en effleurant la peau avec la pointe des ongles, elle s'immobilisait pour les enfoncer, comme des griffes dans la chair, et reprenait sa course agile en saccades et en frôlements; l'autre main de Simone se rendit plus directement au but, desserrant les cuisses de Fidélia et découvrant bientôt, comme avec des baguettes de sourcier, des nappes souterraines de plaisir. Ruisselante, le cœur haletant, Fidélia enferma Simone dans une étreinte passionnée puis se mit à la couvrir de baisers, à la mordiller en descendant le long de son corps jusqu'à son sexe, tandis qu'elle lui caressait doucement les cuisses; subitement, Fidélia s'empara des poignets de Simone, les lui cloua de chaque côté du corps et ancra sa bouche là où le plaisir commença de déferler, en lames courtes et rapides, puis en vagues profondes et apaisantes comme la marée. La fraîcheur de la bouche de Fidélia, le souffle chaud de sa respiration pénétraient Simone d'une jouissance sublime qu'elle eût souhaitée éternelle.

Il n'y eut jamais un mot échangé, pas de déclaration amoureuse, les deux femmes nues étaient étendues sur le canapé, la tête de Fidélia posée sur le ventre de Simone, et elles se caressaient, toute griffe rentrée, des gestes tendres et doux, comme les ondulations que laisse, en s'apaisant, l'orage dans les ramures. Ces femmes n'auraient pu être plus différentes l'une de l'autre; Simone, délicate et mince, fragile comme du cristal, Fidélia, un peu ronde, terrienne, plus solidement charpentée, athlétique, le pubis couvert de boucles noires serrées, du caviar!

Une voix qui criait: «Y'a quelqu'un?» les fit sursauter.

– C'est mon frère, s'étonna Simone.

Fidélia s'enveloppa dans le châle de cachemire et courut à la rencontre d'Émile pour le faire patienter dans le petit salon, à côté, tandis que Simone se rhabillait en vitesse.

La tête d'Émile quand il vit arriver sa sœur pieds nus, les cheveux défaits, et sur le visage cet air du chat qui vient d'avaler la souris! Elle l'embrassa sur la joue, se laissa tomber dans un fauteuil. Il s'assied à son tour, un peu hébété, détournant le regard pour éviter la vue qu'il avait des cuisses de Simone.

— Je vous laisse, dit Fidélia, il faut que je travaille.

Sans doute embarrassé par l'atmosphère qui régnait dans l'atelier, Émile raconta plutôt maladroitement l'histoire du journal qui le faisait la relancer jusque-là, à l'improviste.

— Mon pauvre Émile, tu es bien naïf! s'exclama Simone. Comment veux-tu que je t'aide? Les seules gens riches que je connaisse, ce sont des amis de Jacques, et moi, je n'ai rien, pas un sou. Si! Quelques centaines de dollars que j'ai mis de côté pour trouver un agent à New York.

— Un agent de quoi? demanda Émile.

— Un impresario.

— Mais tu es mariée.

— Oui, sous le régime de la séparation de biens, précisa-t-elle.

— Qu'importe le régime, il y a les devoirs d'épouse...

Simone regardait son frère, dans son costume presque noir, qui accentuait son teint blanchâtre, décidément le médecin s'étiolait en lui et il prenait de plus en plus des airs de curé. Elle faillit pouffer de rire et vint à un cheveu près de lui avouer qu'elle venait de faire l'amour avec une femme damnée, de lui raconter aussi ce qui arrivait à leur chère mère. La semaine précédente, Simone avait en effet pris son courage à deux mains et s'était rendue faire une visite chez Henriette, à Montréal. Un cauchemar! Leur mère, ce qui était à prévoir, était devenue complètement alcoolique, mais l'inattendu c'est qu'elle avait installé son jeune Noël à la maison. La mère de ce dernier venant de mourir, Henriette avait convaincu le père désemparé de la laisser prendre le jeune garçon chez elle, et il avait tout de suite accepté, ému par ce geste charitable. Le grand garçon maigre, qu'Henriette présentait maintenant partout comme son fils adoptif, était en fait devenu l'esclave des passions de leur mère; le misérable, il desséchait comme un arbre en manque de sève.

Non, elle ne pouvait pas exposer le cœur candide de son frère à tant de dépravations.

— Mon pauvre Émile, lui dit-elle gentiment, je suis vraiment entre deux chaises, moi, je partagerais plutôt tes idées, mais c'est mon mari qui a l'argent. Laisse-moi tout de même quelques jours. Il doit y avoir un moyen, il y en a toujours.

3

C'est en plein cœur de Woonsocket que le journal *La Sentinelle* ouvrit ses portes, dans un local modeste, crasseux même, où Émile fit transporter une presse vétuste qu'il avait dégotée à l'imprimerie de l'Université Harvard. Distribué chaque nuit dans les principales villes du Rhode Island par Valmore, dans la Ford achetée par le docteur, le journal commença une série d'attaques en règle contre l'évêque de Providence, des articles virulents signés soit par Émile lui-même, soit par Julien Bériau, un jeune journaliste que le cardinal Bourgoin avait enlevé à *L'Action catholique* de Québec et dont l'archevêché payait le salaire en sous-main, afin de donner un coup de pouce au quotidien naissant. Grâce au journal, la résistance s'organisait dans les paroisses qui refusaient les unes après les autres de payer la taxe imposée par Mgr Kenney.

Émile passait maintenant ses journées à son cabinet médical et des grandes parties de nuit au journal, piochant les invectives sur la seule Underwood, qui servait à Bériau et à Rose-Anne, la secrétaire, durant les heures régulières de bureau. Le matin, il allait assister à la messe à l'église Sainte-Anne et, à la table de la communion, il glissait au curé Pelland un exemplaire tout frais de *La Sentinelle*. L'évêque irlandais se laissa souffleter ainsi pendant une dizaine de numéros, mais loin de présenter l'autre joue, il se mit à riposter d'autorité.

Première victime: le curé Pelland lui-même. Un matin, Émile s'agenouilla à la sainte table, à côté de la vieille ménagère, et celle-ci lui souffla à l'oreille que le curé venait d'être expulsé de la paroisse.

Quand Émile entra discrètement dans la sacristie, après la messe, le curé Pelland avait déjà renvoyé son enfant de chœur, il avait sorti de son écrin le calice que les paroissiens lui avaient offert lors de l'inauguration de l'église, et il le serrait contre sa poitrine. De grosses larmes roulaient sur ses joues, tombaient sur les manches empesées de l'aube blanche où elles ne s'absorbaient pas, glissant comme des bulles d'eau sur du verre.

Pelland était le treizième et dernier enfant d'une famille qui avait colonisé une terre de misère, près de Rivière-du-Loup, dans le Bas du fleuve. Cette terre était si rocheuse que toutes les parcelles cultivées finirent par être bordées par des murets de pierres. Il suffisait de jeter un coup d'œil sur ces fortifications qui serpentaient le long des champs, pour avoir une idée du labeur inhumain de cette famille qui, pour remercier le ciel, (on pourrait se demander de quoi) décida de donner le dernier-né à Dieu. Tous les membres de la famille Pelland, pourtant aussi pauvres les uns que les autres, contribuèrent chaque mois un petit quelque chose durant les quatorze années qu'Aristide étudia à Québec. Après son ordination, cinq de ses frères décidèrent ensemble de quitter cette misère pour tenter fortune dans les moulins de la Nouvelle-Angleterre et le jeune prêtre obtint de son évêque l'obédience aux États-Unis. Quand il hérita enfin d'une cure, celle de la nouvelle paroisse Sainte-Anne, à Woonsocket, c'est un soubassement d'école qui servait d'église. Pelland, qui dut quêter presque chaque brique pour la construction de son église, pensait à toutes ces belles pierres, malédiction de la terre familiale, dont il aurait eu si besoin, lui.

— Cousin, dit Émile au curé qui sursauta, ne l'ayant pas entendu venir, ils ne peuvent pas vous mettre dehors d'une église que vous avez bâtie vous-même.

— Bien oui, Émile, ils peuvent, j'ai refusé formellement de payer la taxe de monseigneur.

4

En passant le portail de la propriété, Jacques vit une Chevrolet devant la maison et il eut un soupir de soulagement, ce devait être l'auto du beau-frère. Ce matin, il avait été obligé d'insister auprès de Simone pour qu'elle invite Émile à dîner, d'autant plus qu'il avait admis vouloir le rencontrer pour l'entretenir de son fameux journal. Elle avait commencé par objecter qu'il avait toujours refusé toutes leurs invitations jusqu'ici, qu'il...

– Dis-lui que cette fois, c'est moi qui insiste.

Et cela avait porté fruit puisque le docteur Fontaine était là!

Jacques, qui était en retard, se précipita au salon, mais il n'y avait personne. Il revint dans le hall où Sandrine annonça qu'elle avait fait passer Monsieur dans la bibliothèque. Elle voulut ajouter autre chose, mais Jacques était déjà disparu vers la bibliothèque.

– Mon cher Émile, excusez-moi, dit Jacques en lui tendant la main, j'ai été retenu à l'usine.

Il fut alors très étonné de réaliser qu'Émile était seul, que Simone ne lui tenait pas compagnie.

– Monsieur, annonça Sandrine qui lui courait après, Madame a prévenu qu'elle était retenue à Boston, elle ne rentrera que très tard.

C'est l'excellente éducation de Jacques qui l'empêcha d'exploser sur-le-champ, il se contenta de sourire gentiment et de dire à Émile:

– Eh bien, si vous n'y voyez pas d'objection, nous mangerons en tête-à-tête.

– Avec plaisir, répliqua Émile, en indiquant à la bonne de lui rafraîchir son whisky.

Le compte rendu de la conversation de ces deux hommes buvant leur appéritif en se toisant comme des coqs sur leurs ergots tiendrait en deux lignes. Quand ils ne se dévisageaient pas en silence, ils regardaient les glaçons fondre dans leur verre, jetant par-ci par-là quelques brindilles dans le feu d'une conversation qui ne prenait pas. Les longs intervalles silencieux gardaient Sandrine sur le qui-vive, elle crut à plusieurs reprises qu'ils étaient passés à la salle à manger, à son insu.

Bon, Simone était absente, mais son humour caustique ne faisait pas défaut. Une fois à table, ces chiens de faïence purent se regarder à la lumière romantique des chandelles et partager un vrai repas d'amoureux. La maîtresse de maison leur avait prévu du caviar frais, arrosé de vodka glacée, suivi de homards, que le chauffeur était allé chercher le matin même à Providence, et d'un dessert que Sandrine eut du mal à annoncer sans pouffer de rire: une bombe-cardinal qui eut l'heur au moins de les amener sur le sujet qui les réunissait là.

— Appelons ça, si vous voulez, commenta Émile, la situation cornélienne typique.

— Typique! enchaîna Jacques. Nous sommes adversaires pour ne pas dire ennemis, votre sœur est mon épouse et vous m'avez sauvé la vie.

— Seulement la jambe! La vie, je ne suis pas allé jusque-là...

— Soyons clairs, de poursuivre Jacques, la campagne que vous avez entreprise contre notre évêque, Mgr Kenney, est du pur racisme.

— Je m'y attendais, riposta Émile, vous dites n'importe quoi! La situation est limpide: le Vatican veut implanter ici des écoles religieuses, dans le but d'évangéliser les gens en langue anglaise, et il veut nous faire payer la note à nous, alors que nous nous sommes déjà saignés aux quatre veines pour avoir notre enseignement religieux à nous, en français. Que le Vatican veuille combattre l'enseignement profane des public schools américaines en construisant ses propres écoles, ça le regarde! Mais nous prendre notre argent pour ça, à nous les Francos, c'est du vol!

— Ne vous échauffez pas, dit Jacques en souriant, et mangez vite, votre glace fond.

Émile avala rapidement quelques bouchées de la bombe et poursuivit sur le même ton emporté:

— Je constate que vous, personnellement, vous soutenez ce crime. Je m'y attendais à ça aussi. Personne n'ignore le pacte si singulier qui unit les usines Roussel au Vatican.

Jacques bondit.

— Qu'est-ce que vous racontez?

— Vous savez bien, dit Émile, qu'en échange d'une remise considérable sur vos profits, vous habillez la quasi-totalité du clergé catholique des cinq continents. Je sais aussi que le Vatican, votre complice, avantagera toujours les États-Unis, leur argent, et leur volonté d'imposer leur langue, contre une poignée de Francos pauvres, même s'ils sont bien plus croyants.

Jacques faillit s'étouffer avec les pralines de sa glace; qui avait bien pu informer son hôte de cette disposition dont il n'avait lui-même appris l'existence que très tard, et encore par accident? Il s'était rendu compte que les états financiers annuels des usines de Woonsocket, qu'il envoyait à Roubaix, étaient modifiés quand ils apparaissaient dans le bilan global des entreprises Roussel. Son père avait fini par lui expliquer que son entente avec le Vatican, ayant été conclue avant l'ouverture des usines américaines, il ne considérait pas que Rome dût profiter de sa quote-part sur la totalité des bénéfices de Woonsocket, d'autant que les commandes du clergé américain étaient bien moins importantes que celles du marché régulier ou du gouvernement. (Pendant la guerre,

Woonsocket habillait et l'armée française et l'armée américaine, un contrat juteux.)

— Je peux me permettre un mot? demanda Jacques.

Satisfait d'avoir déséquilibré son adversaire, Émile plongea avec ravissement dans la glace aux fraises; ses coups avaient atteint leur cible, il pouvait s'offrir ce plaisir.

— D'abord, précisa l'industriel, la question religieuse n'est pas une seconde entrée en ligne de compte quand ma famille a pris la décision d'ouvrir des usines ici. Nous avons investi des millions ici parce que...

— Mais nous, l'interrompit Émile aussitôt, ce sont nos vies qui sont investies ici. Vous, quand les affaires iront mal, vous déménagerez les usines ailleurs, je ne sais où, en emportant les bénéfices que vous aurez faits sur notre dos.

Encore le refrain de l'ouvrier exploité, pensa Jacques, qui n'avait pas envie d'aborder cette question.

— Vous n'êtes pas seulement un très bon chirurgien, conclut-il, mais un excellent tribun. Vous avez dit des choses exactes et dans les termes les plus justes, sinon les plus mesurés, mais vous exprimez un aspect de la chose, et un seul... pas du tout l'ensemble des données.

Émile aussi avait fait son effort pour que ce dîner ne parût pas une perte de temps totale, mais il n'irait pas plus loin; il voulait bien fumer le havane que lui offrait Jacques et après, point final!

— J'aurais bien aimé vous parler du journal, dit Jacques, comme ils sortaient de table.

— Il n'y a rien à dire, répliqua sèchement le médecin; pour

le moment *La Sentinelle* défend nos droits vis-à-vis l'évêque, demain, quand le danger aura disparu, elle veillera sur les droits des ouvriers par rapport à des gens comme vous.

– Ça s'est bien passé? Il n'y pas eu trop de dégâts? demanda Simone en entrebâillant la porte de la bibliothèque où Jacques, seul à son bureau, lisait un mot de Madeleine pour le remercier des livres qu'il lui avait fait parvenir, et pour lui reprocher avec gentillesse de tant espacer ses visites.

– Ton frère est charmant... un trait de famille, c'est certain! fit remarquer Jacques, qui glissa discrètement la lettre de Madeleine sous un magazine.

Simone vint l'embrasser et monta se coucher.

Lui, si furieux qu'elle leur ait posé ce lapin au dîner, avait perdu toute envie de lui adresser des reproches, l'adorable mot de la couventine lui avait rendu sa bonne humeur.

5

En arrivant chez lui, Émile aperçut quelqu'un qui attendait dans l'obscurité, appuyé sur la rambarde du perron.

– Docteur Fontaine? demanda timidement une voix de femme.

Il faillit s'évanouir.

– Vous me reconnaissez? murmura-t-elle.

S'il la reconnaissait! Seulement au son de sa voix, le cœur lui avait manqué. Il l'invita à entrer, fit vite de la lumière, elle avait peu changé depuis qu'ils s'étaient quittés, un peu avant la fin de la guerre, au château, près de Noyon.

— Françoise Ku-ril-sky, dit Émile qui détacha chaque syllabe pour bien signifier qu'il n'avait pas oublié l'infirmière russe.

Elle sourit et les pommettes de ses joues se colorèrent tout de suite de rouge, lui redonnant cet air de santé dont se souvenait Émile. Ils restèrent debout jusqu'aux petites heures, afin de renouer le fil de leur vie.

Après la guerre, c'est en vain que Françoise avait attendu à Paris avec sa mère que le docteur Kurilsky fuie la révolution bolchévique. Au contraire, il rejoignit l'armée blanche de l'amiral Koltchak, un ami d'enfance, et fit campagne à ses côtés. Après l'exécution de l'amiral, à Irkoutsk, elles n'eurent plus jamais de nouvelles; son père, sans aucun doute, avait subi le même sort que le chef de l'armée contre-révolutionnaire. Sa mère s'étant remariée, Françoise décida, il y a deux ans, d'émigrer aux États-Unis.

— Pourquoi? demanda Émile.

— Pour vous retrouver.

Elle avait choisi New York parce qu'elle croyait qu'Émile y pratiquait. Elle avait passé la ville au peigne fin et commençait à desespérer de ne jamais le retrouver quand, il y a trois jours, elle tomba sur le journal *La Sentinelle* qu'avait sur lui un voyageur du Rhode Island de passage à New York, où il avait été renversé par une automobile et transporté d'urgence à son hôpital. Elle sortit de son sac ce journal providentiel dont la première page arborait un long papier avec la signature d'Émile. Au ton de l'article, elle n'eut pas de doute que ce docteur Fontaine, journaliste, était celui qu'elle avait si inlassablement cherché.

— Vous êtes là, dit-elle, mes prières sont exaucées.

Émile était trop ému, trop abasourdi, pour se lever carrément et prendre cette incroyable bonne femme dans ses bras. Il réalisa tout de suite comme c'était absurde de demander pourquoi elle avait fait cela, mais la question était déjà posée.

— Parce que je vous aime.

— Vous ne le saviez pas, ajouta-t-il, j'aurais pu... être marié.

— Non, je ne crois pas, conclut Françoise, avec la plus désarmante des simplicités.

CHAPITRE 18

Les amours trompés

1

Qu'est-ce que Mgr Kenney pouvait bien lui vouloir? se demandait Jacques, confortablement enfoncé sur le siège arrière de la Cadillac, et se faisant conduire à Providence par le fidèle Bill Wiggett. En fait, il croyait soupçonner pourquoi l'évêque avait réclamé de le voir aussitôt que possible: l'histoire du journal! Une affaire déplaisante déjà rendue à Roubaix. Il terminait justement une longue épître de son père, lui signifiant dans quelle fâcheuse position les Roussel se retrouvaient avec cette alliance Fontaine, et suppliant Jacques d'user de toute l'autorité possible sur sa femme afin qu'elle intervienne auprès de son frère. L'autorité! Jacques sourit. Lui, si heureux au volant de sa Voisin, en était arrivé à se faire presque toujours conduire par Bill, uniquement dans le but de forcer Simone à demeurer davantage à la maison. Ce subterfuge lui paraissait plus acceptable qu'une interdiction formelle d'utiliser le chauffeur sans permission, ce qui aurait certainement fait pousser des hauts cris à Simone dont il devait déjà supporter les irritantes vocalises, les rares fois où le hasard les trouvait elle et lui, ensemble à la maison.

Jacques se mira dans la glace qui le séparait du chauffeur, non tant par complaisance que poussé par la plus vive inquiétude... il était plutôt bel homme, visage raffiné, intelligent, comment se faisait-il que ses histoires d'amour tournaient toujours au vinaigre? Soit, il était tombé sur deux femmes qui souhaitaient faire carrière, mais «être épouse», pensait-il, c'est également une carrière, aussi brillante que celle de Caroline dont il n'entendait plus jamais parler. Il avait lu dans un magazine de Paris qu'Abel Gance avait enfin commencé à tourner son Napoléon, mais pas question de Caroline dans le rôle de Joséphine pour lequel elle l'avait laissé tomber; et sa femme qui le privait d'enfant pour une lointaine, sinon illusoire carrière de chanteuse. Il voyait sa mère qui, tout en élevant une grosse famille, n'avait jamais manqué de seconder son père dans ses affaires, le conseillant, prévenant les faux pas, bref, gardant un œil sur tout. C'était une carrière cela! Aussi valable que de s'égosiller sur une scène d'opéra, sans doute au dernier rang du chœur.

Le moins qu'on puisse dire c'est que l'évêque de Providence était d'humeur aigre. Par inadvertance bien sûr, il faillit frapper au menton Jacques qui s'agenouillait pour baiser sa bague et il lui laissa à peine le temps de se relever avant de lui braquer à la face le dernier exemplaire de *L a Sentinelle*, où Mgr Kenney était caricaturé, en première page, devant une assiette pleine de Francos-Américains qu'il achevait de dévorer.

– I presume you've seen this rag!

S'il l'avait vu, le torchon! Il le trouvait chaque matin, à la maison, avec le courrier, une gracieuseté de son beau-frère, l'éditeur. La férocité de la caricature de l'évêque, dans ce numéro, l'avait d'ailleurs frappé, mais ne lui avait pas complètement déplu. Le caricaturiste avait donné les traits d'Émile à un de ces Francos dont se repaissait l'évêque. Il ne s'en régalera jamais assez vite pour moi, s'était dit Jacques.

Mais depuis qu'on l'avait introduit dans le bureau, c'est une photo, dans un cadre sur le mur, qui avait surtout attiré son attention. Il n'y avait aucun doute, le garçon sur la photo aux côtés d'une dame, c'était lui, c'était la photo qu'avait prise le touriste irlandais, à l'arrivée du paquebot, à New York; on distinguait la Statue de la Liberté en arrière plan.

– Pardon me, your Excellency, but who's the woman in that photograph?

C'était la mère de Mgr Kenney. Il expliqua à Jacques qu'il possédait des centaines de photos de sa mère, mais aucune de son père qui refusait obstinément de confier sa caméra à qui que ce soit. Sa mère était toujours photographiée seule ou avec des étrangers, au hasard des rencontres. Mgr Kenney lui souligna l'ironie d'avoir devant lui, en personne et en photo, celui qui, directement ou indirectement, finançait ce journal qui lui crachait dessus chaque jour.

Jacques blêmit à l'accusation.

– Your Excellency, the conduct of my brother-in-law has already caused me a lot of trouble. I assure you, on what I hold most sacred, that I haven't contributed one cent towards this vile rag, as you so rightly put it.

Comment le prélat pouvait-il avoir imaginé un instant que Jacques était le bailleur de fonds de ce journal scandaleux, une ordure? Il se leva et déclara solennellement, la main sur le cœur:

– Monseigneur, je n'ai rien, mais là, rien à voir avec ce journal, vous avez ma parole.

– Things aren't always as they appear to be, remarqua l'évêque, it's surprising sometimes... For instance, there you were, right under my nose, yet I didn't realize it was you.

Malgré ses dénégations, Jacques vit que le prélat demeurait sceptique et il essaya de réfléchir... qu'est-ce qu'il pouvait avoir lui-même sous le nez, qui lui aurait échappé? Il ne voyait pas.

Comme Jacques allait prendre congé, Monseigneur lui demanda s'il connaissait l'étude juridique *Harcourt, Flynn & Lemieux,* de Providence.

— Très bien, dit-il, j'utilise souvent leurs services.

Eh bien, drôle de coïncidence son beau-frère aussi! Monseigneur lui apprit qu'Émile avait recours aux mêmes avocats pour intenter une poursuite contre lui en Cour supérieure.

— Laissez-moi cette affaire, dit Jacques, très contrarié, je m'en occupe.

Le soir même, il dînait à la salle à manger du Mount-Stephen, un club exclusif de Providence, en compagnie de Maître Harcourt, le grand patron de l'étude.

Le docteur Fontaine s'apprêtait en effet à instruire l'affaire en cour, alléguant que par le biais de sa taxe spéciale, Mgr Kenney détournait des paroisses des sommes d'argent importantes au profit du diocèse.

Le vieil avocat s'était étonné qu'un catholique pratiquant comme Émile Fontaine attaque l'Église devant les tribunaux, il n'avait nulle part d'exemple de ce genre d'action, et leur étude avait accepté cette cause à contrecœur.

C'est Me Harcourt qui avait vu à l'aspect juridique de l'implantation, aux États-Unis, des entreprises Roussel et c'est à lui que la famille avait toujours eu recours pour régler ses affaires américaines, aussi quand le beau-frère se présenta à leur cabinet avec ce triste litige, on se sentit l'obligation de s'y intéresser.

— Puisque vous avez accepté cette cause par déférence pour moi, déclara Jacques péremptoirement, vous allez vous en désister pour le même motif.

— Une cause perdue d'avance, admit Me Harcourt, soulagé de s'en débarrasser, car tous les juges du Rhode Island sont Irlandais, comme notre évêque.

2

Il était presque huit heures du soir quand Jacques passa devant le couvent où Madeleine était pensionnaire et, malgré l'heure tardive, il demanda au chauffeur d'arrêter. Il n'avait pas vu la couventine depuis longtemps et il avait bien envie de cette bouffée d'air frais après les rendez-vous désagréables de la journée. Il espéra seulement que les religieuses se montreraient compréhensives et le laisseraient entrer, bien que ce ne fût pas jour de visite. Pensez-vous! La supérieure elle-même descendit l'accueillir au parloir. Sœur Ange-Albert, fine comme une mouche, mais encore plus minuscule, savait de quel côté son pain était beurré. Plus Jacques s'excusait d'arriver ainsi à l'improviste, plus elle répétait que les portes du couvent lui étaient toujours ouvertes, qu'il était là chez lui!

— Je fais tout de suite descendre votre enfant, dit la religieuse, qui disparut dans un bruissement d'étoffe.

Il n'avait jamais vu femme aussi menue et aussi plissée, un vrai pruneau.

Madeleine tardait, il s'assit. Quel contraste avec son collège de garçons, ce couvent. Le plancher de frêne ciré luisait comme un lac paisible et tout s'y réfléchissait en se confondant: les anges roses qui décoraient le plafond, les chaises en belles rangées droites et les fougères énormes, dont les longues frondes dodelinaient sans arrêt. Jacques avait beau examiner, il n'apercevait pas un traître grain de poussière nulle part, sauf... ô horreur! les empreintes sur le plancher de chacun des pas qu'il avait faits, depuis qu'il était entré au parloir. Il examina ses semelles, elles étaient impeccables pourtant, mais elles abandonnaient ces stigmates gênants qu'une converse, il n'en doutait pas, se hâterait d'effacer, sitôt son départ.

Longtemps avant que la couventine arrive, il l'entendit, des frissons plutôt que des pas, qui descendirent un long escalier et patientèrent une seconde, devant la double porte battante, avant d'entrer; il se leva, Madeleine était là, au bout du parloir. Ce n'était plus le pommier sauvage, c'était un arbre robuste, mais finement taillé, une merveille qui avait crû sous ce couvert studieux. Elle glissa vers lui, sans aucune trace, comme un pur esprit.

— Vous avez changé, murmura-t-il, vous avez maigri?

— Les sœurs me coiffent autrement.

Sa voix grave et douce vibrait comme le souffle d'un hautbois.

Il se pencha pour l'embrasser sur la joue et elle lui saisit le bras, un geste vif et emprisonnant qui le troubla. Même quand elle retira sa main, ils restèrent longtemps, debout au milieu du vaste parloir, accrochés par leur seul regard et figés dans une curieuse gêne.

Chaque visite de Jacques, Madeleine la vivait mille fois

avant qu'elle survienne et malgré cela, rien ne se passait comme elle l'avait imaginé et elle s'en trouvait toujours désemparée. Par exemple, il lui donnait la main et l'embrassait sur la joue, elle restait raide comme un piquet; cette fois, elle sortirait de sa stupide coquille et lui rendrait ses baisers, sur les deux joues même, il verrait comme elle avait de l'affection pour lui. Pourtant, cette fois encore, elle n'avait réussi qu'à s'agripper à sa manche de veston, elle l'avait peut-être même pincé sans le vouloir, un geste maladroit d'adolescente qu'elle n'était plus.

— Vous êtes contente, demanda-t-il, ça se passe bien?

— Oh, oui...

Elle ne l'avait pas invité à s'asseoir et plutôt que de le faire, elle s'assit vite elle-même, la première, avec l'impolitesse de quelqu'un qui ne réfléchit pas. Hier encore, à la chapelle, elle avait tiré gentiment la chaise pour lui, s'était assurée qu'il fût à l'aise, puis avait commencé de réciter un sonnet qu'elle avait composé pour lui, un vrai poème, le premier qu'elle ne montrerait jamais à son professeur de français.

— Vos études vont bien? s'informa Jacques pour rompre le silence.

— Oui, j'apprends le latin.

Et le sonnet?

— La maîtresse de français s'occupe beaucoup de moi, poursuivit Madeleine, elle dit que je suis très douée.

Le sonnet!

— Mon père est venu, la semaine dernière, la supérieure ne

l'a pas laissé entrer. Je suis très tracassée par ce qui se passe là-bas.

Pourquoi dans le monde avait-elle raconté cela? Elle s'était jurée de ne pas parler de son père. Elle avait trop honte depuis qu'il distribuait ces journaux blasphématoires.

— Baptiste m'a écrit qu'on ne voit presque plus mon père, à la maison, qu'il est devenu l'âme damnée du docteur Fontaine.

— Ça me contrarie beaucoup aussi, dit Jacques. J'ai une position difficile, mais vous, vous ne devriez pas vous faire trop de soucis avec ça. J'aimerais mieux que vous pensiez à vos compositions françaises.

Les vers du sonnet lui brûlaient les lèvres et elle ne fit de nouveau que toucher à la manche de son veston et palper bêtement l'étoffe.

— Vous mettez toujours du gris, fit-elle remarquer.

— Oui... dit-il, une habitude inguérissable.

La cloche d'appel au dortoir retentit. Elle sursauta.

— Vous faites mieux d'y aller, dit Jacques doucement.

— Oui, fit-elle.

Le dortoir entier dormait, mais pas elle. Le visage écrasé contre l'oreiller, elle pleurait de rage et récitait le sonnet, des vers qui n'avaient sans lui, ni rime, ni raison.

— Mais dites-moi, Bill, n'est-ce pas une Voisin que nous venons de doubler là?

Le chauffeur ne répondit pas, fixant avec concentration la route devant lui qui menait à Woonsocket. Par la lunette arrière, Jacques essaya d'identifier l'auto qui les suivait et qui lui paraissait familière, mais il était ébloui par les phares. Il frappa de nouveau dans la vitre pour alerter le chauffeur.

— Bill, ça ne serait pas la Voisin, là derrière?

— Yes, I think so, Sir!

C'était bien ce qu'il avait cru. Jacques était éberlué. Derrière eux, en pleine nuit, sa voiture conduite par sa femme qui ne savait pas conduire. Il commanda aussitôt au chauffeur d'arrêter et ils descendirent tous les deux, sur la route, pour stopper la voiture qui les suivait.

Les voyant, en plein milieu de la route, faire des signes désespérés, Simone vint s'arrêter gentiment auprès d'eux pour s'informer, non sans une certaine ironie... s'ils avaient besoin de secours. Jacques n'en croyait pas ses yeux: sa femme était là au volant de la délicate Voisin, le long fume-cigarette d'ivoire à la main, son élégant chapeau retenu par un fichu de soie noué sous le menton. Bill, qui gardait en tout temps cette voiture aux soins intensifs, mourait d'inquiétude, mais il était émerveillé aussi de la performance de la patronne qui paraissait avoir maté ce pur-sang d'automobile.

— Je vais rentrer avec Madame, dit Jacques au chauffeur.

Il prit place au volant de sa voiture et reprit la route de Woonsocket.

— D'où viens-tu comme cela? s'informa Jacques au bout d'un moment.

— De Newport, dit Simone, j'ai mangé avec des amis. Et toi?

– Providence, répondit-il sèchement.

S'il y a une chose que les époux Roussel avaient maintenant en commun, et largement, c'était le silence. Là où jadis, le moindre grain jeté en terre germait en conversation abondante et touffue, plus rien ne poussait que du chiendent. Par exemple, Jacques était rongé par la curiosité de savoir qui Simone avait rencontré à Newport, mais il n'osait pas le demander; d'abord parce qu'il avait peur de le savoir et ensuite parce qu'il ne voulait pas, dans les circonstances, lui donner l'impression qu'il s'intéressait jalousement à toutes ses allées et venues. Elle, par contre, n'avait aucun désir de savoir ce qu'il avait fait à Providence et encore moins l'intention de raconter sa soirée. Ils avaient l'un et l'autre beaucoup trop à se dire pour entreprendre de le faire. Ce qui gardait encore des apparences de solidité n'était qu'une poutre rongée par les termites, prête à tomber en poussière.

3

Quel curieux bonhomme cet Émile, qui ne vivait que pour les causes à défendre. Dans son combat pour les accidentés du travail, il n'avait pas craint de compromettre le bonheur de sa sœur pour gagner son point auprès de Jacques Roussel et, maintenant qu'il avait entrepris cette campagne contre l'évêque de Providence, il irait jusqu'au bout, dût-il y laisser sa santé physique et morale. Heureux retour que celui de Françoise Kurilsky, qui prit charge de son cabinet de médecin, presque toujours fermé depuis le début de la parution de *La Sentinelle*. Infirmière compétente, elle voyait à tous les cas ordinaires ne réclamant pas impérieusement la présence d'un médecin, sinon, elle appelait au journal et le docteur Fontaine accourait, s'il était là, car il passait beaucoup de temps dans les paroisses du diocèse à convaincre les paroissiens influents d'arrêter de verser tout argent à l'Église, tant que Mgr Kenney n'aurait pas aboli sa taxe injuste. Par souci des qu'en-dira-t-on, Émile avait trouvé une chambre pour Françoise, à deux pas de chez lui, où elle retournait scrupuleusement chaque soir, après les heures de bureau. La présence de Françoise était utile et réconfortante pour Émile, mais elle lui causait aussi de graves tourments; combien de temps pourrait-il résister à la concupiscence qui le minait sournoisement? L'infirmière travaillait à ses côtés, il respirait son odeur, devinait ses formes généreuses sous le plastron blanc empesé, frôlait parfois avec son visage la peau douce de ses joues quand ce n'était pas la diabolique tentation de pousser la porte lorsqu'elle prenait son bain chez lui, parce qu'il n'y avait pas de baignoire chez la voisine. Françoise était là juste derrière, complètement nue, et souhaitant sans doute qu'il entre la prendre, il en était certain. Elle était catholique pratiquante elle aussi, mais n'avait pas de cette sorte d'écarts les mêmes notions de gravité que lui, préférant aller à confesse pour accuser des fautes commises plutôt que des péchés d'intention. Émile offrait à Dieu les efforts surhumains qu'il déployait pour résister à l'appel de la chair, espérant recevoir en retour l'aide du ciel dans sa lutte contre l'évêque.

Sa cause contre Mgr Kenney devant être entendue, ces jours prochains, en Cour supérieure, Me Lemieux l'avait fait mander d'urgence à l'étude *Harcourt, Flynn & Lemieux*.

De très mauvaises nouvelles! Ses procureurs se retiraient brusquement du dossier, sans explication convaincante.

— Je ne comprends pas, dit Émile, consterné, nous voilà à quelques jours de la comparution et je vous avais versé cinq mille dollars d'avance, une fortune.

Me Lemieux, la mine contrite, entouré par ses associés Harcourt et Flynn, poussa devant Émile le dossier qu'il avait fini de préparer, une volumineuse liasse d'arguments légaux et de jurisprudence. Me Lemieux, aidé par un jeune clerc, avait travaillé d'arrache-pied à cette cause difficile, non tant par les questions qu'elle soulevait que par la nature du contexte social. Il lui parut tout de suite évident que l'évêque de Providence ne pouvait pas opérer à sa guise de telles ponctions dans le trésor des paroisses, sans l'accord des fabriciens, mais comment l'en empêcher légalement? Me Lemieux était précisément en train de fourbir ses armes sur ce point, lorsque ses partenaires Harcourt et Flynn lui signifièrent qu'il valait mieux que l'étude abandonnât la cause. L'avocat demanda des explications, mais n'en reçut aucune. C'était simple: il se désistait de cette affaire ou l'étude ne le gardait pas comme associé. Il y avait un bon moment que les deux Irlandais souhaitaient effacer ce nom français de la plaque de cuivre, à l'entrée de leur bureau, et ils espéraient bien que Lemieux opterait pour continuer de défendre la cause du docteur Fontaine. Ils l'avaient pris comme partenaire pour attirer la clientèle franco, mais celle-ci ne leur avait apporté que des broutilles: des incorporations de petites sociétés, des batailles de clôture, des testaments de va-nu-pieds. C'était typique, même les Francos, sauf Émile, (l'exception qui confirmait la règle!) préféraient soumettre les causes intéressantes aux deux Irlandais de l'étude.

– C'est votre dossier, expliqua Me Lemieux au médecin, tout le travail est fait et il ne vous en coûtera rien.

L'avocat lui remit un chèque de cinq mille dollars pour rembourser l'avance consentie.

– Pouvez-vous me suggérer le nom d'un autre cabinet, demanda Émile, désarçonné par cette pirouette inattendue.

– Docteur Fontaine, commenta Me Harcourt, je ne connais pas d'autres avocats catholiques qui se chargeront de cette cause. Quant aux confrères qui ne demanderaient pas mieux que d'attaquer l'Église ou ses évêques, auriez-vous bonne conscience d'avoir recours à eux?

Quelle était la signification de ce désistement? Un message du ciel ou plus bêtement la connivence de personnages influents se protégeant entre eux? Émile n'arrivait pas à y voir clair. Empêcher un évêque d'extirper les racines françaises de l'âme franco-américaine constituait une démarche moins limpide que de chasser à coups de fouet les vendeurs du temple. Pourtant, pour Émile, le geste de Kenney était clair, cynique même: non seulement il faisait construire des écoles où la langue d'enseignement serait l'anglais, mais il forçait les Francos à payer pour.

— J'irai devant le tribunal seul, annonça Émile, en quittant l'étude, le chèque en poche et l'épais dossier sous le bras. Il ne s'expliqua pas la mine désolée des trois juristes, en le voyant partir; il ne savait pas que les deux Irlandais se trouvaient ainsi dans l'obligation de continuer d'arborer le nom de Lemieux avec les leurs et que le Franco, un «vendu» se dit Émile, laissait s'envoler sa première cause importante.

Durant les trois jours que dura l'audition, en Cour supérieure du Rhode Island, Émile, réfugié dans un hôtel minable, près du port de Providence, passa toutes ses nuits à préparer son argumentation et le contre-interrogatoire des témoins, convoqués par la batterie d'avocats de Mgr Kenney. Chaque matin, avant de se rendre au tribunal, où il se débattit comme un diable dans l'eau bénite, Émile entendit la messe et communia à Saint-Charles-Borromée de Providence, la paroisse d'un curé récalcitrant, dont la discrétion lui avait permis de conserver son poste. Après l'office, Émile passait à la sacristie par une porte dérobée et là, une ménagère lui servait un copieux déjeuner, son seul repas de la journée.

Comme une bête traquée, dans l'isolement de la sacristie, Émile en profita pour faire la paix avec son père défunt, dont il n'avait jusque-là retenu que le souvenir de ses veuleries et dont il avait sous-estimé le courage nécessaire pour fustiger son propre gouvernement d'abandonner les centaines de milliers de Québécois qui fuyaient la misère en émigrant aux États-Unis. Vingt ans plus tard, il se retrouvait curieusement sur les traces d'un homme dont il ne lui restait que cette image triste et blafarde, peut-être pour avoir décidé trop tôt qu'il n'avait rien à apprendre de lui; et mieux encore, il était attelé au même collier. Lui, qui autrement ne pensait jamais à son père, se surprit à l'implorer de l'aider, s'il le pouvait, de là-haut.

L'intrépide, mais tardive, intervention d'Athanase Fontaine devant le Parlement canadien lui ouvrit assurément les portes du ciel, mais il lui eût fallu siéger à la droite même de Dieu le Père pour aider son fils à triompher de cette clique d'Irlandais ligués contre lui.

Le juge Tanner (Irlandais, il va sans dire, et ami intime de Mgr Kenney avec qui il jouait au poker deux fois par semaine) commença quand même par rejeter deux allégations des avocats de l'évêque: ceux-ci avaient prétendu que la Cour supérieure n'avait pas juridiction en cette affaire et que l'évêque d'un diocèse détenait l'entier contrôle sur les corporations de paroisse.

En entendant cette première partie du jugement, Émile crut qu'il allait répéter l'exploit de David contre Goliath, mais la suite lui fit comprendre l'inanité de sa fronde. Le juge Tanner avait en effet décidé d'axer son jugement sur la signification du mot «église». Il estimait que dans la loi du Rhode Island, qui avait créé les corporations de paroisse, le mot «église» signifiait l'Église universelle et non pas simplement l'église paroissiale ou même la paroisse. En conséquence, l'argent versé dans un trésor paroissial pouvait être utilisé pour l'Église universelle, et Mgr Kenney agissait légalement et pourrait continuer à piocher à pleines mains dans les caisses paroissiales puisqu'il utilisait l'argent aux fins de l'Église catholique romaine universelle...

4

Les Francos avaient perdu une ronde juridique, mais ils n'étaient pas cloués au tapis, loin de là! Le lendemain du jugement de Tanner, *La Sentinelle* proclamait en manchette criarde: «Plus un sou à l'église!» Dans son article lapidaire, Emile demandait aux paroissiens de faire la grève de l'argent: finis les dons à la quête du dimanche, finie la dîme; l'église pouvait faire avec l'argent ce qu'elle voulait, sans rendre de compte aux paroissiens, eh bien, ils fermeraient le robinet.

Imaginez-vous, disait l'article, *un curé italien de Boston, obligé de vider le trésor de sa paroisse au bénéfice d'un hôpital en Autriche! Ou pensez au trésor d'une paroisse française comme Saint-Roch, à Québec, qui irait à Toronto pour servir à de l'enseignement en anglais.*

Après sa déconfiture en Cour supérieure, Émile était arrêté à l'hospice de Providence, où croupissait son cousin, le curé Pelland, depuis son renvoi de la paroisse Sainte-Anne. Du bureau de la supérieure de l'hospice, où il s'était enfermé prudemment, Pelland avait fait un appel téléphonique à l'archevêché de Québec pour annoncer la décevante nouvelle au cardinal Bourgoin. Le prélat n'y était pas allé de main morte:

— Vous avez une société secrète, lui avait-il rappelé, utilisez-la, pour l'amour du ciel!

5

Comment se faisait-il, se demandait Valmore, qu'il ne pouvait jamais entrer à la maison, en plein cœur de la nuit, sans tirer Évelyne du sommeil? Il fermait le moteur de la Ford au coin de la rue, la laissait filer sur son élan jusqu'à l'arrière de la maison, il ouvrait et refermait les portes avec mille soins, montait l'escalier à pas feutrés, et quand il entrait dans la chambre, Évelyne était assise dans le lit, les yeux grands ouverts. À dire vrai, elle ne dormait plus et vivait dans l'angoisse continuelle depuis que Valmore était à l'emploi du docteur Fontaine.

Au début de leurs fréquentations, il était arrivé à Valmore de boire un verre de trop à des fêtes de famille, et ensuite de prendre la mouche pour un rien, de se dresser sur ses ergots et de tout vouloir régler avec ses poings. Voilà comment il était redevenu, sous l'empire du médecin. Trois jours plus tôt, le nouveau curé de Sainte-Anne, l'abbé Beaudry, était arrêté à la maison pour s'informer de la dîme, pas la percevoir, seulement s'enquérir pourquoi elle n'était pas payée. C'était évident, tous les paroissiens regrettaient le départ précipité du curé Pelland, mais cet abbé Beaudry n'était pas mal non plus, on finirait par s'habituer à son style plus moderne, moins intime; il ne fit pas long feu dans la maison, le nouveau pasteur. Valmore lui demanda une première fois poliment de sortir et comme le curé commençait à discuter, dans l'espoir d'amener Valmore à de meilleurs sentiments, ce dernier l'empoigna solidement à bras-le-corps et le jeta dehors comme un chien galeux.

Il était encore plus tard qu'à l'accoutumée quand Valmore laissa mourir doucement la Ford T près du potager, à côté des plants de tomates qu'Évelyne venait de transplanter. Leurs feuilles délicates ployaient sous le seul poids du serein. Valmore s'assura que la capote de l'automobile était bien fermée, puis, oublieux de la rosée, se mit à genoux par terre pour renifler l'arôme particulier des jeunes pieds de tomate. Durant toute son enfance, cette odeur avait rempli la maison chez lui, de la mi-avril à la fin de mai. Le cycle commençait à l'automne quand sa mère triait une vingtaine des plus belles tomates dont elle plaçait les graines à sécher; le 19 mars invariablement, à la Saint-Joseph, ces graines, qui venaient de passer une semaine sur une guenille humide, étaient plantées dans une collection hétéroclite de boîtes de conserve ou de tabac, qui décoraient toutes les allèges de fenêtre, sauf celle où se dorait au soleil la chatte de la maison, toujours pleine à cette période de l'année. Deux semaines après, l'atmosphère embaumait déjà la tomate. Cette enfance, elle lui parut loin cette nuit, alors que sa tête bourdonnait des slogans que scandaient les Croisés aux réunions secrètes où il conduisait le docteur, dans des soubassements d'église, des granges isolées, des entrepôts de banlieue, enfin partout où la société secrète pouvait lancer ses mots d'ordre, organiser ses actions clandestines. Tant que Mgr Kenney persévérerait dans son injustice, les Croisés ne donneraient rien à l'église et empêcheraient par tous les moyens les autres de le faire.

— Valmore!

Le son de la voix d'Évelyne fit bondir Valmore. Ne le voyant pas monter, si longtemps après avoir entendu l'auto, elle avait commencé à s'inquiéter et elle était sortie sur le perron.

Valmore respirait rapidement, son cœur battait.

— D'où est-ce que tu viens, si tard?

— Je passais le journal.

— Mon mari, tes heures sont encore plus longues qu'au moulin.

– Au moins, j'ai pas les maudits Français sur le dos.

Non, mais tu es devenu l'esclave du docteur, pensa
Évelyne sans oser le dire. Quant à elle, Émile Fontaine avait
tout bonnement ensorcelé son mari. En retour des deux sous
de salaire et de l'amitié qu'il disait lui témoigner, le médecin
avait fait de Valmore son homme à tout faire; il distribuait le
journal, soit, c'est pour cela qu'il avait été embauché, mais il
faisait aussi les courses d'Émile, entrenait sa maison en plus
de l'immeuble du journal, et, Évelyne avait bondi quand
Valmore avait raconté qu'il lui arrivait de polir les souliers
Oxford du docteur, avant ses nombreuses conférences (en
fait, des réunions de Croisés qu'il présidait). Évelyne avait la
certitude que le médecin avait adopté un comportement
amical et complaisant envers son mari afin de mieux
l'asservir. Émile l'appelait «mon cher ami» gros comme le
bras et l'accablait de tapes amicales dans le dos, mais il
demandait aussi à Valmore de cirer ses bottes.

C'est pour parler à Valmore qu'Évelyne était descendue,
mais lui était déjà monté dans la chambre, comme s'il
l'évitait. En plantant les tomates, à l'heure du souper pour
que leurs pieds fragiles ne souffrent pas du soleil, Évelyne
avait songé qu'elle accepterait d'ici deux ou trois ans de
retourner au Canada si Valmore y tenait toujours; les plus
jeunes seraient déjà en âge de se débrouiller seuls et
pourraient rester sous la surveillance de Baptiste, qui ne
donnait pas de signe de vouloir se marier et quitter le toit
familial. Bon, il était chétif et avait un bras en moins, mais
elle ne doutait pas qu'une fille jette un jour son dévolu sur
lui, pourvu qu'il se montre un peu, au lieu de rester cloîtré à
la maison. À l'instigation de Madeleine, Baptiste s'était mis
dans la tête d'apprendre à bien écrire, pas des pattes de
mouche, mais de la calligraphie comme celle de sa sœur. Il
ne sortait plus. Une grande feuille de papier, calée sur la table
avec le fer à repasser, il traçait des cercles et des barres, les
doigts cramponnés aux chicots de crayon que Madeleine lui

envoyait du couvent. Le dimanche, il lui composait un billet avec les nouvelles de la famille et l'étudiante le lui retournait en indiquant les fautes et les lettres mal formées. Le gribouillage incessant de Baptiste horripilait Valmore qui ne ratait pas une occasion de se moquer:

– Apprends donc à tricoter aussi, un autre passe-temps de fille, tu devrais aimer ça!

Plusieurs fois, Valmore était venu sur le point d'embrigader Baptiste dans les Croisés, convaincu que ce contact fraternel avec des hommes courageux et virils lui ferait le plus grand bien, mais il ne savait comment aborder la question avec lui.

Un jour que Valmore discutait de tout et de rien avec Adelbert, ce dernier lui avait lancé à brûle-pourpoint:

– Écoute donc, mon Valmore, tu trouves pas que ton Baptiste est en train de virer fifi?

Son fils aîné, un efféminé! Le voisin eut beau répéter qu'il avait passé cette remarque «seulement pour parler», Valmore vint bien près de lui faire ravaler amèrement ses paroles. Il avait tout de suite pris la défense de Baptiste, mais la question d'Adelbert l'avait assez inquiété pour qu'il s'ouvre enfin des Croisés à Baptiste.

Il l'amena à la pêche sur la rivière Blackstone, dans une chaloupe qu'il emprunta d'Adelbert justement.

Baptiste ne comprit jamais le sens de cette excursion et encore moins le charabia de son père, entre les prises, une dizaine de perchaudes égrotantes dont les déchets des usines n'étaient pas venus à bout. Il devint même très inquiet: son père désirait l'introduire dans une société mystérieuse composée d'hommes fraternels et virils, et il devait jurer de ne jamais en parler à sa mère.

— Papa, s'écria abruptement Baptiste, confus, on dirait des affaires de fifis ce que tu me racontes là, ça ne m'intéresse pas.

Valmore se trouva du coup suffisamment rassuré pour que Baptiste puisse poursuivre en paix ses exercices d'écriture.

6

Jacques Roussel avait reçu de sa famille d'abord et des Jésuites ensuite une éducation trop complète pour ignorer qu'en cas de naufrage, le capitaine doit rester debout, fier et imperturbable, sur le pont de son navire jusqu'à ce qu'il sombre.

En dépit des bourrasques dans la vie du couple, ces derniers temps, la résidence Roussel gardait sa place de vaisseau-amiral dans le courant de la vie sociale de la Nouvelle-Angleterre. Ainsi, en tout cas, en avait décidé le capitaine.

Aidée par Sandrine et une coiffeuse, Simone se parait pour une de ces fameuses soirées, lorsque Jacques entra dans la chambre, un whisky à la main, dans un verre de cristal dont il faisait tinter le glaçon comme une clochette, un signal dans le brouillard. Il navigua ainsi de long en large jusqu'au départ des dames d'atour et déclara d'un ton péremptoire:

— Chérie, avec cette robe tu devrais porter le collier de ton anniversaire.

Simone faillit perdre pied, mais elle se ressaisit aussitôt et alla, comme si elle n'avait pas entendu, s'asseoir sur le tabouret de reps capitonné, devant la toilette haute, avec des glaces biseautées, et les tiroirs contenant tous ses bijoux..

— Tu sais, insista Jacques, les diamants!

— Oui, oui... dit Simone, qui l'observait dans le miroir, je réfléchis si c'est seyant avec cette robe.

Elle ouvrait nerveusement les tiroirs, essayait de faire son choix dans l'arsenal de bracelets, de colliers, de bagues et de boucles. Elle s'arrêta sur un collier de perles cultivées, sans grande valeur, le cadeau de sa marraine pour ses dix-huit ans.

— Je vais plutôt porter celui-ci, dit-elle.

— Simone, les diamants s'adaptent à tout, ils sont très commodes.

Fixant Simone, Jacques se mit à agiter sans arrêt le glaçon dans son verre, sonnant un curieux hallali, puis il arrêta subitement et ajouta:

— Les diamants se laissent même en gage lorsqu'on a besoin d'argent pour prêter ou donner à son frère... Tu ne le sais pas?

Elle sentit le venin sourdre au coin de ses lèvres et elle eut envie de le cracher au visage de ce mari qui cherchait à la traquer comme un commissaire de police; elle l'imagina faisant sa minable enquête, retraçant ses pas jusque chez le joaillier de Boston, l'interrogeant sur le montant contre lequel les diamants avaient été cédés, et scrutant même, tant qu'à y être, les mouvements dans le compte de banque de son frère. Elle regrettait de ne pas avoir vendu tout ce qu'il lui avait jamais donné, une façon peut-être d'exorciser la vie qu'elle menait depuis son mariage. Une mascarade! Des simagrées de couple, au lit autant qu'à la ville. Elle sentait sa présence dans son dos comme le canon froid d'un revolver entre ses omoplates; pourquoi ne l'achevait-il pas puisqu'elle avait commis ce crime impardonnable? Non, ce devait être plus excitant, pensa-t-elle, de la regarder se débattre dans le piège.

— Ce que tu m'offres est bien à moi? demanda-t-elle en se tournant vers lui pour lui faire face. J'en fais ce que je veux.

— Pas toujours à bon escient, hurla-t-il. Et sans réfléchir!

La réplique avait claqué comme un coup de feu et il s'en étonna lui-même, mais Simone le poussait dans ses derniers retranchements, il fallait bien qu'elle s'en rende compte. Surtout qu'elle n'avait pas l'air de saisir l'énormité de son geste.

Il entendit le carillon de la porte et les premiers invités qui arrivaient.

— Nous reprendrons cette conversation tout à l'heure, dit-il.

Pour parler de quoi? se demanda Simone. Est-ce que Jacques s'imaginait qu'elle se traînerait sur les genoux pour lui demander pardon? qu'elle offrirait de lui remettre l'argent du collier? un remboursement qui, avec ses maigres ressources de ménagère, s'étalerait sur au moins un siècle, même en faisant danser l'anse du panier.

Elle commença à dégrafer sa robe.

— Qu'est-ce que tu fais?

— Reçois les invités, répondit Simone, moi je vais essayer de réfléchir.

— Simone, il y a l'ambassadeur de France à Washington, le délégué apostolique, les Masurel, le maire...

— Tous tes amis, fit-elle remarquer sarcastiquement.

C'était ce qui l'enrageait dans l'attitude de Simone, cette morgue cinglante quand les circonstances appelaient un soupçon d'humilité, une apparence de contrition; à la limite, un clignement d'yeux, plutôt que ce regard exaspérant.

— Simone, je prends beaucoup sur moi pour aborder avec calme ce que tu as fait de ces pierres et je te prie de considérer qu'il est de ton devoir d'accueillir nos invités.

Il déposa son verre sur la table de chevet et sortit.

Ce devait être les Masurel, ils arrivaient toujours les premiers aux réceptions... Lainiers de Roubaix eux aussi, ils venaient régulièrement voir à leurs affaires de Woonsocket. Un couple parfait, les Masurel! Madame n'ouvrait la bouche que pour corroborer les dires de son mari, un catalogue d'inepties, règle générale, et si, par hasard, elle avançait elle-même quelque chose, elle commençait par murmurer et ne devenait audible pour tous qu'après un signe de tête approbatif de Monsieur, sinon elle ravalait son propos en vitesse. Il n'y a pas à dire, une femme sur qui prendre modèle. Ce que Simone résolut de faire, ce soir même...

7

Une perle!

Simone circulait, sans afféterie, de couple en couple, s'informant des affaires et de la santé de tous, trouvant un mot gentil pour chacun, faisant remplir une coupe de champagne ici, se précipitant là avec une tartine de caviar, arrivant toujours dans les conversations au moment opportun, pour les raviver si elles fléchissaient ou les tempérer si elles s'envenimaient, et ne perdant, mais là, jamais! dans ce va-et-vient étourdissant, l'œil de son mari dont elle cherchait, ou l'approbation, ou le signal de quelque autre attention à prodiguer.

De Son Excellence l'Ambassadeur jusqu'à M. Tartempion, personne ne demeura indifférent devant ce couple exemplaire, cette femme que le regard seul de son mari tenait en laisse et qui exécutait mille cabrioles, toujours avec le même plaisir, la même aisance.

Quoi de plus naturel donc qu'elle se soit mise à chanter sitôt qu'un ou deux invités en exprimèrent le désir et que son mari y eut consenti. Elle offrit certes les résistances qu'il est poli pour un artiste de faire sans affectation, mais c'est tout.

— Ma femme va chanter, annonça fièrement Jacques.

«Ça ne rate jamais», souffla Mme Masurel, à l'oreille de son mari, sans doute le seul propos déplaisant de la soirée sur le compte de Simone, commentaire excusable puisque cette dame se trouvait devant une femme qui, non seulement se montrait son émule en tout point, mais qui n'était pas une crécelle, elle!

Les invités accoururent dans le grand salon qui ouvrait sur une serre de roses magnifiques et, par des portes-fenêtres, sur la véranda grillagée qui surplombait la rivière. Les fauteuils de rotin, les stores de toile à rayures et le ventilateur à hélice conféraient à cette galerie un cachet colonial que la présence des serviteurs noirs, en livrée, accentuait encore. Quand le seigneur de Woonsocket recevait, Sandrine, la Martiniquaise, faisait appel à «sa famille» dont il semblait que tous les Noirs du Rhode Island faisaient partie pour l'occasion, pourvu qu'ils soient Antillais et baragouinent un peu de français. C'est Sandrine elle-même qui avait dressé cette troupe de domestiques occasionnels qui, dans les rares moments de répit du service, se tenaient debout, immobiles comme des statues, une serviette de lin blanc brodée aux initiales du maître de la maison, à cheval sur leur bras droit replié. Bien entendu, c'est un prêtre de Fort-de-France qui avait signalé à Auguste Roussel les qualités exceptionnelles des Josèphe, la famille de Sandrine, des gens dociles, polis, honnêtes, parlant français, et surtout des travailleurs infatigables. Les dépendances des Josèphe, dans le Lamentin, venaient d'être rasées par un incendie et la famille (incluant une ribambelle d'oncles et de cousins) se trouvait désemparée. Il aurait été malheureux de perdre une si belle occasion d'être charitable et Auguste les fit tous venir à Roubaix, quitte à les disséminer ensuite dans ses diverses possessions: Le Touquet, Woonsocket, Saïgon. C'est ainsi que Sandrine, l'aînée des filles Josèphe, aboutit aux États-Unis pour prendre charge de la maison de Jacques qui n'avait pas encore épousé Simone. L'exceptionnelle beauté de la Martiniquaise, qui avait donné lieu à certains racontars, échappa longtemps à Jacques, trop habitué de la voir dans son uniforme noir de bonniche. Les traits de la jeune fille, sa peau d'ébène, se confondaient avec sa robe, malgré la démarcation du col blanc empesé. Au fait, c'est Fidélia qui lui ouvrit les yeux. Dès sa première visite à Woonsocket, son regard exercé avait immédiatement discerné les charmes exquis de Sandrine. Elle passa un week-end entier à lui tourner autour.

Malgré l'aridité de l'extrait de *L'amour des trois oranges* qu'interpréta joliment Simone, les invités qui avaient formé un cercle autour d'elle, dans le salon, réclamèrent un autre morceau. Elle regarda du côté de Jacques qui lui fit signe de bien vouloir chanter encore. Autre chose, souhaita-t-il intérieurement, qu'un air de cet opéra de

Prokofiev, dont il se souvenait comme d'un cauchemar. Trois ans plus tôt, le 30 décembre 1921, Simone avait réussi à le convaincre d'aller à l'Opéra de Chicago où avait lieu la première mondiale de cette œuvre, dirigée par le compositeur lui-même, et en français s'il vous plaît! Au retour, une tempête de neige immobilisa leur train, pendant trois jours, non loin d'Akron, dans l'Ohio. Croyez-le ou non, les trois jours à entendre mugir le vent d'hiver lui parurent moins longs que les trois heures de lamentations des personnages de Prokofiev... Mais ce paradis d'intimité forcée, dans un compartiment de train, Simone l'avait gâché à tenter de le convertir à cette marmelade d'oranges qu'elle avait évidemment adorée. Au lieu de s'adonner à des ébats tout indiqués, considérant la situation dans leur iglou douillet, Simone étudiait le livret que lui avait dédicacé Prokofiev avec un mot gentil. Jacques aussi en aurait pondu des mots gentils si une jolie femme était allée faire le pied de grue devant la porte de sa loge, un soir de fiasco. Sa consolation, c'est qu'il n'était pas le seul béotien, le temps que le compositeur passe de la fosse d'orchestre à la scène, pour saluer, la salle s'était à demi vidée, sans parler de l'éreintage des critiques.

Cette odyssée l'avait obligé à rompre avec une tradition sacrée chez les Roussel: le Jour de l'An, le grand patron recevait chez lui les cadres de l'entreprise. En 1922, c'est Sandrine qui leur fit les honneurs tandis que les airs de Prokofiev et les bourrasques du midwest lui cassaient les oreilles. Quels arias!

Pour répondre aux vœux des invités, Simone choisit d'interpréter ensuite *Plaisir d'Amour*, l'accessible composition de Martini. Jacques adorait trop cet air pour sentir le moindre présage aux paroles... *plaisir d'amour ne dure qu'un moment, chagrin d'amour dure toute la vie.*

Le maire Gauthier fut le dernier invité à partir. Malgré les habiles manœuvres de Jacques pour l'éviter, au cours de la réception, il dut capituler quand le premier magistrat lui mit la main dessus et l'entraîna dans un coin de la véranda. Il voulait l'entretenir du problème de l'heure: Émile! Rien d'étonnant, c'est pour cela que Jacques s'était esquivé toute la soirée. La surprise, c'est que ce furet de maire savait tout, jusqu'à l'histoire des diamants. Dans l'espoir de le forcer à la plus grande discrétion, Jacques s'apitoya longuement sur le tort que cette affaire pouvait causer à Gauthier dans sa campagne pour se faire élire gouverneur et il promit de plus de contribuer généreusement. Quand cette fouine avait la patte sur une proie, elle n'allait pas l'abandonner avant de la saigner comme il faut. Chaque fois que Jacques voulut changer de sujet, le maire lui rabattit toujours la patte dessus avec des «votre épouse a fait ceci», «votre épouse a fait cela», une litanie à faire damner. Surtout qu'au ton condescendant de Gauthier, on sentait bien qu'il fallait plus qu'une épouse pour l'enfermer dans un sac. Simone Fontaine, il lui aurait rivé son clou!

Jacques n'aurait pas à se donner cette peine.

Il avait encore la main moite des interminables adieux du maire quand il entendit des pas dans l'escalier. Il leva les yeux, c'était Simone, en tailleur, des bagages à la main.

Un manège?

Leur amour était gravement atteint, mais il ne doutait pas qu'il survive. Il crut par ailleurs qu'il avait assez fait jusqu'ici et que c'était à elle de jouer. Il s'assit dans le hall, tira de son cigare une épaisse volute de fumée derrière laquelle Simone s'effaça temporairement. Il la retrouva au pied de l'escalier. Elle n'était qu'à deux pas et pourtant il fut frappé de la distance qu'il mesurait dans le regard de sa femme. Elle lui parut trop loin pour qu'elle entende s'il parlait. Donc, il se tut.

Pour ce qui est d'elle, les mêmes choses avaient été trop souvent répétées, sur tous les tons, sans qu'il entende, c'est qu'il était sourd. Donc, elle se tut aussi.

Ce silence-ci dura quelques secondes à peine, l'autre avait duré quatre ans, sans être plus éloquent. Elle sortit.

Il fit de même.

Bill ouvrit à Simone la portière de la Cadillac et finit de mettre les bagages dans le coffre. Il y en avait beaucoup.

Trop pour un simple manège!

Oui, mais il ne savait plus comment l'arrêter! D'autant que c'était à elle de faire un geste.

Rien! Un petit signe de la main pour indiquer au chauffeur de partir.

Propre et instantané comme un coup de poignard au cœur.

8

Parmi les médecins du Rhode Island, le docteur Fontaine devait être le seul qui n'envoyait jamais de compte. À la fin de la visite, il indiquait au malade la somme à payer et, s'il ne s'en acquittait pas tout de suite, la dette était inscrite, c'est-à-dire ensevelie pour l'éternité, dans un grand cahier avec le nom et l'adresse du patient. Oh, il arrivait qu'à l'occasion, le docteur signale discrètement à un client que son compte augmentait, mais sans plus; comme Émile ne faisait jamais les additions, c'est au nombre d'entrées qu'il remarquait cela.

Heureusement, Émile dépensait peu, sauf pour les fournitures médicales et pour son cabinet, équipé des appareils les plus modernes. Il pouvait pratiquer une gamme impressionnante d'interventions sur place, plutôt qu'à l'hôpital comme la plupart de ses collègues. Cependant, il avait une faiblesse pour les vêtements! Pas qu'il y parût, il s'habillait avec la rigueur d'un Quaker, costume marine ou anthracite, parfois avec une très fine rayure, sempiternelle chemise blanche à col dur et manchettes, souliers anglais, et un étonnant assortiment de cravates pour quelqu'un donnant l'impression de toujours porter la même, toutes en soie à motifs de Paisley, impossibles à différencier sauf pour un spécialiste; tout cet attirail vestimentaire était de grande qualité, provenant de New York ou Boston. Pour ne pas avoir l'air de lever le nez sur les marchands locaux, il lui arrivait de se procurer un caleçon ou une paire de chaussettes à Woonsocket, ce qui les enrageait encore plus. «Qu'est-ce qu'il penserait notre docteur, se disaient les commerçants entre eux, si nous courions à New York, chaque fois que nous avons autre chose qu'un bouton sur le bout du nez?»

Et ce n'est pas le garde-manger d'Émile qui grevait son budget. Il ne mangeait que des pâtes, agrémentées d'une noix de beurre et, occasionnellement, d'une cuillerée de sa sauce de prédilection, du ketchup Heinz tel qu'il sort de la bouteille. Il ne lésinait cependant pas sur la variété des pâtes: il en avait de toutes les formes et de toutes les tailles, mais comme il les mettait à mijoter dans l'eau, tôt le matin, elles n'étaient plus, au dîner, qu'une masse gélatineuse et informe, un gros mollusque pâteux qu'il disséquait méthodiquement, le nez dans le *Lancet*, revue médicale dont il s'alimentait aussi. Ce régime aux pâtes lui avait permis de convertir son refrigérateur en armoire pour les médicaments à être gardés au frais et de réduire sa batterie de cuisine au minimum.

Si l'on écarte le sujet de la volupté, la comptabilité d'Émile et son régime alimentaire furent certes les deux plus importants traumatismes que dut surmonter Françoise, à son arrivée à Woonsocket, mais c'est à la perception des comptes qu'elle s'attaqua d'abord. En quelques semaines, le journal *La Sentinelle* était devenu un gouffre sans fond dans lequel Émile engloutissait chaque dollar qu'il gagnait, sans compter les dépenses extraordinaires, comme ce voyage à Rome pour lequel il venait de s'embarquer, le cardinal Bourgoin ayant obtenu pour lui une audience auprès du cardinal-préfet de la Sacré Congrégation des Rites, devant qui il se rendait plaider la cause des Francos contre leur évêque. Il avait emporté avec lui une pétition contenant plus de vingt mille signatures; les autorités vaticanes verraient que le mouvement sentinéliste n'était pas seulement l'affaire d'une poignée de mécontents.

Françoise profitait de chaque période calme, comme ce dimanche matin, pour envoyer des comptes, un processus interminable puisqu'Emile lui avait fait promettre d'écrire un mot personnel à chacun des patients pour expliquer les raisons qui le forçaient à percevoir ses comptes et pour les prier d'ignorer cette demande si elle les mettait dans l'embarras. À force d'insister, l'infirmière avait obtenu de mentionner dans la lettre depuis combien de temps le compte de chacun était en souffrance, espérant éveiller leur culpabilité.

Elle entendit des coups à la porte. En principe, le bureau était fermé le dimanche matin, donc elle souleva discrètement le store. C'était une femme qu'elle ne connaissait pas et qui lui paraissait surexcitée. Françoise ouvrit.

Évelyne Lambert voulait absolument parler au docteur Fontaine et apprit avec stupéfaction qu'il serait absent de Woonsocket pour un mois. Elle le prit très mal, demanda à s'asseoir pour reprendre son souffle. Françoise, la voyant dans cet état, insista pour faire quelque chose.

– Ce n'est pas pour moi que je viens, avoua Évelyne, c'est pour mon mari, celui qui distribue le journal du docteur.

À vrai dire, Évelyne s'était armée de courage pour venir supplier Émile de congédier Valmore puisqu'elle n'arrivait pas à le convaincre d'abandonner ce travail qui, selon elle, était en train de lui faire perdre la raison. C'était un homme de forêts et de rivières, Valmore, pas le factotum d'un intellectuel révolutionnaire. Il était, par exemple, si humilié de ne pas savoir lire qu'il se faisait expliquer par la secrétaire le sens de chaque article du numéro du jour, avant de commencer la distribution. Ainsi en livrant les journaux, il pouvait donner l'impression d'avoir tout lu lui-même quand, en fait, il avait été forcé d'inventer une série de signes de son cru, uniquement pour se reconnaître dans les diverses adresses sur les paquets de journaux. Évelyne se rendait bien compte qu'il était terrorisé à l'idée de commettre la moindre erreur qui eût trahi son analphabétisme; il se levait en pleine nuit et se mettait à marcher dans la maison, comme un somnambule, en débitant des articles du journal.

Évelyne ne pouvait pas raconter toutes ces choses à une étrangère, aussi se contenta-t-elle de dire que son mari souffrait de graves insomnies et qu'elle craignait même que cela nuise à son travail pour le docteur. L'infirmière lui remit des somnifères, des sachets de poudre qu'Évelyne pourrait faire dissoudre dans une tisane, le soir, puisque Valmore refusait d'avaler tout médicament.

Évelyne chercha au fond de son sac les quelques cents que lui réclama Françoise et s'excusa, elle allait être en retard pour la grand-messe.

Les prêtres du diocèse avaient reçu des ordres formels de leur évêque de casser une fois pour toutes, dans les paroisses, l'esprit de sédition qui continuait de grandir, nourri par *La Sentinelle* et propagé par des réseaux souterrains, inexplicables pour ceux qui ne connaissaient pas l'existence des Croisés.

Du haut de la chaire, le curé de Sainte-Anne servit une véritable semonce à ses paroissiens, leur rappelant leurs devoirs fondamentaux: payer leur dîme, verser la cotisation pour leur place de banc et contribuer généreusement aux collectes du dimanche.

— Votre générosité à la quête du dimanche n'assure pas seulement la subsistance du presbytère et de son personnel, dit-il, mais elle est la mesure temporelle de votre foi en Dieu et en l'Église.

Si le curé Beaudry n'avait pas été nouveau venu, il aurait sans doute noté, même de son perchoir, qu'il se passait de drôles de choses en bas, parmi ses ouailles. Non seulement une bonne partie des hommes n'étaient pas assis à leur banc habituel, mais ils s'échangeaient une série de signaux divers, gestes de main, clignements d'yeux et toussotements qui n'auguraient rien de bon pour les deux enfants de chœur qui s'apprêtaient à passer dans les allées avec leurs plateaux.

— Hélas, poursuivit le curé, depuis que cette triste agitation a commencé dans le diocèse, certains oublient leurs obligations, mais ne vous y trompez pas, les rebelles qui refusent ainsi de contribuer à l'Église sont de véritables voleurs.

— Nous les connaissons, conclut le pasteur, et nous les punirons, au nom du Père, du Fils et du Saint-Esprit.

— Amen, répondirent à haute voix les fidèles.

Si les Croisés obtenaient dans les autres paroisses le même résultat qu'à Sainte-Anne, ce dimanche-ci, les curés ne seraient pas long à crier famine! Les quêteurs n'avaient pas le temps d'étirer le bras à l'intérieur d'un banc qu'une poussée, quand ce n'était pas carrément une tape au cul, les propulsait trois mètres plus loin. Les quelques zélés qui réussirent, malgré cette glissade rapide des enfants de chœur dans les allées, à trouver le fond du plateau avec leurs pièces de monnaie se les firent renvoyer à la face par les Croisées.

Non seulement ces manœuvres anéantirent-elles la recette hebdomadaire de Sainte-Anne, mais elles troublèrent gravement la paix de l'office. Le curé faillit interrompre la messe et se tourner vers les fidèles pour les ramener à la raison, mais il décida d'attendre le moment de la communion, là les séditieux verraient que l'Église peut non seulement montrer les dents, mais mordre aussi.

Bien qu'ils dussent s'empêcher de boire ou manger pendant presque douze heures, la majorité des fidèles de Sainte-Anne se présentaient à la table de communion, à la grand-messe du dimanche. Dans beaucoup de paroisses moins dévotes, ceux qui désiraient recevoir l'Eucharistie allaient aux basses messes plus matinales, ce qui leur évitait de jeûner si longtemps, mais pas dans les églises du Petit Canada. Les Francos ne se précipitaient peut-être pas pour recevoir la citoyenneté américaine, ni même pour s'inscrire et voter aux élections, mais leur appétit de la sainte table était remarquable, de même que leur attachement à la maison de Dieu. Dans le monde, souvent hostile d'ailleurs, qui entourait ces immigrants pauvres, c'était une oasis où leur passé redevenait une présence réelle; à l'église, ils n'étaient plus des étrangers, ils se retrouvaient entre eux, ressassaient leurs images du Québec, s'échangeaient les nouvelles, ils vivaient en français dans une enclave française; même l'office latin sonnait français pour eux.

Après les trois coups de clochette de l'Agnus Dei, presque toute l'assemblée se dirigea vers la table de communion, les Croisés aussi puisqu'ils ne se sentaient pas en faute; ils ne luttaient ni contre Dieu, ni contre l'Église, ils se défendaient simplement contre un évêque raciste qui voulait leur extirper leur langue et les couper de leur passé.

Mais au lieu de distribuer le sacrement de l'Eucharistie comme d'habitude à ceux qui se présentaient à la sainte table, le curé Beaudry se mit à pointer ceux qu'il jugeait coupables et à refuser de leur donner la communion.

C'est Adelbert Verrier qui fut ainsi humilié le premier.

— Votre place de banc n'est pas payée, chuchota le prêtre qui passa tout droit, laissant carrément Adelbert la langue pendante. Puis ce fut au tour de Victor et de plusieurs autres qui avaient failli à leurs devoirs de paroissiens.

Adelbert resta prostré à la sainte table, trop humilié pour se relever et faire face à l'assemblée. La honte l'avait cramoisi jusqu'aux oreilles.

Debout dans l'allée centrale, attendant son tour de communier, Valmore tremblait de colère. Comment ce blanc-bec de curé, ce traître qui avait usurpé la place de Pelland, pouvait-il décider publiquement d'exclure les fidèles des sacrements, comme s'ils étaient des hérétiques. Refuser le bon Dieu à un type comme Adelbert qui avait fait cadeau à l'église de la belle statue de sainte Anne qui ornait le maître-autel. Il avait englouti dans ce don la somme rondelette que lui avait offerte un gros richard de Newport pour le fameux attelage, de vrais chevaux de cirque, qu'il avait rapporté du Canada et dont il avait juré de ne jamais se départir. Le montant proposé était tel que «ç'aurait été péché de refuser» avait dit sa femme. Eh bien, Adelbert, jugeant que cet argent lui tombait du ciel, l'utilisa, quand il en aurait eu si besoin ailleurs, pour acheter la statue.

Ce n'était pas avec le superflu que les Francos du Petit Canada se montraient généreux envers leur église ou leur école, c'était en économisant sur le manger ou l'habillement.

Le curé priva Bériau de communion, parce qu'il était journaliste à *La Sentinelle*, puis un pauvre bougre qui n'avait pas encore payé pour la sépulture de sa femme, et Baptiste le manchot, un innocent s'il s'en trouvait!

Leste et aussi méchant qu'un tigre dont les petits sont attaqués, Valmore sauta par-dessus la sainte table et agrippa le curé par derrière, refermant le bras autour de son cou, comme un étau.

— Mon enfant de chienne, lui murmura-t-il entre les dents, tu vas leur donner les sacrements.

Les religieuses, qui semblent toujours bouger par grappes, venaient de communier ensemble et retournaient à leurs bancs, lorsqu'elles furent surprises par ce sacrilège. Elles se laissèrent tomber à genoux, là même où elles se trouvaient, et, les bras en croix, commencèrent à réciter à haute voix des litanies d'expiation.

Valmore, lui, rappelait les refusés à la sainte table.

— Adelbert, Victor, Bériau, Baptiste, venez communier.

Horrifiés par le geste de Valmore, mais craignant le pire s'ils n'obéissaient pas, tous ceux à qui le prêtre avait refusé le sacrement retournèrent s'agenouiller de nouveau. À demi étouffé par Valmore qui l'obligeait brutalement à distribuer les hosties, le curé Beaudry les fit tous communier.

Puis vint le tour de Valmore.

— Je communie moi aussi, s'écria-t-il, devant les

paroissiens scandalisés.

Cette fois, le prêtre essaya de se défaire de l'étreinte de Valmore, mais ce dernier se raidit encore plus. Résistant de toutes ses forces et invoquant le ciel, le curé dut déposer une hostie sur la langue de Valmore qui le repoussa ensuite si violemment qu'il l'envoya choir dans les marches du chœur. La secousse lui fit échapper le ciboire et les hosties s'éparpillèrent partout.

Valmore descendit la grande allée d'un pas rapide et sortit de l'église. Les gens s'écartaient devant lui comme au passage du diable.

Il ne rentra à la maison que tard le soir.

Évelyne veillait. Elle mit la main dans la poche de son tablier pour s'assurer qu'elle avait bien les deux sachets de somnifère et elle demanda à Valmore s'il voulait manger quelque chose ou boire un thé.

– Du thé!

Il s'assit dans la berceuse et fixa la croix de bois noir, pendue au-dessus du refrigérateur. Il n'y avait qu'un bout de rameau sur cette croix, pas de Christ! C'est bien ainsi, pensa Valmore; le Christ où est-il que nous devions tout faire nous-mêmes?

Il but son thé rapidement et monta se coucher sans dire un mot. Il dormit doucement, la tête contre l'épaule d'Évelyne, qui lui caressa longtemps la poitrine. Elle sentait le cœur de Valmore, comme si elle l'avait eu dans la main. Elle arrêta d'être inquiète. Elle savait que Dieu lui pardonnerait ce sacrilège, comme il pardonne toujours à ceux qui sont bons, mais qui hélas ne savent pas toujours ce qu'ils font.

9

Autant le geste de révolte de Valmore alimenta les commérages dans la paroisse et à l'usine, autant il mit un couvercle sur les conversations, dans la maison Lambert. Tous les enfants, y compris Baptiste, n'adressaient plus la parole à leur père que pour les sujets essentiels et ils s'efforçaient même d'éviter son regard. Valmore, lui, donnait l'impression de vivre dans un autre monde, ce qui élargissait encore le fossé le séparant des siens.

Les Croisés considéraient que Valmore était allé trop loin, mais ils admiraient son audace et personne ne lui aurait jeté la pierre. Le lendemain de l'incident, Julien Bériau écrivit même en première page de *La Sentinelle* un long article, dans lequel il associait le geste de Valmore au combat de l'archange saint Michel contre le dragon. Ému et flatté de voir son nom en toute lettre dans le journal, Valmore voulut remercier le jeune journaliste et passa par le Foyer Canadien, sur Social Street, où Bériau louait une chambre, depuis son arrivée à Woonsocket. Il était dehors dans la cour et s'exerçait à tirer avec un pistolet à fléchettes sur une cible, qu'il s'était faite avec une photo de Mgr Kenney. Cette fantaisie de Bériau amusa beaucoup Valmore qui ne s'était pas déridé depuis un bon moment. Quand ils décidèrent un peu plus tard, à la suggestion de Bériau, d'aller manger ensemble, l'évêque de Providence, accroché à l'orme de la cour, avait été transformé en porc-épic.

Valmore était si fier de pouvoir être vu aux côtés de Bériau, le journaliste de *La Sentinelle,* qu'il abaissa la capote de la Ford et partit vers le restaurant à vitesse d'enterrement afin de s'assurer que le plus grand nombre de personnes les apercevraient ensemble. C'était la première fois que ces deux-là se parlaient autrement que pour les salutations d'usage, car Valmore était trop impressionné par ce jeune, qui mitraillait les articles sur la Underwood à un train d'enfer, pour engager une conversation avec lui. Quand il en avait le loisir, il s'assoyait dans un coin du journal et observait Bériau à la machine à écrire; ce n'était pas la danse rapide des mains sur le clavier qui fascinait Valmore, mais la curieuse transformation qui s'opérait devant ses yeux. En effet, il imaginait les idées comme des ballots de laine dans la tête de Bériau qui la filait rapidement, l'ourdissait sur le clavier avec ses habiles mouvements de doigts et commençait à tisser une pièce qui s'enroulait au fur et à mesure sur le rouleau de sa machine. Chaque fois, Valmore était émerveillé, Bériau n'arrêtait plus jusqu'à la fin de la pièce, son fil ne se cassait jamais.

C'est avec ce fabuleux tisserand d'idées que Valmore mangeait ce soir, en tête-à-tête, comme un ami, un honneur dont il se sentait indigne, lui, avec ses grosses mains rêches, sa casquette plate et sa moustache de pauvre ouvrier. Julien Bériau portait un chapeau, des lunettes à monture de broche délicate, il avait les doigts fins, et son visage rose de bébé était impeccablement rasé.

Ce qui étonna cependant beaucoup Valmore c'est la colère souterraine, le ressentiment qu'il sentait chez le jeune homme; il avait pourtant l'air sage et mesuré, parlait sans jamais s'enflammer, mais, de cette voix calme, il déclarait qu'il arrêterait bientôt de se battre avec des mots... que la seule façon de changer le monde, c'était avec des guerres et des révolutions. Valmore croyait aux mêmes théories, mais il était rongé par le remords, tandis que Bériau ne paraissait nullement incommodé par d'aussi extrêmes desseins. Et puis, Valmore jugeait qu'il avait des motifs pour se venger de la société, mais Bériau... un petit monsieur instruit, la tête pleine d'idées avec un chapeau dessus.

Julien Bériau était à plus d'un titre le fils spirituel d'Ernest Fiset, le riche marchand de Québec, qui se préparait à la guerre pour reconquérir le Canada aux Anglais. Fiset ne s'était jamais occupé activement de politique, mais il avait contribué généreusement à la première campagne électorale de Laurier, et ce dernier voulut le récompenser en le nommant sénateur, en 1898. Partisan à tous crins du nouveau premier ministre libéral et convaincu que les Canadiens français finiraient par reprendre leur juste place dans le gouvernement du Canada, le marchand prit la route d'Ottawa avec la ferveur candide d'un néophyte. Deux ans ne s'étaient pas écoulés qu'il avait démissionné de la Chambre haute et qu'il était de retour à Québec, écœuré, désillusionné.

Indépendant de fortune, Fiset n'avait de compte à rendre à personne et espérait utiliser son poste de sénateur pour seconder sir Wilfrid dans son bel effort de rapprochement des deux races qui composent le pays. S'il y avait un obstacle pour détourner le sénateur de sa louable mission, ce pouvait être les femmes à qui il consacrait beaucoup de temps, à cette époque-là. À Ottawa, loin de Mme Fiset, les tentations seraient fortes pour ce coureur de jupons, bel homme par surcroît. D'ailleurs, ce péché mignon poussa certains des collègues de Fiset à commettre une bévue qui faillit leur coûter leur carrière.

Affable et généreux, Ernest Fiset, qui désirait être choisi whip de son parti à la Chambre haute, traita royalement ses collègues les plus influents, des orangistes d'Ontario, et les invita même à visiter Québec; en plus de les prédisposer à son endroit, ce voyage contribuerait à familiariser ces fanatiques avec le berceau de la civilisation française en Amérique. Il les reçut au Château-Frontenac, les amena aux chutes Montmorency, à Cap Tourmente, à l'île d'Orléans, un voyage magnifique!

Fiset parlait impeccablement anglais, c'était un bon vivant, encore un peu et ils l'auraient considéré comme un des leurs. Pour le remercier de son hospitalité, le groupe de sénateurs offrit à Fiset d'aller passer, au moment de son choix, une soirée mémorable dans une jolie retraite de campagne, en banlieue d'Ottawa.

Le jour convenu, Fiset reçut à son bureau une carte de visite qui lui permettrait de s'introduire sur cette propriété, dans les collines verdoyantes de la Gatineau. Un cocher viendrait le chercher à la porte même du Parlement. Ses collègues avaient fait tant de mystère et de sous-entendus autour de cet endroit, Fiset ne doutait pas d'y passer une soirée plus qu'agréable, «a memorable experience», avaient-ils dit avec un clin d'œil.

Le cocher déposa le sénateur à la grille d'entrée de la propriété et l'informa que le gardien le ferait demander à l'écurie d'à côté, quand il serait prêt à retourner à Ottawa. Fiset présenta la carte qu'il avait reçue; elle ne portait aucune inscription sauf le dessin d'une licorne à la corne brisée, gravé dans un coin. Il se rappela soudain que cet animal mythologique avait été au Moyen Âge le symbole de la pureté et il sourit; ces sacrés orangistes étaient quand même de bons plaisants! Le portier examina la carte attentivement, passa le pouce sur la licorne comme s'il en vérifiait l'authenticité, et finit par ouvrir à Fiset en lui indiquant de se rendre à la maison, au bout du chemin.

Le sénateur entendit la lourde grille se refermer derrière lui, avec un cliquetis que l'écho répercuta plusieurs fois, et il se dit que si les orangistes avaient voulu se débarrasser d'un Canadien français, l'endroit était bien choisi. Dans ce coin désert, même un sénateur disparaîtrait sans laisser de trace. Cette idée aiguisa son appétit.

Il frappa à la porte du pavillon.

L'attente lui parut longue, mais, quand la porte s'ouvrit, son regard embrassa d'un seul coup l'exceptionnelle soirée qu'il vivrait. Une apparition, une beauté, l'invitait à entrer dans un salon douillettement meublé, où brûlait un gros feu de cheminée. Les gazes vaporeuses, qui lui servaient de vêtements, révélaient avec audace les formes voluptueuses de la jeune hôtesse. Elle prit son chapeau, l'aida à se défaire de son manteau et le guida jusqu'à un fauteuil.

— Sir, if you please, make yourself comfortable, I will prepare a dinner and later we can see what are your wishes.

Le sourire aimable de Fiset se figea sur ses lèvres, son visage se rembrunit, cette jeune personne parlait anglais avec un fort accent français.

— I said something wrong? demanda-t-elle avec inquiétude.

Non, fit-il, puis il lui demanda en français d'où elle venait. Elle ne répondit pas tout de suite, mais comme il insistait, elle indiqua qu'elle était originaire d'un petit village du Québec.

Fiset, qui ne buvait généralement que du vin, accepta le whisky que la jeune fille lui offrit. Il avait grandement besoin d'un cordial! Il se sentait profondément choqué et humilié que ses collègues anglais ne trouvent rien de mieux pour le remercier que de lui offrir une pute de sa propre race. Voilà, songea-t-il haineusement, le symbole parfait de la situation de vaincus dans laquelle nous sommes!

Fiset voulut savoir comment cette fille se trouvait là, dans cette espèce de bordel, nulle part, à recevoir des clients. Il mit des heures à lui extirper, bribe par bribe, une histoire si sordide qu'il ne l'aurait jamais crue, sans l'amoncellement de détails accablants qu'elle fournit.

Amanda Bériau n'avait pas quatorze ans quand un homme se présenta avec une demande inusitée, au minable restaurant qu'exploitaient ses parents, en bordure de la route, près de Rigaud. Il souhaitait que les Bériau lui abandonnent l'adolescente qu'un couple respectacle et sans enfant désirait à tout prix adopter. Ces bonnes gens offraient de subvenir à tous les besoins d'Amanda et de la faire éduquer, pourvu qu'on ne cherche pas, après son départ, à obtenir de ses nouvelles, avant sa majorité. En retour, on leur offrait une bonne somme d'argent et un emploi bien rémunéré sur une grosse ferme de Leamington, en Ontario, où ils s'occuperaient de la cuisine pour les employés. Les parents n'hésitèrent pas longtemps; le même homme avait trouvé un emploi de page au Sénat pour leur fils de quinze ans, l'année précédente, et ils voyaient une chance pour Amanda de se tailler aussi un bel avenir.

L'adolescente demeura pendant quelques mois, à Ottawa, chez un vieux couple, le temps d'apprendre les rudiments de l'anglais, puis un soir un autre couple, jeune cette fois, vint la chercher. Elle fit dans une voiture, dont on avait tiré les rideaux, un voyage qui lui parut interminable et aboutit dans le pavillon où ils se trouvaient maintenant. Elle vécut d'abord des semaines d'horreur, alors que le couple l'initia brutalement à la sexualité et à bon nombre de perversions. Depuis ce jour (quatre ou cinq ans, elle ne savait plus), elle vivait en captive sur cette propriété, dont elle n'avait aucune idée où elle était située, gardée jour et nuit par l'homme qui avait ouvert la grille à Fiset. Une dizaine d'hommes, toujours les mêmes, venaient la visiter à tour de rôle, l'obligeant à se soumettre à leurs quatre volontés. Occasionnellement, il arrivait aussi des étrangers, comme Fiset, qu'elle identifiait par cette licorne sur une carte de visite, et qu'elle devait traiter avec les mêmes égards que les réguliers. Ceux-ci, qu'elle connaissait seulement par leurs prénoms, se montraient en général assez aimables, sauf un ou deux qui, une fois ivres, l'astreignaient à des dépravations qu'elle était trop embarrassée pour décrire. Le pire, c'est quand ils se présentaient en groupe, parfois avec d'autres femmes, et l'obligeaient à toutes sortes de débauches et d'exhibitions. On l'avait même forcée, après l'avoir droguée et battue, à s'accoupler avec un chien, une espèce de bouledogue répugnant, dressé à cet effet.

La nuit était avancée quand le sénateur se fit ouvrir la grille par le gardien. Il partait avec les prénoms et la description des personnages ignobles qui avaient réduit cette fille à l'esclavage; il n'y avait pas de doute que certains d'entre eux étaient les collègues qui lui avaient offert cette soirée dont il se souviendrait toute sa vie.

Il avait tenté de ramener Amanda avec lui, dès ce soir-là, mais elle l'avait supplié de n'en rien faire, par souci pour la sécurité de son frère Louis-Charles qui avait ce poste de page au Sénat. Un jour qu'elle s'était rebellée et avait menacé de fuir, on lui avait fait comprendre qu'une telle action mettrait en danger non seulement l'emploi mais aussi la vie de son frère. Fiset avait été intrigué par la mention de ce frère; il ne se souvenait pas d'un Louis-Charles parmi le personnel des pages de la Chambre.

Fiset s'empressa de remercier les sénateurs qui lui avaient valu l'agréable surprise d'Amanda, et exprima le désir de la revoir si c'était possible. Il chercha ensuite un Louis-Charles Bériau et découvrit qu'un page de ce nom avait travaillé au Parlement, autour de 1895. Il s'était noyé, un printemps, en traversant le canal Rideau, sur la glace. Certains pages plus anciens, qu'il questionna, admirent ne pas avoir pleuré la disparition de ce camarade, un joli garçon, chouchouté par plusieurs sénateurs, dont il acceptait sans se gêner les avances libidineuses. Curieuse coïncidence, lorsque Fiset insista pour savoir quels sénateurs affectionnaient particulièrement le jeune homme, les doigts pointèrent le même groupe d'orangistes.

Se croyant suffisamment armé pour obtenir une enquête

policière, Fiset alla en toute hâte informer le Président de la Chambre; il voulait confronter les sénateurs à Amanda Bériau, exhumer le corps de son frère, et faire pratiquer une autopsie, ce qui avait été omis en dépit des circonstances particulières de sa mort. Quand la foudre menace de s'abattre sur un gouvernement, on se précipite à l'abri! Le sénateur Fiset fut convoqué immédiatement par un des adjoints du premier ministre qui s'efforça d'abord de le calmer; cette scabreuse affaire ne reposait que sur les élucubrations d'une fille de petite vertu, on n'allait pas mettre le gouvernement en péril en réclamant une enquête, surtout à un moment où le premier ministre subissait la pression des anglophones pour envoyer un contingent canadien contre les Boers d'Afrique du Sud, mesure à laquelle s'opposaient les nationalistes du Québec.

— Et que va décider sir Wilfrid Laurier à cet égard? s'informa Fiset.

Le secrétaire lui apprit confidentiellement que Laurier enverrait mille soldats au Transvaal.

Le sénateur bondit.

— C'est le comble, dit-il, non seulement vous cédez au désir des royalistes de secourir la Couronne britannique dans cette guerre, mais vous refusez d'enquêter sur une poignée de sénateurs orangistes, les plus fanatiques d'entre eux, de peur de les compromettre.

— Et comment estimeriez-vous vos chances d'être choisi whip du parti à la Chambre haute, demanda sournoisement l'adjoint de Laurier, si l'on apprenait que vous avez traîné avec cette garce qui cherche à salir la réputation de vos collègues?

Fiset réfléchit quelques instants, puis se levant pour

tendre la main à l'adjoint de Laurier, il lui dit:

— Vous avez raison, ne risquons pas, avec ces insanités, de nuire au rapprochement que sir Wilfrid est en train d'accomplir entre nos deux races.

— Sénateur, nous nous comprenons enfin, conclut le secrétaire; faites plutôt servir votre imagination fertile à la cause de l'unité nationale.

Avant que s'ébruitent ses démarches, Fiset obtint de ses amis la permission d'aller visiter Amanda; cette fois, il se rendit au pavillon avec son automobile.

Les circonstances de sa vie avaient tellement traumatisé la pauvre fille, elle avait si peu confiance en l'humanité, qu'elle ne voyait pas pourquoi Fiset cherchait à la tirer de là, sinon pour la précipiter dans un guêpier peut-être pire, et elle ne l'aurait sans doute pas suivi si elle n'avait pas été enceinte. Ses tortionnaires lui avaient annoncé qu'ils enverraient un médecin la débarrasser de cet embêtement et cette perspective la dévastait. Elle n'avait pas la moindre idée de qui était l'enfant, mais, en se découvrant enceinte, elle avait cru naïvement qu'on la libérerait et au surplus qu'on l'aiderait à élever ce petit, une idée qui avait un instant illuminé son existence.

Le sénateur dissimula la malheureuse dans son auto, passa au nez du gardien, et se rendit à la gare d'Ottawa afin de poursuivre le voyage en train jusqu'à Québec où il persuada les Ursulines de la cacher au couvent. Une fois la sécurité de la jeune fille assurée, Fiset écrivit au premier ministre pour lui remettre sa démission comme sénateur et commença à ruminer son plan de conquête.

Amanda accoucha d'un garçon, Julien, dont l'ex-sénateur Fiset paya l'entretien et les études jusqu'à ce qu'il entre comme journaliste à *La Patrie* de Montréal, et ensuite à *L'Action Catholique* de Québec, afin d'être au chevet de sa mère, qui se mourait de sénilité précoce, au Couvent des Ursulines, où elle était devenue converse, en reconnaissance de la bonté des religieuses pour elle.

À la mort d'Amanda, il y avait maintenant six mois de cela, Fiset avait raconté l'histoire de sa mère à Julien Bériau et lui avait promis qu'il aurait l'occasion de la venger, au moment de la libération du Canada. Entre-temps, les cinq sénateurs encore vivants, qui faisaient partie du cercle des vicieux, reçurent chacun à leur bureau du Parlement, en guise d'aide-mémoire, un pli anonyme, contenant la gravure d'une licorne avec en exergue: *Je me souviens*, la devise du Québec.

10

Assis dehors sur les marches qui montaient au journal, Bériau attendait dans l'obscurité l'arrivée de Valmore. Il lui avait promis d'être là, à trois heures précises de la nuit, et il tardait maintenant d'une quinzaine de minutes. Il essayait d'évaluer si ce retard compromettait l'opération quand il entendit la Ford. Il prit le sac de toile près de lui et monta dans l'auto sans même laisser le temps à Valmore d'arrêter.

— Avez-vous tout ce qu'il faut?

— Ben sûr, dit Valmore.

— Vite, on est en retard.

Une heure de route après, Valmore, guidé par Bériau, quitta le chemin principal et s'engagea dans le sentier étroit d'une pinède où ne s'infiltrait pas encore la lumière du jour qui commençait pourtant à se lever.

— Arrêtez, dit brusquement Bériau.

Le sentier était très étroit et Bériau suggéra de s'y engager en marche arrière afin de pouvoir fuir rapidement.

Valmore revint sur la route, fit demi-tour et recula précautionneusement pendant près de un kilomètre sur le chemin sablonneux qui s'enfonçait dans la forêt de pins.

— Ici, commanda Bériau.

Valmore stoppa, coupa le contact.

— Vos lumières!

Il éteignit les phares.

Valmore prit un paquet sur la banquette arrière et en tira une dizaine de bâtons de dynamite qu'il avait ficelés ensemble. Il les exhiba fièrement au nez de Bériau qui sourit. Le journaliste sortit deux paires de gants et de couvre-chaussures de son sac et ils les enfilèrent. Pendant que Valmore réunissait tout l'attirail nécessaire à sa bombe, Bériau descendit attacher une poche de jute au garde-boue de chacune des roues arrière de l'automobile.

— Qu'est-ce que tu fais? chuchota Valmore, intrigué.

— Quand on va se sauver tout à l'heure, les pneus ne laisseront pas de trace.

Valmore hocha la tête. Il était épaté et rassuré en même temps; ce petit bonhomme pensait à tout.

Ils marchèrent ensuite quelques centaines de mètres jusqu'à un torrent qu'enjambait un ponceau de planches. Là, ils travaillèrent vite. Valmore fixa sa dynamite sous la travée, tandis que Bériau déroulait un fil à partir de l'endroit, un talus surplombant le pont, où ils se posteraient pour faire détoner la charge à distance.

Vingt minutes avant l'angélus de six heures, le moment où Mgr Kenney sortait réciter son bréviaire sur le sentier qui passait par ce pont, les préparatifs étaient terminés, les deux hommes n'avaient plus qu'à patienter.

L'évêque de Providence venait d'entreprendre ses trois semaines de retraite annuelle dans un monastère, que ce parc jouxtait, et où il faisait invariablement, chaque jour de beau temps, cette promenade matinale. Bériau, ayant obtenu cette information d'un Croisé, employé à la maison de retraite, était venu en reconnaissance sur le terrain et avait conclu que c'était l'endroit de sépulture idéal pour l'ennemi numéro un des Francos.

La cloche commença à égrener l'angélus.

Valmore sursauta en l'entendant. Bériau se tourna vers lui, le calma du regard. Il avait dans les yeux une détermination froide et tranchante, pas une trace d'émotion.

– On va le renvoyer en Irlande, ce verrat-là, murmura Valmore qui serra l'une contre l'autre ses mains gantées pour éviter de trembler.

Ils entendirent bientôt un bruissement de pas dans les feuilles et les aiguilles de pin du sentier. Écarquillant les yeux derrière ses lunettes, Bériau essayait de distinguer qui venait. Oui, c'étaient bien un chapeau ecclésiastique et une soutane violette d'évêque!

Une brume légère montait des eaux froides du torrent. Un beau linceul, songea Bériau.

Valmore ne regardait pas vers le pont, il fixait Bériau, attendant son signal pour enfoncer la crémaillère de l'exploseur et faire sauter la bombe. Les quelques secondes avant le signal de Bériau lui parurent une éternité... Comment se faisait-il, songea Valmore, que l'Irlandais n'ait pas encore mis le pied sur le pont, il en était à deux pas?

La main de Bériau s'abaissa et Valmore envoya l'impulsion électrique. Le temps de relever les yeux et le pont avait éclaté en morceaux avec celui qui s'y trouvait.

Les deux hommes coururent à toutes jambes vers la Ford.

Plusieurs kilomètres plus loin, sur la route qui les ramenait à Woonsocket, Valmore arrêta l'automobile sur un pont, et là, ils jetèrent à l'eau les gants, les bottes, l'exploseur et tout ce qui aurait pu les relier à l'explosion.

— Moins de discours, dit Bériau d'un air satisfait.

— Plus d'action, répondit Valmore.

La Ford s'éloigna sur la route, complètement déserte à cette heure.

11

Mgr Kenney ferma les yeux, il ne pouvait plus supporter la vue du cadavre décapité de son chancelier, Mgr Allen, que des jardiniers et des prêtres de la résidence venaient de repêcher du ruisseau.

Après s'être assuré qu'on avait prévenu la police, Mgr Kenney, les larmes aux yeux, retourna lentement vers la résidence par le sentier qui l'aurait, sans un fatidique concours de circonstances, mené lui-même à la mort. Mgr Allen était arrivé de Providence, tard la veille, désirant s'entretenir avec lui de l'affaire des sentinélistes et Kenney lui avait donné rendez-vous pour cette promenade matinale. Prêt plus tôt, Allen était tout simplement sorti, une minute à peine avant lui. Il n'y avait aucun doute, dans l'esprit de l'évêque, qu'il était la cible de cet attentat dont seuls les Francos pouvaient être les auteurs puisqu'il ne se connaissait pas d'autres ennemis.

Il n'aurait pu se produire plus tragique méprise, car le chancelier du diocèse voulait précisément s'entretenir avec son supérieur d'une formule de compromis pour ramener l'harmonie; la rébellion du Rhode Island risquait de se propager aux États avoisinants, où les Franços étaient établis en grand nombre là aussi et, qui sait, finir par provoquer un schisme, au sein de l'Église américaine. Allen comprenait les sacrifices que les paroisses francos avaient déjà faits et il lui semblait possible de trouver un arrangement qui leur éviterait de payer encore une fois pour des écoles quand elles en avaient déjà. Il avait commencé à exposer son plan à Kenney qui, il faut bien le dire, n'avait pas l'air de mordre. C'est que l'évêque avait un intérêt personnel et précis à changer la situation dans son diocèse, où une forte population d'immigrants canadiens-français s'obstinaient à parler leur langue. L'année précédente, il avait assisté à son premier congrès de la National Catholic Welfare Conference, l'influente association de tous les évêques américains. Lors de ces assises, on avait adopté une résolution déterminant que le bien de l'Église catholique, aux États-Unis, exigeait que les fidèles ne parlent qu'une langue: l'anglais. Kenney était loin de cet idéal, dans son diocèse, et il savait que tout progrès éclatant en ce sens attirerait immédiatement sur lui l'attention des dirigeants de cet organisme qui recommandait les candidats à la pourpre cardinalice. L'ambition restait lointaine, il venait d'être sacré évêque, mais quand on œuvre loin du Vatican, ce sont de tels faits d'armes qui attirent le regard du Saint-Père sur soi!

L'endroit où avait été perpétré l'attentat se trouvait près du lac Killingly, à cheval sur la frontière du Connecticut et il fallut que Mgr Kenney intervienne auprès du gouverneur, à Providence, parce que les corps de police se disputaient la juridiction sur le crime: relevait-il du Rhode Island ou du Connecticut? Pour Kenney, l'important était de mettre au plus vite le grappin sur les coupables.

Le détective, enfin dépêché de Providence, n'eut pas l'embarras des pistes, heureusement car le limier n'était pas Sherlock Holmes. Il ne fallait pas être futé pour soupçonner les sentinélistes et le détective O'Dowd arriva à cette conclusion lui aussi, mais comment le prouver?

12

Dubrisay déposa discrètement Mlle Marmin, près d'un petit bâtiment, à deux pas de l'entrée de l'usine. Depuis qu'il était passé à un cheveu d'être pris en flagrant délit, dans la salle d'échantillons attenante à la salle de conférence, le couple avait redoublé de prudence dans le choix des endroits où il s'adonnait à ses ébats amoureux, devenus une véritable drogue pour l'un et l'autre, une obsession. Ces accouplements, c'est le terme qui conviendrait le mieux pour ces actes, ne duraient plus que quelques secondes, le temps d'un frisson, et se déroulaient toujours de la même manière; Mlle Marmin, dont le costume avait par ailleurs la sévérité de celui d'une moniale, revêtait toujours des robes, dont la jupe longue pouvait être retroussée rapidement, et ne portait rien dessous qui eût nui à l'exercice. Au moindre signal de Dubrisay, elle s'adossait contre un mur, un pupitre ou une porte et se laissait posséder sans qu'aucune émotion ne transparaisse ni dans son visage, ni dans son comportement. Le rituel ne dérogeait jamais d'un iota et n'était agrémenté que par la variété des endroits où il se déroulait. Ces copulations expéditives, qui duraient depuis vingt ans, n'avaient jamais eu lieu dans un lit. Ils vivaient seuls l'un et l'autre, rien ne les aurait empêchés de se visiter comme des êtres normaux, mais non, jamais! Une étrange concordance d'inhibitions chez elle et de résolution solennelle chez lui de se consacrer à la mémoire de sa mère les empêchait de vivre leur passion autrement que dans ces unions furtives.

Ils évitaient maintenant de s'adonner à leur vice dans les bureaux même de l'usine, mais ils faisaient cela dans la voiture, stationnée quelque part, près des entrepôts.

Ce matin, en descendant de l'automobile, Mlle Marmin nota qu'il n'y avait plus de cadenas à la porte du petit bâtiment, un peu à l'écart, où étaient entreposées des substances dangereuses, des acides, de la dynamite. Elle le fit remarquer à Dubrisay qui descendit enquêter. Il vit que la caisse de dynamite avait été ouverte récemment et pourtant il y avait des mois que l'usine n'avait pas utilisé d'explosifs. De la dynamite avait été volée.

— Il vaudrait peut-être mieux prévenir la police, dit Mlle Marmin, je vais écrire une lettre en arrivant.

— Dans les circonstances, vous ne croyez pas qu'il serait souhaitable de téléphoner et tout de suite, répliqua Dubrisay.

Depuis trois jours que l'assassinat du chancelier avait semé l'émoi dans tout le Rhode Island, il fallait être bête comme Estelle, pensa Dubrisay pour ne pas alerter la police au plus vite.

Quelques heures plus tard, le détective O'Dowd, encadré par deux gendarmes, avait réuni devant le petit entrepôt tous ceux qui connaissaient la combinaison du cadenas dont l'arceau avait été scié par les voleurs.

O'Dowd questionna trois hommes qui, à part Dubrisay, possédaient la combinaison du cadenas, voulant savoir de chacun où il se trouvait la nuit du meurtre. Les trois hommes n'avaient pas bougé de la maison, leurs femmes et leurs enfants pouvaient en témoigner.

— Et vous, où étiez-vous? demanda le détective à Dubrisay.

— Chez moi, répondit Dubrisay, offusqué d'être soupçonné comme un vulgaire criminel.

— Quelqu'un peut-il le corroborer?

— Je vis seul, répliqua-t-il sèchement, mais si vous me permettez, la personne qui a ouvert le cadenas n'avait pas la combinaison puisqu'elle a scié l'arceau!

L'air plus triomphant que s'il avait découvert la poudre à canon, O'Dowd alla vers le coin du bâtiment, à quelques mètres de la porte, puis il ramassa un peu de sciure de métal, par terre dans l'herbe.

— Celui qui a ouvert le cadenas, annonça-t-il, connaissait la combinaison. Il a scié l'arceau ensuite pour chercher à nous déjouer, mais il a fait une erreur stupide: il a ouvert là-bas, il a scié ici!

— Pardon M. Dubrisay, dit Olivat, il y aussi Valmore qui avait la combinaison...

— Où est ce Valmore? demanda O'Dowd, je veux l'interroger.

13

Évelyne descendit du tramway et courut jusqu'à la maison. Elle monta quatre à quatre l'escalier de l'étage des chambres où elle trouva Valmore qui dormait encore.

— Valmore, réveille, Valmore!

Elle le secouait violemment.

— Voyons, t'es bien énervée, sa mère.

— Écoute-moi bien, je ne sais pas ce que tu as fait, je ne veux pas le savoir, mais sauve-toi. Va-t-en d'ici! Ils savent que c'est toi qui as volé de la dynamite au moulin.

Valmore s'assit dans le lit, stupéfait.

— Baptiste les a entendus et ils s'en viennent te chercher. Pour l'amour du ciel, sauve-toi.

Il s'habilla rapidement tandis qu'Évelyne prit sous une pile de linge, dans le tiroir de la commode, une enveloppe contenant quelques centaines de dollars, toutes leurs économies.

— Prends ça!

Il mit l'enveloppe dans la poche intérieure de son veston. Puis il resta là debout, immobile, l'air hébété.

Elle le prit dans ses bras, le serra autant qu'elle put.

— Peut-être que tu devrais prendre le bord du Canada, murmura-t-elle, en retenant ses sanglots.

Il ne répondit pas. Il avait l'impression de s'être sauvé toute sa vie et maintenant il était à court d'endroit.

– Je t'aime, mon mari.

Elle lui prit la tête dans les mains, l'embrassa presque en le mordant comme pour marquer combien cet amour lui était doux et aigre. Elle l'aimait à mourir, mais elle le détestait aussi pour le tuer.

Cet amour que Valmore avait trompé, elle avait commencé d'en apprivoiser la douleur, elle y ajouterait celle de l'absence.

– Fais attention, lui dit-elle comme il partait, sur le même ton doux et appréhensif qu'elle utilisait souvent avec les enfants.

– Oui, fit-il, la gorge trop serrée pour parler.

Elle entendit la porte claquer et le vit, par la fenêtre, apparaître en bas, dans la rue. Il partait, mais d'un pas hésitant. Il se tourna trois ou quatre fois vers la maison avant de disparaître au coin de la rue. Évelyne sourit malgré elle, il lui faisait penser à Baptiste quand elle le poussait à l'école et qu'il s'en allait ainsi, moitié à reculons...

14

Bien qu'il n'eût rendez-vous qu'à dix heures du matin, au Vatican, le soleil n'était pas encore levé quand Émile Fontaine se présenta sur la place Saint-Pierre, presque complètement déserte. Ému et transporté d'espoir, il s'agenouilla, baisa le sol. Il touchait au cœur même de cette

Église qu'il aimait tant.

Il resta si longtemps agenouillé là, à prier, qu'un garde suisse inquiet traversa toute la place pour venir voir de quoi il s'agissait et pour lui indiquer qu'il pouvait entrer dans la basilique entendre la messe s'il le désirait.

Émile entendit successivement trois messes, à trois chapelles différentes, et se rendit ensuite à son rendez-vous à la Sacrée Congrégation du Concile. Il portait précieusement avec lui le parchemin roulé et enrubanné de la pétition qu'avaient signée plus de quinze mille Francos du Rhode Island qui réclamaient le rappel de leur évêque.

Un garde le fit entrer dans le vaste bureau de Ruggieri, devenu cardinal et Préfet de la Sacrée Congrégation.

Émile s'agenouilla pour baiser la bague au doigt du prélat et, dans un geste spontané d'humilité et de respect, il baisa aussi un pan de sa soutane.

— Éminentissime Seigneur, permettez que je baise votre pourpre sacrée.

Le cardinal s'assit dans le fauteuil de bois sculpté, derrière son immense pupitre et, les mains jointes, attendit qu'Émile parle. Il ne l'invita même pas à s'asseoir.

Un secrétaire austère, assis à côté, trempa sa plume dans un encrier, prêt à prendre des notes s'il en recevait l'ordre.

La contenance qu'Émile avait prié le ciel de lui donner, durant les offices dans la basilique, commençait déjà à s'effriter. Sa voix tremblait, encore plus que ses mains, et il se demanda si ses jambes tiendraient jusqu'à la fin de l'adresse qu'il avait préparée.

– Votre Éminence trouvera, dit-il, que la démarche que je fais en ce moment m'est dictée par mon esprit de foi et mon entière confiance dans la justice de l'Église et de son auguste Chef. Si je suis venu jusqu'à Rome me jeter à vos pieds, c'est que nous n'avons plus pour Mgr Kenney, la confiance que doivent avoir des fils envers leur père.

Émile leva les yeux vers le Préfet qui n'avait pas bronché: toujours les mains jointes et toujours le regard glacial cloué sur lui. La plume du secrétaire crissait sur le papier, pire que les grincement de dents du jugement dernier.

Émile dénoua le ruban, déroula sa pétition, en espérant que la vue de toutes ces signatures mollirait le cardinal.

– Éminence, j'ai apporté avec moi cette pétition signée par quinze mille catholiques francos-américains du diocèse...

– Docteur Fontaine, des catholiques francos-américains, il y en a cent vingt-cinq mille dans le diocèse de Providence!

Le Préfet avait interrompu Émile dans son discours et s'était adressé à lui sur un ton coupant et désagréable.

– Remercions plutôt le ciel, poursuivit-il, d'avoir un berger de la trempe de Mgr Kenney pour ramener au bercail ces quinze mille brebis égarées dont vous avez les noms.

Émile était né dans l'Église catholique, avait été élevé dans des maisons d'éducation où il avait toujours respiré une atmosphère religieuse, il n'avait jamais cessé de pratiquer, et il s'était dit, ce matin même à la messe, qu'il se soumettrait d'esprit et de cœur à la décision de l'Église, quelle qu'elle soit, mais déjà, ébranlé dans sa résolution, il chancelait.

Le cardinal Ruggieri avait devant lui, sur le sous-main de cuir orné, un document portant plusieurs sceaux impressionnants. Il l'indiqua à Émile.

— Je viens, annonça gravement le dignitaire, de signer le décret qui interdit le journal *La Sentinelle* et qui, de plus, vous frappe d'excommunication, vous, le curé Aristide Pelland, de même que tous vos collaborateurs, y compris ceux qui ont lâchement assassiné Mgr Allen, le chancelier du diocèse.

— Mgr Allen a été tué... bredouilla Émile, livide.

— Docteur, quand on sème le vent, on récolte la tempête.

Tandis que le secrétaire présentait à Émile le document confirmant son exclusion de l'Église, le cardinal conclut:

— Seul votre évêque, Mgr Kenney lui-même, pourra vous relever de cette excommunication.

Le secrétaire agita une clochette, un garde suisse surgit pour guider Émile hors du bureau. L'audience qu'il avait obtenue à la Sacrée Congrégation, grâce aux bons offices du cardinal Bourgoin de Québec, était terminée. Quant à ses liens avec l'Église, celle-ci les avait brutalement rompus, sans égard pour l'amour indéfectible qu'il avait toujours éprouvé pour elle.

L'Église faisait bien sûr respecter, par cette décision, sa discipline intransigeante, mais ce qu'Émile ne pouvait pas savoir c'est que, par l'intermédiaire du cardinal Ruggieri, un ami personnel d'Auguste Roussel, cette grande famille textile réglait le compte qu'elle avait avec les Fontaine, depuis le mariage de Simone avec Jacques, et que le cardinal, qui devait son chapeau rouge à l'intervention directe d'Auguste auprès de Benoît XV, acquittait en ce faisant une dette de reconnaissance envers son ami de Roubaix.

Cette affaire arrangeait trop de personnages importants pour que le coq de Woonsocket sortît avec ses plumes de la Cour de Rome.

CHAPITRE 19

Madeleine

1

Jacques fut très étonné, il venait de passer le village d'East Greenwich et serait à Woonsocket dans moins d'une heure. Il décida de ralentir le train d'enfer auquel il avait soumis sa voiture, depuis son départ de Stamford. Il y avait passé la journée à interviewer des gradués en sciences de l'Université du Connecticut, qui formeraient le noyau d'un laboratoire de recherches en fibres synthétiques, son nouveau dada depuis le départ de Simone.

L'air du soir était doux, Jacques jeta sa casquette sur le siège et releva les grosses lunettes qu'il portait toujours quand il aiguillonnait ainsi à la limite le moteur fringant de sa Voisin. Simone l'avait quitté depuis quatre mois et la brisure l'avait fait souffrir beaucoup moins que prévu. Il s'était jeté à corps perdu dans ce projet de laboratoire qu'il avait longtemps caressé et toujours retardé, sans doute à cause du temps et de l'énergie que lui avait réclamés son mariage; il avait aussi retrouvé son ami John Elliot.

La séparation l'avait indirectement rapproché de John, qui habitait maintenant New York, et pilotait un courrier postal entre cette ville, Washington et Philadelphie. Simone ayant prévenu Jacques qu'elle habiterait désormais New York, où elle avait loué une chambre misérable, il avait demandé à John s'il n'accueillerait pas sa femme dans le grand appartement qu'il habitait sur Central Park. John y avait songé, mais il n'avait pas osé l'offrir à Simone, de crainte que Jacques n'y voie une trahison de sa part. Service pour service, John avait tenté, par la même occasion, de convaincre son ami retrouvé de commanditer une envolée sans escale New York-Paris, une aventure qui commençait à l'obséder, d'autant plus que la fabuleuse récompense de $25,000, offerte cinq ans auparavant, par le millionnaire Raymond Orteig n'avait pas encore été attribuée. John s'était dit: «Pourquoi pas moi?». Les frais de commandite seraient amplement remboursés si évidemment la liaison aérienne réussissait. Il s'en était fallu de peu que Jacques morde à l'hameçon, mais il ne trouvait pas les arguments pour convaincre son père des avantages publicitaires que les entreprises Roussel retireraient d'une pareille odyssée. Et lui n'en avait pas personnellement les moyens, ayant du mal justement à mettre cet humble laboratoire sur pied.

Depuis qu'il dirigeait Woonsocket, il avait réussi, avec l'aide précieuse de Dubrisay il faut bien le dire, à augmenter la marge de profit d'au moins soixante pour cent et à soustraire la main-d'œuvre à l'emprise des syndicats, exploit remarquable, considérant l'agitation ouvrière qui régnait dans l'industrie. Son père avait noté que Woonsocket était devenu le joyau de son empire, il avait les bilans sous le nez chaque mois et les scrutait à la loupe, mais il lui avait toujours répugné de récompenser le succès en liquide... Jacques possédait donc un nombre grandissant d'actions, toutes non négociables, et un compte en banque de va-nu-pieds.

En passant le portail de sa magnifique propriété, Jacques sourit: il ne manquait quand même de rien. Il s'étonna de voir encore de la lumière, au rez-de-chaussée.

Sandrine, nerveuse, l'attendait dans le hall.

– Je voulais prévenir, Monsieur, la petite était en larmes, je l'ai laissée entrer.

«La petite», ce ne pouvait être que Madeleine, que faisait-elle là? Il se rendit tout de suite au salon.

Madeleine, qui attendait depuis des heures, assise droite sur le bout d'un fauteuil, se leva aussitôt qu'elle l'entendit.

– À cause de l'histoire de mon père, dit-elle nerveusement, je ne pouvais plus rester au couvent.

– Mais Madeleine, la supérieure n'a pas cherché à me joindre, je n'aurais pas permis qu'elle vous...

Elle ne le laissa pas continuer.

– C'est moi qui ai décidé de partir!

– Je vais vous y reconduire, dit-il avec fermeté.

– Est-ce que vous resteriez dans un couvent où tout le monde pense que votre père est l'assassin d'un religieux, demanda-t-elle avec colère.

Madeleine fut étonnée d'entendre sa voix résonner aussi fort dans le grand salon cossu où tous les objets semblaient si parfaitement disposés, et où tout était si propre et si neuf qu'on pouvait se demander si quelqu'un l'utilisait. Elle avait élevé le ton, il est vrai, mais n'était-ce pas lui qui l'avait mise au couvent et n'était-ce pas à lui qu'elle devait avoir recours, maintenant que la vie y était devenue exécrable?

– Excusez-moi, dit Jacques, en s'approchant d'elle pour l'embrasser sur la joue. Asseyez-vous!

Madeleine reprit sa place sur le bout du fauteuil.

— Voulez-vous prendre quelque chose avant que je vous reconduise tout à l'heure chez votre maman?

— J'aimerais mieux rester ici.

Son air subitement calme et résolu déconcerta Jacques, il marcha jusqu'au guéridon, à l'autre bout du salon, se versa un whisky. Il essayait de réfléchir, mais il n'y parvenait pas.

— Les enquêteurs sont encore venus à l'usine, la semaine dernière, trouva-t-il à dire, il n'y a aucune certitude encore que votre père soit directement impliqué dans cette triste affaire. Bien sûr... les circonstances.

Ces circonstances justement étaient accablantes. Jacques se rendit compte de la stupidité de son argument et se tut aussitôt. Il s'assit, près du guéridon, aux antipodes de Madeleine.

— Si vous ne voulez pas retourner chez les religieuses, s'inquiéta-t-il au bout d'un moment, comment allons-nous nous organiser?

Elle le laissa lui-même trouver réponse à sa question.

— Je ne vois pas ailleurs qu'à Montréal, poursuivit-il, il y a Villa Maria, c'est un bon collège, je crois.

— Je ne veux pas aller à Montréal.

— Pourquoi?

— Je ne veux pas qu'on m'éloigne de vous.

Jacques sentit un étrange frisson le parcourir en entendant cette phrase, la confirmation des appréhensions qui avaient commencé de le hanter depuis qu'il avait visité Madeleine, la dernière fois. Tout ce qu'il avait recherché, en payant ses études, c'était de lui assurer un meilleur avenir, c'était aussi une façon de montrer aux ouvriers qu'il n'était pas insensible à leur sort, une manière d'aider un enfant puisqu'il n'en avait pas... enfin il aurait pu continuer à énumérer les justifications de son geste.

Elle s'agenouilla à ses pieds, lui posa les mains sur les genoux.

— Personne pour moi n'est aussi important que vous, murmura-t-elle.

Parmi tous ses motifs d'avoir aidé Madeleine, qu'il ressassait dans sa tête, Jacques évitait soigneusement ceux qui auraient pu lui laisser soupçonner qu'il avait été séduit par la beauté et l'intelligence de la jeune ouvrière, il chercha aussi à se rassurer qu'il n'avait jamais eu la moindre arrière-pensée à son sujet.

Il prit les mains de Madeleine pour les retirer de ses genoux, car ils tremblaient et il eut peur qu'elle s'en aperçoive.

— Il faut demeurer raisonnable, murmura Jacques, dont la voix trahissait le trouble qui l'envahissait.

— Vous m'avez dit que votre maîtresse vous trouve de véritables dons en français, il faut persévérer dans cette voie-là...

Elle ne l'écoutait plus. Elle cherchait plutôt les mots pour lui avouer son amour et elle n'en trouvait pas dont elle aurait eu l'assurance qu'il les prendrait au sérieux, qu'il ne les interpréterait pas comme une fantaisie d'adolescente. Elle lui serra les poignets aussi fort qu'elle pouvait et fut étonnée de sentir le cœur de Jacques battre rapidement; il était donc aussi chaviré qu'elle.

Elle approcha ses lèvres des siennes, l'embrassa; il voulut détourner la tête, mais elle appuya si fermement sur sa bouche qu'il cessa de résister; elle s'imprégnait délicieusement de son souffle haletant, lui caressait les dents avec sa langue; restait soudée à sa bouche, comme elle avait vu jadis le colibri boire à la rosée des fleurs.

Qu'il fasse de moi ce que bon lui semble, pensa Madeleine, en se laissant glisser par terre à ses genoux, au moins il sait maintenant que je l'aime... comme une femme.

Elle ne devait pas réaliser combien elle s'agrippait solidement à ses poignets. Il pouvait à peine bouger, encore moins dissimuler ses tremblements.

— Je sens, dit-elle, que vous avez encore plus peur que moi.

Non, il n'irait pas plus loin! Et demain, il verrait mieux, il serait moins désorienté que ce soir pour faire face à cette nouvelle situation. Il se dégagea, sortit brusquement du salon, comme un fuyard, et appela Sandrine qui dormait déjà; il lui demanda d'installer la jeune fille dans une des chambres d'invités, de lui trouver une robe de nuit, elle n'en avait peut-être pas, puis il revint à la porte du salon annoncer à Madeleine d'une voix dont l'affectation de politesse ne parvenait pas à déguiser le trouble:

— Si vous voulez avoir la gentillesse de suivre Sandrine, elle va s'occuper de vous, moi il faut que je monte, nous nous reparlerons demain, si vous voulez. Bonne nuit!

Du fond du salon, où elle était demeurée accroupie, Madeleine lui renvoya un sourire reconnaissant de petite fille et cette image le poursuivit toute la nuit, parfois comme un rêve, parfois comme un cauchemar.

2

Avant de partir pour l'usine, Jacques décida de monter à l'étage des chambres d'invités. Personne n'avait vu Madeleine ce matin et Sandrine, n'ayant pas reçu de consigne, ne l'avait pas réveillée.

Il écouta à la porte, n'entendit aucun bruit, frappa quelques coups discrets.

— Entrez!

Assise à un secrétaire où elle écrivait, la jeune fille l'accueillit avec un sourire.

— Vous n'avez pas mangé?

— Si, dit-elle, je me suis levée très tôt, comme au couvent, et je me suis permise d'aller à la cuisine; j'ai mangé un bout de pain avec de la confiture, bu du thé. Vous ne m'en voulez pas?

— Non, fit-il de la tête.

Il vit qu'elle écrivait.

— Je reviendrai de l'usine assez tôt, nous pourrons discuter de votre avenir; d'ici là, j'aimerais que vous réfléchissiez.

— Vous savez, je réfléchis beaucoup, répondit-elle, non sans une certaine ironie.

3

— Le combien sommes-nous? demanda Madeleine en laissant glisser sa tête sur l'épaule de Jacques et en prenant son bras contre elle.

Il voulut mettre de côté le dossier qu'il parcourait.

— Non, continuez, dit-elle, puisque c'est important.

Il y avait dix jours qu'elle se cachait, pour ainsi dire, dans la maison de Jacques. Elle descendait discrètement prendre le café avec lui avant qu'il parte, le matin, puis elle lisait ou écrivait toute la journée, en attendant son retour. Le soir, ils dînaient ensemble, puis demeuraient serrés l'un près de l'autre, lui à fumer un cigare ou à travailler, elle à rêver ou parfois à lui lire quelque chose qu'elle avait écrit et qui ne révélait pas trop les sentiments qu'elle éprouvait pour lui.

Ils apprenaient moins à se connaître l'un l'autre qu'à apprivoiser l'amour, pour elle un sentiment neuf, pour lui une brûlure éprouvante. Le bien-être qu'ils ressentaient à seulement être ensemble ne les poussait vers aucun de ces assauts violents que provoque parfois l'amour... comme s'ils avaient été en barque, sur une mer paisible, à cartographier, anse après anse, le littoral découpé de cette île sereine qu'était devenue leur vie.

Et lorsqu'une nuit, incapable de fermer l'œil, Madeleine descendit vers la chambre de Jacques pour se rendre compte qu'il ne dormait pas non plus, elle s'assit près de lui, sur le lit, et dit doucement:

— Vous ne croyez pas que nous devrions au moins dormir ensemble, puisque nous nous voyons si peu, le jour, et que vous me manquez tellement?

Jacques sourit, souleva les couvertures, et elle s'allongea près de lui, après avoir enlevé sa robe de nuit. Le mystère, c'est que ces deux êtres disparates, venus chacun de leur coin du monde, et que rien ne destinait à se rencontrer, ni leur naissance, ni leur condition sociale, s'agencèrent parfaitement ensemble, comme si cette union avait été prévue de toute éternité. Qu'est-ce qui avait retenu Madeleine dans le jardin quand tous les autres fuyaient devant la police? À quelle impulsion secrète avait obéi Jacques en offrant de la reconduire chez elle? Quel irrésistible appel les avait chacun détourné du cours normal de leur existence pour se rejoindre dans la même destinée? Cela, qui ne pouvait venir que de Dieu, n'était pas un accident de parcours, ils ne le sentaient pas ainsi; c'était plutôt un rendez-vous, inscrit dans l'itinéraire secret que chacun reçoit à la naissance, un jalon reconnaissable dans le cheminement de la vie.

À compter de ce moment, il n'y eut plus d'impudeur pour eux de s'afficher ensemble, ni même d'inconvenance. Ce que toute la société qui les environnait perçut comme un scandale révoltant était pour eux une conjoncture fatidique et heureuse.

Un coup de destin si inexorable qu'Évelyne s'y résigna comme à la mort, lorsque Madeleine lui rendit visite pour annoncer qu'elle avait quitté temporairement ses études et qu'elle habitait dans la maison de Jacques Roussel. Par crainte qu'elle lui réponde franchement, Évelyne ne posa pas une question à Madeleine; elle voyait bien ses lèvres colorées, ses yeux luisants de connaissance, les charmes de sa poitrine dans cette robe neuve et cintrée, tous attributs de femme et non plus de l'adolescente qu'ils avaient laissée partir.

Madeleine voulut avoir des nouvelles de son père. Les yeux d'Évelyne se gonflèrent de larmes, elle baissa instinctivement la voix par précaution; elle avait reçu d'un cousin éloigné une lettre sibylline qui lui laissait supposer que Valmore s'était réfugié sur la ferme, dans les Cantons de l'Est, et depuis ce temps, rien. Elle se mourait d'inquiétude, mais elle n'avait pas tenté de le rejoindre; elle avait le sentiment que la maison était surveillée, que l'on ouvrait le courrier de la famille, et puis il y avait ce curieux M. O'Dowd, qui se présentait souvent à l'improviste. Il lui parlait de choses idiotes, de la pluie et du beau temps, mais ses yeux furetaient partout, et il essayait de la confondre sur des détails apparemment insignifiants, mais elle sentait qu'ils étaient pour lui de la première importance. Elle avait été si troublée quand elle lui avait affirmé que Valmore n'avait pas quitté la maison, la nuit du crime, qu'il ne l'avait pas crue, elle en avait la certitude.

— Cette nuit-là, papa l'avait-il passée ici? demanda gravement Madeleine.

Évelyne baissa les yeux, ne répondit pas. Elle roulait le pan de son tablier de coton, se mordillait nerveusement les lèvres.

Madeleine se leva, appuya contre elle la tête de sa mère.

— Ça sent bon, dit-elle tout à coup, comme quand tu nous faisais des biscuits au gruau.

— Je peux t'en faire, dit Évelyne, c'est pas long, si tu veux attendre.

L'odeur de ces simples galettes d'avoine, qui doraient dans le four, chassèrent subitement les démons qui rôdaient depuis si longtemps dans la maison.

4

Osant à peine bouger depuis le début du voyage, Évelyne, toute endimanchée, enfoncée dans le siège arrière de la Cadillac, regardait pensivement dehors. Baptiste, à ses côtés, n'arrêtait pas de la pousser du coude pour lui indiquer un troupeau dans un champ, ou encore une rivière ou un vol d'oiseaux migrateurs. Ils voyageaient depuis des heures.

Ému par le désarroi d'Évelyne, dont lui avait fait part Madeleine après sa visite, Jacques avait offert de les amener au Québec, sur leur ancienne ferme, afin de retrouver Valmore, qui devait de toute évidence se cacher là. Elle et Baptiste, puisqu'il y avait aussi de la place pour lui dans l'auto, auraient ainsi l'occasion de revoir leur village natal. Ils avaient fait la même route, dans une voiture à cheval, dix-sept ans auparavant.

Assise en avant, Madeleine parlait peu, mais de temps à autre, elle posait avec circonspection sa main sur le bras de Jacques, pour lui signifier qu'elle pensait à lui. Il la regardait du coin de l'œil, plein de ravissement.

Évelyne accepta tout de suite l'offre de Jacques, puisqu'elle n'osait pas partir seule en train, par crainte d'éveiller les soupçons de la police. S'ils quittaient Woonsocket avec M. Roussel, cela pourrait avoir l'air d'un voyage d'agrément sans plus.

Un voyage d'agrément! Pendant les dix heures du trajet, elle fut assaillie par le remords et l'inquiétude. C'était la première fois depuis longtemps qu'elle avait le loisir de penser et elle s'interrogeait sur ce qui était arrivé à Valmore. Comment aurait-elle pu lui éviter de tomber dans ces excès? Il lui semblait qu'elle n'avait rien à se reprocher à aucun point de vue; elle travaillait au moulin et tenait maison, elle élevait de jeunes enfants par-dessus tout cela et avait rempli, sans jamais regimber, ses devoirs d'épouse, chaque fois qu'on le lui avait demandé. Elle regrettait cependant avec amertume de ne pas avoir fait un pèlerinage, trois ans plus tôt, alors qu'un groupe de la paroisse se rendait par train, à Sainte-Anne-de-Beaupré, près de Québec. Si, au lieu de compter l'argent qu'ils dépenseraient, elle avait amené Valmore à Beaupré, la bonne sainte Anne l'aurait peut-être empêché de faire ses bêtises; déjà remarquable, la confiance d'Évelyne en sainte Anne s'était accrue lorsque l'aînée des Verrier avait été miraculeusement guérie, lors de ce pèlerinage, de l'asthme qui la faisait dépérir. Mon Dieu, qu'elle s'en voulait d'avoir voulu économiser; elle aurait pu saisir la sainte du cas de son mari dont les comportements violents venaient précisément de commencer à se manifester.

La Cadillac n'arrivait pas à grimper la longue côte qui, passé Béthanie, menait à la traverse conduisant à la ferme des Lambert, les roues patinaient sur le gravier, le moteur surchauffé hoquetait et s'étouffait à mi-côte. Jacques dut se reprendre par trois fois pour arriver au carrefour où Évelyne fut surprise de voir que la croix de chemin avait été brisée par le vent et n'avait jamais été réparée. Il ne restait qu'un chicot de bois sur le piédestal de pierres. Autour du calvaire, la clôture proprette que les habitants du coin chaulaient à tour de rôle, chaque année, avait disparu dans le désordre des trembles qui avaient tout envahi. Engagée sur le chemin étroit de la maison, Évelyne vit combien la nature avait effacé jusqu'aux derniers vestiges de leur labeur. Chaque lopin de terre, qui leur avait coûté tant de souffrances, avait été repris par la forêt. Elle en eut subitement la nausée. Elle allait demander d'arrêter, mais Jacques l'avait déjà fait, un gros arbre tombé barrait le chemin, ils ne pouvaient pas aller plus loin.

On apercevait entre les arbres le toit de tôle rouillé de leur maison. Elle ne voulut pas descendre.

– Allez-y vous autres, dit-elle, je préfère attendre.

Baptiste partit le premier. Il marchait nerveusement en essayant de se convaincre qu'il reconnaissait les lieux, mais l'image de cette ferme s'était beaucoup embrouillée dans son souvenir; la maison, les dépendances, c'était beaucoup plus petit qu'il avait cru, même l'étang lui parut de la taille d'un grand trou d'eau; il se souvenait d'un lac où les poissons sautaient, au milieu des canards qui détalaient en glissades effrayées, battant l'eau de leurs ailes.

Il poussa la porte de la maison dont plusieurs fenêtres étaient encore barricadées, appela son père. Il regarda dans la chambre à coucher, près de la cuisine; de la paille avait été étendue sur un vieux sommier rouillé, quelqu'un avait dormi là récemment. En sortant pour aller voir du côté de la grange, il aperçut la niche du chien, entendit distinctement la voix de son père qui lui ordonnait: «Arrive, Baptiste, laisse ton sapré chien!» Il sursauta et son cœur se serra comme à six ans. Le chien n'était pas dans sa niche, il n'était plus nulle part, il errait quelque part dans sa mémoire, sans allure précise, immatériel; c'est seulement à la blessure qu'il en avait conservée que Baptiste pouvait savoir qu'il avait eu un chien et une autre vie, ici, sur cette ferme délabrée, où il n'arrivait pas à trouver son père.

– Papa, papa, papa...

Avec sa chemise blanche du dimanche, son costume noir trop grand, les bras du veston qui battaient l'air, et ses pas saccadés, il ressemblait à un pingouin affolé ce petit manchot, qui crapahutait à travers la ferme en piaillant après son père.

Des lierres immenses, qui partaient de l'ancien enclos des animaux, se cramponnaient aux planches de la grange, montaient sur le toit, s'inséraient à l'intérieur par les interstices des tôles écornées par le vent. Leurs tentacules enchevêtrés recouvriraient bientôt tout le bâtiment. Baptiste monta le talus, ouvrit la porte du fenil. Le grincement des charnières éparpilla dans le grenier une volée lugubre de corneilles croassantes.

– Papa!

Les pieds de Valmore dans les grosses bottes de cuir, attirèrent tout de suite le regard de Baptiste, ils balançaient dans le vide; il leva les yeux, son père pendait à une solive, au bout d'une corde, le visage à moitié déchiqueté par les oiseaux qui craillaient, un peu partout sur les poutres, interrompus dans leur macabre curée.

Une odeur putride assaillit Baptiste en même temps que l'horreur de la scène et il rebroussa chemin à toutes jambes; il pleurait, vomissait sur lui, trébuchait dans les hautes herbes, se relevait comme il pouvait et vomissait de nouveau, s'en mettant partout. Il courut jusqu'à l'étang, s'y précipita, comme une bête qui fuit les flammes, en hurlant à tue-tête: «Papa, papa, papa...» Il se débattait dans l'eau avec sa vision d'horreur, ses pieds s'engluaient dans la vase et il fut saisi d'effroi: son père le tirait vers lui, il l'avait par les pieds et l'attirait dans son enfer; Baptiste ferma les yeux, ouvrit la bouche toute grande pour que l'eau s'y engouffre et qu'il meure plus vite, puis il sentit une main l'empoigner par le collet, c'était son père, il voulait l'étouffer maintenant. Les hurlements que Baptiste poussait, quand Jacques Roussel le tira de l'eau, arrachèrent le cœur d'Évelyne là-bas, dans l'auto. Elle sut tout, elle sut que la mort avait passé, qu'elle avait emporté son mari et qu'elle avait brisé Baptiste, sans s'occuper qu'il fût déjà si frêle et vulnérable.

Jacques transporta Baptiste à l'auto, dans ses bras, tout recroquevillé comme un chien blessé qui halète et qui tremble; il l'étendit sur le siège près d'Évelyne, qui lui posa doucement la main sur les yeux, et elle, que les sanglots étranglaient, trouva une berceuse à fredonner pour appeler le sommeil et conjurer l'épouvante.

Ils arrêtèrent à Waterloo, la ville la plus près où ils trouveraient des chambres dans un hôtel pour la nuit et, quand ils furent logés, Jacques se fit indiquer un entrepreneur de pompes funèbres pour aller chercher le corps du malheureux sur la ferme.

Dès le lendemain, le curé de Saint-Bernardin officia à la messe de funérailles et la dépouille de Valmore fut inhumée au cimetière catholique, sur les bords de la rivière Yamaska. Malgré les insistances de Jacques, qui désirait éviter cette douleur supplémentaire à la famille, le prêtre refusa obstinément, à cause du suicide, d'accorder la sépulture dans le cimetière même et Valmore fut enterré, à l'extérieur de la clôture, à deux pas de l'eau, près du pont du chemin de fer.

Si près, pensa Évelyne, qu'il pourra veiller sur la rivière quand arrivera le printemps et briser les embâcles s'il s'en forme.

— *Requiescat in pace*, dit le prêtre.

— Oui, dors bien Valmore, murmura tout bas Évelyne, tu es revenu chez toi.

5

Madeleine devait avoir les plus maigres possessions de tous les passagers dont l'embarquement achevait sur l'*Aquitania*, au quai de la Cunard, à New York.

Elle regardait tristement par le petit hublot de la cabine de première, tandis que Jacques refermait la porte derrière le steward.

– Je n'ai plus personne que vous, dit-elle, et pourtant je dois vous quitter. Vous m'y forcez.

Jacques s'approcha d'elle, la serra dans ses bras.

– Ce sont, murmura-t-il à son oreille, les circonstances, vous le savez bien.

Les bras enlacés sous sa poitrine, il la berçait doucement comme au son de quelque musique langoureuse.

– Maman est un phénomène, dit-il gaiement, vous verrez! Elle est très drôle, généreuse... Quand vous serez en pension à Neuilly, elle viendra souvent vous chercher le dimanche. Elle va souvent à Paris pour ses robes, ses chapeaux, acheter de vieux meubles. Ensuite, plus tard, je vous vois bien préparer une licence à la Sorbonne.

Le garçon de cabine apporta deux verres, une bouteille de champagne.

– C'est la tradition, dit Jacques, en offrant une coupe à Madeleine.

– Vous m'envoyez là-bas, fit-elle remarquer avec une miette d'amertume, et vous, vous ne bougez pas d'ici, est-ce aussi la tradition?

– Ce n'est pas ça, je ne sais pas encore ce qui nous... ce qui m'attend, où j'en serai d'ici quelque temps, ce que va devenir l'usine...

– Je n'arrêterai pas une seconde de penser à vous, ajouta

Jacques avec gravité, vous êtes toute ma vie, vous aussi; si je vous laisse partir, c'est que j'ai l'assurance de vous retrouver.

– On dirait que c'est si clair pour vous. Moi, je n'ai pas l'habitude de voir aussi loin que ça, j'en ai comme le vertige.

Pendant qu'elle achevait sa toilette à l'hôtel, ce matin, Jacques était descendu en vitesse pour aller dans des librairies de Fifth Avenue lui trouver des livres pour la traversée.

Au fil de leurs conversations, elle avait mentionné *Les Fleurs du Mal* de Baudelaire, dont elle avait beaucoup entendu parler, mais dont on interdisait la lecture au couvent, et les poèmes d'une jeune poétesse, Edna St. Vincent Millay.

Il lui remit une édition sublime du livre de Baudelaire et *A Few Figs from Thistles* d'Edna St. Vincent.

Sa tristesse de partir se dissipa subitement en voyant le portrait de la poétesse sur la couverture du recueil. Elle était originaire de Rockland, sur la baie de Penobscot, une ville plus obscure encore que Woonsocket, et à trente ans, on venait de lui décerner le prix *Pulitzer* pour ses poèmes.

Elle enlaça Jacques, le remercia avec l'enthousiasme d'une fillette qui reçoit des étrennes.

– Qui sait si j'aurai le temps, moi, de penser un peu à vous, dit Madeleine en le taquinant, car il faut que j'écrive, jour et nuit.

Il était temps de se quitter. Ils s'étreignirent avec passion, bouche contre bouche, s'imprégnant l'un et l'autre de ces frémissements dont le souvenir délicieux remplirait leur longue séparation.

Jacques se fit conduire en taxi sur les quais, au pied de Wall Street, et, comme un gamin, attendit que passe le paquebot qui transportait son cœur; il ne bougea pas de là tant que les quatre grandes cheminées de l'*Aquitania* n'eurent pas disparu derrière l'horizon.

Bien inconsciente qu'on l'épiait ainsi, Madeleine, assise sur le pont et oublieuse de la plus grande ville du monde qui s'évanouissait derrière elle, déchiffrait mot à mot les vers anglais d'Edna St. Vincent, une poétesse de la Nouvelle-Angleterre, elle aussi...

> *My candle burns at both ends;*
> *It will not last the night;*
> *But ah, my foes, and oh, my friend,*
> *It gives a lovely light.*

CHAPITRE 20

Les alliances nouvelles

1

Juste avant de prendre le train pour New York avec Madeleine, Jacques avait reçu un télégramme de son père, le premier message en quatre ans qui ne traitait pas directement de questions d'affaires.

Auguste séjournait à New York où il assistait à un congrès du Conseil international des Textiles, à l'hôtel Waldorf-Astoria. Il repartait ensuite pour l'Argentine et de là rentrerait directement à Roubaix, donc s'il arrivait que Jacques soit appelé à New York, dans les jours qui viennent...

La nouvelle tombait à pic! Jacques allait justement accompagner Madeleine au bateau, mais surtout il avait compté passer la nuit au Waldorf lui aussi. Il ne se voyait pas, Madeleine à son bras, arrivant nez à nez avec son père, qui en aurait sans doute fait une attaque. Ils étaient donc descendus au Lafayette, sur University Place.

Il commençait à faire noir lorsque Jacques entra dans le grand hall du Waldorf. On ne répondait pas à la chambre de son père, il se dirigea donc vers le salon du deuxième où se tenaient les assises du Conseil des Textiles.

La réunion était terminée. Pas âme qui vive! dans l'immense salon lambrissé de chêne et orné de dorures de stuc. Des dizaines de fauteuils en désordre entouraient une table grande comme un continent sur laquelle des cartons gravés indiquaient les pays présents à la conférence. Jacques était déçu, mais par ailleurs, il n'avait pas l'intention de ratisser les environs à la recherche de son père qui pouvait être n'importe où. Il ne venait plus souvent à New York, mais il y avait beaucoup d'amis, une ribambelle d'hommes d'affaires français venus profiter de l'engouement de la haute société américaine pour tout ce qui était français.

Un manteau noir drapé sur le bras d'un fauteuil, dans le coin réservé aux représentants de la France, attira son attention. Il fit quelques pas et vit son père qui dormait à poings fermés. Il tira un fauteuil près du sien et attendit.

Il avait vieilli, Auguste. C'est moi qui dois le faire vieillir avec toutes mes histoires, pensa Jacques, sans le moindre remords. Il était si différent de lui, si «vieille France». Physiquement, il n'était pas loin de commencer à ressembler à Clémenceau, un Clémenceau toujours à droite évidemment, mais aussi indépendant et autoritaire, le même patriotisme farouche. Auguste avait en la France une confiance qu'elle n'avait même plus pour elle-même!

Il ouvrit les yeux, sourit de voir Jacques là.

— Je me suis endormi un peu, dit-il. Entendre parler anglais m'a toujours fatigué.

— Vous êtes à New York jusqu'à quand? demanda Jacques en l'embrassant.

— Je prends le *Reine Victoria* demain matin pour Buenos Aires.

Jacques était épaté. Son père avait passé le cap des soixante-dix ans et il courait encore le monde comme un explorateur pour agrandir son empire. Il s'en allait ajouter cinq mille hectares à l'estancia de Tapalque, doubler les troupeaux de mouton.

— Moi, je mise toujours sur la laine, dit Auguste, avec dans le regard une lueur d'inquisition que Jacques commençait à reconnaître.

Son laboratoire de recherches sur les synthétiques, les informations qu'il recueillait sur les États de Caroline, dans le sud, bref, tous ses efforts pour voler un peu de ses propres ailes n'avaient certainement pas échappé à cette fouine de Dubrisay qui devait alimenter son père des fruits de son espionnage.

Jacques s'imagina qu'un bon havane distrairait Auguste de ce sujet. Il s'en faut! La première volute de fumée que son père exhala enrobait déjà la question qui le tracassait.

— Tu songerais à quitter? demanda-t-il.

Jacques faillit s'étouffer.

— Mais qu'est-ce qui te gêne à Woonsocket? insista Auguste.

— Tous mes correspondants à Washington m'annoncent que les démocrates vont relancer l'action syndicale dans les États industriels du nord-est, je me dis donc qu'en Caroline peut-être...

— Si tu songes au sud, c'est que tu envisages le coton.

— Les synthétiques aussi!

– Et tu ferais descendre tes paysans canadiens?

– Dans le sud, j'ai de la main-d'œuvre en surnombre et qui n'est pas syndiquée.

– Et aussi noire que mon manteau, fit remarquer Auguste.

Les convictions catholiques d'Auguste étaient trop profondes pour qu'il considérât raciste ce genre de propos, mais tant que les Noirs restaient des ignorants et des infidèles, il les voyait comme des fibres brutes, et de mauvaise qualité encore! Il fallait, comme avec la laine, les démêler, les débarrasser des impuretés, les blanchir un peu avant d'espérer pouvoir en tirer de l'étoffe...

Le visage d'Auguste s'ennuagea.

– Tu quitterais l'usine, tu quittes ta femme si j'ai bien compris les allusions de ta mère. C'est beaucoup pour notre famille, ce sont des choses que je n'avais pas prévues, venant de toi.

Il se leva, ramassa son manteau noir et fit tristement quelques pas vers la porte.

– Je suis malheureux de vous faire de la peine, dit Jacques, la voix chargée d'émotion.

Il y avait autant de désarroi entre eux que dans le monde des textiles sur la table: les écriteaux des pays, déplacés ou à l'envers, pêle-mêle avec les cendriers pleins, les papiers chiffonnés et les tasses de café croupi.

Pourtant, ce n'était pas pour éloigner cet enfant de lui qu'Auguste l'avait jadis envoyé étudier à Montréal, mais plutôt pour se prolonger lui-même sur un autre continent, et voilà quel résultat cela avait donné: deux hommes plus loin l'un de l'autre que l'Europe de l'Amérique. Deux hommes que plus rien ne rapprocherait jamais si quelque bon vent ne s'en mêlait ou... une grâce soudaine.

Avant de quitter le salon, juste avant de passer la porte, Auguste se tourna vers Jacques pour demander:

— Tu as des commanditaires là-bas pour ta case de l'oncle Tom?

— Oui, il me manque peu de choses.

Le même vent chaleureux poussa Auguste encore un peu.

— Au moment de choisir tes derniers associés, dit-il, n'oublie pas ton père.

Quatre ans de nuages amoncelés furent aussitôt dissipés.

Le visage de Jacques s'éclaira.

— Où pensais-tu dîner ce soir? demanda Auguste.

Il n'y avait pas pensé, ne savait pas, et surtout il n'aurait jamais cru qu'il mangerait avec son père. Il se leva, le sourire aux lèvres, prit Auguste par le bras.

Où le vent désormais poussait Jacques, il n'irait pas seul, Auguste resterait là, tout près, en associé.

2

Le lendemain après-midi, Jacques allait sauter dans le train pour Woonsocket quand il décida de téléphoner chez John. En fait, c'est plutôt à Simone qu'il désirait parler. Le cœur léger, il sentait le besoin de savoir que Simone aussi allait bien, qu'elle n'était pas malheureuse.

C'est John qui répondit et Jacques, par une espèce de pudeur, n'osa pas prendre de nouvelles de Simone. L'aviateur piqua une crise amicale, comment son ami pouvait-il passer deux ou trois jours à New York sans le prévenir qu'il était là? Il se fit si insistant que Jacques remit son départ au lendemain matin, invitant John à le retrouver pour dîner au Café de Paris, à l'angle de Broadway et de la 48e. John accepta avec enthousiasme, mais il y eut ensuite un long silence, comme s'il avait raccroché...

— Allô, allô, tu es là?

La voix de John se fit de nouveau entendre, hésitante, il cherchait à savoir s'il ne pourrait pas amener «Simon» avec lui. Décidément, pensa Jacques, son accent ne s'améliore pas.

— Qui? insista Jacques pour le taquiner.

Même la friture sur la ligne n'arrivait pas à dissimuler l'embarras de ce puritain de John. Il bredouilla, s'embrouilla, enfin il regretta même d'avoir fait cette suggestion jusqu'à ce que Jacques lui dise que, bien sûr! il serait enchanté de voir «Simon»... et Simone aussi, qu'ils viennent tous les trois!

Satisfait comme le chat qui vient d'avaler la souris, Jacques rentra chez Bloomingdale's pour tuer le temps jusqu'au dîner. Il acheta pour Madeleine un stylo dont le réservoir, divisé en quatre compartiments, pouvait recevoir des encres de couleurs différentes. Comme elle annotait ou corrigeait ses poèmes avec des crayons de diverses couleurs, elle n'aurait plus besoin que de ce seul stylo. Il trouva aussi des babioles pour Simone et John.

C'était surtout par amour-propre que Jacques avait cherché à voir sa femme. Le départ inopiné de Simone, sa façon cavalière de disposer d'un cadeau somptueux, l'avaient blessé à vif et depuis leur séparation, les rencontres avaient été assez amères, surtout de son côté à lui. Mais maintenant que sa vie tournait pour le mieux et qu'il songeait à obtenir un divorce, peut-être même une annulation de mariage, il lui plaisait assez d'arborer sa bonne mine devant elle, de lui faire comprendre qu'elle n'était pas la fin du monde.

C'est son père, la veille, qui avait eu ce trait de génie: l'annulation du mariage! Auguste ne doutait pas d'obtenir aisément cette petite faveur des autorités vaticanes, d'autant plus qu'il n'y avait pas eu d'enfant et qu'on pourrait conclure que le mariage n'avait pas été «consommé». L'hypocrisie de cette idée avait d'abord déplu à Jacques, mais il commençait à s'en accommoder. Il n'y a pas de doute, la famille considérerait l'annulation plus convenable et l'affaire se règlerait plus vite ainsi. Auguste pouvait défaire plus d'un nœud en tirant quelques ficelles au Vatican.

S'il croyait être le seul à se pavaner avec sa mine d'exposition, Jacques dut avoir un choc; Simone aussi était resplendissante, elle avait coupé ses cheveux très courts, les avait décorés avec des plumes, et s'était enveloppée dans une robe moulante de tissu froufroutant lui dégageant les jambes jusqu'aux genoux, une splendeur de femme dont l'apparition suspendit momentanément toute activité au Café de Paris. Tous les garçons du restaurant se précipitèrent pour tirer sa chaise, si bien que John faillit être écrabouillé dans la cohue...

Une fois le calme rétabli, les embrassades terminées, Jacques appela Conti, le maître d'hôtel. Bon, le Café de Paris ce n'était pas La Tour d'Argent, mais Jacques connaissait les patrons, ce qui permettrait d'échapper à la stupide prohibition. Tandis que Jacques évaluait les trésors de la cave, sur une carte dissimulée dans un magazine, il regardait Simone et John à la dérobée. C'est vrai, pensa-t-il, qu'ils vont bien ensemble ces deux-là, ils sont beaux tous les deux, un peu frivoles, et puis il était sûr que John ne souffrirait pas de l'espèce de froideur de Simone puisqu'il était trop occupé avec ses avions, lui, pour penser à la famille. L'aviateur allait d'ailleurs orienter la soirée sur son obsession quand Simone l'interrompit pour annoncer fièrement à Jacques qu'elle avait signé son premier contrat: elle interpréterait le rôle-titre d'un opéra à Toronto.

– Oui, la Nymphe Fidèle... un rôle de composition, précisa John avec un clin d'œil narquois.

Le trio arrosa la bonne nouvelle avec un Diamant bleu de Piper Heidsieck, servi dans d'ignobles tasses de porcelaine, tandis que le sommelier transvidait pour accompagner le repas deux admirables Pomerol, un Pétrus et un La Fleur, dans de grandes théières.

Le vin aidant, c'est seulement l'excellente éducation de Jacques qui le freina de raconter comment il était devenu amoureux d'une petite ouvrière de son usine; quant à Simone et John, c'est par délicatesse qu'ils ne saisirent pas Jacques, séance tenante, de leur projet de s'épouser, s'il consentait, bien sûr, à accorder le divorce à sa femme...

CHAPITRE 21

Et les êtres à l'abandon

1

Émile n'était pas de retour de Rome que *La Sentinelle*, dont la nouvelle de l'interdiction s'était répandue comme une traînée de poudre dans le Rhode Island, avait déjà cessé de publier. Julien Bériau, après l'attentat raté contre Mgr Kenney et la fuite de Valmore, avait continué de faire paraître le journal, comme si de rien n'était, afin de ne pas éveiller les soupçons. Le jour même du terrible accident, O'Dowd s'était évidemment précipité au journal et avait fouillé l'atelier de fond en comble, sans rien trouver qui puisse incriminer qui que ce soit. Le détective avait même en partant offert des félicitations à Bériau pour son éditorial de circonstance, un émouvant hommage au prélat, *assassiné*, écrivait-il, *par des desperados sans scrupules dont nous ne pouvons que réprouver la lâcheté et souhaiter qu'ils subissent au plus tôt le châtiment qu'ils méritent.*

Mais une fois à l'Index, le quotidien ne vit pas seulement fondre ses lecteurs, le pressier et Rose-Anne, la secrétaire, déguerpirent comme l'équipage d'un navire en perdition, sans même réclamer leurs salaires.

En descendant du train de New York et avant même d'entrer chez lui, Émile se rendit au journal. L'assassinat d'Allen n'avait fait l'objet que d'un entrefilet dans l'*Osservatore Romano* (l'organe du Vatican avait fait sa manchette avec les excommunications), et il se trouvait dans la plus angoissante ignorance des détails de l'attentat; il appréhendait le pire. Valmore avait fui, plutôt que de risquer de compromettre par mégarde son compagnon, et Bériau, qui jonglait encore avec l'idée d'aller abattre Kenney d'un coup de pistolet à bout portant, n'allait pas se répandre en révélations.

La dynamite volée aux moulins Lorraine, la disparition subite de Valmore... le docteur Fontaine n'était pas plus bête que le détective O'Dowd!

2

Évelyne ne s'était toujours pas résignée à annoncer aux enfants le suicide de leur père. En revenant du Canada, elle avait repris le train-train: debout à cinq heures et demie du matin, elle remplissait de sandwiches et de gâteaux les boîtes à lunch de chacun et partait pour l'usine, en tramway avec sa troupe. Après les dix heures dans le tintamarre du moulin, c'était la préparation du dîner et les autres tâches domestiques essentielles: lavage, raccommodage et repassage, une vie laborieuse de fourmi qui n'arrêtait qu'à la prière du soir, au pied du lit, et ne laissait pas grand temps pour se complaire dans le malheur.

En fait, Évelyne n'avait que la Vierge Marie avec qui s'entretenir de ses misères et Elle en entendait parler! C'était chaque soir des dizaines et des dizaines d'Avé, enchaînés les uns aux autres, tantôt avec soumission, tantôt avec révolte. Elle avait parfois le sentiment que le ciel l'avait abandonnée et qu'elle ne méritait pas pareil châtiment, puis elle s'apaisait et offrait alors ses souffrances en expiation des fautes de Valmore; elle espérait que sa soumission empêcherait son mari de brûler en enfer pour l'éternité. Elle se souvenait s'être brûlée assez douloureusement la main, sur le poêle, en faisant la cuisine, elle avait pâti une semaine entière, elle ne pouvait donc pas concevoir sans un insupportable effroi que Valmore subisse le supplice des flammes jusqu'à la fin des temps. Quand cette idée l'effleurait, elle recommençait à douter de Dieu, de sa supposée bonté infinie. N'avait-elle pas elle même déjà à moitié pardonné au docteur Fontaine d'avoir gâché ainsi leur vie, juste au moment où ils arrivaient enfin en haut de la côte? Et quelle montée pénible! Elle se plaisait à le rappeler à la Sainte Vierge pour qu'elle inscrive au crédit de Valmore la misère qu'ils avaient mangée, lui surtout avec son grand cœur, toujours prêt à prendre sur son dos le fardeau des autres, toujours prêt à courir au-devant des embâcles; il avait été naïf, inconscient, mais il avait toujours été un homme de bonté et d'honneur, pas un mécréant à jeter en enfer.

La consigne du silence sur la mort de Valmore, ce n'est pas Baptiste qui l'eût brisée; il ne parlait plus! Il rentrait du moulin, s'assoyait dans la berceuse, celle que personne ne pouvait utiliser auparavant quand Valmore était à la maison, et il lisait un livre d'histoire du Canada qu'il avait emprunté à la voisine, Mme Lavallée, l'ancienne institutrice.

Oublieux de ceux qui l'entouraient, il lisait jusque tard dans la nuit, suivant chaque lettre du bout de son doigt, se rendant à la ligne et rebroussant chemin pour recommencer. Depuis dix jours, il avait parcouru deux pages complètes du livre. En montant se coucher, il marquait consciencieusement sa place avec une image sainte et cachait le livre quelque part dans sa chambre, comme un trésor.

On frappa à la porte.

Baptiste sursauta, dissimula son livre d'histoire sous le coussin de la berceuse et alla répondre.

C'était le docteur Fontaine, avec son homburg noir et un costume si foncé que Baptiste eut peur tout à coup, il ressemblait au croque-mort qui avait enterré son père.

Évelyne était descendue à la cuisine, sitôt qu'elle avait entendu frapper. Elle aussi recula en apercevant Émile. Non, elle ne lui avait pas pardonné, elle s'était illusionnée, et elle ne l'invita pas à s'asseoir, c'est à peine si elle répondit à ses salutations. Elle attendait, debout dans la cuisine, qu'il explique pourquoi il était là.

— Je voulais savoir, dit Émile en hésitant, si je peux faire quelque chose pour vous... peut-être que si je voyais Valmore...

Évelyne se raidit, dévisagea le visiteur.

— Vous ne pensez pas, docteur, que vous en avez déjà assez fait pour nous! Que vous nous avez causé assez de malheurs comme ça?

— Maman, fit remarquer Baptiste, c'est pas de ça que le docteur veut parler...

Du regard, elle fit taire Baptiste et s'approcha du docteur. Elle ferma les poings tant elle craignait de ne pas résister à l'envie de lacérer avec ses ongles son visage de professionnel bien rasé, elle qui croyait avoir pardonné n'entretenait à son endroit que rage et mépris.

— Vous avez révolté mon mari contre son travail au moulin, puis ensuite contre sa religion. Vous, c'est pas pareil, vous pouvez vous permettre de jongler avec des idées, je suppose que vous avez la tête pour ça... mais du pauvre monde sans instruction ça prend pas une grosse tempête pour les faire chavirer.

Lui, qui avait déployé tant d'efforts pour s'identifier à ce pauvre monde, qui avait tout risqué pour les défendre, il jurait comme une verrue au milieu d'eux. Ce petit monde avait aussi besoin de lui que de la peste et il le sentit bien au regard méprisant d'Évelyne.

— Même si je vous disais où il se cache mon mari, ajouta-t-elle en tremblant, est-ce que vous allez remettre ensemble notre vie qui s'est brisée en mille miettes?

Elle tourna les talons, monta précipitamment l'escalier et s'enferma dans sa chambre. Elle se rua sur le lit, martela les oreillers avec ses poings, et, pour la première fois, en voulut aussi à Valmore de l'avoir abandonnée, de l'avoir laissée seule à se débattre contre la vie.

Baptiste n'avait pas bougé, pas dit un mot. Émile prit une enveloppe dans la poche intérieure de son veston, la déposa sur la table.

— C'est de l'argent que le journal devait encore à ton père.

Émile se dirigea vers la porte.

— Docteur, murmura Baptiste.

Émile se tourna vers lui.

— Qu'est-ce qu'il y a? demanda doucement Émile. Tu le

sais, toi, où se cache ton père?

— Le père ne se cache pas, dit Baptiste, il s'est pendu!

3

Sauf Émile et Bériau, toutes les brebis égarées étaient déjà rentrées au bercail, même le curé Pelland qui s'était humilié devant l'évêque, afin d'être relevé de l'excommunication. Si Rome en a décidé ainsi, avait raisonné le vieux curé, c'est que nous avons erré, et sans s'interroger davantage, il demanda pardon. Quel choix avait le pauvre prêtre? Après avoir trimé toute sa vie au service de l'Église, il vivait à demi cloîtré dans cet hospice de Providence d'où on l'évincerait s'il persistait dans sa rébellion et, conséquence plus ironique de l'excommunication, il avait même perdu le droit de dire sa messe quotidienne, son unique source de revenus puisqu'il pouvait garder pour lui l'argent que lui offraient les fidèles pour célébrer ces offices à l'intention de leur choix, en général des basses messes à un dollar chacune, juste assez pour payer la pension de l'hospice et acheter du tabac à pipe.

Lorsqu'Émile, après avoir pris sa décision, se rendit au Foyer Canadien pour annoncer à Bériau qu'il était en route pour l'évêché de Providence afin de reprendre sa place dans la communion des fidèles, l'impétueux journaliste lui cracha au visage.

— J'avais cru, dit Bériau, que nous nous battions pour rester français, pas pour rester catholique à tout prix, et c'est ce qui m'avait attiré ici. Non seulement nous n'avons rien gagné, mais le diocèse a déjà commencé de bâtir des écoles anglaises avec notre argent, et vous courez, comme tous les autres, baiser la main de celui qui nous gifle.

— L'obéissance à Dieu prime tout, dit Émile.

Bériau, qui faisait ses bagages pour retourner à Québec, sortit une photo qu'il avait prise de Valmore, à l'attention comme un soldat devant l'enseigne du journal, et la flanqua sous le nez d'Émile.

— Voilà, déclara Bériau, le seul souvenir que j'emporte. Désormais, à ceux qui me demanderont qui était mon père, que je n'ai jamais connu, je montrerai cette photo du seul homme que je tiens pour modèle.

— Maintenant, dit le journaliste, fichez-moi la paix!

4

S'il est vrai qu'il y a plus de joie dans le ciel pour la brebis égarée qui revient que pour toutes les autres qui n'ont jamais quitté le troupeau, cela ne transpira pas durant la courte et sinistre cérémonie d'abdication d'Émile.

Devant Mgr Kenney et devant aussi Mgr Biondi, le délégué apostolique venu exprès de Washington, Émile parapha toutes les pages d'un impressionnant document dans lequel, Rome ne faisant pas les choses à la légère, était dressé l'inventaire complet de ses fautes pour lesquelles il demandait pardon à Dieu, à l'Église et à son évêque.

Après avoir signé, Émile se prosterna devant l'évêque et, pour bien marquer sa soumission, baisa l'une après l'autre ses pantoufles de velours rouge. Cet acte d'humilité, cette «humiliation abjecte» auraient jugé des moins croyants que lui, Émile le fit avec sérénité, estimant que baiser les pieds de Mgr Kenney constituait une punition insignifiante par comparaison avec le feu de l'enfer. Soit, il léchait au sens propre les souliers de son évêque, mais il échappait à Satan et redevenait l'enfant de notre mère, la sainte Église catholique et romaine!

5

Françoise Kurilsky était bien trop consternée pour chercher même à ébranler la détermination d'Émile. Et puis, elle n'en trouvait peut-être pas la force; plus tôt dans la journée, elle avait été appelée d'urgence chez des gens, dont deux enfants venaient d'être renvoyés de l'école, paraissant atteints par la scarlatine. En les examinant, Françoise avait diagnostiqué des cas de rougeole bénigne, mais par précaution, elle s'était rendue à l'école et avait examiné tout le monde, donnant congé à trois ou quatre enfants dont l'état de santé lui inspirait un doute; ensuite elle avait couru accoucher une femme qui, à défaut du docteur Fontaine, refusait obstinément d'être assistée par une autre personne qu'elle. Par malheur, l'accouchement avait été long et ardu et elle venait de rentrer pour apprendre de la bouche même d'Émile sa décision irrévocable de quitter la médecine et de prendre l'habit, chez les Trappistes.

Indifférente à son uniforme souillé par la délivrance, elle se laissa choir sur le canapé, près d'Émile, et, après une éternité de mutisme, elle éclata de rire; un rire triste, puis hystérique, abominable, qui fit s'enfuir Émile. Il sortit de chez lui, courut à toutes jambes se réfugier à l'église, comme s'il était pourchassé par les barbares.

Il y passa la nuit en prières, implorant le ciel d'éclairer

Françoise et de lui donner la grâce d'accepter ce sacrifice comme il s'y résignait lui-même.

Françoise n'avait pas dormi non plus.

Au petit matin, quand Émile reparut à la maison, elle l'attendait, changée, bien coiffée, mais exsangue comme quelqu'un qui vient d'échapper à la mort.

Elle s'assit au secrétaire, ouvrit un cahier dans lequel étaient consignés minutieusement chacun des actes d'infirmière qu'elle avait posés depuis son arrivée à Woonsocket; il y avait le nom du patient, la date et la nature du traitement ou de la visite. Il n'y avait rien d'inhabituel dans cette consignation, si ce n'est que, durant la nuit, elle avait aussi inscrit des montants pour chaque tâche.

Depuis le temps qu'elle travaillait pour lui, ou même souvent à sa place, Françoise n'avait rien demandé et Émile ne lui avait rien offert, croyant sans doute qu'elle voulait contribuer à la cause qu'il avait épousée. Aujourd'hui, elle établissait les comptes, sans acrimonie, avec un détachement de comptable. Si bien que la seule façon pour Émile de repayer à Françoise ce qu'il lui devait, c'était de lui céder sa Chevrolet et son matériel médical, un règlement qui la satisfaisait pleinement puisqu'elle avait l'intention de continuer à pratiquer à Woonsocket et de commencer ses études de médecine, à Boston.

Elle lui annonça qu'elle restait là comme infirmière, mais se tut sur son ambition de faire sa médecine. Cela ne le regardait pas. Et aussi, pensait cette femme réfléchie, ce ne sont pas les héroïsmes et les coups d'éclat qui font avancer le monde, mais plutôt l'accumulation de tous les gestes quotidiens et modestes dont la somme finit par racheter l'humanité tout entière.

Malgré la sérénité qui l'envahissait maintenant, elle ne comprenait pas Émile de choisir l'acte grandiloquent lorsqu'il y avait tant de malades autour, des Francos tous, qui ne réclamaient qu'un peu de soins et de tendresse.

Elle le laissa partir sans amertume.

6

Autant Betty avait discuté avec Auguste pour l'empêcher de faire encore une fois l'épuisant voyage jusqu'en Argentine, autant elle était contente maintenant qu'il y soit. Car, c'est à elle évidemment, que Jacques avait demandé de s'occuper de Madeleine et de l'envoyer chercher à l'arrivée du paquebot, au Havre. Qu'est-ce que Jacques s'imaginait? Que sa mère pourrait faire impunément les arrangements nécessaires pour sa «petite amie» au nez et à la barbe d'Auguste et de tout le reste de la société roubaisienne? Les affaires des Roussel marchaient trop bien pour que la confrérie des lainiers du nord ne soit pas à l'affût, jour et nuit, d'un cancan pour leur rabaisser le caquet.

Elle demanda au chauffeur Louis de prendre la petite au bateau et de l'amener, motus et bouche cousue! chez une amie très fiable, une camarade de pension, qui avait un hôtel particulier au Parc Monceau, à Paris.

Betty faisait les cent pas dans le salon de la résidence, grillait, ce qu'elle ne se serait jamais permise à Roubaix, cigarette sur cigarette, morte de curiosité de voir ce phénomène de gamine qui avait tourné la tête de Jacques. Il faut dire, pensa-t-elle, qu'il se comporte de plus en plus comme une girouette, celui-là. Même si elle n'était pas entichée de ses autres belles-filles, celles-ci avaient au moins la patte solidement sur leur mari, ce qui lui évitait toutes ces cachotteries avec Auguste.

Au lieu de l'ouvrière un peu frustre qu'elle attendait c'est une jeune femme élégante et moderne que Betty accueillit avec une trace d'affectation dans la chaleur de ses effusions.

— Ma petite fille, lui dit-elle, en la prenant dans ses bras, vous êtes ravissante. Vous avez des yeux magnifiques... et vos cheveux!

C'est vrai qu'elle avait de l'allure. À leur arrivée à New York, la veille du départ, Jacques avait amené Madeleine chez Alexandre Le Grand lui-même, le coiffeur à la mode qui avait son salon sur la 44e rue dans l'édifice du théâtre Shubert. Alexandre, un excentrique, qui avait affublé ses deux assistantes des prénoms de Roxanne et Statira comme les femmes du roi de Macédoine, examina longtemps Madeleine avant d'entreprendre la conquête de sa coiffure, puis il sortit un numéro de *Theatre Magazine* avec un portrait de Norma Talmadge sur la couverture. Vargas avait dessiné ce portrait, mais Alexandre avait conçu la coiffure de l'actrice et il voyait le même style pour Madeleine. Comment discuter? Toutes les femmes célèbres de l'heure abandonnaient leur tête à son inspiration. La nouvelle coiffure de Madeleine, cheveux courts avec de jolis crans, lui donnait un air si à la page qu'Alexandre suggéra à Jacques de lui acheter une toilette de Chanel, à côté chez Lord and Taylor.

C'est la Madeleine, revue et corrigée par Alexandre Le Grand, qui fit s'extasier Betty; en fait, elle n'avait pas encore dit un mot que la mère de Jacques lui trouvait déjà une personnalité remarquable et une distinction surprenante... pour quelqu'un de sa condition.

— Vous allez vous reposer deux ou trois jours, dit Betty, et puis nous irons vous présenter à Mlle Laossoie, la directrice de Sainte-Croix. Jacques m'a dit que vous êtes dans la littérature jusqu'au cou.

Madeleine eut juste le temps de répondre par un sourire, Betty était lancée. Elle l'entretenait de son ami, le poète Henri de Régnier, qui siégeait à l'Académie française, et à qui elle avait déjà parlé de Madeleine.

– Vous pourriez, suggéra-t-elle, être sa secrétaire, à moments perdus, les jours de congé...

Pour orienter, sans aucun doute, ces beaux projets d'avenir, Madeleine sortit une lettre de son sac, la remit à Betty.

– C'est une lettre de Jacques pour vous.

– Mon petit garçon... vous me pardonnez? demanda Betty, je brûle de la lire tout de suite.

Eh bien! cela se déroulait exactement comme elle l'avait indiqué à Jacques quand il lui avait donné cette lettre pour sa mère. «Elle va l'ouvrir et la lire tout de suite devant moi, lui avait-elle fait remarquer, et je mourrai de honte.» «Croyez-vous, avait-il répliqué, ma mère est curieuse, mais elle a des manières.»

Oui, les mêmes manières que toutes les fouines, pensait Madeleine en la voyant lire et jeter des œillades de son côté. Puis, au lieu de la réaction outrée qu'elle prévoyait, c'est le plus chaleureux sourire qu'elle aperçut sur le visage de la mère de Jacques.

– Mais voilà qui me comble de joie, exulta Betty. Nous avons des espérances!

Instinctivement, Madeleine porta la main à son ventre.

— Vous attendez pour quand?

— Pour le début de juin, Madame.

— J'espère que ce sera un garçon, dit Betty, et pas une toquée comme moi. Qu'il tiendra de son père...

Mme Roussel paraissait si enchantée de cette nouvelle, son attitude affectée avait disparu si vite que Madeleine perdit toute appréhension; elle ne commencerait pas sa nouvelle vie dans un milieu hostile.

— Je ne vais pas moi-même tricoter une layette sous les yeux de mon mari, ajouta Betty en riant, il ne faut pas trop le surprendre, le cher homme, mais j'ai une cousine qui nous fera des amours de brassières, de burnous... j'y pense, vous devez mourir de faim et je ne vous ai rien offert, où ai-je la tête?

7

En apercevant l'automobile de Jacques Roussel déboucher dans la rue Maple, Baptiste avait grimpé l'escalier quatre à quatre pour aller se changer. Il n'avait aucune idée de ce que pouvait leur vouloir le grand patron, mais Baptiste, qui assumait maintenant la charge de chef de maison, ne voulait pas le recevoir en habit de travail, cela l'humiliait.

Quand il redescendit, endimanché, sa mère essayait de savoir de Jacques pourquoi la dernière lettre de Madeleine lui était arrivée de Bormes les Mimosas, plutôt que de Paris, comme d'habitude.

— Ma mère l'a emmenée au soleil, expliqua Jacques.

Le soleil! se troubla Èvelyne, c'est que quelque chose ne va pas, et elle se montra tout de suite très inquiète, d'autant que les missives de sa fille étaient de plus en plus courtes, quelques phrases à peine, écrites en grosses lettres, comme si je ne savais pas lire, pensait-elle, un peu offusquée.

— Elle n'est pas malade? questionna-t-elle.

— Non, dit Jacques, ce sont de petites vacances que ma mère lui offre.

Comment Jacques aurait-il pu comprendre l'infinie tristesse que cette réponse banale provoqua dans les yeux d'Évelyne qui s'efforça de la camoufler par un sourire rassuré? C'était la même peine qu'avait si violemment ressentie Valmore le soir où Jacques avait offert de payer les études de Madeleine. L'autre mère pouvait donner le soleil à son enfant, mais elle, rien. Quand Madeleine était venue les embrasser avant de prendre le bateau, Évelyne avait vite cherché un souvenir, quelque chose dans ses affaires qu'elle aurait pu lui donner, elle ne possédait rien, là rien, et sa propre mère ne lui avait rien transmis non plus. Oh! elle avait au doigt son anneau de mariage, mais elle ne s'en séparerait qu'à la mort. C'était la première fois qu'Évelyne réalisait à quel point ils avaient peu progressé, malgré leur labeur, depuis qu'ils étaient là; ils n'étaient passés que du dénuement de la ferme, où ils manquaient souvent du nécessaire, à cette nouvelle forme de pauvreté, celle où l'on n'a que l'essentiel, mais pas de soleil ou de vacances à offrir, même pas une frivolité à transmettre à sa fille.

La tête penchée, elle grattait machinalement la toile cirée de la table de cuisine dont le dessin, de petites fleurs insignifiantes, commençait à s'estomper. Baptiste, de sa berceuse, dévisageait Jacques depuis tout à l'heure, il essayait de comprendre pourquoi s'évanouissait l'espèce de respect reconnaissant qu'il avait éprouvé pour lui à compter du jour où on l'avait repris au moulin, malgré son infirmité. Il était perplexe. Plus les circonstances rapprochaient d'eux cet homme, plus il sentait le besoin de s'en distancer, plus il le percevait comme un étranger.

— À vrai dire, commença Jacques d'une voix mal assurée, je suis venu ce soir... je viens vous demander, Madame, et à vous aussi, Baptiste, si vous verriez un empêchement à ce que Madeleine et moi, nous nous épousions?

— Vous...

Évelyne scrutait Jacques, fouillait son âme du regard.

— C'est une alliance bien dépareillée, fit-elle remarquer, puis elle ajouta, désemparée comme lorsqu'elle ne trouva rien à donner à Madeleine:

— Mais qu'est-ce qu'on peut faire, nous autres? Des humbles comme nous, où est-ce qu'on irait dire non?

Baptiste n'avait pas non plus de réponse.

— Il n'y a pas, enchaîna Jacques, d'idée générale lorsqu'il s'agit d'inclinations...

Il sentit bien qu'ils ne comprenaient ni l'un, ni l'autre et il se reprit:

— ...lorsqu'il s'agit de sentiments. Madeleine est une jeune fille et à aucun moment je n'ai senti cette différence que vous me dites. J'éprouve pour elle un attachement profond, je crois qu'elle me le rend.

— Elle était déjà si loin de nous, cette enfant, murmura Évelyne, pas comme un reproche ni un ressentiment, mais une observation qu'elle se faisait à elle-même; elle avait commencé à la perdre, Madeleine, quand elle s'était mise à faire la navette chez la voisine qui lui enseignait la classe entre les corvées de maison, et elle s'était distancée encore davantage au couvent, ce n'était pas sa fille qui revenait durant les vacances, c'était une autre qu'elle reconnaissait de moins en moins et qui semblait à l'étroit dans leurs aires, distante presque, comme un chat qui a commencé de manger ailleurs.

Jacques se tourna du côté de Baptiste; c'est de lui aussi qu'il voulait un assentiment, qu'il le quêtait des yeux.

Il voulait pleurer, Baptiste, mais de rage! La main de sa sœur! On lui demandait de donner même ce qui ne lui appartenait pas.

– C'est pas notre vie, dit-il brusquement, c'est celle de Madeleine. Si elle veut partir de la maison, qu'elle parte.

Lui, il appartenait ici, comme l'anneau au doigt de sa mère, seulement la mort l'en déracinerait.

CHAPITRE 22

Je m'appelle toujours Lambert!

1

Adossé, pour ne pas dire couché, dans la grosse chaise orthopédique qu'il gardait dans son bureau, le maire Rochon tendit le combiné à la fidèle Kelly pour qu'elle raccroche. C'était le commandant du SWAT, l'escouade spéciale que le gouverneur de l'État envoyait de Providence afin de régler cette affaire de Baptiste Lambert et des otages. Le détachement d'élite entrait à Woonsocket dans deux camions militaires et serait aux moulins Lorraine d'une minute à l'autre.

— Why don't you treat yourself to a good massage, recommanda Kelly en voulant déclencher le mécanisme de vibration de la chaise orthopédique.

Rochon l'arrêta, il n'avait pas envie de vibrer, pas en ce moment. L'histoire de Baptiste le brûlait. Depuis quelques années, Woonsocket avait tout eu comme maire: des Irlandais évidemment, des Italiens, un Portuguais et même un Vietnamien, et maintenant que la population revenait à un premier magistrat d'origine franco, il fallait que ce vieux fou, un Franco lui aussi, vienne jeter le discrédit sur la ville, sous son administration. Et depuis deux jours et demi que durait l'incident, le poste de télévision, les journaux, soi-disant à la demande expresse du terroriste, tisonnaient les cendres de l'histoire, en espérant quoi? se demandait Rochon: rallumer le racisme dans sa municipalité!

Et puis le rabattage dans toutes les villes francos de la Nouvelle-Angleterre que faisait cette illuminée d'Emma Leclair, un figuier stérile dont aucun homme n'avait jamais voulu et qui cherchait sans doute à oublier son célibat forcé en épousant les causes les plus folles. Les Francos se ramenaient par autobus des quatre coins du nord-est pour encourager Baptiste: de Worcester, de Lowell, de Biddeford, de Manchester, enfin de partout où il y avait une Société Saint-Jean-Baptiste ou quelque cercle de survivance, en général un ramassis de vieillards survoltés au Geritol.

Avec cette affaire, le maire était en train de sombrer dans la dépression.

— You try to run a town properly, se lamenta-t-il à Kelly, and some old clown comes along and screws up everything...

— And for some dumb issue... French! enchaîna la jeune femme.

Le français, une «cause stupide», c'est aussi ce que pensait Rochon, mais de l'entendre crûment dans une autre bouche le fit sursauter, comme si une fibre profonde avait été atteinte.

Kelly fut très étonnée de l'avoir peut-être blessé avec sa remarque.

— Dave, do you ever miss speaking French? demanda-t-elle.

– No! répliqua vivement Rochon.

Ce qui agaçait Rochon, c'était ce lambeau tenace d'accent français qui restait accroché dans sa façon de parler et dont il n'arrivait pas à se débarrasser. Mais la langue de ses parents, non, elle ne lui manquait pas. En répondant ce «non» catégorique, il eut une illumination subite: quand Michael Dukakis s'était arrêté à Woonsocket pendant la campagne présidentielle, il avait, en plus de l'anglais, parlé à la foule en français, en espagnol et en grec... Comment se faisait-il qu'au lieu de jubiler comme Nick Konstas, son conseiller d'origine grecque, il s'était senti mal à l'aise d'entendre le chef démocrate parler sa langue à lui, David Rochon? Quel coup tragique avons-nous reçu sur la tête, se demanda-t-il subitement, pour avoir si honte de nos origines.

Ce vieux Baptiste, qui luttait désespérément pour ne pas disparaître dans le bouillon de la marmite américaine, quel pouvoir magique possédait-il? Même Dave Rochon, lancé à bride abattue, sur le chemin de l'assimilation complète, ne se sentait plus aussi bien en selle. Cette histoire l'avait-elle entraîné, sans qu'il s'en rende compte, sur son chemin de Damas?

2

Baptiste ne vit rien de menaçant à l'arrivée du corps d'élite, une cinquantaine d'hommes en uniforme de combat: combinaison marine et gilet pare-balles, tous avec le même gabarit d'athlète. Et puis, les membres du SWAT ne se présentaient pas les mains nues; ils arboraient soit une mitraillette M3 ou une carabine Beretta avec télescope, en plus d'un Colt .45 et d'un Bucknife à la ceinture, des arsenaux ambulants.

— Trois vieux blaireaux comme nous autres, fit remarquer Baptiste à ses deux «otages», et ils nous envoient l'armée américaine au grand complet.

— Qui c'est celui-là qui s'en vient vers nous avec un chapeau de scout? demanda sœur Bernadette, un peu effarouchée par ce déploiement de force.

— Lambert! cria le policier au chapeau kaki à large bord, je suis le capitaine Léonard, c'est le gouverneur qui m'envoie.

— Ils nous ont envoyé un compatriote, chuchota Baptiste à ses compagnons, je pense qu'on va commencer à parlementer pour quelque chose.

Léonard n'avait pas l'air d'un folichon. Chacun de ses gestes était mesuré, chacune de ses paroles aussi. En arrivant, il avait demandé au chef Gilbert de lui brosser un tableau de la situation, mais quand ce dernier se mit à broder un roman policier, Léonard le planta là; il savait l'essentiel: le bonhomme était dans la guérite là-bas avec deux otages, il avait un fusil de chasse et une charge de dynamite. Pauvre Gilbert, les mots lui sortaient encore de la bouche, mais il n'avait plus personne devant lui. C'est ce qu'il détestait de ces corps d'élite, leur outrecuidance et leur façon de snober leurs collègues policiers, comme s'ils étaient tous incapables et impotents. Gilbert ne menait pas une existence d'ascète, son tour de taille en témoignait, mais il eut bien envie d'aller proposer à Léonard un concours de tir au pistolet, quand cette affaire serait classée. Ce fend-le-vent verrait ce que c'est, un chef de petite ville!

Léonard, à une dizaine de mètres de la guérite, vérifia une dernière fois la position de ses hommes et se mit au travail.

— Les gars en marine, partout autour, expliqua-t-il à

Baptiste, ce sont mes hommes. Des tireurs d'élite qui peuvent aller te chercher le blanc des yeux à cent verges.

À son grand ébahissement, Baptiste vit qu'en effet une douzaine d'hommes s'étaient postés, à son insu, dans des endroits stratégiques autour de sa guérite et qu'ils pointaient sur lui les canons polis de leur carabine.

— Je n'ai pas l'intention de leur donner l'ordre de tirer, dit Léonard, si nous réussissons à nous entendre. Écoute-moi mon bonhomme, je suis prêt à appeler Home Entertainment, à New York, et faire venir un responsable, à condition que tu laisses aller tes otages quand la personne arrivera ici.

— Y'a aussi, riposta Baptiste, le maire qui veut m'envoyer dans une maison de vieux.

— On réglera ça après, trancha Léonard. Une chose à la fois! Mon marché, c'est ça, sinon je leur ordonne de tirer.

C'est sûr, se dit Baptiste, que si ces chasseurs-là s'avisent de faire feu, c'est le peloton d'exécution, et pour peu que la mire de l'un d'eux soit détraquée, Cléophas ou sœur Bernadette y passent aussi.

— OK, lança Baptiste.

3

Depuis le dernier conseil d'administration, il y a quatre jours, la réceptionniste avait des ordres sévères: Diane Russell ne voulait être dérangée pour aucune considération. La cote d'écoute du réseau Home Entertainment avait fléchi de plusieurs points et le conseil lui avait servi toute une dégelée;

à moins d'un revirement subit, elle ne ferait pas long feu à la direction des programmes, un poste qu'elle avait décroché, il n'y a pas six mois, et pour lequel elle avait plaqué Lorimar, où personne ne mettait en doute son talent de productrice, une des plus efficaces de Los Angeles. La grande porte par laquelle elle était entrée à New York, à trente-deux ans, risquait de se rabattre sur elle comme une guillotine.

Assis dans le camion avec le soleil qui lui tapait dessus, Léonard faillit perdre patience. Encore un peu et la sueur qui lui pissait du visage déglinguerait l'électronique du téléphone cellulaire auquel il restait accroché depuis tout à l'heure, cherchant à enfoncer le barrage de cette réceptionniste coriace. Non, il ne laisserait pas de message et non il ne parlerait pas à un assistant et elle pouvait se mettre les sondages Nielsen là où il pensait, lui son enjeu c'était des vies humaines et elle transmettrait son appel sans plus tarder sinon il enverrait un policier de New York le faire à sa place et la ferait coffrer pour entrave à la justice.

Enfin, il eut l'oiseau au bout du fil, c'est-à-dire une aigle que l'on sortait du nid où elle couvait une nouvelle programmation qui lui éviterait de perdre le reste de ses plumes. Diane Russell était hérissée.

Le capitaine Léonard avait l'impression de parler dans le vide, il lui faisait part de ce vieillard, qui demandait qu'on rétablisse les programmes français à Home Entertainment, sinon il menaçait de se faire sauter, peut-être même avec deux otages, et Diane restait muette au bout de la ligne, pas une traître indication qu'elle écoutait, puis il mentionna Woonsocket, ensuite Lambert, dénommé Jean-Baptiste, avec un bras en moins, et, comme s'il venait de prononcer quelque formule cabalistique, un revirement subit se produisit, il entendit un «je ferai ce que vous voudrez» ou «oui j'arrive», il ne saisit pas très bien, mais fut trop satisfait pour en demander plus et il dit à Diane qu'il envoyait tout de suite un hélicoptère de la Garde nationale la prendre à l'aéroport La Guardia.

Avant de raccrocher, la jeune exécutive suggéra au capitaine de se mettre en contact avec M. Jacques Roussel.

— Who's this Roussel? demanda-t-il.

Diane lui expliqua que Roussel dirigeait les usines, dans les années vingt, et que lui et Baptiste s'étaient bien connus. Roussel pourrait peut-être aider à quelque chose. Il était nonagénaire maintenant, mais il avait encore toute sa tête et vivait à Palm Beach, en Floride.

— I'll get in touch with him, right away, dit Léonard.

Il raccrocha, s'épongea le front, il était sur une bonne piste. Depuis quatre ans qu'il assumait le commandement de cette force spéciale, il avait toujours réussi ses missions, sans qu'un seul coup de feu soit tiré, et sans perte de vie. Il glissa la main sous le gilet pare-balles et toucha la minuscule médaille de saint Jude épinglée à son tee-shirt. Léonard, comme saint Jude, avait fait son lot des causes désespérées, durant ses études au Collège Tufts, à Medford, dans le Massachusetts. En effet, il ne s'orientait pas du tout vers un travail de policier, au contraire, l'athlète naturel qu'il était avait signé un contrat avec l'organisation des Red Sox de Boston. Non seulement Léonard avait un talent naturel à l'arrêt-court, mais son jugement, au marbre, était imbattable; il n'avait pas la puissance d'un Ted Williams, par exemple, mais il était presque impossible de le retirer sur trois prises. Puis un jour, un étudiant de Tufts, sans doute halluciné au LSD, grimpa sur une des corniches, menaçant à tout moment de se précipiter dans le vide. Eh bien, les policiers et les pompiers mandés sur les lieux ne trouvèrent rien à dire ou à faire pour tirer le malheureux de là, se contentant de calmer les étudiants dont plusieurs s'amusaient à scander: «Jump, asshole, jump!» Et c'est exactement ce que fit l'étudiant quand il fut surpris par des policiers approchant sur le toit, derrière lui. Cette mort tragique et inutile modifia brusquement les plans d'avenir du jeune Léonard, qui décida d'entrer dans un de ces corps de policiers d'élite, en formation dans plusieurs États, sur la recommandation d'une Commission nationale d'enquête, après les graves désordres de 1967, provoqués par les manifestations contre la guerre du Vietnam. Ce qu'il appréciait de ces forces spéciales, c'est qu'avant d'utiliser les armes, on épuisait d'abord les ressources de l'intelligence et de la compréhension. Par exemple, pour obtenir ses galons de capitaine, il avait dû suivre des cours spéciaux de psychologie et de comportement; les officiers de SWAT passaient autant de temps à assouplir leurs méninges que leurs muscles.

4

En 1979, après bien des tergiversations, le conseil municipal avait instauré *Autumnfest*, un carnaval annuel destiné à raviver l'esprit d'appartenance et de fierté qui avait déjà animé les citoyens de Woonsocket. Avec sa parade, ses kiosques et ses fanfares, la kermesse d'octobre attirait de bonnes foules, mais rien de comparable à l'attraction qu'exerçaient ces trois vieux, terrés dans leur guérite avec leur pétard. Toute la ville était là: les jeunes, les vieux, divisés en clans des pour et des contre, des vendeurs ambulants, la chaîne Pub Dennis qui avait dressé une tente immense où on servait des repas complets, des reporters de la presse et de la télévision, tous les sapeurs-pompiers des environs... et la police, les forces régulières sous le commandement du chef Gilbert, des représentants de la Police d'État et de la Garde nationale, et le corps d'élite du capitaine Léonard. La seule chance qui restait à Baptiste d'échapper à ces régiments, c'était de monter directement au ciel sur un coup de dynamite.

Dans cette multitude, on aurait pu oublier Rick Laverdière, le jeune reporter du canal 02 dont la patience et, disons-le, la bravoure avait sûrement empêché Baptiste de faire des bêtises plus graves encore, mais Corinne Bouley, sans doute la plus jolie fille de Woonsocket, si l'on aime les rousses au teint de pêche et aux yeux verts, avec taille de guêpe et formes voluptueuses, avait décidé que l'héroïsme de Laverdière ne passerait pas inaperçu. Durant la nuit, elle avait, avec l'aide d'une copine, accroché à la grille de l'usine une banderole de la taille d'une voile de bateau sur laquelle elle avait peint *We Love You Rick.* Le vent agitait doucement sa déclaration d'amour au nez de Rick qui rougit jusqu'aux oreilles quand il l'aperçut. Corinne avait bien remarqué les reportages du jeune journaliste à la télévision, mais depuis qu'elle l'avait vu en chair et en os, à deux pas d'elle, c'était la pâmoison, elle n'avait pas quitté les lieux depuis deux jours, elle couchait là dans une tente qu'elle avait fait monter par son frère plus jeune et où elle avait établi le siège social du fanclub officiel de Rick Laverdière dont elle s'était consacrée présidente à vie. Quand elle n'avait pas les yeux rivés sur son idole, elle parcourait la foule pour recueillir des adhésions au club. Une contribution d'un dollar donnait droit à tous les avantages du club, avantages qui restaient à être déterminés par la présidente, mais qui comprendraient pour sûr un badge à l'effigie du héros. Étonnamment, le fanclub comptait déjà une centaine de membres: des jeunes filles partageant l'engouement de la présidente et des garçons pâmés, eux, sur la présidente.

5

La libellule de la Garde nationale ne prit même pas la peine de se poser, elle resta plutôt en suspension à quelques centimètres du sol, le temps pour Diane Russell d'en sortir, et repartit aussitôt dans le tintouin de ses hélices. La foule n'avait aucune idée de qui était la jeune fille, mais elle l'ovationna, à tout hasard, comme un personnage important.

Une dizaine de spécialistes de SWAT entourèrent l'exécutive, l'enfermant dans un cocon impénétrable, et s'avancèrent ainsi vers la guérite, Léonard en tête.

— Baptiste, c'est encore moi. Mon bonhomme, cette fois, ça va bien, on s'approche d'un arrangement. J'ai à côté de moi, qui arrive de New York, une directrice de ta télévision.

— Verrat, ça bouge! dit Baptiste à ses compagnons.

— Elle s'appelle Diane Russell, poursuivit le capitaine, c'est elle qui va s'occuper de remettre tes programmes sur le poste.

Baptiste, Cléophas, sœur Bernadette, tout le monde étirait le cou dans la guérite, mais pas moyen d'entrevoir la fameuse exécutive de New York. La religieuse alla vers une autre fenêtre d'où elle aperçut le visage de Diane.

— Ils nous ont envoyé une secrétaire, dit sœur Bernadette avec une moue.

— Je veux parler à quelqu'un en charge, cria Baptiste, pas une petite assistante.

— Miss Russell, rectifia Léonard en appuyant sur les mots,

est vice-présidente en charge de toute la programmation du réseau.

Sur la pointe des pieds, Diane aussi essayait d'apercevoir Baptiste. Son cœur tressaillit à la vue du petit manchot avec ses yeux vifs d'écureuil aux aguets, le visage couvert de poils raides comme ceux d'une brosse. Tandis qu'il attendait cette visite, Baptiste avait demandé à Cléophas de lui attacher la dynamite autour du cou. La charge pendait sur sa poitrine et il tenait le contact de l'exploseur à la main, on ne pourrait pas le surprendre. Diana grimaça, cette affaire qui lui avait paru rocambolesque, durant le trajet en hélicoptère, n'était subitement plus une fiction de télévision, elle avait la vie de cet homme entre les mains.

— Mr. Lambert, le rassura-t-elle, I know all about this, I was there at the meeting when they decided to cut your programs.

Si elle y était à cette réunion! C'est là qu'on lui avait rivé son clou. Home Entertainment n'était pas un laboratoire d'expérimentation, ni une école Berlitz avec des émissions en espagnol, en français, en arabe et que sais-je encore! mais une entreprise de divertissement dans laquelle des millions avaient été «investis», et non donnés pour faire plaisir aux minorités visibles ou invisibles, et le succès dépendait du nombre de têtes de pipe abouchées sur son canal, pas des fantaisies personnelles de Miss Russell.

— Baptiste, dit Léonard, Diane est prête à négocier avec toi, mais en échange tu vas faire quelque chose, toi aussi. Tu vas laisser sortir Cléophas et sœur Bernadette, comme promis.

— Baptiste, lui chuchota Cléophas à l'intérieur de la guérite, il faut avoir une promesse d'abord.

– Capitaine, je vais d'abord voir ce qu'elle me propose...
argumenta Baptiste.

– Jean-Baptiste Lambert, rétorqua Léonard, nous avions
fait un marché, sur l'honneur.

Le manchot se tourna vers sœur Bernadette qui venait
justement, par une prière, de demander les lumières du Saint-
Esprit. À son air perplexe, il faut croire qu'elle n'avait pas
encore reçu de réponse.

Léonard se détacha de ses hommes, s'approcha de la
guérite. De près, les vieux virent tout de suite que le policier
n'avait de scout que le chapeau, il n'était pas là pour
s'amuser.

– Je ne suis pas un enfant d'école, dit-il froidement, je me
suis renseigné, Cléophas et la sœur, c'est tes deux amis, pas
des otages! Ils font entrave à la justice, c'est un crime grave.
C'est pas de votre âge, ces jeux-là. Vous ne voudriez quand
même pas finir vos jours en prison.

Sœur Bernadette lança un nouvel appel vers l'Esprit
saint, un S.O.S. cette fois, mais c'est Baptiste lui-même qui y
répondit. Il regarda la religieuse, Cléophas, et les remercia
d'un sourire. Qu'ils obéissent à l'ordre de sortir, c'était à lui
de dénouer cette affaire, à lui seul, c'était «son» cas de
conscience.

Baptiste sentit la main tremblante de sœur Bernadette sur
son épaule et puis celle de Cléophas, il vit dans leurs yeux
combien ils étaient fiers de lui. Qu'ils sortent, il lui restait
assez de courage pour aller seul jusqu'au bout.

Les cris de la foule, l'émotion de voir ses deux
compagnons le quitter empêchèrent Baptiste de remarquer ce
qui se passait à deux pas de la guérite où un camion de la

télévision de Boston s'était reculé en position et avait déployé une antenne parabolique; des techniciens, coiffés de casques à écouteurs d'où leur venaient les directives, tiraient des lignes électriques, étendaient des câbles coaxiaux, préparaient des caméras. C'est en voyant l'un d'eux rouler en direction de la guérite un chariot avec un gros récepteur de télévision et d'autres appareillages que Baptiste s'inquiéta subitement.

– Qu'est-ce qu'il fait lui? s'informa-t-il nerveusement à Léonard.

– Justement Baptiste, lui répondit ce dernier en souriant, c'est une télévision.

– Avec mes programmes! s'exclama naïvement le vieillard.

– No, it's someone who wants to talk to you, expliqua Diane Russell qui s'était avancée aux côtés du capitaine, en face de la guérite.

– Quelqu'un que tu connais bien veut te parler, dit Léonard, en donnant le signal aux techniciens d'envoyer la communication.

– Bonjour Jean-Baptiste...

Cette voix éraillée de vieillard avec son accent distinctif fit sursauter Baptiste, qui vit en même temps apparaître sur l'écran du récepteur de télévision l'image de Jacques Roussel, un vieux rabougri, assis au bord d'une grande piscine bleue, entourée de palmiers et surplombant la mer.

– Monsieur Roussel! s'étonna Baptiste, qu'est-ce qu'il fait là, lui?

— Tu me reconnais? demanda le nonagénaire.

Baptiste répondit par un coup de tête sec qui fit sourire Roussel, qui voyait clairement l'image de Baptiste, retransmise au bord de sa piscine, par la magie de la télévision. Cette gesticulation brusque et un peu raide, Baptiste l'avait toujours eue et cela n'avait pas changé, elle lui donnait un air de pantin fragile.

— Je viens d'apprendre ce qui t'arrive, poursuivit Roussel, et normalement, je serais déjà en avion pour aller te rejoindre, mais tu vois, je suis trop vieux. Au moins, je suis heureux de te parler et de te voir sur l'image.

«Aller te rejoindre».. Baptiste avalait ces paroles aimables avec un grain de sel, il n'avait plus jamais eu de nouvelles de Jacques Roussel, depuis une lettre reçue en 1954, pour lui annoncer que Madeleine avait été emportée en trois semaines par un cancer, pendant une vacance que le couple passait au Dormy House, à Étretat. Elle s'était éteinte, à 46 ans, à l'Hôpital Américain de Neuilly, où on l'avait transportée, et avait été enterrée en France, selon ses dernières volontés. Jacques avait réussi à obtenir un lot au Père-Lachaise, dans la 86e division, près de la tombe du poète Henri de Régnier. À son premier séjour en France, Madeleine avait non seulement exécuté de petits travaux pour l'académicien, mais le couple Régnier s'était lié d'affection pour elle, Madame surtout, Marie-Louise de Hérédia; poète elle aussi, elle avait pris la petite Franco-Américaine sous son aile.

— Jean-Baptiste, poursuivit Roussel, il faut que t'arrêtes ça tout de suite, qu'il n'arrive pas un accident.

— Comment voulez-vous que j'arrête? Je n'ai rien eu, ils ne m'ont encore rien promis.

— Tu ne vas pas te faire sauter le caisson pour cette histoire de télévision, voyons, c'est le genre de choses qui peuvent s'arranger.

— S'arranger avec qui? demanda Baptiste.

Roussel arbora un sourire goguenard comme quelqu'un qui jette un atout sur la table au dernier moment, un deux de cœur oublié qui emporte la levée.

— La jeune femme de New York qui est là devant toi, dit-il à Baptiste, tu peux avoir confiance en elle. Et surtout, ne va pas mettre sa vie en danger, c'est ta petite-nièce, la petite-fille de ta sœur Madeleine.

— That's right, enchaîna Diane, my father Robert is the son your sister had in France.

Baptiste demeura interdit, c'est vrai, la jolie blonde devant lui avait vaguement un air de famille, elle avait même les yeux bleus comme les siens, mais pour le reste...

— C'est votre petite-fille, ma petite-nièce, s'exclama Baptiste, et elle ne parle pas un traître mot de français.

Robert, expliqua Roussel, qui prononçait le nom de son fils à l'américaine, avait fait ses études de chirurgie à l'Université Baylor, à Houston, où Diane était née.

— Elle s'appelle Russell, dit Baptiste un peu outré.

— Oui, poursuivit Roussel, Robert a américanisé son nom, c'était plus simple.

Le manchot se raidit fièrement et proclama:

— Je m'appelle toujours Lambert, moi!

Diane sourit à l'attitude presque arrogante du vieux, mais elle ne comprenait pas un mot de ce qu'il déclamait.

— Listen, Mr. Lambert, dit-elle en se rapprochant encore de lui, I promise you that the network will do something about the French service. Even before leaving New York I put this matter on the agenda for the board meeting. You have my word.

— Jean-Baptiste, insista Jacques Roussel de sa retraite de Floride, elle te donne sa parole, tu peux la croire.

— J'ai pas envie de démissionner comme ça, fit remarquer tristement Baptiste.

— Mon pauvre vieux, dit encore Jacques, il ne faut pas que ça finisse mal, on a vu bien assez de malheurs, tous les deux. Souviens-toi de la ferme quand nous avons trouvé ton père... rappelle-toi le chagrin de ta mère, dans la voiture.

Baptiste évalua sa situation. Il était assez bien piégé. Il y avait tous les gens autour qui risquaient de mourir ou d'être gravement blessés s'il déclenchait son engin: la petite-nièce blonde qui venait de lui donner sa parole d'honneur de revoir la question de ses programmes, le capitaine Léonard, un chic type, un compatriote, et puis Rick Laverdière, un jeune qui ne jetterait plus jamais le même regard sur son passé. Surtout, il voyait qu'à quinze mètres, il y avait trois des tireurs d'élite, carabines braquées sur lui. Les canons de leurs armes le suivaient comme les yeux d'un chat qui guette une proie, bougeant avec chacun de ses mouvements; ils devaient le garder toujours pile au centre de leur œilleton et, au surplus, il n'aurait même pas la chance de faire sauter sa bombe, car au moindre geste à cet effet, ils l'abattraient comme un rat.

Baptiste sortit l'exploseur de sa poche, arracha le fil et

dénoua la ficelle qui retenait son collier de dynamite, il regarda une dernière fois autour de lui cette espèce de cage où il avait été emprisonné presque toute sa vie, et il ouvrit la porte...

L'explosion de joie, le délire qui l'accueillit, dès l'instant où il mit le pied hors de la guérite dépassa tout ce qu'on avait jamais vu à Woonsocket. Malgré tous leurs efforts, les policiers n'arrivaient pas à contenir les milliers de personnes qui voulaient voir Baptiste de près, le toucher comme une sorte de thaumaturge. Diane Russell, accrochée au pan de son veston, il avançait lentement à travers la foule et se mit à souffler des baisers avec la main, comme il avait vu Cléophas faire jadis, à sa place, sur le char du défilé de la Saint-Jean.

Le chef Gilbert, le maire Rochon, il n'y avait pas un petit notable qui ne cherchait à se trouver quelques instants dans le sillage de Baptiste dont les caméras de télévision retransmettaient la marche triomphale.

— Merci Monsieur Baptiste, lui cria au passage Emma Leclair, le visage inondé de larmes.

Et tandis que Baptiste, comme une vedette de cinéma, cherchait refuge avec sa petite-nièce dans la grosse Cadillac marine du maire Rochon, le chef Gilbert retourna vers la guérite afin de saluer son collègue, le capitaine Léonard. Il avait déjà plié bagage, lui et son corps d'élite.

Encore une fois, le chef se trouva profondément blessé par l'arrogance de ces surdoués de la police qui dédaignaient même les félicitations.

D'ici une semaine, pensa Gilbert en calant sa casquette sur son crâne pelé, ce fanfaron ne se rappellera déjà plus qu'il existe une ville de Nouvelle-Angleterre nommée

Woonsocket... et il aura probablement même oublié «notre» Jean-Baptiste.

Épilogue

En dépit du canotier de fausse paille dont on l'avait affublé et de son costume de fortrel léger, Jean-Baptiste desséchait sous le soleil de plomb de la Floride. Chaque matin, depuis trois jours, Jacques Roussel, à qui l'âge avait donné l'allure d'un grand échassier fragile, le traînait sur son terrain de golf personnel, au fond de sa propriété de Palm Beach, et lui imposait des leçons.

— Là, tu vois, il y a une petite bosse, légère, mais qui pourrait faire dévier la balle. Il faut que tu observes bien le terrain, il y a parfois des faux plats, c'est sournois! Tiens, ce brin d'herbe-là, c'est pas lui qui va te faire échouer, mais par principe, je l'enlèverais à tout hasard...

Et l'échassier-golfeur pliait péniblement les genoux sur le gazon impeccable du green, ramassait la brindille et la jetait plus loin.

Baptiste restait des heures à l'écouter distraitement, balançant son putter entre les jambes comme le balancier d'une horloge qui s'ennuie.

Quand il ne l'affligeait pas avec le golf, Roussel l'accablait de ses radotages... comment il avait eu le flair de voir venir le déclin des textiles en Nouvelle-Angleterre et comment il avait fui Woonsocket pour Charleston, en Caroline du sud, juste à temps pour éviter les désordres ouvriers qui bouleversèrent la ville, en 1934. Des troubles, songea Baptiste, qui sonnèrent heureusement le glas de ce fichu Dubrisay que la direction dut enfin rappeler à Roubaix.

À Charleston, Madeleine vivait paisiblement en dorlotant leur fils Robert et en écrivant.

Ce midi, en revenant du golf, Jacques amena Baptiste dans son bureau, une grande pièce donnant sur l'Atlantique, il ouvrit un coffre-fort et en sortit une grosse liasse de papiers retenus par un ruban.

– C'est l'écriture de ta sœur, dit-il. Il y de jolis vers, un peu mièvres peut-être.

Baptiste emporta la pile dans sa chambre. Transfiguré, il regardait cette liasse de poèmes, ne se résignait pas à défaire la boucle de ruban rose fané. Il se décida enfin de commencer à lire; elle avait intitulé son manuscrit, *Les oiseaux de passage*, une centaine de poèmes écrits à la main, corrigés çà et là avec des mots de couleur étagés au-dessus des ratures. Ces chants d'oiseaux de passage, des chants tristes tous, parlaient d'eux, les Lambert, de leur père, de leur mère, des voisins, de la terre qu'ils avaient laissée, du nouveau pays qu'ils avaient trouvé...

Le vieux manchot était si absorbé qu'il n'entendit pas Jacques Roussel entrer dans la chambre. Il sursauta au son de sa voix éraillée.

— Je viens d'avoir un téléphone de Diane, à New York.

— Alors? bondit Baptiste.

— Diane n'a pas réussi à les convaincre, dit Roussel en hésitant... ils ne vont pas rétablir tes émissions.

Baptiste donna un coup de poing sur le secrétaire, effarouchant quelques-uns des poèmes.

— Les bâtards, grogna-t-il, j'aurais mieux fait de me faire sauter.

Il tourna le dos à Roussel, alla vers la grande fenêtre qui regardait sur le maudit golf où on le tyrannisait, et par delà, sur l'océan.

— Jean-Baptiste, écoute-moi. Ta peine, ta déception, je les partage, mais tout de même, Woonsocket où tu as bien choisi de vivre, c'est les États-Unis! Tu aurais pu rentrer au Québec, comme d'autres. Tu as voulu rester en Nouvelle-Angleterre où les gens, tu le sais, ne parlent pas français. Si tu tiens tellement au français, nous pouvons nous arranger pour que tu retournes chez toi, ou à Montréal, si tu préfères.

Jacques s'approcha de Baptiste, lui mit la main sur l'épaule, le petit manchot lui allait à peine plus haut que le coude.

— Ils parlent aussi français, dit-il en ricanant, en face, de l'autre côté de l'eau, je peux aller te déposer à Saint-Malo, si tu veux.

Baptiste se dégagea brusquement.

— Tu comprends vraiment rien, Roussel, pas plus maintenant que dans le temps. Il faut dire que toi, t'es même plus Français, à présent.

— Toi non plus, tu ne comprends rien, s'écria Jacques en gesticulant avec ses bras, des cannes maigrichonnes, rabougries par le soleil. Les poignées de têtes de mule comme toi, qui s'agrippent à leurs vieilles racines comme à une bouée de sauvetage, c'est de la folie! Vous ne tiendrez pas éternellement. Je ne vous donne pas encore deux générations pour que vous ayez disparu.

Baptiste fulminait, il tournait autour de Roussel comme un chien méchant, prêt à mordre.

— T'as rien dans le cœur, lui dit-il, t'es pas un immigrant Roussel, t'es un homme en fuite. Nous autres, quand on s'accroche à notre parler, c'est pas de la bêtise ou de la méchanceté, c'est notre respiration, notre vie. Moi, aujourd'hui, j'ai perdu, mais tu peux être sûr, Jacques Roussel, dans cent ans d'ici, il va y en avoir encore pour se battre.

Le vieux Roussel souriait de voir le petit bonhomme emporté ainsi.

— Va-t-en, ordonna abruptement Baptiste, sors d'ici, laisse-moi tranquille.

Roussel haussa les épaules, sortit en trottinant.

Baptiste s'assit au secrétaire, replaça les poèmes de Madeleine, dans l'ordre où il les avait trouvés, renoua la boucle de ruban, puis il prit une feuille blanche et écrivit de sa main malhabile et tremblante:

En cas que je décède, je préviens que j'ai une petite assurance de $1000 avec l'Union Saint-Jean-Baptiste de Woonsocket et que je voudrais que cela serve à faire publier les poèmes de ma sœur. C'est une double indemnité pour une mort accidentelle.

Baptiste signa le papier et le glissa sous le ruban.

Il mit son canotier, sortit de la chambre.

En passant dans le hall, il dit à une servante qu'il sortait se dégourdir les jambes.

Il traversa Ocean Drive d'un pas alerte et marcha plus loin jusqu'à la longue jetée qui s'avançait dans l'Atlantique et où était amarrée une partie de la marine de plaisance de Palm Beach.

Le soleil-couchant allongeait démesurément l'ombre de Baptiste devant lui. Il sourit en réalisant que cette ombre, celle d'un homme de stature gigantesque, était la sienne.

Il s'arrêta à l'extrémité du quai, regarda autour de lui, et, sans être remarqué, glissa accidentellement dans l'eau.

Il ne se débattit pas, ferma les yeux et cala rapidement au fond, puis il sentit son âme comme un oiseau, qui déployait ses ailes, et remontait à la surface pour prendre son envol. De là-haut où il planait doucement, il aperçut son vieux corps au fond de la mer et il s'éloigna à tire-d'aile, un oiseau de passage, dans la moiteur tiède de la Floride indifférente.

Achevé   Imprimerie
d'imprimer Gagné Ltée
au Canada Louiseville